青春一发怎可收

刘亚健 著

QINGCHUN
YIFA
ZENKESHOU

时代出版传媒股份有限公司
安徽文艺出版社

图书在版编目（ＣＩＰ）数据

青春一发怎可收 / 刘亚健著 . —合肥：安徽文艺出版社，2016. 9
（2024. 1重印）
ISBN 978-7-5396-5774-5

Ⅰ . ①青… Ⅱ . ①刘… Ⅲ . ①长篇小说－中国－当代
Ⅳ . ① I247. 5

中国版本图书馆 CIP 数据核字（2016）第 124285 号

出 版 人：朱寒冬
责任编辑：周　丽　　　装帧设计：胡金霞　褚　琦

出版发行　时代出版传媒股份有限公司　　www.press-mart.com
　　　　　安徽文艺出版社　　www.awpub.com
地　　　址：合肥市翡翠路 1118 号　邮政编码：230071
营 销 部：(0551)63533889
印　　　制：成都新千年印制有限公司　　　(028)65336881

开本：880×1230　1/32　　印张：10.25　　字数：260 千字
版次：2016 年 9 月第 1 版　　2024 年 1 月第 3 次印刷
定价：39.80 元

序

　　刘亚健来访，说他的第三部长篇小说已经完稿，是二十余万字的《青春一发怎可收》，想请我为之写序。于我来说，谈一谈刘亚健其人其文，既是一份多年朋友的信任，也是我的一种责任，虽有些忐忑，还是欣然接受了。

　　我与刘亚健相识有二十年了，当年他还在县电视台做记者，常常以一个独行侠的姿态出现。当年他给我留下的印象是不太爱说话，成天一副若有所思的样子。据了解，他在电视台期间连年获得安徽广播电视新闻奖。目前在芜湖县安广网络公司任市场运营部经理，是芜湖县民间文艺家协会副主席、秘书长。

　　刘亚健的人生路颇多坎坷，正因为这些丰富的人生经历，才成就了他的厚积薄发，才有了他的三部长篇小说的问世。

　　《青春一发怎可收》属当代现实类题材作品。刘亚健的这部长篇着眼于解读人性的复杂面，有着巧妙、惊人的情节交错。通过年代不同，人生观、价值观不同，反映了各自的精神属性。他的文笔老练，简洁明快，不经意间流露出来的幽默感，让文本具备较强的可读性，同时以鲜明的时代感与高纯度的文学质感使这部小说值得关注。

　　《青春一发怎可收》开篇以围绕宋家老鹅汤祖传秘方的争夺展开叙述，宋父通过两次相同的测试以确定传承人。看似胜出的弟弟落得个远走他乡的结局，哥哥获得了秘方后，又不能墨守成规。

　　弟弟宋齐光因其俊朗的外表与诚实的个性，获得了富家女赵晚晴的好感，赵晚晴示爱不成后，为情所困，遂设计陷害了宋齐光。在情感的旋涡里几番浮沉，两人终于步入了婚姻殿堂。

清纯可人的王青橙自从和宋齐光有了暖昧之情后，深深地陷入了感情的旋涡，在畸恋戛然而止后，王青橙转向事业发展，用她的努力和不算光明的手段，达到了人生的巅峰。此时，她的内心是煎熬的，并没有太多的愉悦感。

宋齐光和宋天骐兄弟俩，性格迥异，从踏入社会的那一天起，就注定走上了不同的人生路，其间虽有些冲突，但依然是兄弟情深。李小锦和李小瑟这对姐妹，姐姐为情所伤，也为现实生活的重压所累，走上了一条不归路。妹妹李小瑟凭一己之力，运用极其聪明的头脑，渐渐地走向了辉煌。

宋齐光和赵晚晴的结合，属于一个穷小子和富家女的婚姻，其间的生活方式、思想观念等各种纠葛，一度酿成了悲剧。

全书结尾处温情脉脉，彰显了社会、人伦中至亲至善的一面。

《青春一发怎可收》偏重个人情节，以兄弟、姐妹的人生路为贯穿全书的脉络，以凡夫俗子在尘世间的独立奋斗为着力点和支撑点，作者笔下的江南小城，在温情脉脉的诗意外表下，汹涌着物质追求的浪潮。他以沉着厚实的笔调处理着亲情与爱情、背叛与救赎，并由此引发了一系列善与恶之间人性的博弈。

无论是城市金领还是小镇青年，无论是创富精英还是贫困草根，那些欢乐的、痛苦的、欣喜的、凄美的故事，每天都在上演。我也欣喜地看到，刘亚健的作品关注当下的生活，鲜明地贴上地域标签，芜湖风俗也有所展现，除却作者浓厚的故乡情结之外，其展现的社会巨变和精神衍变，都会令人感慨不已。

刘亚健和我说，他在完成"故乡三部曲"之后，在文学创作上将有一个新的呈现。我相信根植于真实经验，表达对社会严肃思考的非虚构类作品，会越来越受到读者的喜爱。

芜湖县文联主席　陈　伟

目录

青春一发怎可收

第一章　无力抗拒

"每个人的心里都藏着凶神恶煞，只不过人不是低等级动物，我们接受教化后，就把恶魔锁在心里了。不过我不能保证，说不定啥时候，它就跑了出来。你承认吗？"

"别冒充哲学家，我要走了。"

宋齐光望着杨一鸣渐渐远去的背影，暗自感叹其人的粗鲁无礼，寻思着以后还要不要和他做朋友了？

回想过去那么久，宋齐光觉得只是指间的事，没留下什么值得留恋的人和事。而这段短暂的时光，却好似把喜怒哀乐的情感都用到了极致，就像经历了一生一世那么漫长。这一切，都缘于一个女孩。

皖省，江南，乡村。

一如风景般冷清，青壮年都已外出务工去了，村里剩下的老人平时都沉默着。孩子们天真活泼，少年不识愁滋味，放学回家的路上总是三五成群嬉戏，却冷不防被连名带姓地叫了回去。

这个平静的小村子，在戊子年己未月，也就是2008年的某一天突然间变得热闹起来，村里的男男女女、老老少少都集中在了宋慈杭的家里，等着从他家那台大电视里观看北京奥运会开幕式。其实每家每户都有电视机，乡民们聚在一起只是图个热闹，有个说话的地方，有些说话的人。

说是热闹，其实也就十来个人，都不太说话，只是互相微笑着递着烟和茶。宋齐光的父亲宋慈杭、母亲蒋美鹃有门祖传的手艺，是村里的有钱人。这一晚，杨紫玉也来了，俗话说寡妇门前是非多，杨紫玉也不例外。

宋慈杭夫妇忙着招呼客人，端茶倒水就像家里办喜事似的。因此这个屋子里仿佛有了些喜庆的氛围，像是过年的感觉。

寡妇杨紫玉和她的独生子杨一鸣紧挨着坐在长条板凳上，这让宋慈杭的老婆蒋美鹃有些不安，早就听到自己的丈夫和寡妇杨紫玉有些不清不楚，没有拿到证据便也作罢。自此，蒋美鹃的目光极少停留在电视上，却在宋慈杭和杨紫玉之间瞄来瞄去，既希望又担心发现一些蛛丝马迹。

奥运会开幕式过了大半，宋慈杭也没有发现他的两个儿子回来，他不免有些担心。忽然之间，他又发现李家的两个女儿今晚也没来看电视。心想这四个人经常在一起玩，大概是对奥运会没有兴趣，跑外面玩去了吧。

宋天骐、宋齐光兄弟俩都是今年刚刚高中毕业，这段时间以来，他们之间似乎有了些貌合神离。宋天骐与弟弟宋齐光相比，在外表上就弱了很多。宋齐光人高马大，五官俊朗，整个人都显得很秀气，但他浑身的腱子肉又很有力量，偶尔也会露出强悍的一面。宋天骐个子矮了很多，肤色较黑，年纪轻轻的就有了"将军肚"，话不多，给人一种忧郁的感觉，与他的年纪不相符。

宋天骐和宋齐光本来想着毕业后，立马动身，去外面的世界闯一闯，他们是在和父亲宋慈杭表明要外出务工之时，才得知父亲准备开间"宋记老鹅汤"的打算，于是就立马暗自互相较着劲，都希望能得到"宋记老鹅汤"的祖传秘方。

宋慈杭和蒋美鹃是不同意儿子外出的，原因很简单，宋慈杭有祖传秘方制作老鹅汤，他正打算等两个儿子高中毕业后，若能考上大学那是最好，如若不能，就让他俩帮着开个店，让"宋记老鹅汤"重现江湖。

宋天骐是铁了心要继承秘方的，而宋齐光的愿望并没有那么迫切。一是因为哥哥是长子，继承秘方也是名正言顺；二是因为李小锦的催促，李小锦说都等了他大半年了，好不容易毕业了，应该早点出去。

宋齐光和李小锦年龄相仿，青梅竹马。直到宋齐光快高中毕业时，他们之间懵懂的感情似乎渐渐明朗起来。有时候牵一牵手，都能让宋齐光兴奋不已，而李小锦总是故作镇定似的心儿乱蹦。

奥运会开幕之夜，举国欢庆。多年以后，宋齐光觉得那时的人们是容易满足的，那种欣喜之情，仿佛至那一夜过后，从来就没有再出现过。

当家里的人越来越多之时，宋齐光悄然溜了出去，他去找李小锦。李小锦的家离得并不远，只几十步就到了。

屋里没有亮灯，借着月光还不算昏暗，只有李小锦和李小瑟姐妹俩在家。进得屋来，只见李小锦躺在床上，原本白皙的脸，在月光下显得尤其苍白。李小瑟在床边坐着，两人并不作声。

宋齐光轻声地说道："小锦，这是怎么了，生病了吗？"

"嗯，姐姐发热，度数还不低呢。"李小瑟答话。

"走吧，出去走走，或许要好一些。"话刚说出口，宋齐光觉得很有些不妥当，值李小锦生病之时。

李小锦抬了抬身子，李小瑟赶紧把枕头竖了起来，垫在姐姐的脑后。李小锦显得非常虚弱，她说："你们出去走走吧，我躺会儿，好累。"

李小瑟站了起来，就要往门外走。

"小瑟你别急，要么你去我家看奥运吧，我在这里陪小锦。"宋齐光说道。

李小瑟愣了愣，站着没动，也没出声。

李小锦笑着说："你们去玩吧，我没事的，小瑟你早点回来就是了。"

宋齐光觉得李小瑟在生着气似的，对于她和杨一鸣的事情，自己也正想和她说道说道，杨一鸣那小子不是个东西，最好不要和他过从甚密。于是他对着宋小锦说："我哥不知道到哪去了，他要是来这里找我，你就说我们去小河边了啊。"说完和李小瑟出门去，翻过那条大圩埂，就是一条小河。

上弦月，细细的还不够丰盈，就像这小河里的水，往年这个时候，河里的水早就满满的了。

一棵槐树，孤零零地生长在小河边。距离不太远就是成片的柳树，密密地生长在一起。那棵槐树下，成了宋家兄弟和李家姐妹相聚的地方。

宋齐光和李小瑟来到槐树下，想找处干净的地方坐下，只见脚下的草地呈墨绿色，宋齐光用手一抹，果然湿漉漉的。

李小锦的爷爷和奶奶在宋慈杭家看着北京奥运会开幕式。独自一人在家的李小锦头脑昏昏沉沉的，浑身一点力气也没有。一会儿出一身汗，一会儿又感觉到身体发冷。她将身子缓缓地往下移了移，找了一个舒适的位置，侧身面向里睡了。起初觉得冷时，让妹妹拿来条厚被子，此时又是浑身发热，她掀开去才觉得有些惬意。正当她睡意蒙眬之时，窗外有一双邪恶的眼睛正贪婪地盯着她。

大槐树下，宋齐光想对李小瑟说些什么，却又无从开口。他的心思还系在李小锦的身上，觉得留她一个病人在家，也是不妥。他就想着早点让李小瑟回家陪她姐姐去。

小河里的水流缓慢，在这个寂静的夜晚，发出轻微的"哗哗"声响。

宋齐光原本是喜欢李小瑟多一些的。李小瑟看上去没有她姐姐漂亮，性格上比她姐姐要随和一些，说话也都是直来直往且很大声。宋齐光喜欢这种性格，而李小锦却整个软绵绵的，但有时也显得非常强硬，容不得别人与她有不同意见。

宋齐光明白李家姐妹对自己的情意，或多或少都有些爱情的成分在。只是这次相反，李小锦似乎更主动一点，而李小瑟却只会生闷气。

到底还是宋齐光先开了口，他说道："小瑟，你最好少和杨一鸣来往，我发现你最近跟他走得挺热乎的嘛。"

"怎么了？吃醋了？"李小瑟转过头来，盯着宋齐光。

"我吃哪门子的醋，我觉得杨一鸣偷鸡摸狗的，人品不行。"

"行不行不关你的事，你还是管管我姐姐吧。她生着病呢，你不陪她倒过来陪我，你挺没心没肺的。"

宋齐光正在为此事纠结不已，听李小瑟这么一说，便来个顺水推舟。他说："嗯，你说得对，那我们回去吧。"

李小瑟嗔怒道："放心，死不了。她不是说累得很嘛，那就让她睡一会儿吧，别去打扰她了。"

又一阵沉默……

床上的李小锦掀开了被子，八月份的夏夜，暑气散得已经慢了。加之她又出了一身汗，内衣便湿漉漉得贴在了身上，一个成熟少女的玲珑曲线显现无遗。

窗外那双充满欲望的眼神，此时恨不得将她整个吞了下去。黑影向左右张望了一下，慢慢地挪动了脚步，轻轻地推开那没有上锁的大门，大门发出轻微的"吱呀"一声响。这响声，并没有惊醒熟睡中的李小锦。黑影转至房门，他把房门轻轻地往上提了提，然后再往里推去，这一回没有发出任何的声响。

只见李小锦面朝床里面侧睡着，短短的小褂子往上皱了起来，只能刚好遮住半个背部，腰部画出一道优美诱人的曲线，她的一条腿搭在卷在一起的厚厚的被子上，也因此将短裤往下拽了去，露出了雪白的臀部，浑圆的雪臀露了一条沟。

黑影站立在床前，呼吸急促了起来，他犹豫着，似乎在做着最后的抉择。黑影最终还是向前迈出了脚步，他急切地向床边冲了过去。

第二章 独自上路

北京奥运会的开幕式花团锦簇，五彩纷呈。宋慈杭的家里热热闹闹的，像是在过年。李小锦的爷爷、奶奶此刻显得有些心神不宁，他们对望了一眼说是要回家，又被热心的村民们劝住了，说再看会儿，好看得很。

宋齐光和李小瑟在小河边有一搭没一搭地说着话，彼此都显得有些心不在焉。

宋齐光还在竭力劝说着："小瑟，你又不是不知道，杨一鸣那人整天游手好闲的，他跟你不配。"

"我觉得他也不错。"李小瑟像是在赌气。

"还有，他那个妈名声也不好。"

"关他妈妈什么事，你还有这种老思想啊，亏你读了那么多书。你别管我，我不要你管，你是我什么人啊？"

"行。我不是你什么人，当我没说。"宋齐光抬腿要走，此时他觉得自己好像是管得太宽了一点，情急之下，又说出寡妇杨紫玉的坏话，倒真显得自己好没有风度。

"等等……"李小瑟喊住了宋齐光，却又欲言又止。

乡村的夜晚，宁静得连远处的蛙鸣声也分外清晰。

李小锦迷迷糊糊地翻了个身，丰满的胸脯微微起伏着，她的额头上沁出细细的、密密的汗珠，瘦削的脸上泛起潮红。略微有些厚的嘴唇微微地张开。

人影迅速地脱掉自己身上的衣服，直至一丝不挂。

"你……"李小锦在迷迷糊糊中感觉有个重物压在胸口，她睁开眼睛陡然看到一张扭曲的脸，情急之下不禁大叫了起来。只一个字出口，便被那人影捂住了嘴巴，李小锦顿时觉得毛骨悚然，像是一场梦魇。她想使出浑身力气来摆脱那个魔鬼，却又一点力气也没有，她的身体在一瞬间瘫软，任凭那魔鬼粗暴地撕扯着衣裤，她用双手死死地抓住裤腰，那人影竟也一时没奈何。待人影稍微松懈之时，李小锦拼尽全力将他掀在一旁，翻身下床向房门处跑去，人影迅速从后面扑倒了李小锦，李小锦挣扎着向门边爬去，就在触手可及门锁之时，却被人影死死地压在了身下。

李小锦刚要喊叫，就被人影掐住了喉咙，她只觉得那双手越来越用力，自己的呼吸已经停止，意识逐渐模糊……

李小锦清醒过来之时，发现自己躺在地上，汗水与土地的摩擦，让自己的身体显得非常脏，她睡在地上，泪水姗姗来迟，此时默默地流下。

突然，她听到窗外传来宋齐光和李小瑟的对话声，她艰难地爬了起来，捡起地上的衣服，摇摇晃晃地朝床边走去，扯过一条被子，将自己遮掩得严严实实。

李小瑟似乎发现了有些不对劲之处，她急切地说："姐，你没事吧？"

李小锦笑了笑，说："没事，你去睡吧。"

站在一旁的宋齐光闻到一股熟悉的味道，那是精液的腥味。但也只在脑海里一闪而过，他盯着李小锦的脸，想发现点什么，只见李小锦脸色苍白，眼眶里盈了些泪水。

宋齐光刚想向前一些，李小锦大声叫道："别过来！"

宋齐光停下了脚步，觉得李小锦的言语有些反常，他迟疑了一下，摇了摇头，默默地退了出去。

当一切都归于宁静之后，李小锦瞪大了眼睛看着屋顶，她怎么也想不到，欺负她的人竟然是他！

宋齐光回到家时，北京奥运会的开幕式已接近尾声。当他回屋时，瞥了一眼李小锦的爷爷奶奶，他俩正看得津津有味，咧着嘴笑着，嘴里的牙齿都掉得差不多了，笑起来，嘴就像是个黑洞。

宋齐光到底还是没忍住，他悄悄地走到李小锦的爷爷、奶奶身边，跟他们说，让他们早点回家，小锦有点不舒服，生病了。

李小锦的爷爷、奶奶朝着宋齐光笑了笑，转过头依然看着电视，间或跟旁边的人聊几句祖国强盛之类的话题，并没有把宋齐光的话当一回事。

宋齐光回到卧室，半躺在床上，回味着今天晚上，他也说不出什么感觉，总之觉得今晚有些不同寻常，且与奥运会开幕式无关。

宋齐光迷迷糊糊地进入了梦乡，也没注意到他哥哥宋天骐什么时候回的房间。

宋天骐和宋齐光这兄弟俩最近的关系比较紧张，缘由就是他们的父亲准备把"宋记老鹅汤"重新开起来。

"宋记老鹅汤"在马坝村是家喻户晓、人人皆知的一道美味，这些年来，名声已经传到了县城里。宋慈杭为了诚实守信，和外面的客户约定，每月逢五开市，约定之后，倒也清闲自在。每月农历逢五，宋慈杭总要从黑屋子里逮出来三只老鹅，自己动手宰杀清洗，然后亲自烹饪后出售。这一套程序下来，也着实让宋慈杭感到吃力。

宋慈杭于是想到了让两个儿子帮忙，也正好他俩都从学校同时毕业了，且同样没有考上大学。让宋慈杭苦恼的是究竟让谁来接自己的班，确实还一时难以取舍。

宋天骐有些木讷，成天不开笑脸，为此他的母亲蒋美鹃没少责骂他，让他见人要笑，不要成天愁眉苦脸的样子。每当蒋美鹃责骂宋天骐的时候，宋慈杭总是微笑着不说话，没人能猜得透他的心思。

与之相反，宋齐光倒是时常把微笑挂在脸上，逢人客客气气的，很有礼貌。在蒋美鹃看来，应该让老大宋天骐去外面闯闯，多见点世面，让老二留在家里做"宋记老鹅汤"。可奇怪的是，宋慈杭对此不置可否，甚至流露出相反的想法。

宋天骐和宋齐光还记得，当年他们的爷爷手把手地教父亲制作"宋记老鹅汤"，当年还年少，也没有太注意这些事情。现在想来有些后悔，凭着这一手绝活，虽然辛苦一点，但过上个舒心的日子应该不成问题。只是老祖宗有规矩，这门手艺传男不传女，且只单传。

宋天骐心里是有底的，他是长子，传承下这门手艺应该是情理之中的。不过弟弟宋齐光在家里似乎更讨父母欢心，传给弟弟也不是没有可能。为此，本已愁眉紧锁的他越发苦恼。

这一天，烈日炎炎，午后小睡醒了后的宋慈杭新沏了杯茶，躺在凉椅上若有所思。一会儿，他把宋天骐叫了过来。

"天骐，让你好好学习你不听，这回好了吧，唉，也真懒得说你了。"宋慈杭的语气中透露出了不满，但嘴角还是掩饰不住地有一丝丝的笑意。而这，低头默不作声的宋天骐并没有发觉。

"喏，给你五十块钱，去县城药店里买些调料回来。买二十块钱就够了，剩下的你自己花。"

"哦。"宋天骐接过钱，转身出了门。

县城离马坝村并不算太远，只十五公里的路程。砂石路铺到了村头，那里有一个小广场，算是车站，并无遮风避雨的站台。午后的太阳正毒，树叶也不动，地上热气腾腾的。

宋天骐刚站立一会儿，浑身上下就被汗浸湿透了。此时的宋天骐慢慢地开始有了些怨气，这做父母的有些偏心，为什么不喊弟弟上县城去买东西？这么毒的太阳，这么热的天倒是要我去受这份罪。

远远地，一辆中巴车缓缓地开了过来，车上陆陆续续地下来了三五个人，都急匆匆地往家赶。宋天骐想和这几个熟识之人打个招呼，看看那些人都绷着个脸，生怕开口打招呼，别人都不理他，想想便也作罢。

上得车来，只见一胖乎乎的司机和一个瘦小的售票员在说着话，宋天骐觉得他俩蛮喜庆的，像极了电视上说相声的组合。

"师傅，什么时候走啊？"宋天骐问道。

胖司机和瘦售票员相互对视了一下，各自露出不屑的笑容，好像显得彼此很有默契。

宋天骐顿时感到了不快，他不由得再次打量着自己的穿着。短袖衬衫加上西裤，脚上是一双凉鞋，除了衣服被汗湿以外，其他地方显得极其干净整洁。而自己除了个头稍矮一些，皮肤黑一些，五官也算端正，这也并没有什么可笑之处。宋天骐见这两人没搭理自己，也不再问了，找了个靠窗的位子坐下。他伸出手在窗外招了招，一丝风也没有。车厢里，比外面要闷热许多。

时间一点点过去，不知是因为天气的原因，还是因为那两个人无声的嘲笑，总之，宋天骐的心情非常糟糕。坐在车里，他像受着双重的煎熬，一个是肉体，一个是精神。

渐渐地，车上的人多了起来。这天气他们倒像是习惯了，乡里的汉子和村妇们说笑着，有时汉子们也动手动脚，被村妇拍打着、咒骂着。车厢里顿时热闹起来，一切都显得乱哄哄的，却也有一份轻松愉悦。

这一路上，车厢里有的男男女女说着带颜色的笑话，在他们看来只是个玩笑而已，而宋天骐觉得他们很过分，也没人看到他时常涨红的脸。直到离开车厢，宋天骐才觉得一身轻松，几步就冲到了门口，像是急于逃离。

第三章　望他乡

宋天骐曾经跟着父亲来到过这家药店，他轻车熟路地一会儿就来到药店，买了三十块钱的调料，装在一个小布袋里。看看时间尚早，手里还有二十块零花钱，虽说这一趟出门心里是很不情愿的，但事情办完后心情蛮愉快。这二十块钱怎么花？看场电影，买盒冰淇淋，或者去馆子里吃一顿，算来算去，宋天骐又觉得这二十块钱不够用。

最终的决定让宋天骐自己颇为得意，他决定一分钱不花，原原本本地还给父亲。他觉得他将"小不忍则乱大谋"这句话理解得很透彻。

而此时的宋齐光正和李小锦还有李小瑟，他们三个人躲在了小河边的那片柳树下。虽天气炎热，但这片浓密的树荫还是挡住了不少的暑气侵入，这一眼看上去清澈的河水，也让心情宁静了不少。

李小锦虽然经历了昨晚的非人折磨，但她并没有表现得过于悲伤。宋齐光和李小瑟似乎也发现了什么，只是也没有明说。气氛显得有些沉闷和尴尬。

沉闷总是由宋齐光打破，仅一会儿又归于沉闷，如此循环着，将至日暮时分。

"小锦你这话说得不对，你们都出去了，你爷爷、奶奶谁来照顾？"宋齐光说道。

李小瑟抢白道："爷爷、奶奶还没那么老吧？照你这么说，我和姐姐只能在家里混吃等死一辈子了？"

李小锦抬起头，观察着宋齐光的表情，她想通过宋齐光的表情，探究昨晚那场悲剧到底有没有被他发现什么，至于外出打工，她并不是十分在意。

李小锦和宋齐光的恋情，也只是处于半公开状态，除了经常在一起的宋家兄弟和李氏姐妹，还没有别的人知道，包括他们双方的父母。

而李小锦和宋齐光的这场恋爱，也着实平平淡淡，没有初恋般那样浓烈。他们之间没有过多的兴奋、期待和喜悦，也没有痛苦和心碎的感觉。感情就像这河里的水一样缓缓地流淌着。

那晚的一个吻，算不得冲动，但也从此固定了他们的恋爱关系。

李小锦的心里非常清楚，不管宋齐光答不答应，她都是要出去的，马坝村已不是她的久留之地了，原来就有种淡淡的念想，希望等宋齐光学校毕业后，他俩一道去闯世界。这宋齐光却总是犹犹豫豫的，他私下里说过，要把父亲的"宋记老鹅汤"的本事学到手，然后去县城或是省城去开一家夫妻店，生活什么的应该是没有问题的。

李小锦也是将信将疑，答应等他。

只是北京奥运会开幕式之夜，那场梦魇让李小锦备受煎熬，无数个念头在脑海里反复出现，终究被一一否决了，只想逃离这块地方，逃得远远的，逃到一个无人认识她的地方，至于宋齐光是不是同行，倒在其次了。

小河边的这块柳树林，是宋家兄弟和李氏姐妹常来的地方，不论春夏秋冬。偶尔杨一鸣会加入进来。马坝村里这五个小伙伴走得最近，杨一鸣并不热衷于这样的聚会，他自从学校毕业后，整天忙忙碌碌的，好像有不少事情要等着他去做。平时的柳树林之约，他参与得也并不多，少了他也并不显得有多么冷清。宋齐光说他的哥哥去县城买东西去了，他觉得像是缺少了什么似的，有点儿失落。

这三个人看着面前的河水缓缓地流淌着，水面上不时有枯树枝叶安静地漂过。

李小锦抬起头，此时的她既希望宋齐光能与她一道同行，但也感觉到他似乎离自己越来越远。

"齐光，你们家那'宋记老鹅汤'手艺不是只传给一个人吗？我看你也别争了，我们走得远远的。只要勤劳肯吃苦，世界这么大，还容不下我们两个？"

宋齐光还是想着"宋记老鹅汤"的祖传秘方，每月逢五的日子，总是有人来他家收购老鹅汤，用一只大木桶装走，扔下一沓钞票。父亲谦和里透着骨气的那种骄傲之情，总是让宋齐光羡慕不已。

"现在啥时代了，还什么单传双传的，家里就我和我哥两个人，一起学了不就得了？然后各自做各自的生意。我想我父亲不会那么死板的。"宋齐光说完有些不安，他隐约感觉到父亲确实是个死板之人。

细心的李小瑟看见李小锦哆嗦了一下，只见李小锦缓缓地站了起来，拍了拍衣裤上的尘土，朝着宋齐光说："不管你走不走，我反正是要走的。"说完转身就要离开。

"姐，姐，你等等……"身后传来李小瑟的叫喊声，李小锦没再做停留。

宋齐光显得有些懊恼，他对于李小锦的毅然决然感到无能为力，也因此觉得自己在她心目中的渺小，自卑感油然而生。

当他也准备离开的时候，李小瑟轻轻地拉住了他的胳膊，轻轻地，轻到有些若有若无的声音。

"齐光，让她走，让她走。"李小瑟仿佛也觉得这话说得不是时候，就没再往下说了。

李小锦似乎听到了什么，抑或是恋恋不舍，她虽然没有停下脚步，却微微侧转了身体，扭头向后面看来。只见妹妹挽着宋齐光的胳膊，两个人也都朝她这边看着。李小锦笑了笑，突然觉得他们两个人在一起，或许更加合适，这个念头也只是今天刚刚才会有的。若换作以前，妹妹和宋齐光有一点儿的暧昧言语，自己会立刻甩脸色给她看。

这次的离家，李小锦走得很突然，连她的爷爷、奶奶都没来得及阻止，她就已经踏上了离家的路。

一个被爱心包围的人，总想着去关爱别人，一个被伤害的人，是不是也总想着去伤害别人呢？李小锦坐在开往省城的火车上，窗外的一切都是新鲜的，却丝毫没能引起她的兴致。倒是这样一个颇有些哲学意味的问题，不断地浮现在脑海里。隐约中，李小锦有了一种不祥之感。

李小锦的离开，很是让宋齐光和李小瑟唏嘘不已。李小锦的不辞而别，竟然令宋齐光有了一种解脱之感，偶尔袭来的这种感觉，让宋齐光觉得自己有些卑鄙，他会偷偷地脸红一阵子。

这几天来，最郁闷的要算宋天骐了，当初的那个"分文不花"的计划没有收到成效，倒是有些弄巧成拙了。还是那天去县城买东西，尽管他去看了一场电影，又去网吧玩了会游戏，再买了些吃的、喝的，二十块钱早就花完了。回家后他原本想好好地表现一下，偷偷地又从自己的零花钱中拿出了二十块钱，打算父亲要是问起的话，就说一分钱没乱花，好落个勤俭节约的印象。果然不出所料，在一家人吃晚饭时，宋慈杭不经意地问道："天骐，你今天去县城，都干了些什么啊？"

"没干什么。"宋天骐的心中有些窃喜，大概计划要成功了。他等了半天没见父亲有下文。他有些等不及了，掏出二十块钱往桌子上一放，说道："爸、妈，喏，钱给你们。"

蒋美鹃有些欣喜，又有些心疼儿子，她笑着骂道："真要命，现在也不像过去那么穷了，你爸那个'宋记老鹅汤'还是有些名气的，我们家也不缺这二十块钱，你爸给你，你就花了呗，这大热天的，也不晓得买瓶冰红茶喝喝。真是的。"

宋天骐只顾吃着饭，并不作声。

"这孩子……"蒋美鹃见儿子不作声，越发地心疼起来，眼眶都红了。

"行了，行了，吃饭。"宋慈杭板着个脸，刀削石般的瘦长脸，透着股机敏，乍看之下，那张脸也不是那么和善。

此时的宋齐光越发觉得自己好像变了个人似的，以前兄弟情深的那般感情越来越淡，甚至烟消云散了。而这，宋齐光觉得并不是一个二十岁的年轻人所能做的事情。

"哥，你孬子啊？这么热的天，你都舍不得买瓶冰水喝，这要是中暑了，死在外面都没人晓得。"这看似关心的话说出口后，宋齐光觉得更多的意味是一种嘲讽。这段时间以来，宋齐光时常感觉到痛苦，没有在学校读书时那般善良和单纯了，此时，难道真的要为"宋记老鹅汤"的祖传秘方而耍小聪明吗？其实宋齐光认为父亲可以早早挑明了接班人，剩下的那个进城务工去就行了。但他又担心真正的接班人不是他自己，也是犹豫着不敢问，生怕父亲的话一旦说出口，就没办法更改了。

"不要乱说话。"蒋美鹃骂道。

宋慈杭还是面无表情地说："行了，行了，吃饭。"

蒋美鹃于是又冲着他吼道："吃饭，吃饭，你就晓得吃饭，你也不管管老二，都老大不小的了，讲话嘴都没个把门的。"她又用筷子指了指宋天骐，说，"还有你，窝窝囊囊的，哪里像一个男子汉。"

宋天骐和宋齐光兄弟俩都不作声。宋慈杭偏着头看了看蒋美鹃，脸上有鄙夷之色。蒋美鹃最受不了这个，她又满是冷嘲热讽地说着："你看看你，成天就晓得喝酒，生下这两个儿子都是造孽。"

"放心，这两个儿子，肯定比我们两个聪明，你就不要瞎烦神了。"宋慈杭实在忍不住了，继续说道，"还让不让人吃饭了？"

晚餐过后，宋天骐觉得事情并没有朝着他计划的方向去走，自己装作省下这二十块钱，于此时看来，似乎并不是一件好事。父亲让他独自去办事，或许是种考验，他在等着弟弟的表现。果不其然，同样是个下午，父亲叫宋齐光去县城买东西了，所不同的是这次父亲给了他一百块钱。

第四章　兄弟暗战

宋齐光拿着父亲给的一百块钱，踏上了去往县城的路程。汽车一路颠簸得厉害，而宋齐光一点儿也没觉察到，他在思考父亲安排他去县城买东西，这个情景再现隐约是一场考试。自己面临着和哥哥同样的考验，究竟要怎么样去应对，他一会儿觉得非常简单，一会儿又觉得极其复杂，理不出个头绪来。

哥哥宋天骐的表现获得了母亲的认可，父亲却有些不以为然。而父亲手握着"宋记老鹅汤"的秘方，当然还是要以父亲的标准去做比较妥当。

这一路上，宋齐光都在苦思冥想。

匆匆买好东西，宋齐光走在街上汗流浃背，他转入一个大商场，里面的冷气开得很足，宋齐光打了一个哆嗦，只一会儿，汗就止住了。湿漉漉的衣服贴在身上有些凉意。他四处牵了牵了衣服，让衣服暂时不贴着身体，这才觉得舒服了一点。他在商场供客人休息的长椅上坐下，继续思考今天该如何应对父亲的考验。

眼前不断路过的红男绿女干扰了他的思路，尤其是那些少女，只穿件吊带裙，瘦一些的女人还好，那些丰满的女人，将紧绷在身上的衣服撑得鼓鼓的，走起路来那两大坨肉上下颤动，将宋齐光的眼睛死死地勾住。

"看什么看？没见过美女啊？！"两位路过的女孩既羞又恼。

宋齐光尴尬地咧了咧嘴，觉得自己有些失态了。他将身子往下挪了挪，好让脑袋靠在椅背上，眼睛盯着二楼，却也正巧目光对准了楼梯，又将上下楼梯的女人们短裙内的风光尽收眼底，这让宋齐光的心又怦怦地跳动，心神有些不宁。好在距离还算远，没有人注意到他。正当他津津有味地看得入神时，脚被人踩了一下，虽不怎么痛，但让宋齐光心里一惊，他怕他的偷窥被人发现了。当他缩回双脚，坐正身体时发现一个胖胖的女人正望着他，这让他有些莫名其妙。尽管如此，宋齐光仍然没有出声质问她为什么要踩他的脚。

"小流氓。"胖女人丢下这三个字便离去了。

到底还是被发现了，宋齐光的脸腾地就红了，他想这大商场里恐怕不是久留之地，自己思考的问题一点也没头绪，反倒两次被认为是变态流氓了。走吧，还是走吧。宋齐光离开了商场，街上热浪滚滚。宋齐光觉得这县城里的热，和他们村里的热，还不是一回事。这里的热是完全将人包裹起来，就像身处密室之中，没有一丝的光亮，热得让人绝望。而马坝村的热，偶尔会透出那么一丝丝的凉风，就像密室里透出一些光亮，能够呼吸到新鲜空气，虽然也是身处热浪之中，但还算有些念想。

宋齐光看到街角，也是十字路口的那边有个凉亭，旁边有几棵树。他仿佛找到了马坝村的感觉，三步并作两步走了过去，在树下坐了下来。这里没有阳光直射，就显得阴凉了一些。

街上的行人不多，偶尔有两三个人匆匆走过，也都是些年轻女子。宋齐光觉得有些奇怪，这座并不陌生的县城，几时出现了这么多时尚装扮的女人？自己好歹在这县城中学也读了三年书，可那时怎么就没发现。而且自己毕业后离开这座县城也就两三个月的时间，这变化有这么快吗？

宋齐光打算想好应对之策再回去，这次来县城，他无心玩耍，眼前路过的，撑着遮阳伞的女人们花枝招展，露出大片雪白的肌肤，宋齐光觉得她们露出来的部分比遮住的部分要多得多。

思路一次次地被打断，宋齐光觉得有些无可奈何。干脆还是见机行事，走一步算一步吧。只是临回马坝村时，他又折回那家商场，买了一副护膝和一条毛巾。商场的收银员看着这个还算英俊但是有些愣头愣脑的人，不禁"扑哧"笑出了声。宋齐光微微笑了笑，付了钱拿起护膝和毛巾迅速地离开了。

正是暑气难当的酷夏，买护膝确是件好笑的事。但宋齐光却有些自鸣得意，你们哪里懂得我的心思。

回到家正赶上晚饭时间，宋齐光把买好的东西放在墙角，去厨房盛了碗饭，回到桌上狼吞虎咽了起来。

宋慈杭笑着说："装什么傻？钱呢？"

"什么钱？"宋齐光头也没抬。

"给你一百块钱，买了三十块钱东西，还剩七十块呢？不会全花光了吧？"

"爸你可真是的，就给七十块钱还带往回要的啊？"宋齐光这才抬起头，一副不高兴的样子。

宋慈杭正准备说话，蒋美鹃抢在了前头，她说："你个败家子，一点也不学好，你哥哥二十块钱都没舍得花，你倒好，七十块钱都花光了吧。"

宋慈杭见蒋美鹃一副气急败坏的样子，笑了笑没再作声了。

"妈，七十块怎么够花？你哪趟到县城去，七十块钱能把你打发了？你别看你这么大岁数了，买起衣服来可真舍得。你说你穿给谁看啊，你们都老夫老妻了，要省两个钱好不好，我们兄弟两个要结婚的时候你有没有准备好啊？你就晓得讲我，你自己呢？"

蒋美鹃本想数落一下子也就算了，没想到老二说起自己来了，想想真是既好气又好笑："老宋，老宋你管不管？"

宋慈杭微笑着端起了酒杯，抿了一口酒，有意无意之间发出"啧"的一声，好似很享受美酒的滋味。

"妈，你就别吵了，喏，给你买的毛巾，你那条毛巾都破成什么样子了，都像扫把了。"宋齐光从裤袋里掏出毛巾，白色的，上面有些小碎花。可能是儿子第一次送给自己的礼物，蒋美鹃一阵欣喜之后，便不再言语，她有些心酸。

宋齐光又朝着父亲说："爸，你也别看我，这是给你的。"一副护膝放在了桌上。

宋天骐有些不明白，他说："这大热天的买护膝有什么用？"

宋齐光笑着说："哥这你就不明白了，不都说冬病夏治，老爸的膝盖不能受凉，我看早晚戴上护膝是不会有错的。"

宋慈杭放下酒杯，拿起了护膝左看看、右看看，有些爱不释手。蒋美鹃看在眼里，觉得他心里的天平已经在倾斜了。

"别看了、别看了，吃饭、吃饭。"蒋美鹃有些惴惴不安。

此时的宋天骐心中打起了鼓点。这种吵闹的背后，有着浓浓的亲情味道在，弟弟的表现可比他上次好多了。

宋天骐和宋齐光这兄弟俩长相差距很大，可都同样具备缜密的心思。父亲大同小异地喊他俩分别去了趟县城办事，极有可能是在做选择题。

吃过晚饭，宋慈杭新沏了壶茶，在房间里等蒋美鹃。他让两个儿子去县城办事，确实是在做一些考验，考验这兄弟俩的办事能力，以决定将"宋记老鹅汤"的秘方传给谁。兄弟两人，只有一个人继承这门手艺，一是祖上传下来的规矩，二是不能把鸡蛋放在一个篮子里。宋慈杭以他老农民的人生经验做着抉择。

蒋美鹃收拾完碗筷，并没有像往常一样地洗好、搁好，而是着急地进了房间。

"老宋，怎么办？"显然，他们之间早就有了默契。

"老大，老二都出去了吧？"

"嗯，早跑没影子了。"

宋慈杭沉默了，他端着茶杯的手悬在半空，一副若有所思的样子。

倒是蒋美鹃等不及地说道："我看老大行，老大守得住财，他二十块钱都没花完。老二成天稀里糊涂得不着调，花钱还大手大脚的，不行。"

宋慈杭一声长叹："你只知其一，不知其二。做买卖是要讲究诚信，但太实诚了也不行，也就是老人常说的'害人之心不可有，防人之心不可无'的意思。我看老二行，老二心思多。"

"老二不行，老二不行……"蒋美鹃的声音忽大忽小，当觉得声音足以大到方圆几里地都能听到时，她不得不降低了分贝。

宋天骐和宋齐光再也不像往常一样，一到了晚上便在一起东游西逛。宋齐光喜欢到李小锦家去玩，而宋天骐最近总是不知去向。

直至这兄弟俩相继回到家时，蒋美鹃和宋慈杭才安静了下来。

一切都似乎很平静，唯一不同的是，在这个初五的日子，宋慈杭喊醒了宋天骐，让他去烧开水。而宋慈杭来到那排小矮屋前，半人高的小矮屋子乍看是全封闭的，只见宋慈杭掀起屋顶的草席子，又掏出钥匙打开挂锁，再掀起半边屋顶的木板，从里面伸手拽出一只老鹅。老鹅发出"嘎嘎"的叫声，可能也是觉得死到临头了，也许是长期不会鸣叫的缘由，此时老鹅发出的叫声有点奇怪。

老鹅的叫声惊醒了宋齐光，他有些心神不宁地悄悄来到窗前。他看到在院子里忙碌着的父亲，紧接着，他看到哥哥端着一脸盆热气腾腾的开水，倒在院子里的大木桶里，这让宋齐光很是惊讶，一阵失落感袭上心头。

第五章　找寻之路

　　宋齐光按下心头的怨气，装作要帮忙的样子来到院子里，他在等待父亲叫他，可父亲却当他是个隐形人似的，只顾忙着自己手里的活。

　　宋齐光有些尴尬，此时走也不是，留也不是。他看着晨曦中的父亲，父亲四十多岁却已两鬓斑白，黝黑瘦削的脸上面无表情，目光只关注着手里的活计。在旁边打下手的宋天骐也是默不作声。宋齐光一时觉得自己在这个家里是个多余的人。

　　"爸，我能帮着干点什么吗？"宋齐光强打着精神，故作轻松地说道。

　　"没你什么事，该干吗干吗去。"

　　"爸！你是不是要让哥哥学这门手艺，不打算教我了？"

　　"是的。"

　　"凭什么啊？我不是你儿子啊？"

　　宋慈杭停了手里的活，抬起头来看着宋齐光，说："这'宋记老鹅汤'不知道是从哪辈子传下来的，到我手里时我只知道都是单传的。没有传给两个人的事，你哥是长子，当然你哥来学了。"

　　宋齐光此时已是有些恼怒，他的声音大了一些。"爸！这都什么年代了，还讲那些老古董有意思吗？你懂不懂什么叫分享。算了，不跟你说这些，你也不懂。我和哥哥一起学，行不行？"

　　宋慈杭低下了头，继续忙活着，没有搭理宋齐光。此时蒋美鹃听到声响也跑了出来，她说："老宋，你就让老二一道学吧，以后就算是开两家店，离得远一些就是了，不影响的。"

"你们都不要讲了，这老传统、老规矩，我还是不敢破啊。"宋慈杭的语气斩钉截铁。

蒋美鹃轻叹了一口气，转身又回屋里去了。宋天骐没有说话，和他父亲一样地面无表情。宋齐光见此情景，知道已回天无力了，他有些责怪哥哥，怎么不帮着讲一句话呢。

宋齐光急匆匆跑回房间，他收拾了几件衣服，拎着个包就要出门。蒋美鹃慌慌张张地跟了出来，问他到哪儿去？宋齐光瓮声瓮气说要出去打工。蒋美鹃慌忙地喊着"老宋、老宋"。

"让他去，给他拿些钱带上。"宋慈杭好似早就心意已决。

蒋美鹃从口袋里掏出一把钱，数也没数就往宋齐光的口袋里塞去。

宋齐光在离开家的时候，他回了一下头，看了看忙碌着的父亲，眼里噙着泪水的妈妈，还有那嘴角挂着笑容的哥哥。

这一走，前路漫漫……

宋齐光赶上了开往县城的第一班中巴车，车子行驶在乡间砂石路上，窗外的景物随着天色渐亮，也渐渐地清晰起来，而自己的前途确是迷茫。

李小锦，这个名字出现在了脑海里，不知道她身在何处，过得怎么样？也怪自己走得过于匆忙，应该去李小瑟那儿去问问她姐姐在哪里？此时再回去吧，实在丢不起这个人，算了，还是等学校开学了，到李小瑟的学校里去找她吧。好在还有大半月就要开学了。

宋齐光和李小瑟在一个学校读书，他比李小瑟早一年毕业，找到她还是轻车熟路的。

下了车，宋齐光看着车站川流不息的人群，觉得很孤独，究竟何去何从？

而此时的李小锦，正在离他不到三公里的一家工厂上班。工厂坐落在开发区内，虽然是个县城，但开发区却是国家级的，占地非常大，知名企业也有不少。李小锦自从离开马坝村后，并没有走远，就在开发区里的一家企业做工，她原本料想离开马坝村是迟早的事，却没料到离开得这么快。她经常在夜里被噩梦惊醒，有时也会大叫起来，让同宿舍的工友们很是不安，或是不满。

流水线上的工作是枯燥无味的，机械的动作每天都要重复成千上万次，此时才会让李小锦不安的心平静下来。每当吃过晚餐，小姐妹们在寝室里叽叽喳喳地说笑着，李小锦总是在安静地捧着书看，只是那一页，过了一小时、两小时也不曾翻过。

和刚刚走出马坝村的李小锦一样，宋齐光也是打算到开发区的一家企业去上班。开发区的企业正在闹用工荒，所以尽管费了些周折，他还是在"大华通用制造"寻到一个职位。同一间办公室的只有一个女孩，虽相处只几天，却也像是矛盾重重似的，这让宋齐光有些懊恼。

这一天，两人又为了一个称呼争吵了起来。

"叫我齐光就行了。"

"臭不要脸！"

"我怎么就臭不要脸了？"

"还齐光呢，还千纸鹤，冒充文艺范！"

"你真是的，那是我爸给我起的名，关我什么事？"

"算了，算了，跟你犯不着说这些。"

宋齐光一时非常郁闷，和对面的这位女孩也就刚刚认识几天时间而已，知道她性格有点泼辣，但也不至于开口就骂人家臭不要脸，我们还没熟到那个程度。

刚刚是因为赵晚晴叫宋齐光为宋老师，宋齐光客气了一下，说叫我齐光就行了，哪知赵晚晴却喜怒无常地发起了无名火。真是受不了这个脾气很坏的女孩。

办公室里一台老旧的空调发出"嗡嗡"的响声，或大或小，或快或慢，宋齐光有些受不了这个，他觉得都快为这个"嗡嗡"声抑郁了。

隔壁的赵胖子四十岁左右，戴着一副金丝边眼镜，成天绷着脸，见谁都不笑。宋齐光并不怕他，刚刚应聘来到这个企业，就是由那位赵胖子负责招工的。赵胖子出了一道题，差点没让宋齐光喷血。但也是由于宋齐光的回答得到了赵胖子的认可，他才顺利进入了"大华通用制造"。

赵胖子问："月亮与太阳多长距离？"

宋齐光抓耳挠腮答不出来，无奈地说："不知道。"

"那么上山三条腿，下山四条腿是什么动物？"

宋齐光一时血往头上涌，牙咬得紧紧的，他生怕一冲动，要上去揍那个赵胖子。"不知道啊，我不知道。"

赵胖子面无表情地喊道："下一个，下一个！"

宋齐光此时觉得有点绝望，这一次应聘恐怕又是凶多吉少了。

临出门时，宋齐光忍不住问道："请问您，上山三条腿，下山四条腿是什么动物？"

赵胖子白了宋齐光一眼，"我也不知道。"

宋齐光把拳头攥紧了，头也不回地摔门而去。

正当宋齐光在出租房里为生计一筹莫展之时，好运来了。一个声音甜美的女孩子给他打来电话，说是让他去"大华通用制造"报道。一听到"大华通用制造"，宋齐光头脑里立马浮现了赵胖子那张欠扁的脸。

来到赵胖子的办公室，宋齐光笑容满面地掏出香烟，递给了赵胖子。

"你会抽烟？你一个二十出头的人，最好不要抽烟。"

"我不会抽烟，今天第一天上班，我寻思着给前辈师父们敬一根烟。我不抽烟的。"

赵胖子依然面无表情，但声音明显提高了分贝："市侩！"

宋齐光又动了揍赵胖子的心了。但却谦卑地连声说："是，是，是，以后改正。"他深知这次工作机会的来之不易。

"去吧，隔壁办公室，具体工作还有薪酬方面的事，由赵晚晴跟你说。"

"好，好的。"宋齐光深深地鞠了一躬。

宋齐光的这一举动，让赵胖子心颤抖了一下，他的儿子正在北京工作，年纪比宋齐光大不了一点点，他心想，若是自己的儿子能够如此诚实和有礼貌，该有多好。

"等等，你知道为什么录用你吗？"赵胖子面无表情，但心里却似翻江倒海，百感交集。

"感谢领导，不是很明白。"

"齐光啊，我跟你讲，面试时我问你三条腿上山，四条腿下山是什么动物，确实没什么答案的。但是有各种人跟我说各种解释，其实都是扯淡。只有你说不知道，那是一种诚实的品格，当下这种品格太可贵了。"

宋齐光苦笑着。不过赵胖子叫他齐光，让他觉得好温暖。

"还有，年轻人就是年轻人，二十岁永远不可能有四十岁的思想，也做不了四十岁人做的事。所以，你别市侩。"

"嗯，记住了。"此时，宋齐光觉得赵胖子不那么可恶了。

转身来到隔壁的办公室。赵晚晴对宋齐光的到来表现得很是热情，详细跟他交代了工作职责和薪酬标准。一间不大的办公室里只有两张桌子，还有一把椅子放在不远处。这就是算是人力资源部的招聘场所了。

宋齐光看着对面的赵晚晴，只见她扎着两条麻花辫子，雪白且胖乎乎的脸上有些雀斑，身材高大丰满，年纪二十四五岁的样子。宋齐光一直有些奇怪，厂服穿在她的身上特别合体，像是量身定做似的。

赵晚晴和宋齐光搭档，在人力资源部负责招聘的事情。赵晚晴因为比宋齐光早来，因此在招聘中也占据了主导地位。铁打的营房流水的兵，不断地有人辞职，也不断地有人应聘。

这一天，赵胖子领进来一个女孩，说是让赵晚晴履行一下手续，职位是总经理秘书。

第六章　青涩之果

宋齐光心中暗自发恨，自己哪天也一定要做到总经理的位子。为什么总经理秘书就一定是尤物。此女孩全身上下足可以用增一分则太长，减一分则太短，着粉则太白，施珠则太赤，眉如赤羽，肌如白雪，齿如含贝。两弯似蹙非蹙笼烟眉，一双似喜非喜含情目。只一低胸小背心加牛仔裤，外加一双耐克板鞋，就让她鲜活了起来，就更别说不是很丰满的胸部，生生挤出了一条乳沟。

这让宋齐光的眼睛无处安放，只好低头帮她填着表。这才得知女孩叫申心，22岁，毕业于皖城职业技术学院计算机系。

"谢谢。"申心淡淡地说，冲着宋齐光莞尔一笑。

宋齐光觉得自己的脸有些发烫，"不客气，不客气。"他觉得申心确实有迷人的魅力。

宋齐光自申心走后，竟然有了些失魂落魄，自此他相信有些女人是可以一见钟情的。他的恍惚都被赵晚晴看在眼里。

宋齐光自从进了"大华通用制造"，一直没见到过总经理，他见过最大的官就是隔壁的赵胖子。这回见了总经理秘书如此娇艳，于是又寻思着总经理是什么样的人？

"赵姐，我想请教你个事情。"宋齐光一如既往地礼貌有加。

"不要乱叫。"

"你这是怎么了？好好喊你姐，你干吗啊？"宋齐光顿时心生不满。

"谁是你姐了，我比你大吗？"

"嘿嘿……"宋齐光觉得还是有点冒失，他接着说："我22岁，你呢？"

"没听过女孩子年龄是不能打听的吗？"

赵晚晴一副咄咄逼人的口吻，让宋齐光心里确实有些不爽。

"算啦，不说了。"

"别啊，什么就不说了？我21岁，你喊我姐？"

"好，好，好，我是你姐行了吧？"

"傻乎乎的，你变性啊？"

"呵呵，上个厕所。"宋齐光边往外走，边想这姓赵的好像都不靠谱。

日子一天天地过去，宋齐光只是偶尔能看见申心，她的一举一动都深深地吸引着宋齐光。少年的心，再也不能平静，他暗恋着申心。于是，宋齐光总是有意无意地想接触申心，尽管很难，他也是绞尽脑汁，想方设法地去接近她。

渐渐地，苦心人天不负，宋齐光和申心逐渐熟络起来，话也多了起来。

这一天下班后，宋齐光依然在离厂房的不远处等她，只是十回有九次是空等。远远地见她款款而行，宋齐光一阵欣喜，笑容就不自觉地写在了脸上。

"下班了啊？"宋齐光一脚支地，跨坐在电瓶车上。

"嗯，今天好轻松啊，可以好好放松一下了。"

"来，上来吧，我送你。"

"呵呵，你不怕啊？"

"我怕什么呀，我单身贵族一枚。"

"拉倒吧，单身是无奈吧，贵族就更谈不上了。"申心笑了。

"嘿嘿，我开玩笑呢，你的幽默感哪去了？"

申心一边笑着说"贫嘴"，一边就一偏腿坐上了电瓶车。

宋齐光骑车的速度并不快，他希望到那个十字路口的距离再远一些。而申心双手紧抓着宋齐光腰部的衣服。

目的地越来越近，"咯吱……"电瓶车的刹车声有些刺耳。

"谢谢你，再见吧。"申心跳下车，笑盈盈地看着宋齐光。

"客气啥，到宿舍给我打电话啊。"

"装绅士啊？不想到我宿舍去喝杯茶吗？"

"我倒是真想，可你也不邀请我啊。"

"呵呵，下回吧。"

宋齐光此时有些不舍："嗯，好的，要么我们去逛逛？"

"不了，我好累，我想睡了。"

"这鬼天气，好像要下雨，那就下回吧。"宋齐光掉转车头，赶紧朝自己的工厂宿舍骑去。他不知道申心为什么要租住在外面，既不安全，又花钱。想了一阵也想不出个所以然，索性不去想了。

工厂宿舍的条件非常好，两个人一间房，电视、空调，厨房用品，卫生间等设备都是齐的。宋齐光看了一会儿电视连续剧。

窗外一片漆黑，雨点打在窗棂上，发出"啪啪"的响声。宋齐光关掉电视，上床想了一阵申心和赵晚晴这两个女人，便沉沉睡去。

突然响起的手机铃声吵醒了正在酣睡的宋齐光，他从枕边摸到了手机，按下接听键。

"宋齐光，我怕！"

"别怕，别怕，你在哪里？"

"我在宿舍，窗子外面好像有个人。"

"你别出去，把门窗关好，我马上就来。"

宋齐光急忙穿上衣服，又拿起了雨披，转身打开了门，门外伸手不见五指，大雨倾盆。他犹豫了一下，依然拧开了电瓶车的大灯，向着那个十字路口一路狂奔，可是，他心里是焦急的，因为他每次只是送申心到那个十字路口，并不知道她的具体地点。他寻思着到了那个十字路口再打电话吧，现在实在腾不出手来打电话。

　　"咯吱"一声响，电瓶车发出刺耳的刹车声。宋齐光掏出手机，焦急地按下了回拨键。"嘟，嘟，嘟……"。

　　电话是通的，但无人接听。

　　宋齐光一遍又一遍地拨打着手机，心里越来越感到恐慌。在拨到第三遍的时候，他忽然发现，手机里显示的号码好像并不是申心。再仔细一看，原来是赵晚晴。嗨，这事闹的，自己脑子里全是申心了，潜意识里又觉得申心的出租房并不安全，因此闹出了这么一个天大的误会。

　　宋齐光调转车头，又向赵晚晴的宿舍驰去，这回他的心里定了不少，倒并不是不关心赵晚晴，而是她虽然一个人住，但好歹是在厂区宿舍里。

　　来到赵晚晴的宿舍时，宋齐光已如落汤鸡一般，感觉到阵阵的寒冷，身体也哆嗦了起来。

　　"砰，砰"，宋齐光轻轻地敲着门，生怕吓到了赵晚晴。

　　灯亮了，门开了一条缝，赵晚晴那张胖乎乎的脸露了半边："你还真来了啊？"

　　"可不是吗，你没事吧？"

　　赵晚晴笑了起来："没事，没事，我跟你开玩笑的，你还真来啊？"

　　宋齐光一时急火攻心，不断落下的暴雨似乎浇不灭他的怒火，"开什么玩笑！"他一脚踢在门上，门框撞到了赵晚晴的脸，她"哎呀"一声，捂住脸蹲在了地上。宋齐光转身就走，并没有再理会赵晚晴，他的心中被屈辱填满，他觉得赵晚晴不该这么要他。

第二天上班时，宋齐光看到赵晚晴的脸上红肿了起来，也觉得自己有点过分了，于是他笑着说："晚晴，你没事吧？昨晚我是冲动了，对不起。"

赵晚晴未语泪先流："没事的，其实昨晚我是真的有点害怕，并不是跟你开玩笑的，我说跟你开玩笑的，那句话才是真正的开玩笑。"说完赵晚晴又笑了，泪珠还挂在脸上，"瞧我，说得跟绕口令似的。"

宋齐光见不得女孩流眼泪，心一下就柔软了："我陪你去医院看一下吧？"

"不用，这点小事情，不用的。"

赵晚晴自从和宋齐光在一个办公室后，发现他身上的优点越来越多。他高大挺拔，眉清目秀，且特爱干净，每天都把自己打理得整整齐齐，头发是一丝不乱，皮鞋擦得和新的一样。做起事来也是认真负责，从不马虎。要说缺点吧，就是平时话不多。少女的心渐渐地起了些微妙的变化，她觉得有些喜欢上宋齐光了。

昨晚风雨交加，借着闪电的光，她好像发现有个人影在窗户前晃动，心里是既着急又害怕。于是拿起了手机，逐个翻看着通讯录，一个个熟悉而陌生的名字从指尖滑过，最终停留在宋齐光的名字上，她按下了拨号键。

在等待宋齐光来的时候，赵晚晴突然感到有些不安，一是这么个倾盆大雨的夜晚，让他来也不方便，二是来了后又该怎么办，是让他进屋吗？还是拒之门外。正在她反复纠结的时候，电话铃声一遍又一遍地响起，赵晚晴寻思着干脆不接吧，宋齐光最好是不要来了，省得他被雨淋。她像一个闯下了祸的小孩子，一时不知所措，无所适从。

当她看到宋齐光时，心中既高兴又有点慌张，竟口不择言地说起了开玩笑。但是他也没想到这句话已伤到宋齐光的自尊心了，并引发了他的怒火。赵晚晴有些后悔，当时应该接电话的。

此后，赵晚晴看到宋齐光和申心一天天地热乎起来，心中如一团乱麻剪不断、理还乱。她既想向宋齐光表白，又不想丢了女孩的自尊。虽然赵晚晴算不得漂亮，但追求她的人非常多，其中不乏富二代开着豪车来接她出去玩。

这一天，赵晚晴暗暗劝慰自己，再不向宋齐光表白的话，恐怕真的要失去他了。

"宋齐光，下班后有空吗？"

"有啊，什么事。"

"请我看电影吧，行吗？"

"对不起，我已经约了申心了。"

"哼，你推掉她，陪我。"

"真不行，做人要讲究言必信，行必果。"

赵晚晴笑了，有些苦涩。他看着眼前的这个英俊少年，此时才发觉，自己是真的喜欢上他了，因为被拒绝时的心里有一阵阵刺痛的感觉。

第七章　少女心计

此后，赵晚晴性情大变，像换了一个人似的，工作上的事情也不大管了，还经常在上班时间溜出去玩，好像是跟一个富家子弟谈起了恋爱。

宋齐光也没有太在意赵晚晴的变化，此时他正和申心陷入了热恋之中。吃饭、看电影是越来越频繁。申心只要是没有饭局，一定会提前打电话给宋齐光的。随着时间的推移，两个人的感情越来越浓烈。

虽然宋齐光感到经济压力逐渐加重，都快有些承受不住了，这些他没放在心上。只一件心事摆在心头，让他时常感到焦虑不安。

申心是总经理秘书，经常陪着总经理出入各种场合，免不了要喝上几杯酒的，有一次一个姓张的客户喝高兴了，和申心开起了玩笑，说是只要一口气喝完一斤白酒，他就把自己戴的那条粗粗的金项链送给她。申心看了看总经理，总经理笑而不语，申心一直想送一件礼物给宋齐光，可她的薪水有限，也买不起什么贵重东西。眼下这是个好机会，虽然申心酒量还行，但这一斤白酒也太多了。

酒桌上一时热闹起来，都在起哄。

申心头脑一热，抓起一瓶酒，打开瓶盖就直接灌了下去。接着，她顿时感到天旋地转，恶心想吐。

张老板也不含糊，摘下那条粗项链就扔给了申心。四周传来一阵阵哄堂大笑。

申心抓起项链，跌跌撞撞向卫生间跑去。身后隐约听到有人说，张老板今晚要得货了。

申心在卫生间吐完后，头脑略微清醒了一些。她拿出手机，打给了宋齐光，让宋齐光以最快速度赶到饭店来接他。

约莫过了五分钟，申心打开卫生间的门，朝总经理挥了挥手，说身体不舒服，回去休息了。也不待他们答话，推开房门就跑出去了。电梯缓缓降落，下降时的一瞬间失重，她的胃里又翻江倒海起来。

宋齐光已在楼下大厅等候。申心扑向宋齐光的怀里，哭得像个小孩。

宋齐光骑着电瓶车，载着申心又来到那个十字路口，宋齐光忽然意识到，这个十字路口，是寓意着什么吗？

"申心，到了。"

申心从口袋里掏出那条金项链："哦，我今天好高兴啊，给，这个送给你。"

宋齐光借着路灯的光，看着那条粗粗的项链发愣。

经过一路的冷风吹，申心清醒了许多："想什么呢，这是我喝酒赢回来的，你别想歪了哦。"

"你啊，这么喝酒，迟早要出事的。"

"你这是关心我呢，还是关心我身体？"

"我关心你健康。"

"好吧，来，我替你戴上。"

宋齐光躲开了一下说："不用了。"

申心有些着急地说："嫌不干净吗？"

"不是啊，金子有什么不干净的，你给我吧，我自有妙用。"

"好吧，随你。"申心把项链递给了宋齐光。

宋齐光顺势一把抱住了申心，而申心也安静地伏在宋齐光的胸前，似乎都能感觉到宋齐光的心跳。

良久，宋齐光推开了一点申心，低头朝着申心的嘴唇就要吻下去，申心却急忙推开了他。

"齐光，我要回去了。"

"为什么不可以吻你？"

"因为我爱你。"申心的眼角似乎有泪水，她也担心这样的拒绝会失去宋齐光，可她想把最好的留在最后。

宋齐光有些明白申心的想法，他也没再勉强，他也希望把最好的留在最后，所以他一直以来，宁愿不去十字路口那个小巷子里，那儿是申心住的出租房。

在宋齐光接过金项链的一瞬间，宋齐光就已经做出了一个决定，就是把这条金项链一分为二，重新铸两条一模一样的项链。一是作为情侣的纪念，二也是别人戴过的项链，心理上总是有些不舒服。重新化开后，这个心结就解开了。

当申心接过那条一模一样的项链时，欣喜异常。又给了宋齐光一个拥抱，他们之间，也仅限于此。

宋齐光却从此以后心事重重，他总想给申心一件礼物。自己微薄的工资应付平时花销已有些吃力，要买一件像样的礼物已是很难。

赵晚晴经常溜出去玩，她也不太管人力资源部的事情，这样就给了宋齐光可乘之机。工人进厂缴纳的服装费和一些押金以前都归赵晚晴管理。现在由于她经常地不在办公室，这事就交给了宋齐光，而宋齐光又从没看到赵晚晴登记和做账。简直就是一笔糊涂账。

宋齐光在一天一天的煎熬中，终于挪用了那笔钱。他用这笔钱，给申心买了部手机。可自此以后，宋齐光的焦急比之前更甚。他担心如果工厂要是查账的话，自己很有可能在劫难逃。

该来的总归要来，只是这一次来得很快。工厂很快就派人来审计了，结果是宋齐光挪用公款，等待处理。

审计人员和宋齐光说得很是简洁，终竟是什么处理结果，那得等待公司高层决定，但是你若要跑，就报案。你每天都要到厂里来。

第二天，隔壁的赵胖子把宋齐光叫了过去。

赵胖子面无表情地说："宋齐光，你这事可大可小，是公了还是私了？"

"公了私了都怎么了呢？"

"公了就报案啊，走司法程序。你这问题也不严重，快者半年，慢者一年也就出来了。"

宋齐光有些恐慌："那可不行，我家里知道了，我可怎么办？"

"那就私了呗，要说私了，你小子可真因祸得福了。"

宋齐光不明就里："什么意思？"

"什么意思！你就要做总经理女婿了，这不是天大的好事嘛。你小子，真是好运当头啊。"

"不懂。"

"唉，傻人有傻福，赵晚晴就是总经理的女儿，她是在工厂锻炼的，你以为呢？一个小丫头片子，成天不上班乱跑，没人管啊？"

宋齐光一时还没反应过来说："赵晚晴？她不是谈了男朋友了吗？"

"谈什么谈，那都瞎胡闹，人家是冲着总经理家的财产来的。就你这傻小子，反而得到了小晚晴的喜欢。我也是很喜欢你的，小伙子不错，前途无量。"

"小晚晴，你是他什么人？"

"我是他表叔，这回明白了吧，我也不跟你废话了，你表个态吧？"

宋齐光低下头，痛苦地思考着。和申心甜蜜的往事一幕幕浮现，两个非常珍惜对方的人，都想将最完美的身体留在新婚之夜，这样的爱显得尤其珍贵。而赵晚晴，说不上有多漂亮，也谈不上有任何感情，或多或少还有些反感她。只是她有个总经理的父亲，身价起码过千万了。

这样的两个人，选择是明显的，只是一个是情，一个是钱。若换平时，宋齐光依然会毫不犹豫选择申心的。只是现在宋齐光的窘境非但难以脱身，弄不好还要坐牢。这一颗砝码让天平有了倾斜度。

良久，宋齐光抬起了头。

"我愿意和赵晚晴在一起。"

赵胖子终于笑了说："对啦，马上安排你们两个去'海南岛'度假，散散心吧。"

宋齐光站起来，从脖子上摘下一条项链，说："麻烦你交给申心。"

看着宋齐光走出房门，赵胖子呵呵一乐，想不到赵晚晴这丫头还真有心计。愣是让宋齐光钻进了挪用公款的圈套。

天空阴沉沉的，不知道飞机会不会延时，赵晚晴挽着宋齐光的胳膊，在他的耳边叽叽喳喳，喋喋不休，而宋齐光却一直沉默着，看着远方……

碧海蓝天，风光旖旎。没让宋齐光的心情有一丝的好转，他始终牵挂着父母，还有申心。

他打给申心的电话无人接听，接着就是停机了。他心里明白，申心恐怕是伤透了心。

宋齐光犹豫再三，决定还是打个电话问问赵胖子。

"表叔你好，"话一出口，宋齐光觉得自己有些恶心，"我是宋齐光。我那条项链你还给申心了吗？"

"哦，齐光啊，还了。"

"她现在什么个情况？"

"唉，不说也罢，你和小晚晴好好过你们的二人世界吧，别管那么多了。"

"申心她还在厂里上班吗？"

"齐光啊，我给申心项链时，她问了好多，我也都给她说明白了。"

宋齐光有些焦急地问："她怎么说的？"

"她说她要么辞职，给那个一直喜欢她的张老板做情人去，要么就开煤气死了算了。"

宋齐光听完心如刀绞一般，他强忍住泪水，问道："结果呢？"

"结果她真就那么做了。"

待宋齐光还想再问话时，手机信号突然中断。

此后的时间里，宋齐光失魂落魄，强打着精神与赵晚晴周旋着。他不断地催促回去，游兴颇高的赵晚晴却不理不睬。

吃过海鲜大餐，宋齐光坐在宾馆的阳台上，海风带着丝丝的腥味直吹过来，夕阳落入了海平面，风景美得有些惊艳。赵晚晴在房间里洗澡，宋齐光在思念着申心。

赵晚晴匆匆洗完澡，裹着条大浴巾坐在床上，看着外面阳台上的宋齐光，一直以来，他都是闷闷不乐的，若是因为工厂财务上的事情闹心，那么由我这么一个总经理女儿在，那基本就是家里的钱，宋齐光应该不至于如此。一定是申心那个女人在作祟。自己让表叔把申心这个女人开除掉，省得她在厂里面逛荡，扰乱了宋齐光的头脑，也不知表叔办得怎么样了？

第八章　风情

　　申心已经离职了，去向不明。几乎与之同时，不远处的李小锦也离职了。

　　最近宋齐光和赵晚晴的这场风波，成了工业园区里街谈巷议的话题，李小锦当然也知道。她没想到宋齐光会爱上一个总经理秘书，最后却被总经理的女儿抢走。李小锦曾经与宋齐光的爱情，顿时显得单薄了起来。曾经认为的天长地久，却是如此不堪一击，真是任何的真情实意都敌不过时间的侵蚀。

　　李小锦自从马坝村出来后，就心如死水。她不愿意回忆过去，也包括她爱着的宋齐光。当她听到宿舍里工友们讲出了那三个字，那么熟悉的三个字：宋齐光。却又觉得声音像是从远方传过来的，与她已经没有什么关系。工友们叽叽喳喳地聒噪着，李小锦没有用心去听什么，离开此地的念头却渐渐地强烈起来，倒并不完全是因为宋齐光，而是觉得在工厂如此这般，不是她的理想生活。

　　二十一世纪进入第十个年头的时候，也就是公历二〇一〇年。这座江南的县城已经有些繁华，大大小小的娱乐场所越开越多，李小锦有心想去那儿去上班，据说钱拿得多，但又担心遇到熟人，很是有些难为情。李小锦这些天一直为此纠结着。

李小锦想去更远的地方，又有些害怕。

海南岛的夜色来得比皖省要迟一些，当夜幕笼罩着宋齐光，他仍然没有回屋里的动向，这让赵晚晴有些不痛快了。

她起身去了窗边，缓缓地拉动窗帘，显得有些厚重的落地窗帘从两边向中间靠拢，似乎要将宋齐光和赵晚晴分隔开来。当窗帘只剩下一条缝的时候，宋齐光从躺椅上一跃而起，急速地向赵晚晴这边走了过来，只是还没来得及跨进屋里，窗帘已经合上了。宋齐光犹豫了一下，伸手挑开窗帘，将身后的黑色留在了外面。他抱住赵晚晴，双手越来越用力，赵晚晴笑着将上身往后仰起来，似在躲避着，却又渐渐地感觉到自己的力量越来越小，她扭动的身体瘫软开来，双臂就搂住了宋齐光的肩膀。当宋齐光腾出双手拨开湿漉漉贴在赵晚晴脸上的头发时，裹着赵晚晴的浴巾滑落在地。赵晚晴闭着双眼，轻启朱唇。不知是灯光的缘故，还是赵晚晴本身就白，此时的赵晚晴出了些汗，身上有些黏黏的，紧紧抱住赵晚晴的宋齐光，只能看到她的后背和臀部，皮肤白得有些反常，像是件精美的瓷器。这是宋齐光第一次如此清楚地看见一个女人的胴体，和李小锦在一起时，也只是趁天黑搂搂抱抱而已。

宋齐光看着眼前白花花的肉体，已然无法控制自己的欲望，只是头脑里不时想起李小锦，有些煞风景。后来他才明白，李小锦、申心、赵晚晴这三个女孩，自己最担心的申心，最难忘的还是申心，至于对赵晚晴，除了肉欲和物质的满足，基本没有什么其他的。

此后的几天，宋齐光和赵晚晴大部分时间都是在宾馆里度过，除了做爱，还是做爱……

当宋齐光和赵晚晴回到皖省省城机场，走出机场候机大厅时，赵胖子大概是早已恭候多时了。他笑容满面，略显殷勤地要从宋齐光的手里接过行李箱。宋齐光赶紧把行李箱从右手挪到了左手，他还不能适应赵胖子如此热情。

赵胖子也没有勉强，只是笑着说："你小子，不错、不错，我没看走眼。"

宋齐光不甚明了他话中的含意，感觉上应该是赞扬的话，随口应付道："谢谢表叔。"他有些心神不宁。

赵胖子的路虎一直开到县城的城乡结合部，在这沿江江南的地方难得见到一座高山，不过眼前的这座小山倒也显得灵秀，不远处有条河，名字很是雅致，叫作青衣江。半山腰上的房子很现代，看上去一切都是新的，和眼前的灵山秀水搭配得不太协调。宋齐光觉得要是几间典型的徽派建筑就好了。

车子刚刚停稳，这份宁静便被打破，屋里出来了七八个人，赵晚晴挽着宋齐光的胳膊，向出来的这些人一一介绍，什么七大姑、八大姨的很多，宋齐光只是跟赵晚晴介绍的一一鞠躬，嘴里也没停着一顿姑妈、姨妈地叫着。这些姑妈、姨妈瞧着眼前的宋齐光，见得宋齐光一表人才，个子高高的，像个白面书生，又很懂礼貌，便不由得互相递着眼色，嘴中"啧啧"声不断，那意思对于眼前的这个小伙子，还都是挺满意的。

宋齐光是见过总经理的，也就是赵晚晴的父亲。可赵晚晴的妈妈呢，怎么没见她出来呢。宋齐光也没及细想，便被簇拥着进了大门，大门两边有两座石狮子，在沿江江南的房屋前，比较少见。

一桌丰盛的菜肴摆上了桌子，赵晚晴挨着宋齐光坐下，一副小鸟依人的样子，这一边让宋齐光觉得很受用，一边又有些厌烦的感觉。

赵晚晴的妈妈坐在了面对大门的位置上，通常这里的风俗，那是主人的位置。她很丰盈的样子，精致的短发，五官也很标致，只是眼睛不算大。宋齐光在好几次眼角的余光中，发现她看自己的眼神不太友善，而对别人又立马和颜悦色，笑容满面，这种表情的快速转换，在宋齐光看来，也算是一门本事。他只知道在外表上，赵晚晴的妈妈遗传给了她，他没有发现，自己挪用的那笔钱，正是赵晚晴一手策划的。

随着时间的推移，赵晚晴的亲戚们把注意力转到了化妆和衣服上，再也没有人关注宋齐光和赵晚晴。

稍晚的时候，赵晚晴唯一的哥哥赵晨云回来了，他很英俊，显得很成熟稳重，他和亲戚们一一招呼后就上楼去了，眼中并不见宋齐光。这让宋齐光有些恼羞成怒，却也不好发作。

晚宴散去时，已是晚间九点多钟了，宋齐光几次想离席而去，被赵晚晴悄悄地按住，他俩一直呆呆地听着七大姑、八大姨从化妆、时装聊到东家长、李家短。

去海南岛是赵晚晴的一意孤行，其实父母是不同意的，在他们看来，两个二十多岁的小年轻一同出游，那是相当不靠谱的，尤其是双方家长还没见面的时候，他们的感情也不牢靠。万一以后没谈好，吃亏的还是女儿。

所以，当他俩从海南岛回家时，赵晚晴的父亲和哥哥还在生气，赵父没有回来吃饭，赵晨云回来后也不和宋齐光打招呼。只有赵晚晴的妈妈心疼女儿，为了女儿接风洗尘，更多的是为了应付那些热心的七大姑、八大姨来看看这位准女婿。

在赵晚晴和宋齐光上飞机之前，她的妈妈躲在远处的车子里偷偷地看过宋齐光，好在宋齐光一表人才的样子并不让自己讨厌，否则她就是撕破脸皮也要把赵晚晴拽回去。

好不容易等到宴席散了去，宋齐光要和赵母道别，说是回工厂宿舍里睡去，赵母笑眯眯地看了看赵晚晴。宋晚晴转而说道："算了，齐光，也不早了，就在这里睡吧，房间有的是。"转来对收拾碗筷的保姆说道，"王姨，我说的房间收拾好了吗？"

"好了，好了。"王妈在这家做保姆已经二十多年了，本来是服侍赵妈生小晚晴时坐月子的，后来就留了下来，一留就是二十多年，时间久了就像是家人一般。

此时赵晚晴的母亲用手指轻轻地叩了叩桌面，说道："你表叔呢？"

保姆王姨抢答道："哦，他表叔去晨云那里了。"

赵母轻描淡写，但掩饰不住冷漠："去吧，叫晚晴表叔送客人回去。"

听到这一句话，宋齐光心如刀绞般难受。在这个家里，他只是个客人而已。

宋齐光尽力表现得很谦和地说："不用麻烦了。"此时他省去了表叔两字，"我自己回去就行了。"

"你自己回去，逞什么能耐啊？"赵母显得有些不屑一顾。

这一回，可真的把宋齐光激怒了，只是没表现在脸上。他抬腿就朝门外走去，门前有路灯，还没显得夜色有多么清冷。当他越走越远后，远离了路灯的光影，天色已完全暗淡了下来。才显得这段山路虽不陡峭，却也是阴风阵阵，有些寒气逼人了。

宋齐光的脑海里空荡荡的，他也不愿意去想些什么，只是突然间就想到了自己的父母，他们过得还好吗？

第九章　而今忘却来时路

正当宋齐光踽踽独行之时，身后传来了呼喊声："齐光、齐光，等等我！"那是赵晚晴的声音，宋齐光停下脚步，慢慢地转过身来。只见赵晚晴独自一人朝他奔跑过来，边跑边喊："齐光，齐光，我害怕。"

宋齐光返身朝赵晚晴快步走了过去，赵晚晴一时收不住脚，扑到宋齐光的怀里，两个人跌跌撞撞地才立住了脚步。

此时赵晚晴的脸上露出了笑容，宋齐光没有说什么，只是越发地抱紧了她。只一会儿就见汽车的大灯亮了起来，赵胖子将车子停稳后，摇下车窗向他俩招着手，宋齐光和赵晚晴上了车，都坐在了后排。

"你们这样是不礼貌的，把我当司机使唤是吧？"赵胖子笑着说。

宋齐光不明就里，问道："怎么了？表叔。"

"你不懂，回去多学学礼节。还有，小晚晴你跑什么啊？喊我用车子追不是更快？"

宋晚晴说："你不是在我哥哥房间里吗？怎么晓得我们出来了？"

"你妈妈告诉我的，让我来送你们。"

"那你送我们去恺撒大酒店吧。"

"唉……"赵胖子一声叹息，不再言语。

第二天清晨，宋齐光叫醒了赵晚晴，说是回也回来了，得回工厂去上班了。宋晚晴打着呵欠，伸了个懒腰后，这才搂住宋齐光的脖子，说不急不急。

赵晚晴喜欢宋齐光的轩昂之气，他虽然话不多，却好似骨子里有股子狠劲，这让赵晚晴感觉到了安全感，觉得若是和宋齐光结婚的话，比之那些富家子弟要靠谱得多。自己家虽然不算有多富裕，但比之宋齐光那个在农村的家庭，已是天壤之别了。

还是两个人一间办公室，做着人力资源方面的工作，隔壁的赵胖子偶尔会过来递一支香烟给宋齐光。宋齐光也客客气气地掏出芝宝打火机给赵胖子点上火。

时光悄悄地流逝，一晃两个多月就过去了，宋齐光想家的念头越来越强烈，自己虽然是负气出走，但这股怨气也随着时间慢慢地消失了。

当他把这个想法告诉赵晚晴的时候，赵晚晴极力要求和他一起回他的老家，说是要见见未来的准公婆。宋齐光有些担心家里太乱了，还有李小锦的事也不知道如何是好，就和赵晚晴说下次吧。

　　"你回去打算待多长时间？"赵晚晴嘟着嘴。

　　"不一定，多则三五天，少则一两天吧。"宋齐光拍了拍赵晚晴的肩膀。

　　"喏，给你。"赵晚晴掏出厚厚的一沓钞票。

　　"我自己有。"宋齐光很轻快地拒绝，没有一丝的犹豫。

　　"拿着吧，去给你爸妈买部手机，你看看你自己连部手机也没有，好不方便的。"

　　"这个好，那我就不客气了。"宋齐光回到宿舍，收拾了几件衣服，正准备离开之时，他仿佛有什么遗忘了似的，站在了门边，却又一时想不起来究竟遗忘的是什么。他迟疑着回到床边坐下。突然间，他想起来了，原本放在桌子上的申心的照片，被他压在了枕头下，他掀起了枕头，申心的笑脸却不似以往感觉到的那般灿烂，隐约可见笑容背后的忧伤。宋齐光此时觉得那句相由心生是没错的，只不过，照片依然如旧，自己的心却变了。他抓起相片放进行囊里，踏上了回家的路。

　　车站离开发区还有些路程，宋齐光想感受一下这座县城的喧嚣，他背着包，慢慢地行走在街道上。每条路的两边都是成排的门面房，比较多的是饭店、美容店和服装店，还有装饰豪华的桑拿和练歌房。

　　此时的李小锦正在泰坦商务会所里唱着歌。

　　就在大路旁边的一条小巷子里，有一间店的招牌很是特别，木制的牌匾，用宣纸写的五个字飘逸灵动，用镜框镶嵌了起来，上面写着"宋记老鹅汤"。宋齐光这一路上左右张望着，只十几步的距离，却与"宋记老鹅汤"错过。

　　他来到一家较大的卖手机的店里，选了两款手机，当时的手机普及率还不是很高，一次性买两部，店员们都很高兴，这也让宋齐光尝到了什么叫贵宾的滋味，并且觉得钱是个好东西。

到家的时候已是黄昏，宋慈杭坐在院子里喝着茶，目光散淡地看着远方，也不知在想些什么，蒋美鹃在厨房里炒菜，准备着晚饭。菜肴很简单，两菜一汤却也清爽。

"老宋，老宋，吃饭了。"蒋美鹃的声音比以往小了一些。

宋慈杭扔掉烟头，当他站了起来的时候，发现站在院子门外的宋齐光。只三五个月时间，宋齐光肤色黑了一些，却比以往健壮了许多似的。宋慈杭一时愣住了，觉得鼻子有点发酸。

"进来吧，傻站着干什么？你可真会赶巧，到吃饭的点你就回来了。"宋慈杭压抑着自己的情绪，故作轻松地说道。可宋齐光明显听到父亲语气中的颤抖。

"爸，我回来了。"话刚落音，蒋美鹃就出现在了门口。她只看了宋齐光一眼就又回到厨房里去了。

宋慈杭和宋齐光一道进了门，宋齐光径直去了厨房，喊了一声："妈。"蒋美鹃没有回头，只"嗯"了一声算是答应了。宋齐光从背后看到妈妈的双肩微微耸动着，也没再去说什么。拿了碗筷就走出了厨房。

"哥哥呢？"宋齐光问道。

宋慈杭说："老大在县城开了个小店，你这些天在干些什么？"

"我在开发区'大华通用制造'公司上班，管人事的。哥哥的店开在哪里？我回去后就去找他。"

此时蒋美鹃端着一碗菜搁在了桌上，她说："也好，他开店还没到一个月，是有点着急了，你去看看，帮帮你哥哥也好。"

"嗯，好。"此时的宋齐光觉得此前为了"宋记老鹅汤"的秘方，为了这门祖传的手艺而和哥哥钩心斗角，实在是不值得。原来一直是在学校与家里，就算是毕业了，也是在马坝村转来转去，没发现外面的世界很精彩。

"爸、妈，你们看，这是给你们买的手机，好看吧？"

"哦，是不错！"宋慈杭伸手接过手机，却一把被蒋美鹃劈手压了过去，手机在宋慈杭的手里颠了两下，好歹是接住了。宋慈杭不禁有些恼怒，狠狠地盯着蒋美鹃。

"哎呀，吓死我了，你怎么抓个东西都抓不稳啊，这老二才买的新手机，你要摔坏了多可惜，要是修的话，还不知道修不修得好，好好的新手机，修好了用起来也不快活了，真是的……"

眼看着宋慈杭的脸色越来越难看，宋齐光真担心一旦爆发起来还真不好收拾，于是赶紧抢着说："妈，妈，没事的，再说你不抢，我爸也不至于把手机摔了是不是？"

"你爸啊，年纪都这么大了，还有喜新厌旧的毛病。"

"闭嘴！当小家伙的面，你扯什么扯？"宋慈杭声音不大，自有威严。

宋齐光心想坏了，我们这兄弟俩出去了，估计老爸有些寂寞，又和杨紫玉那寡妇勾搭上了吧？

吃过晚饭，宋齐光才回到自己的房间，一切皆如当初出走时的模样，只是桌椅上落了浅浅的一层灰。他用那个行囊擦了擦桌椅，却似越擦越脏了。宋齐光从行囊里摸出了那张照片，镜框里的她美得有些惊艳。将镜框放在桌上，宋齐光转身走出了家门，朝向不远处的李小锦的家中走去。

家里只有两个老人在，是李小锦的爷爷、奶奶，他们坐在长沙发上，默默地看着电视。老人对于宋齐光的到来无动于衷，仍然像从前那般不理不睬。就好像他们已经知道了，这个小伙子的到来，从来只是来找李小锦，或是李小瑟的，与他们并无什么关系。

当宋齐光来到他们的面前，询问李小锦和李小瑟的情况时，老人伸手摆了摆，不是举起手来摇的那种，而是伸直了胳膊，手掌向外挥动。那是示意宋齐光别挡他们看电视，宋齐光见状，叹了口气退了出去。

宋齐光在村里转了转，这里的土地，连每一片树叶都熟悉。可是他突然想回县城，想回到赵晚晴的身边去。

当宋齐光孤独地在村里逛荡的时候，他的家里却是另一番景象。缘由还是那张申心的照片，蒋美鹃打算收拾一下房间，无意中发现了放在桌上的申心的照片，她伸手抓起照片，仔细地端详着，心中顿时有了喜欢。他拿着照片匆匆回到房间，笑眯眯地递给宋慈杭看。宋慈杭接过照片，问这是谁啊？蒋美鹃笑而不语。宋慈杭心中明白了一些，说是老二带回来的吧？蒋美鹃笑呵呵地连连点头。

"瞧把你喜的，待老二回来后，你问问什么情况？"宋慈杭喜滋滋地说。

"要问你问。"蒋美鹃似乎有些故意的了。

"你个贼货，有老爷们问儿子这些事情的吗？"

"好，好，我来问，我来问哦。"蒋美鹃被骂贼货，却一点也不生气，反而有些心满意足的样子，她也是觉得，好久都没有这么开心了。"贼货"这两个字，她知道宋慈杭只会在两种情况下说出，一是非常高兴，一是非常生气。今天这况状，肯定是高兴。

宋慈杭每晚睡得要稍晚一些，而蒋美鹃多年来只要天一黑，差不多就要睡去。而今晚，她强打着精神等宋齐光回家，都不肯留到第二天来问这个消息。

第十章　只是当时已惘然

宋齐光很晚才回到家里，他在那条小河边的槐树下默默地坐了很久。

待他回到房间里时，只见妈妈急匆匆地赶了过来，抓起桌子上的照片问道："这是哪个啊？"

"一个朋友。"

"你真是废话连篇，不是朋友还是仇人啊，我问你她家都有哪些人？"

宋齐光估计妈妈误认为申心是她的女朋友了，略微有些烦心，他不耐烦地说："管得太宽了吧？你管人家都有哪些人呢！"

蒋美鹃没有生气，她笑眯眯地说："哪天把她带回来见见啊。这小姑娘真漂亮。"

将美鹃这么一说，倒真让宋齐光想起了赵晚晴说的话，依现在的情形，带她回家是迟早的事，家里也该收拾一下了。

"妈，这个真是普通朋友，不过你也别灰心丧气，下回我带我真正的女朋友回来，到时候你可别瞎说啊。"

"放心吧，老二。我和你爸还没老糊涂。那个人是哪里的啊？家里有些什么人？"

宋齐光估摸着不说点什么，今晚这觉大概是睡不成了。于是说道："她叫赵晚晴，是'大华通用制造'公司老总的女儿，家里只有一个哥哥。"

蒋美鹃的脸上红一阵、白一阵，不知是喜还是忧。"公司老总的女儿？怎么会看上你这个穷小子，她不是有什么缺陷吧？"

"没有残疾，比这个不难看。"宋齐光伸手夺过还捏在妈妈手中的申心照片，重重地放在桌子上。

"行了，下次回来提前打电话啊，你买手机恐怕就是为了这个用吧？"

"妈……"

"行了，行了，早点睡吧。"蒋美鹃走时，没有刚刚进来时的喜悦之情，倒仿佛有了些担心。

第二天清早，宋齐光告别父母，坐上中巴车回到了县城。他想去找找哥哥开的那家"宋记老鹅汤"。父亲只是说了个大概位置，具体在哪儿也说不清楚。宋齐光想想时间还早，原本是想住几天才回来的，可家里好像没有什么值得留恋的，于是第二天就又回到了县城。今天时间充裕，倒可以在哥哥那儿吃个饭，聊聊天什么。所以他也并没有急于寻找，而是漫不经心地逛起了街。

将近中午时光，宋齐光还没有找到"宋记老鹅汤"，不免有些着急起来。看样子不愿意开口问人的习惯要改一改了，此前，他有些故意地不去问人，只是想打发一下时间。宋齐光转悠到一家名叫"古风"的茶楼，外墙广告上写有简餐，便走了进去。茶楼的装饰是复古风格，一间接一间的小房子用竹帘子隔断。这让宋齐光觉得很舒服，每位客人都有独立的空间，不像洋快餐那般拥挤不堪。他在吧台点了份煲仔饭，去到小包厢，又发现了一个小惊喜，包厢里有几本散乱的杂志，好让客人消磨等待的时间。

正当宋齐光胡乱地翻看着杂志，一阵香气袭来，他不禁抬起头寻找，只见一身材窈窕的女子刚刚走过包厢门前，是她身上散发出来的香水味。女子长长的直发扎成马尾，身着深蓝色的职业装，一双高跟鞋发出轻快的"嗒嗒"声，从背后看像极了李小锦，不会这么巧吧。宋齐光的目光追随着那女子，直至她侧身跨进不远处的包厢门时，宋齐光还不能确定是不是李小锦，只是感觉容貌挺像，但气质不同。

宋齐光忍不住站了起来，装作漫不经心，却又有些忐忑地向那女子所在的位置走了过去。

　　"是你？真的是你？"宋齐光还没走到那女子的包厢前，那女子就轻轻地叫喊起来，"齐光，这么巧啊！好久没见了。"

　　"哟，真是你啊，我刚刚看到你的背影，觉得有点像。你上回不声不响地走了，现在在哪里啊？"

　　"哦，来，坐吧，吃点什么？"李小锦瞬间有些慌乱，随即又镇定下来。

　　"我点过了，大肠煲仔饭一份。"

　　"哎哟，真恶心，那东西你也吃得下？"

　　"无所谓了，就是填个肚子。你呢，现在在哪里上班啊？"

　　李小锦嫣然一笑，说道："科思讯公司知道吧？我在那做营销总监，主要负责外贸这一块，很可能过不久，我就要去北京总部任销售公司总经理了，若是业绩还行的话，纽约的市场前景也是不错的。到时再看吧，我可能不太适应外国的环境。"

　　宋齐光心想这还是李小锦吗？我是什么人，我是你从小玩到大的发小，你几斤几两我会不知道，少跟我在这扯。你从马坝村走出去还不到一年的时间能做到科思讯公司的营销总监，也算是相当好了，就别扯什么北京总部，更不要说什么纽约了。不过，对于李小锦当上科思讯公司的营销总监，宋齐光还是有几分佩服的。

　　"小锦，那恭喜你啊。没想到啊，你这么出类拔萃。"

　　"怎么着，后悔了吧？"李小锦话刚说出口，就觉得此前的话都是在炫耀，随后她迅速转换了话题，"你现在在哪里做事？"

　　宋齐光顿时一时有些自惭形秽，他同样在开发区，直到如今还是一无所成，交上个富豪千金，也算不得本事，若是说出口的话，很有可能会被李小锦瞧不起。对面的李小锦略施粉黛，眼睛水汪汪的，很清澈，腰身挺得笔直，双腿并在一起朝一边侧着，修身的职业装也恰到好处地显现出她的干练。

宋齐光不想告诉她自己真实的情况，叹了一口气说："唉，一言难尽，我自己跟人合伙开了家公司，做食品饮料的生意。现在生意不好做，一个月只有百把万的营业额，真伤脑筋。"宋齐光潜意识里把哥哥的那家"宋记老鹅汤"算作了自己有一份。

李小锦先发出了"咮"的一声，随后才说："百把万营业额啊，那是不算多，不过也还可以了，慢慢来吧，以后会越做越大的。"

宋齐光和李小锦各自说着言不由衷的话，曾经的恋情似乎早已烟消云散，甚至彼此间都有默契地不再言及。

"大肠！大肠！谁的？人呐！"一个男人的大嗓门叫唤起来。

"我的，我的。"宋齐光慌忙应答。

对面的李小锦"扑咮"一乐，嘴里蹦出两个字："真傻。"

此时的宋齐光才反应过来，也是觉得尴尬。这"古风茶楼"里面的复古装饰倒是非常典雅，只是这几声大肠叫得跟环境很不协调。宋齐光从身着对襟汉装的服务员手中接过大肠煲仔饭时，脑海时冒出八个字：金玉其外，败絮其中。他觉得这八个字不仅仅指那个服务员，还有这"古风茶楼"。

吃饭的时候，李小锦出去接了两个电话。宋齐光觉得这大公司培训出来的人就是有素质，听电话晓得出去接，不会影响到他人。当李小锦接完第二个电话回来时，她匆匆地吃了一点东西，说是公司要开会，得马上回去。

当她拎起挎包，匆匆离去的时候，宋齐光发现了桌上有部手机，那是当时最新款的一部手机。宋齐光赶紧抓起手机追了出去，经过"古风茶楼"的吧台时，却被那身着对襟汉装的服务员一把拽住，说什么要吃霸王餐什么的。宋齐光解释说朋友手机丢了，要去还给她。服务员只是死死地拽住他，说不给钱不能走。宋齐光说："饭还没吃好，我马上回来吃。"服务员说："这事我见得多了，想跑没门。"宋齐光不再说话了，从口袋里往外掏钱时，李小锦回来了，接过宋齐光递过来的手机，说了声谢谢，然后又到吧台写了张纸条递给宋齐光，说是手机号码，让宋齐光有空电话联系吧，说完便急匆匆转身离去。

宋齐光一时望着李小锦离去的背影百感交集，感叹着时光匆匆，逝去的永远都回不来了。

待到宋齐光回到包厢里，桌子上干干净净，他怀疑是不是走错了包间，退了出去又朝左右隔壁看了看，包间是没错，不过他也同时看到有服务员端着还没吃完的大肠煲仔饭走了。

宋齐光急忙喊道："哎，哎，我还没吃完呢！"

端着大肠煲仔饭的服务员渐行渐远，并没有回头。

宋齐光闷闷不乐地走出了"古风茶楼"，来到街上就开始问人，那个"宋记老鹅汤"在哪里？

想来"宋记老鹅汤"虽然开张不久，但还是有些名气的，宋齐光在问到一个胖子时，他用手指了指，说前面左拐进巷子不到十米就是。

来到"宋记老鹅汤"的附近，宋齐光留了个心思，并没有急着进到店里，而是躲在墙角远远地看着。只见门楼和招牌都是复古装饰，宋齐光心想，怎么现在流行复古了吗？进出店里的人并不多，也许是刚刚过了午饭时间的缘由吧。一会儿，他看到一个熟悉的身影，是宋天骐。他比以前要瘦了一些，将军肚也消了一些，一脸的愁云站在了门前，双臂抱着肩，显得分外懒散。只一会儿，他伸手在口袋里摸索着，掏出一支烟点上，肩膀靠在门柱上，茫然地看着街上的人来人往。

宋齐光一阵心酸，显然哥哥这段时间过得并不如意，他没有在家乡时的那股劲，就像一个巨大的气球被慢慢地抽空。

"哥哥，我来啦！"宋齐光转过街角，快步向宋天骐走了过去。

第十一章　新旧约

"齐光，你怎么来啦？"宋天骐很是惊喜。"快，快来店里坐，吃过了吗？来碗'老鹅汤泡锅巴'吧？"

宋天骐的这般热情，倒是出乎宋齐光的意外。之前为了祖传秘方的明争暗斗，虽然没有明显伤及感情，但显然，兄弟之间有了些芥蒂。

"哥哥，我吃过了，我刚从马坝村来的，回去看看爸爸妈妈，你生意还好吧？"宋齐光笑了笑，顿了一下继续说道，"你可真够快的。"

"嗨，别说了。"宋天骐苦笑着摇了摇头，"不是个滋味。"

"怎么了？"

"来，到后面来，我讲给你听。"宋天骐拉着宋齐光来到二楼，这里面装了些食材原料，还有一些生活用品。

宋齐光连忙说："到下面去吧，店里没人可不行。来了客人怎么办？"

"放心吧，店里有服务员的，就是那个坐在店里的小姑娘，有些呆板，见人也不会打招呼。"宋天骐边说着，边从柜子里拿出一个茶叶桶，沏了一壶茶，分别倒在了两个小杯子里。"看看，父母亲就好比这个茶壶，我们兄弟俩就是这两个茶杯。"

宋齐光笑了，说："以前没看你有如此感慨啊，究竟怎么了？"

宋天骐又点上一支烟，又突然想起似的，递了一支给弟弟。

宋齐光摇了摇手说："我不大会抽，偶尔也抽一支。哎，哥哥，你啥时学会抽烟了？"

宋天骐没有作声。

宋齐光看着哥哥很憔悴的样子，感到鼻子一阵阵发酸，他怕自己流下眼泪，说想起了一件事，要马上出去一下。

宋天骐说那晚上来吃饭，我们兄弟俩好好聊聊。宋齐光抬脚出了门，径直奔向了手机大卖场，他想为哥哥买一部手机。

宋天骐来到窗前，看着弟弟瘦削的身影匆匆离去，忽然间就有了些伤感。自己到县城来开这间"宋记老鹅汤"，也许确实操之过急了。

那一天清晨，他还清楚地记得弟弟负气出走。在父亲的考核中，自己表现得并不尽如人意。不知为何，父亲最终选择了自己作为"宋记老鹅汤"的接班人。

每月逢五的日子，他和父亲总是天刚亮就起床了，从那小黑屋里拎出三五只老鹅宰杀、褪毛、清洗，然后放入一口大锅里烹煮。大锅里早已放好各种调料，有八角、桂皮、陈皮、丁香、花椒、香叶、山柰、良姜等，其实这些调料宋天骐早就心中有数了，他在帮父亲去县城买卤料时，把父亲开的单子都留下了，通过四次的对比，所有调料也就显现出来了，只是各种调料的比重还搞不清楚。在父亲手把手地教他调配后，他已是熟练地掌握了。

"宋记老鹅汤"是不需要推销的，每月逢五的日子都有个戴眼镜的中年人来收购，宋慈杭做多少，他收多少，而且也并不是斤斤计较，宋慈杭说总共多少钱，那戴眼镜的中年人眼都不眨一下，从小包里数出钞票如数付款。完了把老鹅和老鹅汤全部倒入他早已准备好的两只大桶里。笑着挥挥手，开着他那辆破旧的面包车离开，每次都这样。

宋天骐见得"宋记老鹅汤"如此畅销，便暗暗地埋怨起父亲。这么好的生意为什么不扩大经营，真是死脑筋。

起初，这个念头只存在宋天骐的脑海里。在家的日子其实并不好过，每个月也只有三四个逢五的日子，只有在那天，他才忙碌到午后时分，余下的时光总是难以打发。

这种日子并不是宋天骐想要的生活。

闲暇时光里，宋天骐总是在村里东游西逛，村里的伙伴们本来就不多，凡是毕业没考上大学的，都去了外面。自己处心积虑地学得"宋记老鹅汤"的制作方法，倒成了鸡肋似的，又似糍粑黏在手，甩也甩不脱。

每次回家时，宋天骐都要经过李小锦的家，从大门里看过去，李小锦的爷爷、奶奶似乎成天都在看电视，从白天到很晚的时候。

李小锦不知在哪里漂泊着，李小瑟还有大半年也要毕业了，但愿她能考上个好大学，远走高飞了吧。宋天骐想到这些不禁哑然失笑，真是咸吃萝卜淡操心，自己烦心事一堆，哪里管得了别人那么多。

或许是平日里自己的不声不响，影响了父母的心情，他们也显得郁郁寡欢。宋天骐感到家里的气氛很是沉闷，自己要是在家里如此这般过下去，也是不甘心。每到逢五要做"宋记老鹅汤"的时候，他总免不了重手重脚、摔摔打打的，好似发泄着心中的不满。

他不断地劝说着父亲，要扩大经营，不要像井底之蛙，只挣两个小钱就心满意足了。父亲开始时还微笑着不作声，待宋天骐说得多了，他也开始皱起了眉头。终于他在一个初五的晚上，看着儿子一副不开心的样子，宋慈杭觉得有必要和老大说一说这其中的奥秘。

"我说老大，我看你是一天比一天不耐烦啊？还想不想学了？"宋慈杭心中憋着口气，话出口就不那么友善。

蒋美鹃刚刚端上了最后一道菜，坐在一旁插话道："老宋你别这么说，孩子还小，慢慢学就行了，还早呢。"

"妈，不是学不学的事，要说这老鹅汤，所有配料我早就清楚了，只是各种料子的比重搞不清，爸爸跟我说过了，我也就晓得了。老鹅汤没你想象的那么复杂，这个你们不用担心了。"

　　宋慈杭抿了一口酒，说："什么叫祖传，就是先人不断地摸索出来的经验，每种调料都是试过的，放多少也是反复摸索出来的，你以为简单啊。有时候下料的先后时间顺序搞错了，那味道都能变了。老大我告诉你，不是你想象的那么简单的。"

　　宋天骐转换了话题，他不想就老鹅汤的技术层面进行讨论。他说："爸，老鹅汤怎么做，你以后慢慢说给我听就行了。你为什么逢五才做呢，不能多做点吗？反正也不愁卖，那个眼镜子是谁啊，我们做多少他要多少，真是奇怪。"

　　"老大你不懂，那个眼镜子是县城里开大饭店的，我们家的老鹅汤是他们饭店的招牌菜。我们家和他有个君子协定，一是我不再卖给第二家，二是我做多少他买。但是我也不会瞎做的，根据老鹅的生长情况，上下差不了一两只的。"

　　"哧，"宋天骐有了些不屑，"什么君子协定啊，现在是人家求你，那是君子协定，要是有别家做得比你好，你看看眼镜子会不会跟你搞什么君子协定，真是笑死人。"

　　宋慈杭倒也没生气，笑了笑说："那是别人的事，我们要守我们的规矩，诚信两个字不能丢。"

　　气氛有些沉闷，宋慈杭喝着酒，却也没有往日的微笑。而蒋美鹃也默不作声，他俩都在想着老二，老二虽然有些吊儿郎当的模样，但比之老大，好像更通人情世故，上回买的毛巾和护膝，也是暖着人心。

　　随着时间的推移，宋天骐不断地吵着要去县城开店，宋慈杭夫妇也是烦不过，虽心里默许了，但还是让老大完全独立地操作了三次，直至保持了"宋记老鹅汤"的原汁原味，才算放下心来。蒋美鹃拿出了两万块钱，说是给宋天骐的创业基金，让他败光了再回家，但是有个条件：不许欠债。

宋天骐倒也没有拖泥带水，直接去了县城，图省事没有一条街一条街地转悠，他直接找到房屋中介，看了两处房子，就定下了这处坐落在梧桐巷里的门面房。请了个服务员，择日开张。一时生意倒也红红火火，这种忙碌开心的日子不过持续了半个来月，宋天骐就清闲了下来，他也是觉得自己做的老鹅汤，和在家里做的相比还差了点道行，究竟问题出在哪里，却也始终是想不明白。

今天正在店门前悠闲地看着街上红男绿女穿梭来往，却没曾想弟弟的突然来访，这让宋天骐既高兴又伤感。

正当他思绪万千的时候，宋齐光上了楼，递给了他一个纸盒子，正是宋天骐朝思暮想的那款最流行的手机。他有些疑惑，凭弟弟在工厂打工的收入，还不足以用得起这么好的手机。宋天骐收到弟弟送来的礼物，喜悦之情早就把疑惑冲得一干二净了。

而宋齐光只是说了几句，让他多打打电话给爸妈，写下了家里的手机号码后就离开了。

此时，他有些怨恨哥哥。他觉得既然哥哥学到了"宋记老鹅汤"的祖传秘方，那就应该在家里好好地陪着父母，父母身体尚好，也不用哥哥做什么太苦太累的事情。再说了家里的土地都已经响应国家的号召，进行了流转，都转到种田大户手里去了。农民不但不用去种田，还能分到些粮食和现钱。再加上父亲有这么一手"宋记老鹅汤"的绝活，家里也还算富裕。宋齐光觉得哥哥这次来县城开店，不管有多么成功，赚了多少钱，也是个失败者。因为他的出走，让父母成了村里的空巢老人。

他的这次回家之行真是百感交集，突然感觉到生活的节奏太快了，快得让自己有些窒息。

第十二章　奈何

时光悄然而逝，转眼就快到过年的时间了。

这一天，久未谋面的杨一鸣到"大华通用制造"来找宋齐光，被保安挡在了外面。从争争吵吵到拉拉扯扯，再到拳脚相向，也只用了三两分钟的时间。故事的进程很快，当宋齐光接到保安室的电话，从大楼里出来时，双方已经分出了胜负，只见杨一鸣坐在了马路边上，喘着粗气。眼前的杨一鸣留着披肩长发，身上的衣服脏兮兮的分辨不出是什么颜色，脚上着一双运动鞋，倒显出他似乎曾经也还是个有钱人，当时一双这个牌子的运动鞋属奢侈品。杨一鸣长得确实英俊，英俊到此时他还不忘记用双手捋一捋长发，甩了甩头将垂下来遮住半边脸的头发飘逸地甩到一边，可是头发在瞬间又滑回原位。

"这是怎么了？一鸣。"宋齐光来到杨一鸣的身边，蹲下身子拍着他的肩膀，一如在马坝村那时的模样。

"两个打一个，算什么本事？有种单挑！"杨一鸣站起身来，像是刚刚坐在地上恢复了元气，又要往保安室冲过去。

"等等，等等。"宋齐光伸手拽住了杨一鸣的胳膊，只是这一拽，更加激发了杨一鸣的斗志，他发了疯似的向保安室冲去。

而保安室那边，门前出来两个保安，手里握着橡胶棍，冷冷地看着门前的这两个人。

杨一鸣放缓了往前冲的速度，大吼大叫起来："你们太看不起劳动人民了，狗眼看人低是吧，看我穿得像个农民工就不让我进去！"他没再看那个乌青个脸的保安，转而朝向宋齐光说道："齐光，我觉得这是个社会问题，起码说明了他们不尊重劳动人民，不带这样子的，这样子和旧社会有什么区别？你说，你说！"

宋齐光笑了笑，说："我能说什么啊？伤到哪里没有？这保安也太不像话了！"

"他们能伤到我？要不是我手下留情，早让他俩趴地上了。"

宋齐光向那两个保安走了过去，他们的脸上明显有了些不自然，还没等宋齐光开口，其中有一个结结巴巴地说道："宋、宋、宋总，事情是、是、是这个样子的……"

"什么宋总？！能不能好好说话？"宋齐光气不打一处来，一是他的发小被欺负了，二是这宋总叫得也名不正、言不顺。在他听来倒有些嘲笑的意思在。

"宋、宋、宋总。"结巴保安恐怕是诚心诚意地尊称宋齐光为宋总的，他或许觉得把人往高处称呼，总是不会错的，"啊，宋总，他是谁啊？我都、都打过电话了，他、他还硬要往里闯，天、天下哪有这个道理，还无、无、无法无天了呢。"

宋齐光怎么也闹不明白，干吗请一个结巴来干保安，遇到紧急情况可怎么办。莫非此人有什么背景？赵晚晴也没和自己说过有这么一个亲戚啊。心里这念头一起，话也变得柔软了起来："你，你，你们也不能打人啊？"

"宋、宋、宋总，不带这么欺、欺负人的。"结巴保安的脸红了，有了些恼羞成怒的神色。

"嘿嘿，对不起啊，我不是学你的。真不是故意的，我是说再怎么样，你们也不应该打人的。"

"宋、宋、宋总。"

"你别急，我看你说别的话都还好，怎么一喊宋总就结巴了？"

保安有些急赤白脸的了："那我哪晓得？还不是你们这些当官的嘴巴大些，你们讲什么就是什么，实践出真知你们都不懂，真理都在你们嘴中。"他旁边的那位保安似乎觉得结巴保安话有点多，悄悄拽了拽他的衣角。谁知结巴保安一声吼："搞什么搞！"

这一声吼，把他旁边的保安吓得倒退了两步，宋齐光也被他这一惊一乍的吓了一跳。宋齐光暗自叫苦，怎么平时进进出出都没看出来这个保安有如此才华，算了，不多说了。他转过头看着杨一鸣，杨一鸣傻了似的呆立着。

"喂，怎么了，一鸣？"

"你这哪里是保安啊，你是哲学家。我今天还不信邪了，我们俩来单挑。"杨一鸣显然还是气愤难消。

"行了，行了，走吧。"宋齐光知道再和这位保安说下去，也不会有什么结果的，杨一鸣有可能还要再起纷争，事情闹大了也是无趣。就半推半拉着杨一鸣往厂外面走。

杨一鸣一边趔着一边骂："你等着，我不会饶你的。"当杨一鸣将这句话重复到第三遍时，结巴保安终于回嘴了："青山常在，绿水长流，青山不改，后会有期。"这几句话倒是说得很流畅。

"去你的，你就仗着人多。"两人离得有二十多米了，还是隔空喊话。

宋齐光劝说道："得了，别喊了，累不累啊。一鸣，你好像混得有点惨啊，怎么了这是？"

"嗨，别说了，倒霉的事尽让我一个人遇到了。咱先找个吃饭的地方，容我慢慢地告诉你。"

宋齐光在厂里接到电话听说一个叫杨一鸣的人来找，当时心里还是蛮开心的，自己从马坝村出来后，就一直没见过杨一鸣。事实上，当宋齐光还没有离开马坝村时，杨一鸣早就出去了。只是没有和小伙伴们打招呼，小伙伴们也只是认为他出去玩几天，过不了多久还是要回马坝村的。谁知他自从走出马坝村后，就一直没回去过。为此，寡妇杨紫玉时常于傍晚时分站在村头，盼望着什么。

　　宋齐光和杨一鸣在街上转悠着，他出门时已经和赵晚晴说过了，说是一个发小来找他，晚上很可能要出去吃个饭什么的。赵晚晴说让他把朋友带到厂里食堂来吃，说着就要打电话给食堂。宋齐光连忙说不用了，朋友第一次来找他，带到食堂吃有点不像话，还是到外面饭馆去吃吧。说着话宋齐光就下了楼，他在考虑是不是要叫上赵晚晴一道呢，最终还是决定不喊了，其实当他一转身的时候，心里觉得轻松了许多。

　　天色渐晚，县城的城区，尤其是繁华地段并不大。宋齐光他们两人不知不觉地又来到了"宋记老鹅汤"的附近。

　　"要不，一鸣我们去我哥那儿吃晚饭去，顺便搞点小酒？"宋齐光说。

　　"不去。"杨一鸣朝宋齐光翻着白眼。"我刚从那里出来，还没待半天，又要我回去？"

　　宋齐光有些明白了，估计这杨一鸣在外面混不下去了，跑到"宋记老鹅汤"那儿混了一阵子，实在不好意思混了，再去找自己的。

　　宋齐光对于发小，也并没有太在意，谁还没有个落难的时候，还年轻呢，有的是大把的翻身机会，于是笑道："你在我哥那里待了多长时间？"

　　"唉，说这个干吗？总之不好去的了。"杨一鸣顿了顿，继续说道，"你哥啊，怎么说呢，做人不太厚道。唉，不说了，你们是亲兄弟，我这么说不合适。"

　　"我哥怎么就不厚道了，没招呼好你是不是？一鸣啊，我是这么认为的，别人招待你是热情，不招待你是本分，没哪个有义务一定要招待你，除了你妈。你说是不是？哦，你妈现在身体怎么样？"

　　杨一鸣转过头看着宋齐光，笑着说："我说你有谱没谱啊，东一榔头西一棒槌的。我妈身体怎么样我不知道，反正我出门时她还好好的，成天在村里东跑西颠的满身是劲。"

"那就好，那就好。"

"别扯了，再扯天都黑掉了，瞧那边。"杨一鸣用手一指古风茶楼，说，"瞧着没？古风茶楼，远近闻名，里面文化氛围浓厚。我们去那搞点吃的，价格公道，也不贵。"

宋齐光摇了摇头，斩钉截铁地说："兄弟，哪儿去都成，古风茶楼不去！"

杨一鸣也是个明白人，不再啰唆。两个人默默地在城里转着圈，直到觉得饥肠辘辘之时，才跨进了一家小饭店。宋齐光为了让杨一鸣吃个安心饭，点了两三个菜后，又去买了一瓶酒。打开酒瓶各自倒了一杯，他明确表示这餐饭由他来作东。杨一鸣说了很多理由，似乎一定要说服宋齐光，这餐饭要由他来买单。宋齐光不再说话，待杨一鸣客气的连自己也感到无趣时，宋齐光说这餐饭，一定得由他来请客。

此时的杨一鸣终于放下心来，这面子也有了，里子也有了，心情也就随之好转了起来。酒过三巡、菜过五味后，杨一鸣又提议去唱歌。宋齐光看着对面这位发小，也不知他这么些天是怎么混过来的，看穿着打扮有些落魄。既然他找到自己了，那就好好招待一下吧。于是欣然同意，并定在了县城最好的泰坦商务会所。

宋齐光和杨一鸣的这场酒，喝的时间有点长，当他们步出小饭馆的大门时，外面正是人来人往，热闹非凡。两个人略有些摇晃着向泰坦商务会所走去。

第十三章 遇见

泰坦商务会所坐落在新湖县的繁华地段，开业没多久。宋齐光听说过这间会所装修耗时九个月，地面和栏杆都是人造玉石，里面的收费极高。宋齐光估计杨一鸣恐怕是掏不出钱来请客的，而自己口袋里的钱也不多，于是不免有些忐忑。

"一鸣，咱换个地方行不？泰坦据说很贵。"宋齐光不得不实话实说。

"齐光，没事的，我们控制着花钱，别乱花。"

"我说一鸣，你还有多少钱，我们还是换一家吧？"

"我说你啊，玩就玩个痛快，要的就是这氛围。"杨一鸣说完又补充道，"我没钱。"

边说着话，两人边走进了泰坦商务会所的大门。刚走到吧台，还没开口说话，身后传来语速极快、干净利落的两个字："出去！"

宋齐光和杨一鸣不自觉地向左右看了看，没其他人啊。莫非是喊我们出去，待一回头。"我天！"这两个字不禁脱口而出，杨一鸣回头看到的又是保安。面对面的双方都冷静地审视着对方，这回保安稍微客气了点："请你出去！"

"凭什么啊？消费给钱，公平交易。"

"衣冠不整的人，不能进入泰坦商务会所的，我告诉你。"保安或是见惯了大场面，一副宠辱不惊、百毒不侵的样子。

"我说你们当保安的怎么都一个德行，我怎么就衣冠不整了？我哪儿衣冠不整了？"杨一鸣有些气急败坏。

"我说你衣冠不整就是不整了。"保安不紧不慢地说。

"好吧，算你狠，我去趟卫生间。"杨一鸣边说着话边往里面走。此时保安又拦住了他，说："我们这里谢绝非顾客上卫生间。"

杨一鸣知道在这样的场合闹事，是没有什么好结果的，他们可不是"大华通用制造"的两个保安，一旦有事发生的话，十几二十个保安便会从不同地方蜂拥而来。杨一鸣此时虽然非常恼火，但还知道要控制情绪，他自我解嘲地笑了笑说："齐光，看到了吧，这就是看不起劳动人民，我身上虽然脏，但我那是在劳动中产生的结果，身上干干净净的也不一定就都是好人。身上脏的人，心不一定脏是不是？你看看，就他这个样子，和旧社会有什么区别？这是一个社会问题……"

宋齐光觉得杨一鸣的话有些多，伸手就要脱杨一鸣的衣服，杨一鸣犟了一下，突然醒悟过来，自己主动脱下了外衣。露出了里面的长袖衬衫，衬衫虽然不太干净，但比外衣要明显好看得多。

一旁的宋齐光说话了："今天大爷我还就在这儿玩定了，给我开包厢。"又冲着保安吼道，"你看什么！这回没有衣冠不整了吧？你要是做不了主，把你们老总喊来看看，这是不是衣冠不整？！"

保安表示了一个不屑的表情后，转身离开。

宋齐光与杨一鸣进得包厢还没坐定，进来了很多小姐。为首的像是领班，她说这里的小姐走的都是清爽路线，没有什么暴露的衣着，重在气质和内涵。宋齐光在一排小姐的脸上扫过。突然间，他手中的水杯滑落在地，发出清脆的碎裂声。领班微笑着说，没关系先生，一个水杯五十块。

宋齐光的心都粉碎了，他看见了李小锦。

而此时，李小锦正微笑地看着宋齐光，并微微地对他点了点头。

宋齐光低下了头，他不知怎的有些羞愧难当。

"李……"杨一鸣显然也是看到了李小锦，他刚刚喊出一个字，突然发现在这种场合叫人家的真名字有些不妥，及时收住了声。

"别一惊一乍的了，来吧，坐。"宋齐光缓了缓劲，指着李小锦说。

李小锦嫣然一笑，坐到了宋齐光的身边。杨一鸣目瞪口呆地看着他们俩。随后眼睛又在那一排小姐身上扫描着。

李小锦笑着说："一鸣，你也别挑花了眼，就小阮吧。小阮，你来。"

只见从那一排风姿绰约的小姐中款款走出来一位，长长的头发，或许是灯光的缘由，显得皮肤很白，略丰满的样子。

杨一鸣觉得没办法再挑了，将就一下得了，他笑嘻嘻地说："我就喜欢这样的阮妹子。"

"你拉倒吧，阮妹子是齐光的。"李小锦站起身来，将小阮拉在了宋齐光的身边坐下。自己却绕过了沙发，走到了杨一鸣的身边。

这一幕，让宋齐光有些莫名其妙。本想叫住李小锦，却又不便抹了那位小阮的面子，如果拒绝她，倒会让她很难堪的。

宋齐光是第一次来泰坦商务会所，也不知道该如何是好。只有被动地听从李小锦和小阮的安排。一会儿服务生送进来一箱啤酒，一瓶红酒和两听雪碧。服务生将红酒和雪碧都打开了，倒在一个大的玻璃容器内。

杨一鸣和李小锦唱着歌、跳着舞，且有越来越靠紧的趋势。

宋齐光心乱如麻，只一杯一杯喝着酒，一会儿红酒，一会儿啤酒。身边的小阮倒也是善解人意，并不多话，只默默地陪着。

这样的时间，让宋齐光觉得每分每秒都是度日如年。当他看到杨一鸣和李小锦抱成一团的时候，实在忍不住了，他走到李小锦的身边，对着杨一鸣说，我找李小锦说会儿话。杨一鸣知趣地又跑到小阮的身边，和她喝起了酒。

宋齐光将音乐的声音调小了些，否则说话要很大声，委实难受。

宋齐光看着李小锦，她显得有些满不在乎地微笑着，这种微笑，在宋齐光看来含义复杂，有些玩世不恭的味道，还有些忧伤。

"小锦，你不是说在哪个公司搞营销总监吗？怎么跑这里上班了？"

"什么公司？你说，我跟你说的话，你都忘记了吧？"

宋齐光倒真是一时想不起来她说的在哪个公司上班，但李小锦确实是跟他说过的。他本想了解李小锦的近况，却不料一下子蒙住了。宋齐光在努力地回忆着。

"科思讯，科思讯是吧？什么公司已经不重要了，我问你怎么在这里上班，究竟发生了什么事？"

李小锦笑了，却显得很勉强。"什么科思讯啊，那是骗你的喽，我倒是在科思讯公司干过，不过那是在流水线上，是一线工人、什么营销总监那是骗你的。后来觉得当流水线工人又苦又累，还挣不到钱，我就到这里来了。这有什么奇怪吗？"

宋齐光沉默了半晌，李小锦等得有些不耐烦了，说去上个洗手间，站起来就要走。宋齐光情急之中，拉住了李小锦的手，他明显感觉到李小锦的手在颤抖，好似很激动的样子，转而往脸上看去，又像是很平静的样子。宋齐光觉得今晚真不应该来，倒并不是觉得这种地方有什么不好，或是花了多少钱，而是觉得今晚遇到李小锦，有些伤到了李小锦的自尊心了。尽管李小锦表现得很平和，但宋齐光确定李小锦的内心是不平静的。

李小锦挣脱了宋齐光握着她的手，朝着宋齐光笑了一笑。站在原地没动，眼里却盈满了泪水，她似乎不敢再动，生怕一动的话泪水就会掉下来。

此时，杨一鸣和小阮也停止了喧哗，静静地看着眼前的一幕。

宋齐光在沙发上侧过身子，对小阮说："去算一下账，多少钱？"

小阮起身离去，杨一鸣也借口上洗手间，也出去了。包厢里只剩下宋齐光和李小锦两个人，宋齐光再次伸手握住李小锦的手，并暗暗地用了些力气，李小锦顺势又坐在了沙发上。宋齐光嫌音乐声吵闹，直接按下了静音键。

当音乐声停止时，宛如全世界只剩下他们两个人。一切都安静了下来，喧嚣和浮躁都已烟消云散。而此时，两个人却也没什么话可说，只是默默地坐在那儿。

"你现在好吗？"良久，还是李小锦打破了沉默。

"我啊，还一样，上回跟你说过了。"宋齐光也不想说太多的话。

又是长久的沉默。

"小瑟呢，你妹妹明年就要毕业了吧？她成绩怎么样？有没有希望啊？"

李小锦像是刚刚被惊醒似的，她抬起头有些茫然地说："你说什么？小瑟，哦，她明年毕业啊，你又不是不知道，我估计她是考不上什么大学的。"

"小瑟成绩不是一贯很好吗？"

"她好像谈恋爱了，经常找我要钱花，她一个学生要钱干吗？再说了，她住在叔叔婶婶家里，吃喝住都不要花钱的。"

宋齐光知道她叔叔在县城里当个什么干部，婶婶在医院上班。家里条件是不错的，也不会在乎李小瑟一个人的吃喝。他们家原本是个幸福的家庭，可两年前他们的独子突然死了，这对于一个家庭来说，无疑是个灭顶之灾。

"你叔叔婶婶，他们还好吧？"

李小锦一声叹息："不说他们了，说他们干吗，也是一对苦命人！"

"好吧，不说了，杨一鸣人呢，怎么到现在不回来，不会跑了吧？"宋齐光故作轻松地说着，却再也没有那种轻松的气氛。

说曹操，曹操到。此时杨一鸣推门而入，身后跟着小阮。

杨一鸣刚进门就嚷道："这也太贵了，刚小阮说全部加起来要一千二百块钱。"

宋齐光头皮一紧，下意识地摸了摸自己的钱包。

第十四章　更哪堪

宋齐光心里有数，自己带的钱还差了一些。尽管觉得希望渺茫，他还是把杨一鸣拉到了旁边，悄声地问他口袋里有没有钱？杨一鸣回答得非常干净利落，没有一丝一毫的犹豫不定，张口说了两个字：没有。

宋齐光表情僵硬起来，他和包厢里的三个人打着招呼，说出去一下马上回来。

待宋齐光走出门后，杨一鸣的头脑里闪过一个念头，他不会不回来了吧？真要是不回来，那就不得不再次面对保安了，和保安打交道，是一件很不靠谱的事。这个念头也只是一闪而过，他对于宋齐光的人品还是信得过的，于是乎就有了些愧疚似的，他想维护一下宋齐光的面子，也包括自己。

"来来来，别都站着啊，坐下，我们玩我们的，齐光一会儿就回来。"

李小锦笑了笑，说："恐怕一会子回不来了。"

杨一鸣心中又是一惊，刚刚闪过的那个念头又冒出来了，不禁脱口而出："怎么？他和你讲了些什么话？"

"还用说吗？借钱去了嘛。这儿根本就不是你们来的地方。"

杨一鸣面红耳赤，好在包厢里的光线很暗，也看不出来。气氛一时显得尴尬了起来。

宋齐光快步走出泰坦商务会所的大门，径直向"宋记老鹅汤"走去。两地离得倒并不是很远，只五六分钟就来到了门前。好在店门还没有关，宋天骐正在吧台后面悠闲地抽着烟。宋齐光虽有些焦急，但他觉得一上来就开口借钱，显得有点急不可待的，那样子不好。

"哥哥，还没关门啊，你一般晚上几点关门？"宋齐光说。

"哦，你来了啊，没一定的，一般要到晚上十二点左右吧，有时候也早一些，看情况。哦，你现在这时候来有事吗？"宋天骐显然也看出了宋齐光的故作镇静。

宋齐光也确实没有什么心思绕圈子了，开门见山地说道："你借我 500 块钱，我有点事。"

"齐光，你别说 500 块了，我指望着今晚能卖点钱出来，完了明天好买老鹅去，我现在 200 块钱都没的。"

宋齐光相信哥哥说的是实话，看他店里如此冷清，估计生意好不到哪里去。可宋记老鹅汤是一道美味，怎么给哥哥弄成这般结果，肯定是哪个环节出了问题了，下次有空好好来观察一下。眼见得宋齐光头发凌乱，双眼红红的，像是随时要发疯的公牛，而那位坐在一旁的服务员，倒也还端庄秀丽，只是嘴角向下，倒像是一直是在鄙视着顾客。这个服务员恐怕不行，以后要换掉。宋齐光的思绪乱飞了一会儿，又得直面现实。这钱从哪儿来呢？自己在县城的关系除了哥哥就只有赵晚晴了，难道要去找赵晚晴？此时他有些为了去泰坦商务会所而心生的悔意。

"哥哥，没事的，我也不急用。你忙着吧，我过两天再来，给你这个店把把脉，你这么搞可不是个事。"

宋天骐苦笑着说："就你比我本事还大？"

"走啦。"宋齐光跨出了店门，心中为了去不去找赵晚晴而纠结不已。若是去，又得找一个什么理由才好呢，总不能说去找小姐欠下的钱吧？算了，不想了，车到山前必有路，宋齐光自我安慰着，他在路边拦了辆黑车直奔赵晚晴的住处，为了节约时间，他让黑车就在不远处等他回来。

宋齐光匆匆赶往赵晚晴的住处。

"咦，你怎么来啦？"赵晚晴一脸的喜悦之情。

"是这样的。"宋齐光直到此时还没想出一个万全之策，他决定随机应变，"晚晴，我一会就得走，你先拿500块钱给我。"

赵晚晴一边翻着包包，一边问道："怎么了？这时候要钱干吗？"

"嗨，你又不是不知道，我今天来了个老乡。那人朋友多，我们在大排档吃饭，他的朋友是越来越多，我担心请客的钱不够，找你先拿点好心里有底。"宋齐光说完笑了，不是朝着赵晚晴，赵晚晴此时正在包里翻找着，并没有看他。

"大排档能花多少钱？你也是的，知道出去吃饭也不多带点钱？"赵晚晴递给了宋齐光一沓钞票。宋齐光随手接过，感觉不止五百块钱，一数竟是一千块钱。不禁有些疑惑地看着赵晚晴。

"你拿去吧，别不够了又来烦我。哦，对了，你们在哪里吃啊，我肚子正好饿了，我也去。"赵晚晴满心期待着。

"算了，也快结束了，都是男人，你去了不合适。"宋齐光说。

"好吧，那你今晚结束了就过来吧。"

"嗯，你等我。"

宋齐光兜里揣着一千块钱，感觉浑身是胆。黑车很守规矩，守在原地一动没动。宋齐光上车后，好似一骑绝尘而去。

原本赵晚晴已洗漱完毕，正准备上床睡觉时，宋齐光来了。

赵晚晴感觉到他喝多了酒，讲话都有些含糊不清，正打算埋怨他几句，还没说出口，不料宋齐光说是钱不够来拿钱。当时赵晚晴心里还是有一些喜悦的，起码宋齐光能想到自己。赵晚晴看到宋齐光离去的背影，觉得自己是深深地爱上了这个男人。她转而锁上门，跑到三楼就能看到工厂宿舍的大门了，只见宋齐光的步伐略微有些摇晃，这让赵晚晴的心都揪在了一处。都喝到这份上了，还要去喝，此时赵晚晴后悔自己没有跟他交代一句话，让他少喝点酒。眼见得宋齐光上了一辆车，那车就离厂大门边不远。赵晚晴心头顿生疑云，叫了车为什么不开进来，车子是可以一直开到宿舍门前的。宋齐光今晚有些反常，平时可都是坦坦荡荡的，今天倒是有些含糊其词、偷偷摸摸的感觉。

赵晚晴带着些许的疑惑下了楼，回到宿舍后抓起桌上的手机就拨通了赵胖子的电话。

"表叔，来送我一下，有点事。"

"马上到。"电话那头倒是干净利落，好像知道赵晚晴一定是在宿舍是的。

当赵晚晴走到那辆路虎车的旁边时，赵胖子也恰巧赶到。他一边整理着衣服，一边说道："小晚晴这么晚了是要到哪里去啊？"

"哦，没什么事，就是宋齐光好像喝多了，我们去找找他，完了把他接回来就行了。"

"哪家饭店？"

"不知道。"

"不知道？那到哪里去找啊，这不就大海捞针嘛。"

"行了，表叔，就当兜兜风，找不到也就算了。"

赵胖子发动了汽车，缓缓地向城区驰去。赵胖子明显感觉到赵晚晴的心情并不是多好，也就一路无话。汽车在县城最繁华地段绕着圈，一圈又一圈。赵晚晴没有叫停车，也不想下车，只是在汽车里四处张望着……

宋齐光急匆匆赶到泰坦商务会所时，时间已过去了半个小时。他来到包厢门前并不急于推门而入，而是在门前站了一会儿，让自己的呼吸平缓下来。包厢里没有音乐声，也没有喧哗声。宋齐光心头一惊，人都走了吗？当他推开门时，才发现杨一鸣、李小锦和那个叫小阮的女孩东倒西歪地睡在了沙发上，地上全是空的啤酒瓶。

　　宋齐光刚想出声，发现李小锦雪白的大腿露在了外面，短短的小背心也掀了起来，露出了纤细的腰身。丰满的乳房直挺挺的，乳头在小背心上顶起了两粒绿豆大小的凸点。宋齐光贪婪地盯着，贴近了观察李小锦的反映，只见李小锦像是睡死了过去。宋齐光按捺不住，伸出手轻轻地抚摸着李小锦的大腿内侧，那个地方的皮肤最光滑，那个地方的肉最柔软，那儿也是最性感的地方。宋齐光的手在游走，他感到自己的心就要跳出嗓子眼。他又将手伸进了李小锦的小背心内，果然不出所料，她并没有穿文胸，当宋齐光握住李小锦的乳房时，不免有些怀疑她是不是真睡着了，因为她的乳房胀鼓鼓的，一点儿也不柔软。摸索了一会儿，他又将手移向了女人的最隐秘处，李小锦轻轻地按住了宋齐光的手腕。这让宋齐光羞愧难当，原来她一直是醒着的。

　　宋齐光缩回了手，装着什么也没发生似的说："嗨！嗨！看样子我要是不回来，你们就在这里过夜了吧？"他原想说得大声一点，好喊醒杨一鸣和小阮，也好掩饰一下自己的尴尬，却没料到他发出的声音像蚊子嗡嗡叫。宋齐光像是个做错了事的小孩子，内心惶恐不安。

　　"起来吧，起来吧，都别装死了。"李小锦推了推小阮，小阮又拉起了杨一鸣。

　　宋齐光笑了笑，说时间不早了，都走吧。临分别之时，李小锦悄悄地拽了下宋齐光的衣角，宋齐光停下脚步，低下了头。耳边传来李小锦低低的声音。

　　"齐光，这地方不是你来的，以后不要来了。我也知道你是回去拿钱的，本来我可以给你付这个钱的，无所谓。我知道你也不会跟我开这个口的，真是死要面子活受罪，齐光，我要让你记住，偶然的相遇是第一次，也是最后一次。"

"嗯。"宋齐光不想再说些什么，只是觉得心里有些酸楚。

"那个杨一鸣我倒是见过他几次，走的也不是什么正经路子，你少和他交往，还有，你知道小阮为什么一直闷闷不乐的吗？"

"杨一鸣，我心里有数的。小阮有什么不开心吗？我没太注意。"

"小阮不开心是因为我一直没劝你们花钱，她今晚的收入没平时多。算啦，跟你说这些干吗。哦，对了，你过年回去吗？"

宋齐光说："当然回去，你呢？"

李小锦笑了笑，转了离去。

有了李小锦刚刚一番话，似乎有些点醒了宋齐光，他客客气气地和杨一鸣道别，再没有招呼他去宿舍了。原本他是想让杨一鸣今晚去他的宿舍去睡觉的。

当宋齐光摇摇晃晃步出泰坦商务会所的大门时，他没注意到不远处，赵胖子和赵晚晴的汽车就停在不远处。

赵晚晴和赵胖子在县城这个繁华地段兜了三四圈以后，赵晚晴让赵胖子将车子停在一个路口，从这里，可以看到周边很大的一片地方，她想，只要宋齐光从这边过来，她总是能看得见的。

眼见得一个熟悉的身影从泰坦商务会所出来。赵晚晴眼底里慢慢地盈出了泪花。

第十五章 晚来天欲雪

虽是水墨江南，雪花纷纷扬扬地散落，如期而至。每当这座江南小城飘起雪花的时候，过年的味道也渐渐浓了。

宋齐光打算带赵晚晴回家，只是他执意要坐中巴车回去，赵晚晴拗不过他，也只好提着大包小包往汽车站赶去。虽是寒冬，赵晚晴的鼻尖上还是沁出了细细的汗珠，她喘着粗气却没有像往常一样跟宋齐光撒娇，或许这一次见准公婆有些紧张，她想有个好的表现，也因此提前进入了角色。

宋齐光双手拎着两个要比赵晚晴手里大得多的箱子，这四个箱子里装着父母亲过年的新衣服，还有很多食品、饮料、两条香烟和两瓶好酒。这些东西都是宋齐光自己买的，其实赵晚晴说过，让她去置办回家的礼品，而宋齐光不愿意。

汽车上，宋齐光与赵晚晴并肩坐着，赵晚晴坐在靠窗的位子上，她看着窗外的风景，时而将手伸出窗外接着雪花，雪花在她的手上转瞬融化。只一会儿，她就没了兴致，将头斜靠在宋齐光的肩膀上将欲睡去。宋齐光和她换了个位子，揽住赵晚晴的肩头后，他只顾盯着窗外的景色，突然地，一种伤感的情绪袭来。他觉得离开了家、离开了家乡，不管外面如何繁华，他都只是个过客，任凭鲜衣怒马，也不过是在流浪。

汽车缓慢地颠簸着，宋齐光有些日子没见着父母了。父亲的烟抽得挺厉害的，日子也不像过去那般苦了，他那香烟的牌子还没换。父亲一直说习惯了那种口味，宋齐光明白，那其实不过是为了省一点钱而已。而妈妈却想得开，当县城的中年妇女们流行穿什么，她总是能及时跟上潮流。好在她个子蛮高的，虽略胖也不至于显得有多么难看。父亲的沉默寡言和母亲的大嗓门，是宋齐光从小就习惯了的。离开家的这段时间，也没怎么想家、想父母。只是在这回家的路上，他却遏制不住地思念。这条路离家越来越近，这心底的思念越来越浓，浓到化不开时，便化作泪水，无声地流。

赵晚晴其实并没有睡踏实，于半梦半醒之中，她感觉到宋齐光的肩膀微微耸动，偷眼望去，只见宋齐光的脸上有泪水滑落，他却并没有去擦。赵晚晴心中一颤，她此时想到的是眼前这个男人很善良，为了怕惊醒自己，而不忍心挪动搂着自己肩膀的手。

赵晚晴装作睡醒了，伸了个懒腰坐直了身子。宋齐光迅速地擦去了脸上的泪水，转过头看着赵晚晴，脸上有了些笑容。

赵晚晴觉得当时布下的局有些卑鄙，整个事件的过程是糟糕的，却没料到结局是如此美好，她一边为收获了这个男人而高兴，一边为当初设的那个局而感到愧疚和不安。

车到站了，冷冷清清的车厢里顿时热闹非凡，车里面的人都抢着下车，手里、肩上的行李互相碰撞着，车门边两个人的行李卡在了一处，都死命地往前奔着，谁也不肯后退一步。车厢里各种谩骂声此起彼伏。

赵晚晴刚从座位上起身，就被宋齐光拽着又坐了回去。宋齐光和赵晚晴相视一笑，看着眼前的这般热闹场景，宋齐光不禁有些感慨，这都到站了，还挤什么呢？

宋齐光掏出手机，打给了哥哥，当他确定哥哥已经在家时，就让他来车站接一下，说是东西比较多。待车厢里的人随着骂骂咧咧的声音离开后，宋齐光才拉起赵晚晴下了车。赵晚晴替宋齐光掸了掸头发上的雪花，又将自己衣服上的帽子戴上了。她朝宋齐光笑着，宋齐光在这空旷的车站等着哥哥，双脚不停地在地上跺着。他不时地低下头，用手掸着头发上的雪花。

不远处传来零星的鞭炮声，那声音提醒着匆匆行走的人，年关将近了。远远地，一个孤单的人影越来越近，正是宋天骐。

"哥哥，你怎么才来？这雪下得真大。"

"我又不会飞，你还晓得雪下得大啊，我鞋子筒里净是水。"

宋齐光下意识地看了看哥哥穿的鞋，是显得有点破旧了。宋天骐这段时间好像瘦了一些，将军肚都瘪下去了。宋齐光觉得这样的形象顺眼了许多，要是像以前那样细胳膊细腿，很突兀地挺着个将军肚，倒像是个青蛙。

"好了，好了，来，我来介绍一下。"宋齐光笑着说。

"不用你介绍，这是我的老主顾了，经常来吃我的老鹅汤泡锅巴。赵小姐你好。"宋天骐一本正经地要和赵晚晴握手。

宋齐光一把将宋天骐推了趔趄，笑着说："你拉倒吧，冒充什么绅士啊，快，把这两个箱子拎上，我们回家。"

"好嘞。爸妈在家等你们吃饭呢，走吧。"宋天骐看了看地上的四个箱子，挑了两个小一点的拎上，抬腿自顾自走了。

一直微笑着的赵晚晴看着这兄弟俩，觉得他们的对话也挺有意思的，虽有些互相埋怨着，但透着股亲切。倒不似自己和哥哥那般，平时都客客气气的，两个人说些话都显得小心谨慎。赵晚晴觉得还是这兄弟俩的关系比较亲密一些。

宋齐光拎起地上的箱子，示意赵晚晴走在前面。

"我来拎一个吧，齐光。"不知为什么，自从上了这趟开往乡村的汽车后，她的心开始柔软了起来。看着宋齐光拎着大箱子有些吃力的样子，她有些不忍，倒有些埋怨起他那个哥哥了。

宋天骐听到赵晚晴的话就停下了脚步，转头向后面看过来。

"唉，你们可真麻烦。来，来，来，齐光我们换一下。"宋天骐摇着头。

"走吧，走吧，别啰唆了，你话可真多。"宋齐光没停下脚步。

赵晚晴紧赶了几步，从宋齐光的手里抢下了一个箱子，两个人并肩走着。

宋天骐将头摇得更厉害了。

父母早已在家里等候着，从蒋美鹃见到赵晚晴的第一眼后，笑容在她的脸上就没停过。宋齐光发现平时很少开笑脸的父亲也是笑眯眯地抽着烟。宋齐光突然间就觉得，当父母不再打骂儿女时，他们就老了。

蒋美鹃笑容满面地在厨房里烧菜，她做的一手好菜，色、香、味俱全，只做菜这一项，蒋美鹃在村里可是出了名的，平时村里有人家办红白喜事，总是要请蒋美鹃去掌勺。宋慈杭不太乐意她和村妇们在一起说些家长里短，可自从两个儿子都离开家后，他倒是鼓励蒋美鹃出去给别人家帮帮忙。

一串小小的鞭炮炸响，表示可以开席了。往年蒋美鹃和宋家兄弟俩都是喝饮料的，这次宋慈杭示意老大、老二把大杯换成小杯，然后往他们的杯子里倒白酒，老二赶紧夺过了酒瓶，先给父亲斟上，接着才把哥哥和自己杯子满上。

宋慈杭举起了酒杯，作为一家之主，他用这种方式表明了他在家里的地位。

"老大、老二，还有小赵，明天就是大年三十了，今天晚上我们少喝点，明天再喝。小赵，你多吃点菜，都是你阿姨做的拿手菜。"宋慈杭突然觉得多了一个人，他好像不会说话了，有些突兀地结束了讲话。

蒋美鹃的脸上出现了一丝不快，虽然只是转瞬即逝，但还是被赵晚晴捕捉到了。

晚餐的最后一道菜照例是"宋记老鹅汤"，宋齐光和赵晚晴喝了第一口后彼此会心一笑，他们心里都明白，还是家里的这碗老鹅汤味道鲜美，而宋天骐在县城开的那间"宋记老鹅汤"只是徒有虚名而已。宋齐光不免担心，如果长此以往，会不会把"宋记老鹅汤"的这块招牌给弄砸了。

宋齐光纠结了好一阵子，还是开了口："哥哥，我说你技术没学到家啊，怎么你做的老鹅汤就是差了点功夫？没老爸做的味道好。"

宋天骐愣了愣，没有答话。倒是蒋美鹃打破了尴尬，她说："老二这孩子，你爸把配方都给了老大，也没有留一手，那还能不是一个味？"

"哼！"宋慈杭像是被什么利器刺了一下，脸上的表情由喜转忧，继而又略有愤愤不平地说："凡事都要慢慢来，不要着急。把根基打牢才是根本，老话讲的是没错的，'磨刀不误砍柴工'。要说老大也学得差不多了，但这种老手艺，差不多是不行的，差一点也不行。"

宋天骐这时不得不说话了："爸爸，你说我还差在哪里？"

宋慈杭平复了一下情绪说："你不是着急要走吗？我讲你不听里。你们都大了，我说话也不管用了。"

宋天骐笑着说："爸爸，你这话说得，我哪有不听啊？"

"你要听，你就关了店门，回家再学个三五个月。"

宋天骐一听要他关了店门，顿时就急眼了，他说："爸爸，我现在怎么能关门？开弓没有回头箭，我回不去了。爸，我说你也是的，你哪里不能到我店里去尝尝味道？我也觉得我做的老鹅汤不如是家里的味道好，你留一手了是不是？"

宋慈杭端着酒杯子的手微微有些颤抖。

蒋美鹃见状，忙打起了圆场说："老宋，开过年我们去城里看看，老大是怎么搞的啊，怎么会味道不对呢？"蒋美鹃似乎也认为宋慈杭留了一手。

"不去！"宋慈杭重重的搁下酒杯，转身去了屋里。

第十六章 更

谁也没料到这次晚餐竟以这种方式结束。蒋美鹃、宋家兄弟和赵晚晴默默地吃完饭，都各有心思。

宋齐光眼见得妈妈在他的附近转悠着，这种不离左右的行为让宋齐光有些不解，莫非妈妈有什么话要说吗？趁着赵晚晴去洗漱的当口，宋齐光把妈妈喊进了房间，从包里拿出了一套新衣服，说是送给妈妈的新年礼物。

蒋美鹃瞬间就笑得合不拢嘴了，既是为了这么一套时尚的新衣服，更是为了儿子有这份孝心。她顺手拉过一把椅子，对宋齐光说："老二，你坐下，我有话问你。"

宋齐光的心中稍许有些忐忑，旋即又平静了下来。他早已打过电话给妈妈，让她把申心的照片收了起来。除了带回来的这个女孩和照片上的不一样，宋齐光并不担心什么别的事要受到妈妈的责怪。

"妈，什么事你说吧。"

"这个女孩子和照片上的不是一个人。"

果然，宋齐光心想这该来的终归要来，这又不是一句两句话能说得清楚的，若是给赵晚晴听到他把申心的照片留在家里，也是不妥，心头就有了些不安。

"妈，那个是朋友，现在这个是女朋友。懂了吧？"

"懂了，懂了。"蒋美鹃开心地笑了，她为和儿子有这种默契而暗自开心不已。随即又是一副欲言又止的样子，这个情形让宋齐光觉得有些好笑。他问道："妈，你有什么话就说吧，吞吞吐吐的，干吗？"

蒋美鹃像是下了很大决心，开口问道："那今天晚上怎么睡？"

宋齐光觉得妈妈有些太着急了，真是亲妈。他说："那还能怎么睡，我和哥哥睡去，这屋留给赵晚晴啊。"

蒋美鹃一言不发地走了出去。

宋齐光悬着的一颗心落了回去，原本有些担心赵晚晴看到乡村的条件很简陋，会产生优越感而造成一系列的不愉快。没想到赵晚晴倒是蛮乖巧懂事，没有无端生出些是非来。另一边的父母对赵晚晴的印象也不错，从妈妈问他们怎么睡的话中，宋齐光认为赵晚晴也通过了父母的考查。

大年三十这一天，宋家兄弟和赵晚晴都睡得比较迟才起床。宋慈杭大概是被蒋美鹃劝住了，否则的话，宋慈杭是不会允许他的儿子们睡懒觉的。

宋家兄弟起床后，宋齐光去叫醒了赵晚晴，赵晚晴也是没有磨蹭，麻利地穿衣、洗漱。他们三个起床的唯一原因是：饿了。

桌上放了四个小碟子，里面盛了些菜，桌上还搁上了两个小酒杯。父亲嘴中念念有词，完了把酒杯里的酒撒在地上，又跪下磕起了头。父亲起身后，照例是轮到蒋美鹃、宋天骐、宋齐光依次磕头。待宋齐光磕完头后，发现赵晚晴有些尴尬地站立一旁，也不知道自己是不是也应该磕个头。他们是祭拜先人，自己目前也只能算是一个外人，到底应不应该去磕个头呢？

而宋慈杭和蒋美鹃认为赵晚晴若是懂事的话，是应该主动去磕头的。自己要是喊她去磕头，倒是显得有些勉强了。

正是这双方的各有所思，才造成了此时尴尬的局面。赵晚晴望向宋齐光，寻求他的帮助。宋齐光笑着点了点头，并用眼神朝用于磕头的蒲团那儿示意着。赵晚晴随即快步走了过去，也学着他们的样子磕了三个头。

宋齐光知道，马上就得到门外边烧纸钱去。他对这一切并不在意，有时候也觉得父亲的一本正经，也实在没什么必要。若是有这么个传统风俗习惯，做做样子也就罢了。

往年吃完晚饭的这个时候，就是宋家兄弟和李氏姐妹一起玩耍的时间了，只是今年增加了赵晚晴，让宋齐光没了出去玩耍的兴致。他和赵晚晴沏了两杯茶，打算陪着父母看《春晚》。待四人坐定后，赵晚晴发现宋慈杭和蒋美鹃的茶杯水空了，就起身拿来了水瓶续水，当白色瓷杯里的水几乎没有茶色时，还是赵晚晴端起了宋慈杭和蒋美鹃的茶杯，重新又去沏了杯新茶。宋慈杭和蒋美鹃都没有客气，甚至连一句谢谢也没有说，心里却是喜滋滋的。觉得这个富贵人家的女孩子，并没有别人口中传说中的那般刁蛮。

宋天骐还是一如既往地出去了，也不知他是不是到李小锦家去了。宋齐光六神不安，无法将注意力集中在乏味的《春晚》上。

宋天骐出得家门，他知道已经无法再去李小锦的家了，不过他还是来到她家的门前，远远地张望着。通常乡间里的年夜饭是不关门的，李小锦家的年夜饭还没有散席，从门里面望去，只见李小锦的爷爷、奶奶，还有她的父亲和妹妹在桌前坐着，屋里只四个人在。宋天骐有些诧异，但也没往深处想，李小锦和她的妈妈大概是去厨房热菜去了吧。

沿江江南的冬天，没有大风，没有大雪，却是冷得刺骨。宋天骐把双手放在嘴边呵着气，双脚在地上跺着，好让自己暖和一些。许久，还未看到李小锦和她妈妈的身影，宋天骐可以确定她俩不在家里。带着疑惑和好奇心，他打算等到李小瑟家的年夜饭散场，然后找李小瑟问清楚。

或许是无所事事，或许是过于无聊，或许是真的出于那么一点关心。宋天骐在寒冷之中等到了日落西山。

李小瑟终于出门了，她径直来到宋天骐的藏身处。这让宋天骐感觉到了一丝不安。李小瑟红着眼睛，看得出她刚刚哭过，她的外貌的变化也让宋天骐吃了一惊，长发已经剪掉了，肤色苍白，消瘦的身体显得衣服有些宽大，衣角在冷风中微微飘起。

"天骐哥。"只这一句，李小瑟的眼泪止不住地流，她再也说不下去了。

宋天骐第一次听李小瑟叫他天骐哥，觉得有些意外。他想或许李小瑟是真的遇到什么难事了。

"怎么了，小瑟。"宋天骐在不知不觉中，也改变了以前对李小瑟的称呼，叫小瑟也许显得亲切和温暖一些。

李小瑟抽泣着，发出极轻微的哭声，只见她低着头，豆大的泪珠往下掉。宋天骐看着那不断掉落的泪珠，滴入雪地里形成一个一个的小洞，发出一声声"噗"，宋天骐觉得那声音很大，因而显得不真实。

两个人慢慢地挪动了脚步，好似漫无目的，却又似在有意无意中向河边的那棵槐树走去。

河里结了冰，薄薄的。旁边的树林光秃秃的，一切都显得很萧瑟。

他们经常坐的那两块石头上也有些冰碴，宋天骐用手抠了抠，冰碴很硬根本抠不掉。他拣了块稍微干净的石头，脱下脖子上的围巾垫在上面，自己倒是不管不顾地坐在了另一块石头上。

李小瑟没作声，从石头上捡起了围巾扔还给宋天骐，面朝小河蹲了下去，眼前的小河也是冷冰冰的毫无生气，而她蹲下的这个角度是背对着宋天骐的。

"说吧，小瑟，发生什么事了？"宋天骐纠结于自己在这个大年夜，终究要不要问这些不开心的事。在他儿时的记忆里，从年三十到正月十五都是不能乱说话的。大人间就算是仇人见了面也都笑嘻嘻地递着烟。

问完这一句话，宋天骐就决定了，要么是李小瑟自己说，反正自己是再也不问什么了。

　　"我爸回来时，去找过我姐，她早已不在那个工厂里上班了。"李小瑟自顾自地说着话，虽然有宋天骐在，但她更像是对自己，或是对着那条小河说话。"姐姐不见了，妈妈也不见了。原本爷爷、奶奶和爸爸都以为大年三十，她们会回家的，可是没有，没有。她们在哪里呢？我呢，明年就要毕业了，过了今夜，就应该说是今年了。若是考不上大学，我该怎么办呢，考上了又该怎么办？"

　　宋天骐心中的谜团越来越大，他觉得李小瑟才是高三学生，好像不应该承担太多生活的困苦，于是他试图安慰着说："小瑟，你姐姐不在工厂上班也是正常，跳槽这事也多，我倒是在县城看到过她，没事的，他还在县城里。"他顿了顿，想听李小瑟说些什么，李小瑟却是无言以对。于是宋天骐继续说着："你啊，就安心读书吧，大学考不考得上，到时再想办法，天无绝人之路，总是会有办法的。你说是吧？"

　　"不说这些事了，说了也是无趣得很。我们走吧，天冷得很。"李小瑟站起来转过身，她的脸上已是一副平静的表情。或许心底的事，有一个人听了就够了，也无须听到解释和安慰。

　　宋天骐默默地陪着李小瑟，走向了回家的路。一路上两个人不再说话，到了李小瑟的家门口，李小瑟停下了脚步，一双大眼睛望着宋天骐，突然笑了一下，她说："天骐哥，听说你在县城开了家'宋记老鹅汤'，我可是从来没尝过你的手艺，哪天要不要请我和我的同学们去吃一顿啊？"

　　"好啊，我打算正月初六就开张。现在人啊越来越懒了，做点小生意都要等到正月初八开张。"宋天骐想表达一下自己并不懒。

　　李小瑟挥了挥手，转身向家门走去。宋天骐看着她瘦弱的身体，好似一阵风都能将她吹走，直至李小瑟进了家里，转身关上大门时的瞬间，她犹豫了一下，然后还是将大门关上。

　　宋天骐有些被遗弃的感觉袭上心头，他突然觉得自己在父母眼里也不如弟弟优秀，在李小锦姐妹的心中，自己扮演的也是个不重要的角色。

这时，天空中又纷纷扬扬地飘起了雪花，宋天骐在雪地中孤独地行走着，就像一匹离群的狼。

第十七章　来往

待宋天骐回到家里时，一股温暖瞬间就将他包裹住了。除了身体感受到了暖和，更多的是一种心情。眼见父母和弟弟还有他的女朋友他们四个人围坐在沙发上，面前的茶几上搁了些糖果和水果，还有两包好烟。弟弟正抽着烟，抽烟的模样似乎不太熟练，而父母就在旁边，也不去管他。宋天骐有些纳闷，在农村里都说结婚三天无大小，从来没有过年三天无大小的啊。怎么这从来不敢在家里抽烟的弟弟倒也光明正大起来了呢？宋天骐此时觉得父母亲有些溺爱他了。

"哥哥，你回来啦。晚晴，去给哥哥倒杯茶，暖和暖和。"宋齐光边说着话边站了起来，从茶几上拾起一盒香烟，抽出一支递给了宋天骐。他们哥俩是知根知底的，早就抽上了烟，只是从来不敢在家里，更不敢当着父母的面抽烟。宋天骐犹豫着到底是接还是不接，他把目光投向了父亲，只见父亲笑眯眯地看着电视，他们哥俩唱的这一出，宋慈杭并不在意。

"我不抽烟。"宋天骐不想挨父母的责骂，也不想给自己原本郁闷的心情再添堵了。

"抽就抽吧，别装模作样的了。我和你爸又不是不晓得。"

蒋美鹃看着目瞪口呆的宋天骐说道，"还在装是吧，你每次拿回来洗的衣服，口袋底都有烟丝，都懒得说你。"

宋天骐此时不知如何是好了。

"过年、过年。"宋慈杭开了口，算是应允了。

赵晚晴端来了一杯冒着热气的新茶。宋天骐端起茶杯对着杯沿吹了吹，抿了一口茶，再将香烟点燃起来。此时，他终于露出了笑脸。屋里的人也都笑了。

刚过午夜十二点，村里的鞭炮声就震耳欲聋般地响起来了，电视机里的歌声一点儿也听不见。宋天骐拿起父母早已准备好的一大卷鞭炮，点燃了扔在了门外，好几十块钱的鞭炮炸响了，宋天骐看都没看一眼就关上了门。

年初四的时候，宋齐光和赵晚晴回去了，回到了那座建在半山腰的赵晚晴的家。年初二的时候，赵晚晴的妈妈就不断地打电话催促她回去，但没有声明要她带着宋齐光一起回家。赵晚晴心里憋着气，一直拖到了初四，妈妈这才勉强答应他们一起回家。

过了两天，年初六的时候，宋天骐也回到了县城。"宋记老鹅汤"悄无声息地开了张，用宋天骐的话说，那是闷声发大财。

宋齐光和赵晚晴刚刚出了车站，赵胖子的车就开了过来。赵胖子俨然成了赵晚晴家的内务总管，很多事都绕不过他。

"表叔，这大过年的不在家陪婶婶，倒麻烦你来接我们，真是不好意思。"赵晚晴说完不待赵胖子答话，又笑道，"表叔，新年好，红包拿来。"

"好，好，这可不能少，不过你这也太着急了吧，准备晚上给你们的。"赵胖子从口袋里掏出了两个红包，分别递给了赵晚晴和宋齐光。宋齐光犹疑了片刻，赵晚晴笑道："傻了吧，你接着啊。"

"谢谢表叔。"宋齐光不知怎的心中有了些不快。

上山的路上有些积雪，有些地方结了冰。汽车开得很慢，车里的三个人都没有说话，坐在副驾驶位子上的赵晚晴拧开了音响，想用一点声音打破这有些沉闷的氛围。

想跟我吵架／我没那么无聊／不懂得道歉／我没那么聪明／好像要回到我们的原点／便身不由己出现在胸口／两颗心能塞几个问号。

旋律和歌词吸引了宋齐光，当一曲终了的时候，宋齐光让赵晚晴倒回去再听一遍。赵晚晴默默地按下了回放键。她看到了宋齐光脸上的忧郁，她开始担心今天的晚餐会不会发生些什么。

汽车终于停在了门前，两座石狮子显得十分庄严，其中一只石狮子的脚边盘着一只小狮子，却是十分慈爱。

赵晚晴妈妈听到汽车的声响，她急急跑出了门，站在大门边。

赵晚晴和宋齐光下了车。赵胖子也不知是不是故意的，他磨磨蹭蹭地停着车，好像躲避着什么。

"晚晴，你越来越不听话了，怎么一个人乱跑啊。"赵晚晴妈妈的脸上并没有笑容。她所说的一个人，分明是没有把宋齐光放在眼里。上回赵晚晴和宋齐光一道回过家，她听得宋齐光是一个农村孩子，学历也不高，当时并没有过于在意。之前过年时，赵晚晴也有不在家过年的，只是这一次赵晚晴跑到宋齐光家里过年，倒让她重视起这件事了。

宋齐光听到赵晚晴的妈妈这么说话，顿时就心生悔意了，真不应该陪她一道来。不过事到如今，若掉头就走，倒也更不合适了，宋齐光的心情有些郁闷。

"妈，我不是和你打过电话了嘛，我这么大人还丢了不成？"赵晚晴显然听到了妈妈的弦外之音。她想牵着宋齐光的手，宋齐光却躲了过去。

赵晚晴扭头看了看宋齐光，觉得宋齐光脸上的忧郁之情比在车上时更重了，不由得心中涌出一阵阵莫名的心酸，她为宋齐光感到委屈，眼底涌出的泪花却生生被逼了回去。

"齐光，快进来吧，外面冷。"赵晚晴说着话径直向家里走去。

宋齐光朝着晚晴的妈妈鞠了一躬，随后也进门了。他在经过门边赵母的身旁时，听到赵母含混不清地"哼"了一声，算是答应了。他跨过那道木制的高高的门槛时，回头朝停车的那个方向看了一眼，赵胖子刚刚停好车。宋齐光心想，若是此时回哥哥那儿去，赵胖子不一定会送他，而赵母是一定会让赵胖子开车的。

屋里的人并不多，温度好似有些高，宋齐光头发上、身上的雪花一会儿就化了，身上湿了倒也不打紧，只头发上的雪花化了后，一滴滴地浸向头皮，惹得宋齐光打了个激灵。一旁的赵晚晴见到了，让宋齐光脱下了短风衣，屋里的人停止了讲话，齐齐地向他们俩看过来。

宋齐光尴尬地笑着。

一张圆桌子，也分了上下座。上首坐着赵晚晴的父母，左边是赵胖子夫妇，还有一位中年妇女似是赵家的保姆。中年妇女大约是因为坐在了比较靠上的位子而不断谦让着，右边依次是赵晚晴的哥哥、宋齐光、赵晚晴。

宋齐光觉得身处在这样的一个环境中有些不自在，自己终归是以一个什么样的身份出现在这个场合呢？当宋齐光想到工厂员工时不禁暗自笑了，连中层都算不上，还是不要自欺欺人了吧。以赵晚晴的男朋友，可又都是心照不宣的事，谁也没有挑明这层关系，就算是赵晚晴本人也没有公开提起过。

菜肴很丰盛，在宋齐光看来都有些甜味，除了糖醋排骨、糖醋鱼还算可口外，其余的菜都甜了。

在一阵热闹过后，很快就分出了聊天的阵容。赵晚晴的父母和赵胖子夫妇组团，赵晚晴缠着宋齐光，中年妇女在开始的热闹过后就离席了，说是为大家准备点水果和甜点。只有赵晚晴的哥哥落了单，他不时地端起酒杯喝上一口，没人敬他酒，他也不去找别人喝。过了一会儿，大约他也觉得无趣，说了声吃饱了就离开了。

宋齐光看着赵晚晴不说话，那意思是在询问我们是不是也要走了？赵晚晴心有灵犀，看了看父母，他们和赵胖子夫妇聊得正欢，根本没注意到她。她悄悄地在宋齐光的耳边说："走吧。"宋齐光点了点头。

"爸、妈、表叔、表婶，我们吃饱了，回房间去了。"赵晚晴站起身说道。

赵晚晴的房间和整座楼房比起来，显得很小。宋齐光不明白有那么多的大房间，为什么赵晚晴要挑这么一个二楼最边上的房间，小到有点像储藏室似的。

房间里只有一张单人床，一桌一椅，甚至连台电视也没有。

正当赵晚晴搂着宋齐光，准备亲热一番的时候，赵母推门而入，把赵晚晴吓得赶紧松开了手。

"妈，你怎么也不敲门啊？"赵晚晴嗔怒道。

赵母没想到这两人刚进房间就要亲热，倒像被吓着了似的。她笑了笑，坐在了椅子上。这个角度正好与赵晚晴、宋齐光形成了三角形。房间很小，三个人几乎都是面对面的。这让宋齐光和赵母都觉得有点不自在。

"小宋，你出去一下，我跟晚晴说几句话。"赵母的语气很生硬。

"妈，你又要说什么啊？齐光别走。"赵晚晴也不太友善。

宋齐光经过瞬间的考虑，还是站了起来，向门边走去。赵晚晴迅速地跑了过去，她拉住了宋齐光的胳膊，生怕这个男人会一直走出去，直到离开这里，就像上次一样。

"好，小宋在这儿也没关系，坐下吧。"赵母见此情景，语气也软了一些。

赵晚晴拉着宋齐光坐回了床上，宋齐光不想再掩饰什么，他从口袋里掏出了香烟，用赵晚晴给他买的芝宝打火机点燃，他用脚从床边踢了踢，钩出一个装蚊香的铁盘子，打算作烟灰缸用。

赵母有些吃惊宋齐光的这串动作，感到自己的尊严受到挑战，不由得心生不快。

"晚晴，你说你们这算是怎么个回事？你谈恋爱我和你爸从来没反对过，我们相信你自己挑的，肯定你认为是最好的。可小宋，我们了解过的。小宋，我这么说你也别生气。"

宋齐光抬起头，看了看赵母。他原本也不想说什么，赵晚晴还是用脚尖踢了踢他，那意思是提醒他不要乱说话。只是三个人的距离这么近，赵母都看在了眼里，她大概觉得还是单独跟女儿谈比较合适。

"算了，不说了。晚上晚晴你跟马姨睡，这儿给小宋睡。"赵母说完准备离开。

宋齐光笑道："阿姨，不必了，我回宿舍也不是多远。"

赵母回头望了一眼，没有作声，只听得房门"砰"的一声，显然比平时关门时用的力气要大了一些。

"走吧，我们一起。"赵晚晴看着宋齐光，等着他点头，宋齐光很漠然。赵晚晴掏出手机时，宋齐光问她干吗，打给哪一个。赵晚晴说打给表叔，让他送一下。

"晚晴，愿意陪我走回去吗？"宋齐光似在赌气，然而语气又是毅然决然。

"我愿意。"

这一路的风雪，加之路上有时滑溜有时泥泞，宋齐光紧紧地牵着赵晚晴的手，生怕她跌倒。尽管如此，两人还是一脚高一脚低，跌跌撞撞地向前走着。

此时的宋齐光感到很是焦虑，而赵晚晴只是眼泪在心里莫名地流淌。

第十八章　惊雨夜

经过了这一夜的行走，宋齐光和赵晚晴的感情迅速升温。宋齐光觉得在那一夜之前都有些演戏的成分在，此时却有些离不开赵晚晴了。而赵晚晴发现自己深深爱上这个男人后，却时常为当初算计他而感到不安，她担心有一天宋齐光知道真相后，不会原谅她。

白天也越来越长了。宋齐光时常会想到父母、哥哥、李小锦和李小瑟。李小瑟的高考结束了，也不知道她考得怎么样？宋齐光此时已是"大华通用制造"的人力资源部经理，工作上也忙了起来，尽管如此，宋齐光还是想尽快找个时间，去看看李小瑟。

仲夏，是分别的季节。

江南小镇在这个季节时常被笼罩在雨里，雨滴时而轻柔，时而狂暴。

一如李小瑟的心情，这高中三年时光里的荣耀与屈辱，都烙在了脑海里，没有像雨滴一样悄悄浸入大地，然后悄无声息。

李小瑟缓缓地走出了学校的大门，待寻得一僻静处不禁回头，微风将细雨打在她的脸上，让她感到丝丝凉意沁入心脾。此时的她孤零零的，没有同学相伴。

李小瑟对于这座县城来说，本就是个过客。她自高一来到这里，时间就像刚刚的那道闪电，转瞬即逝。

她站立雨中，有了些莫名的伤感，也许是因为人生终究是离别。

这次黄昏的时光，仿佛比往常要持久一些，但终究抵挡不住夜色来袭。

李小瑟注视着从学校大门里往外走的人，从成群结伴到三三两两，然后是很久才能出现一个人影，直至再也看不见那些认识的或不认识的人。

李小瑟长长地吁出一口气。离别的时候难免落寞，但也有一丝轻松和喜悦，尽管未来和这雨夜一样模糊。

夜色渐浓，李小瑟正打算离开时，学校大门前的路灯亮了起来。这路灯好似善解人意，下雨天总是会提前亮起来。

李小瑟忽然发现这三年以来，传达室那位始终面容冷峻的老人，此时也显得有些温情，灯，是由他点亮的。

李小瑟犹疑了一下，还是朝向传达室缓缓走了过去。

老人像往常一样端坐于桌前，面前的那本书也似从来没换过。李小瑟来到窗前，老人抬起头看着她，什么也不说，等着李小瑟开口。

"老伯，您这是看什么书啊？"李小瑟对待这个传达室的老人，脸上的笑容从来没有如此真诚过。

老人很瘦削，肤色黝黑，眉毛长且浓黑，看上去很严肃，难以接近。李小瑟入校以来，这位老人就在传达室了。每次她总是匆匆拿走自己的信件，从不停留，也是一直觉得这位老人有股戾气。

只见老人缓缓地从桌上拿起书，在他翻开的那一页书中插好书签，依然没说话，把书递给了李小瑟。

李小瑟微笑着接过了书，书名是《圣经》。

"老伯，我毕业了。"李小瑟不知道说些什么。

"李同学考上哪所大学了？"

"你知道我姓李？"

"有什么奇怪的，学校里就数你的信最多啊。"

"老伯，我没考上大学哦。"

"哦，上大学是难，你们这一届也只有二十几个人考上了。"

"老伯，我走啦，再见。"越是想逃避的话题，却是不断出现，这让李小瑟有些条件反射似的，一遇到上大学的话题，总想逃离。

老人站立起来，十指紧扣搁在胸前，"要听你父亲的训诲，不可离弃你母亲的指教，因为这要做你头上的华冠，你项上的金链。不可使慈爱、诚实离开你，要系在你的颈项上，刻在你心版上。这样，你必在神和世人眼前蒙恩宠，有聪明……"

老人闭着眼睛，神情专注。

李小瑟没有打扰老人，从包里拿出了雨伞，撑开后默默地离开，走上回家的路。此时她回去的那个地方，算不得她真正的家，那儿是叔叔家的房子。高中三年，每当同学间互相道别之际，她从不说回家。她心里是想说宿舍的，又觉得叔叔婶婶虽然待自己不算好，但好歹也给了她一个栖身之所，若把宿舍说出口，李小瑟也是做不到的。

雨渐渐大了起来，李小瑟离她心里的那个宿舍也近了。她越走越快，直至小跑了起来。至那个大院子的铁门前，忽见一个人站在门旁边一动不动，一把雨伞压得低低的，看不到那个人的脸，这让李小瑟有些惊恐，她迟疑着放缓了脚步。下雨声，倒让这个雨夜显得格外宁静。

"小瑟，小瑟，"一个低沉的声音从背后传来，李小瑟浑身的汗毛都竖了起来。她迅速地思考着是马上跑开，还是转回头去。

"小瑟，你看那边那个人不人、鬼不鬼的家伙，有点怕人。"李小瑟还来不及思考什么，那个熟悉的声音让她如释重负。

李小瑟一扭头，看到凌度阳浑身落汤鸡似的，有心责骂他，也生生忍了下去，只是说道："凌度阳，你别鬼鬼祟祟地吓人可好？"

"我没想着吓你，我怕我声音大了既吓着你，也惊着那个怪人了。哎，小瑟，我看那个人不像个好人，这下雨天，也不像是在等人。"

李小瑟盯着凌度阳说："你到这儿来干吗？"

"怕你明天走了，就再也见不到你了，所以我吃过晚饭就来了。本来是想喊你出去聊聊的，那个人比我要来得早，我一直在观察他呢。"

李小瑟有了这个伴，胆子也略大了一些，不像刚刚那般毛骨悚然。她说："你怎么这么关心我啊，你要是害怕你就说，别装英雄好汉。"

"我不怕的。"凌度阳说着话就朝铁门边的那个人走去，李小瑟的一颗心又拎了起来。

距离有些远，李小瑟听不见他俩在说些什么，只见那撑着雨伞的人把伞往上举了举，又冲着李小瑟招了招手。

原来是冯元明，李小瑟提到嗓子眼的一颗心落了回去。

"冯元明，是你啊，你吓死我了。"李小瑟嗔怪道。

刚刚李小瑟走到路口看见那个雨中人时，她心中确是犹疑了一下，难道是冯元明？只是这风雨声加之黑漆漆的夜幕渲染了恐怖的氛围，她宁愿站在远处，也不愿意去靠近，她不敢发出一点点的声音。

冯元明经常在放学后远远地跟随着李小瑟，李小瑟是知道一些的，但凡喜欢她的人，总是会有意无意地跟随在她放学的路上，冯元明就是其中之一。可奇怪的是，冯元明在两年多的时间里一直若隐若现，从没有表露出他的爱慕之情。

冯元明和凌度阳都是她的同班同学，尽管年少懵懂，喜欢李小瑟的男同学并不在少数，包括同年级和高年级的同学。自高一开始，每年都有一批男生毕业离校，在那些人里，或多或少都有向李小瑟表达过爱慕之情的。每当那些时刻，李小瑟总是微笑着一口拒绝，丝毫不给他们留下一点余地。

在那些爱慕者看来，李小瑟的拒绝毅然决然，但那一抹微笑，还是给了少年很大的安慰，所以，她得以安然度过了三年高中时光，并不受那些校友们的骚扰。

　　"有什么好怕的，你不是有凌度阳陪着吗？"冯元明穿着单薄，有些瑟瑟发抖。

　　凌度阳笑道："我比你来得要迟一些，我是不会在大门口等小瑟的，你挡着我的道了，我要找小瑟就直接喊门。"

　　李小瑟打断了他的话，"你们找我有事吗？"

　　凌度阳抢着答道："你明天要回老家了吧，晚上找你聊聊天，这一分开不知道哪天才能见面了。"

　　李小瑟有些苦笑着说："你真是个热心人，才从哪位女同学那儿过来的吧？"

　　"咳，就她们那样子，骄傲得摸不着大门朝哪开了，我不愿搭理她。"

　　冯元明撑着雨伞，凌度阳挤在了他的身边躲着雨。雨伞不大，凌度阳为了靠得紧一些而搂住了冯元明的肩膀，冯元明则看上去则有些嫌弃他的意思。

　　李小瑟看着冯元明和凌度阳，也许正是分别的时刻，她的心中起了些微澜。凌度阳家境不错，人也开朗大方，只是有时显得有些玩世不恭。自从李小瑟拒绝了他的示爱后，他倒也像平常一样地和李小瑟往来着，保持着较为亲密的同学关系。李小瑟与他交往，觉得还是轻松的。而冯元明让人琢磨不透，其实李小瑟对冯元明并不反感。如果同样是喜欢，他一定比凌度阳来得深沉。

　　还没容李小瑟思量片刻，院子里就响起了玻璃碎裂的清脆声音，李小瑟浑身一哆嗦，转头朝叔叔家望去。屋里亮着灯，李小瑟离得也不远，她看见窗户关着，窗帘被风掀起了一角。

　　"我要回去了，以后再联系吧。"李小瑟冷冷说道，扭过身匆匆离去。

　　李小瑟走到大门边掏出钥匙准备开门，只听见屋里叔叔婶婶好像压着声音说着话，语速都很快，像是在争吵。李小瑟知道叔叔婶婶的关系一直不太好，时常冷战。叔叔是政府干部，婶婶在医院工作，一家三口本来也是其乐融融的，这个家庭在当时很受旁人羡慕。可自从他们的独子三年前因车祸死后，这个家庭就失去了生气。他们都极力克制着自己的情绪，不想让对方感到悲伤，可再也没有了欢声笑语，他们也从不指责对方有什么过错，但感情似乎也就从此淡了。

李小瑟本想离开一会儿，等他们平静了再回去。可刚一转身，就听到了自己的名字，不论什么人只要一听到自己的名字，总是有些好奇和心惊肉跳的感觉，绝没有不听的道理。

第十九章　命运由他

隔着一道木门，雨滴打在伞上"噗噗"作响，屋里的声音听得不是很真切，但依稀可辨。

"小瑟没考上也好，就让她在县城里找个班上上，早晚都能见着。"叔叔说道。

"不行，我说不行就是不行，这三年我们照顾她就仁至义尽了，她还想在我们家待一辈子啊？"

"你怎么总说狠理，再大一些她也要嫁人了。小瑟这几年也都乖得很，有她在这个家里，想儿子也想得少一些。"

婶婶猛然间提高了声音："别跟我提儿子，你上的什么班，连儿子也不管。"

"不关我上班的事吧？儿子出事难道是我的错不成？"

婶婶此时有些歇斯底里地吼着："叫你别讲儿子，你又讲！"话没落音，又伴着一声瓷器落地的响声。

李小瑟想一定是又碎了一个茶杯了。

李小瑟不想再听下去了，转身又走向了院外。原来叔叔婶婶并不是第一次争吵了，只是没当着她的面。家里那种宁静的氛围，只是刻意营造出来的而已。

冯元明还站在对面的街角处，欲走还留的样子。凌度阳早已不见了踪影。

李小瑟觉得有些孤单，此时心里空荡荡的，她朝冯元明靠近了。

"你怎么还在这里啊？"

"我看你没进门，就多等了一会儿，怎么了？"

李小瑟抬起头，借着路灯昏暗的光看到冯元明一如往常般地阴沉着脸。他好像总是有很重的心思，成天闷闷不乐似的，跟他的年龄不太相符。他不和人说，也没人去问。

李小瑟故作轻松地笑了笑，道："什么怎么了啊？没怎么啊。突然发现肚子有点饿了，走，我请你去吃碗馄饨。"

"好，我也有点饿了，还是我来请你吧。"

"算了算了，哪个请都一样的。"

"不行，我来请你。"

李小瑟微笑着，没有作声，只是默默地朝那个小巷子走去。那儿有家馄饨馆，晚上总是营业到很晚。

两个人走在无人的小巷子里。巷子虽然不算宽，但也足够两个人并行，本来并肩走着的两个人却因为两把雨伞的缘故，间隔着一些距离。

馄饨馆在巷子的尽头，走过巷子却又是豁然开朗，呈现出另一番景象，这是一个十字路口。馄饨馆里，一盏白炽灯发出昏暗的光，地面也是潮湿的。四张八仙桌加长条凳无规则地摆放着。李小瑟觉得每次到这家店来总是有些不方便，两张八仙桌就顶在门口，倒显得店里面又有些宽敞得多余。

老板是个三十五六岁的、瘦削的男人，嘴角向上，好像整天都在微笑着。

李小瑟喜欢到这家店里来吃馄饨，一是因为老板的穿着极为干净，这与其他那些灰头土脸的店主完全不一样，还有就是因为他话不多，很安静。

老板看样子是打算打烊了，见他俩进得门来，便说："一大一小两碗？"

冯元明看了李小瑟一眼，说道："两个大碗。"

李小瑟没有说话，找到里面那张桌子坐下，她觉得今天晚上的事有些烦心。

馄饨上得很快，李小瑟用勺子轻轻地把浮在面上的一层胡椒粉晃沉了下去，一小口一小口地喝着馄饨汤。她觉得去馄饨馆主要是喝汤，吃馄饨倒在其次。

气氛有点尴尬，还是李小瑟先开了口说道："冯元明，我明天就要回老家了，你没什么话跟我说吗？今天是最后的机会了。"

冯元明笑了笑："说什么呢，还用说吗？"

"算了，不说拉倒。"李小瑟此时倒是希望冯元明挑明他的态度，不管结局如何，或许今后的生活中会有一些念想。

冯元明说道："其实有件事你或许不知道，就是凌度阳。"

"凌度阳怎么了？"

"凌度阳喜欢你。"

"嗨，这还要你说？"

"你知道你到高三以后，为什么没有人来追求你了吗？"冯元明见李小瑟没答话，于是继续说道："其实那些校外的人还是会来找你的，只不过凌度阳给你挡了驾，为此他可没少吃苦头。"

李小瑟放下手里的勺子，抬起头茫然地看着冯元明。

"你知道有一段时间，凌度阳天天和校外人打架，你以为他是混社会吗？不是，和他打架的都是来找你的人。为了这些事，他差点被学校开除了。"

李小瑟皱了皱眉头，眉间挤出一个浅浅的"川"字。她的眼睛有些湿润了，她觉得好像不完全是感动于凌度阳对她的好，更多的仿佛是受了很大委曲似的想哭。

李小瑟想说些什么，她想表达一下凌度阳是个仗义之人，脱口而出的却又完全不是这么一回事，她说："你为什么跟我说这些，难道你不怕我去找凌度阳？"

冯元明说："公平竞争就是了。"

李小瑟站了起来，冷冷地说道："你连表白都不敢，就你也配竞争。"

冯元明的脸忽地就红了。

"非要我说出来啊？我的心意你又不是不知道。"

"我呸！我只知道你每天像条狗似的跟着我。"话一出口，李小瑟自己倒吓了一跳。

冯元明此时也站了起来，板着脸说道："小瑟，我不敢向你表白，是因为我害怕，害怕遭到拒绝后，以后连说话的机会也没有了。"

李小瑟没有再说什么，快步向店门口走去。此时她已是泪流满面。

刚出大门时，她差点撞到一个人，那人开口说道："李同学，是你？"李小瑟抬头看了一眼，原来是学校传达室的老人。此时，馄饨店老板说道："爸，你来啦。"

李小瑟有些惊讶，但也没有多想什么，转身朝着那个她不认为是家，而是寄人篱下的栖身之所快步走去。

馄饨店里，老人和馄饨店老板摆上了几样小菜，两人对饮了起来。

此时冯元明也不知去向。

李小瑟的脚步越来越慢，她有些舍不得离开这座小城。这里的路比农村的宽，街上有路灯，晚上就算是一个人走路也不致过于害怕。

李小瑟想到家乡，心里就有了些落寞之情，那儿山清水秀，空气清新，从小学直至初中毕业，她都无比倾心于那里的一草一木。只是这三年来，她走出了乡村来到小城里，又觉得这个并不繁华的小城有些魔力似的，自己已经不愿离开了。

刚刚来到这座江南小城时，她处处都能感觉到乡间与城里的距离，也因此有些自卑，这种自卑又促使她的内心变得有些自傲，她的学习成绩一直很好，只是高考的压力太大了没有发挥好，才与大学校门擦肩而过。

她知道，等待她命运转折的只是叔叔家的那一道门。

推开门，叔叔婶婶都在客厅里坐着。

她进门后每走一步，便发出"扑哧"一响，心想这婶婶给买的皮鞋怕是要毁了，于是有些不安地站立在那儿，不敢挪步。

婶婶看着李小瑟裤脚处全湿了，只一会儿就见她站的地方汪了一摊水。

"傻站着干什么啊？快进屋换身干净衣服，瞧你这脏的，哎呀真是要了命了。你还是先放点热水泡泡脚，寒从脚下起，别搞生病了。"婶婶唠唠叨叨的。

李小瑟觉得婶婶就像妈妈一样，她扑在婶婶的怀里，泪水汹涌而出。

待一切都安静下来后，李小瑟躺在床上，望着黑漆漆的窗外，迷迷糊糊地睡去。

第二日醒来，李小瑟觉得昏沉沉的没有精神，伸手摸了摸额头，有些发烫。她知道叔叔婶婶此时已经上班去了，家里只剩下她一人，不由得悲从心来。她挣扎着爬起来，打开那个装着备用药品的抽屉，拿出了退热药和感冒药，胡乱吃了几片。

李小瑟只是喝着白开水，她并不觉得饥饿，也没有动手准备早餐，她坐在窗前谋划着自己的前程。开始着手准备应聘简历，她对自己的高中学历很不自信，却仍还是投了几份简历。不出所料，简历如泥牛入海、杳无音讯。

县城开发区的企业在毕业季适时举办了用工招聘会，李小瑟一大早就去了，却没料到早已是人山人海，看着前来应聘的男男女女眼神中的期盼和焦急，李小瑟感到有些难过。各家企业贴出的用工标准，除了一线工人外，也没有适合她的岗位。

回到叔叔家，她陷入了左右为难之中。在这三年里，自己倒是受到了叔叔婶婶无微不至的关怀，无疑比她父母给的要多得多。自己高中已经毕业，再也不能住在叔叔家里了，她想着搬出去住。

李小瑟在有限的几个人中寻求帮助，首先想到的是宋家兄弟，还有姐姐。至于父母和叔婶，倒早早排除在外了。姐姐自过年后也没见过几面，每次都是姐姐去学校找她的，她问姐姐在做什么事，姐姐也不说，估计现状也不是多好。找宋齐光倒是没什么问题，现在他还不是多有能力，进厂当个工人应该没问题，但这不是李小瑟的选择。最后，李小瑟将重点落在了宋天骐的"宋记老鹅汤"的店里。

李小瑟在吃晚饭的时候，才真正下定决心，先到"宋记老鹅汤"店里去做个服务员。晚餐中，叔叔像是意识到了气氛的沉闷，有意无意地说着闲话，想打破这种沉闷，却未料气氛显得越来越压抑。

李小瑟干脆挑明了说："叔叔、婶婶，我打算找个工作，要是成了的话，我就搬出去住了，谢谢你们对我的照顾。"

叔叔的声音很平和，他说："傻孩子，说什么谢不谢的。工作有眉目了吗？"

"还没有，正在找，应该很快就有着落了。"李小瑟说。

这时，李小瑟的婶婶默默地端起饭碗站了起来，迅速走进了厨房。隔着玻璃窗，李小瑟看到她的背影，她明白婶婶的心底肯定是难受的。或许是因为她的离开，或许是想起了她唯一的死去的孩子。

第二十章 初涉

第二天，窗外有些微微亮的时候，李小瑟就醒了。她下意识地想起床，刚坐了起来又重重地躺下，自己再不用去上课了，这一次，是真的毕业了。她睁着眼睛，像是想到很多事情，又似什么也没有想。她被虚空、迷惘和一些绝望包围着。慢慢地，客厅里有了些响动。叔叔婶婶这些天来，也没叫她起床，看着她心神不宁的样子，也有些心疼，就让她多睡一会儿吧。

待叔叔和婶婶关门而去的时候，李小瑟才懒洋洋地起床洗漱。桌上放了一碗蛋炒饭，用另一个碗盖起来用来保温，还有两碟小菜。李小瑟看到洗碗池里面的两个碗里剩了些白米饭，不禁鼻尖一酸。这三年来，只是觉得叔叔和婶婶对自己很好，从来没有认真地想过，她只是觉得她吃的、喝的都是很合胃口，却不曾想到这些都是叔叔和婶婶为她精心准备的，而自己却时常为了婶婶和叔叔的吵闹而感到烦心不已。

自己这一走，家里又冷清了，若是那个因车祸而死的堂弟还活着，这个家哪怕是吵闹，也是有生机的。

李小瑟没有动那碗蛋炒饭，当她将一切东西都装进行囊里的时候，回望这间生活了三年的地方，此时的心情真是百感交集，既有留恋又想跑得远远的，再也不想回到这里。

当大门关上发出轻微的一声响时，李小瑟面向大门站立了好一会儿，才转身离去，走得毅然决然。

李小瑟直奔"宋记老鹅汤"而去。那条六车道的路转了一个圈，就圈成了一个县城的繁华圈。十字路口往右，是一条窄窄的路，进去十几米远，就是"宋记老鹅汤"了。

白底黑字的招牌，还有几分古色古香的味道。进店来，宋天骐正在忙碌着，看到李小瑟的到来，宋天骐满脸堆笑，大声招呼着她坐，让她自己去倒水喝，又问她吃过了没有，要不要来碗老鹅汤泡锅巴。

李小瑟没有说什么，径直穿过店铺，来到后堂转而又上了楼，她先放下行囊，这才转身下了楼。自过年以后，李小瑟到宋齐光这里来过很多回，对这里的地形倒也是轻车熟路。

眼前的宋天骐比过年时又消瘦了一些，李小瑟觉得他比从前显得精悍了一些，倒也显得顺眼了。

李小瑟刚刚坐下，宋天骐就端上来一碗老鹅汤。

宋天骐问道："小瑟，这大包小包的干吗？要回家了吗？"

李小瑟对他翻了翻白眼，说："回去干吗？"说完就低下头喝起了老鹅汤，味道很鲜美，但还是比他父亲做的要差点，至于差了点什么，她一时也说不上来。她四下里看着这间店，不经意间与店里那位女服务员的目光相遇。两人相视而笑，也并没有言语。在李小瑟看来，这个服务员成天不开笑脸，做事也慢慢吞吞的，做服务工作似乎不太合适。

此时的店里正是人多的时候，李小瑟赶紧喝完了老鹅汤，腾出了位子。自顾自地上楼去了。百无聊赖的李小瑟从包里抽出了两本书，看了一会儿又觉得无趣，便来到窗前，从二楼的角度看街上的人来人往。

一个小时后，宋天骐跑了上来，他显得很喜庆，大约是今天的生意不错所致。

"小瑟，考不上大学也没关系，条条大路通罗马，哪儿不能养活人啊！"

"你怎么知道我没考上大家？"李小瑟心底一阵恓惶，心想大概身边所有的人都知道她没有考上大学了，连走得不是太近的宋天骐都知道了。

宋天骐和李小瑟只说了两句话，都被戗了回去，也是心生不快，便不再作声了。

李小瑟见宋天骐的神色变了，似觉得自己说话的语气也是比较冲，于是想缓和一下气氛，她说："天骐哥，看样子生意不错啊，人挺多的。"

"就这一阵子，还有晚上生意要好一点。"宋天骐摇了摇头。

"你那缺人吗？我也没地方去，到你这打工要吗？"

宋天骐有些惊讶，原来以为李小瑟大包小包地拎着是要回家，原来是到这里来找落脚点啊。宋天骐觉得晚上营业时间要到午夜才能结束，店里原来的那个服务员忙过了晚餐时间，她就要回家了。自己晚上一个人又要收钱又要烹饪，还要上菜招呼客人什么的，也是忙不过来，倒真是需要一个服务员，看着眼前的李小瑟，长长的直发，高高的个子，雪白的肌肤，瘦长脸上有一双水汪汪的大眼睛，颇有一副明星相。这模样身材要是稍微打扮一下，招到这样的服务员，生意估计应该能好一些。

"这个啊，我这店里已经有个服务员了，我总不能无缘无故辞退了她，这样子做人不厚道。"宋天骐想到了欲擒故纵这个词。

李小瑟没有作声，心里有了一些紧张。若不能在这时落脚，自己又将去向何方呢？

宋天骐继续说："要不，你到我兄弟那儿打听打听，他现在专门负责招聘，应该能行的。"宋天骐顿了顿，掏出了手机，说道："要不，我打个电话给他，先问问情况？"

宋天骐刚刚说完又心生悔意，真怕弄巧成拙了。

"别打！"李小瑟站了起来。

"那这样吧，你白天有事就去做事，晚上到我店里来帮忙，管吃管住，工资好说，咱一个村的不要见外了。"

"这样行吗？"

"有什么不行的，她上白班，你上晚班嘛。"

"好，一言为定。"李小瑟悬着的一颗心放了下来。她忽然想起，吃的事情好办，添人不添菜的事情，可这晚上在哪睡呢？楼上只是一大间，放了一张床还有些生活用品。"天骐哥，我晚上在哪睡？"

宋天骐倒真没想什么歪心思，大大咧咧地说："没事，我等会儿在中间拉个帘子，再把这屋里稍微收拾一下，你睡里面，先将就着。完了过些天我再把这屋用三合板钉成两个房间，不就行了嘛。"

"嗯。"李小瑟轻声应道。

其实白天的时候，李小瑟也是下楼去帮忙的。店里多了一个人，好像整个店都忙碌了起来。人群的从众心理得到了充分体现，哪家店里人多就往哪家店里跑，渐渐地，"宋记老鹅汤"的生意也好了起来。宋天骐明白，这大半顾客都是冲着李小瑟来的。

没过几天的一个晚上，宋齐光和赵晚晴来到了"宋记老鹅汤"。显然，宋天骐是打过电话给宋齐光的，因此他俩对李小瑟在店里丝毫没感到意外。

"小瑟，还习惯吧？"宋齐光说道。

李小瑟没有回答宋齐光的话，倒是对他旁边的赵晚晴看着，赵晚晴染成了酒红色的头发，脸庞略有些胖乎乎的，浑身上下也显得丰满。待李小瑟觉得有些失态时，脸不禁就红了起来。她在想自己这"飞机场"似的胸部，真是不够性感。

"习惯，习惯，你们坐。"李小瑟笑呵呵地应道。

"你不用管我们，瞧，带什么来了？"宋齐光扬了扬手中的方便袋，里面装了些熟食。"等你们忙过这一阵后，就上楼来吃饭。"

李小瑟说："这恐怕不行，都上楼了，店不开了啊？你们要是饿了就先吃着。要不，就等一会儿，等人少了我们就一起在店里吃吧。"

赵晚晴朝着李小瑟笑了笑，牵过宋齐光的手，说我们先上楼吧。两人经过后堂时见到了宋天骐，彼此点点头，算是打过招呼了。

上楼来，宋齐光和赵晚晴饶有兴致地看着这新隔的两个小房间。两个房间都没有上锁，进得屋里才发现原来里面是有插销的。小房间里只够摆得下一张床，虽然没有明显的男女之别，但一眼便可分得出谁是宋天骐的，谁是李小瑟的。宋齐光认为那床上被子叠得整整齐齐的是李小瑟的房间，赵晚晴却不以为然。为此，两人争执了几句后就打起了赌，谁输了谁喝一杯酒。

趁着没人，赵晚晴和宋齐光搂抱在一起温存了起来，忘情时连李小瑟上楼的声音都没有听到。

李小瑟站在楼梯口进退两难，眼见得面前的这两人搂在了一处，吻得忘乎所以。她又悄悄地退了出去，装作重新上楼的样子，把楼梯踩得很响，进得门来，两人还是没有分开。李小瑟不得已再一次悄悄地撤退，她这一次学乖了，站在楼梯口就喊起来了："齐光，齐光，下来吃饭了。"

宋齐光听到了李小瑟在喊他，就松开了臂膀。而赵晚晴却依然将他搂得紧紧的，嘴里说着等一下等一下。宋齐光无奈，又重重地搂紧了赵晚晴，好一会儿两人才松开。两人都觉得意犹未尽似的，彼此默契地相视一笑。

宋家兄弟俩和赵晚晴、李小瑟四个人坐在了店堂里，宋天骐已经麻利地做好了几样下酒小菜，宋齐光又将装着熟食的方便袋交给了李小瑟，李小瑟用碟子盛了，不大的长条形的桌子顿时显得局促了起来。

"宋记老鹅汤"的店里仍是不断地有顾客来来往往的，宋天骐和李小瑟吃个饭也吃不安心，要不断地忙碌着。见此情景，宋齐光也是无心在此久留，加之赵晚晴在一旁不停地向她使眼色，于是匆匆吃完，向哥哥和李小瑟告别。

赵晚晴牵着宋齐光的手，直奔出租车而去。

第二十一章　是喜是悲

出租车疾驰至"大华通用制造"，赵晚晴没有像往常一样去她的宿舍，而是牵着宋齐光的手来到了办公室，这座办公楼并不高，只有三层楼而已。宋齐光和赵晚晴工作的人力资源办公室在三楼的最里边，赵晚晴当初要把办公室从一楼挪到三楼来，他的总经理父亲和赵胖子都不同意，宋齐光本也是无所谓搬不搬办公室的，只是觉得搬起来麻烦，还有就是办事也不太方便，心里是倾向于不搬的。奈何赵晚晴的一再坚持，所有反对的人便也作罢。喊了几个工友一起帮忙，半天时间也就搬完了。

在这间办公室里，倒也落得个清闲自在，连串门聊天的人都突然间少了。

这间办公室在这座办公楼的最西边，空调成天地开着，只是再也听不到那"嗡嗡"作响的声音了，厂里给新装了一台柜式空调，几乎就听不到空调的响声。前后都有窗子，宋齐光倒是最喜欢西面墙上的那扇大窗户，也许是因为顶楼的缘故吧，或许这间原本就是用作总经理办公室的，从那扇大窗户可以看到大半个工厂。宋齐光时常站在那扇大窗户前发呆。

此时，宋齐光与赵晚晴来到办公室，时间并不是太晚，厂区里还有三三两两的人急匆匆地行走。

赵晚晴返身抱住了宋齐光，舌头便伸进了他的嘴里。宋齐光默契地配合着，两个人都有些微醺。当赵晚晴伸手要脱宋齐光的衣服时，宋齐光朝着那三扇窗户看了看，觉得虽然是在三楼的高处，但远处也还是有高楼的，他有些担心别人能够偷窥到。宋齐光轻轻地推开了赵晚晴，他来到窗户前，一一地拉上了窗帘。待回头时，赵晚晴已脱光了衣服，露出了青春的胴体。

不知不觉中，赵晚晴的双手将合在中间的窗帘分开了，窗外灰蒙蒙的。宋齐光觉得看着窗外做爱是另一种心情，这种心情还不错，只是应该把屋里的灯关掉，他明白若有人从外面看到屋里，那一定是很清楚的。

宋齐光突然发现对面厂房的屋顶上有个人影在晃动，再仔细一看又不见了，难道是自己眼花了还是心理暗示的作用所致，宋齐光此时没有心情去管那么多了，只是一下一下猛烈地撞击着赵晚晴的臀部。

宋齐光没有看错，对面厂房的屋顶上确实有一个人，只是不知道他是刻意偷窥，还是到屋顶另有其事。那双眼睛贪婪地盯着宋齐光和赵晚晴，赵晚晴丰满的双乳低垂着前后晃动，她时而抬起头，时而垂下长发，发出低低的呻吟声……

第二天宋齐光洗漱完毕，穿戴整齐，刚刚来到办公室，就被赵胖子叫了去。赵胖子招呼他坐下，沏了杯茶递给他后，待重新坐回办公桌后，赵胖子推了推眼镜这才说道："齐光，你知道的，你这段时间以来，各项工作都完成得不错，赵总和我都是看在眼里的，这样，现在你有两个选择，一是下车间熟悉各项工序，二是进入销售部。"

宋齐光一时愣住了，他其实挺喜欢现在这个工作的，各种流程也熟悉了。原本是赵晚晴负责的，现在她也不管那摊子事，倒一股脑地交给宋齐光了。宋齐光也并不因此而感到烦恼，他觉得多做一点事没关系，至于主管与员工的那点工资待遇的差距，也没有放在心上。现在要重新调整工作，倒一时难以取舍。

赵胖子见宋齐光没有说话，掏出香烟自己点燃了一支，并顺手甩给了宋齐光一支，他继续说道："齐光，你是知道的，我们也是明人不说暗话，你和赵晚晴的关系，现在全厂所有人都知道了，当然，这并不影响你们在一起办公。赵总也是觉得你是可造之材，这是在培养你呢，你知道吗？"

宋齐光见赵胖子这么一说，似乎有点明白了，这次工作岗位的变动，可能跟昨晚和赵晚晴在办公室做爱有关，也许是哪个人看见了，汇报给了总经理或赵胖子。然后他们两个人想着给自己换个办公室，将他和赵晚晴分开。转念又一想，也不至于啊，若真是有人看见了，看也就看了，不至于汇报给总经理和赵胖子，傻子才会做这种事，这种事又怎么能说得出口？难道说看到了宋齐光和赵晚晴在办公室做爱，影响了公司形象？宋齐光一时间意识流泛滥。

"跟你明说了吧，晚晴的哥哥，也就是赵总唯一的儿子，你应该见过两次的，赵总也是伤透了脑筋，晨云真是不争气啊，唉……"赵胖子边说边摇着头，一副痛心疾首的样子。

宋齐光第一次知道赵晚晴的哥哥叫赵晨云，他突然间觉得，对赵晚晴的家里人了解得太少了，发现这一点后，宋齐光纠结起来，这种情况是对赵家人的忽视，还是排斥，抑或是对赵晚晴感情的不确定。

赵胖子不再说话，定定地看着宋齐光，大口大口地抽着烟，脸上有些不耐烦的神色。

宋齐光感觉到了赵胖子的不快，他说："表叔……"

"别，公归公，私归私，现在你应该叫我赵经理。"赵胖子明显还是不快。

"好，赵经理，容我考虑一下行吗？"

"行，下午上班时给我答复，你去和晚晴商量一下吧。"赵胖子下了逐客令。

宋齐光回到办公室时，赵晚晴仍然没有来，没估计错的话，她还在宿舍里睡觉。因为昨晚当宋齐光轻轻关上宿舍房门的时候，她已经发出轻微的鼾声。

宋齐光自己沏了一杯茶，顺便也为赵晚晴沏了一杯。只是她茶杯里的茶叶少放了一些。他坐在沙发上，翻看着新招的三个人的简历：王青橙，24 岁，本科学历；冯元明，21 岁，高中学历；钱小平，29 岁，失地农民。

宋齐光饶有兴致地看着这些简历，至于刚刚赵胖子所说的事情倒也并没有太放在心上，他想听听赵晚晴怎么说，她怎么说就怎么做好了。自己工作上的事情对于自己来说应该算是一件大事了，完全交给赵晚晴去做决定，是不是有些草率了，这个念头在宋齐光头脑里一闪而过，也仅是一闪而过而已。他继续翻着那些新招工人的简历，其实这三个人已经在工厂上班了，此三人在面试时倒是给宋齐光留下了较深的印象。

王青橙是个漂亮女孩，戴着眼镜，长长的卷发，很有些文艺范。对于宋齐光的肯定，她深情地看着他，宋齐光感觉到她的眼神里有感激的成分，心想这大学毕业生找份工作该是有多难啊。虽然下到车间，但宋齐光凭直觉，她不可能在车间待很久的。

冯元明是个沉闷的人，没给宋齐光留下什么深刻的印象，只是见他总是一副心事重重的样子，应届毕业生，给他个机会吧。

看到钱小平的简历上贴的那张照片，宋齐光不由得笑了。此人是个有趣的人，要不是工厂缺人，宋齐光和赵晚晴都不会要他的，因为他实在太油嘴滑舌了，一副吊儿郎当的样子，估计他是不会有团队意识的，当时他在应聘时，给宋齐光的感觉就是招了他，千万别搞成一粒老鼠屎带坏一锅粥，那就谢天谢地了。

正当宋齐光嘴角泛着笑容时，赵晚晴推门而入。

"什么开心事啊，没事一个人在笑，你可真有意思。"赵晚晴见到宋齐光独自一个人偷偷地笑，心情越发得好了起来。

"哦，晚晴，跟你说个事，刚刚表叔找我去了，他说让我二选一，要么下车间，要么跑销售，总之要换个岗位了。"

"什么？我怎么不知道有这么回事？"赵晚晴刚刚的好心情

顿时烟消云散，取而代之的是恼怒。

宋齐光没想到赵晚晴的反映有这么大，忙劝说道："晚晴，你别着急，我们商量一下，换个岗位也不是什么大不了的事，表叔说是为了培养我。"

"你别听那个胖子的，他就没安什么好心。"

"不至于吧。"宋齐光起身给赵晚晴的茶杯续上水，递给了她，"晚晴，喝口茶，我先前只倒了一半，水凉了。这不刚刚续上半杯，温度正好一口喝。"

赵晚晴接过茶杯，沉默了，她似乎在努力平静着自己的心情。

"不行，我得问他去！"赵晚晴克制自己的情绪看样子没有什么效果，她胖乎乎的脸上红了起来。

"你别急可好，来坐下，我们慢慢分析一下。"宋齐光知道这时候若是让赵晚晴去找赵胖子，那一定是不欢而散的。那也不打紧，只是会让人觉得自己是个靠女人出头的人，这样子既影响不好，也多少有点伤了自己的自尊。

"还分析什么，这一定是我爸的阴谋。"赵晚晴算是坐了下来，情绪也平复了不少。宋齐光在一本书上看到，让一个发怒的人坐下，他的怒火就会小一些，看样子那书上说的是对的。由此看来，若是让一个发火的人躺下，他的怒火是不是会消失呢？宋齐光的意识流又开始了，他赶紧收了回去。

"晚晴，表叔也说了，好像让我换岗位也是你爸的意思，说是你哥让他很烦神，这是要培养我。再说了，你阴谋这个词用得不好，你爸对你，犯得上用阴谋吗？我换个岗位，又不是离开公司，不影响我俩的。你放心吧。"

赵晚晴抬头看着宋齐光，她说："齐光，我总觉得不那么简单。没事的齐光，我晚上回家找爸爸谈谈，我知道他最喜欢我。"

"可表叔让我下午就要答复他的。"宋齐光说。

"哼，早就瞧他不是好人，跟我哥是一丘之貉、狼狈为奸。

想跟我赵晚晴斗，没他的好果子吃。"

"那你表叔那儿怎么办？"

"不用管他，我来跟她说。"

宋齐光第一次感觉到赵晚晴的强势，又觉得自己的前程掌握在她的手中，不禁暗自感叹和赵晚晴的结合，今后到底会是喜还是悲。

第二十二章　家宴风波

今天晚上的聚会少了赵胖子夫妇，一切显得安静了下来。赵晚晴和她的哥哥赵晨云，还有她的父母赵易初、赵芙蓉，加上宋齐光这五个人都默默地喝着白酒或饮料。连平日里的那个保姆马姨也不见了踪影。

这一次的晚餐仍然在一楼，但却没摆在客厅里，而是移到了靠近厨房的一个略小的房间里。桌椅全是"鸡翅木"制成，碗、碟和勺子都是通透得极为精致，以致宋齐光这餐饭吃得小心翼翼，生怕打碎了那些价值不菲的瓷器。

赵晚晴眼看着这餐晚饭将将就要吃完了，她看了看宋齐光，宋齐光和桌上人并无二样，只是安静地吃着饭。

"爸，妈，赵胖子说让齐光下车间？你们知道这回事吗？"赵晚晴放下了筷子说道。

"别没大没小的，那是你表叔。"赵芙蓉嗔怒道。

其实赵晚晴将"赵胖子"三个字说出口，就意识到错了，经常听宋齐光私下里这么叫的，轮到自己想说表叔时，却一不留神也将"赵胖子"说出了口。赵晚晴红了红脸,心思就更乱了起来。

赵易初端起了酒杯,转头向宋齐光问道:"小宋你怎么看?"

宋齐光赶紧端起了酒杯,说:"赵总,我敬您一杯。怎么着都行啊,我服从安排。"

"不服从安排你还想翻天不成?一点也不通人情世故。"赵芙蓉的声音虽然不大,却似在宋齐光的心里炸开了锅,他强忍着怒火,觉得再也不能装作听不见了,那样会显得过于懦弱。

宋齐光站了起来说:"请问阿姨,我好好地敬赵总一杯酒,怎么就不通人情世故了?"

此时屋里的气氛紧张了起来,连赵芙蓉都觉得自己刚刚讲的话有些过分。赵易初挥了挥手,示意宋齐光坐下。宋齐光仍然站着没动,他想此时此刻已经不适合在这个场合了,他想着离开,永远也不踏进这道门。

赵芙蓉似缓过神来,她仍是语气很冲,一点也没有缓和的意思,她说:"你和晚晴算是怎么回事?你俩谈的时间也不短了吧,再说晚晴这个年是在你家过的,你父母难道不知道吗?怎么着总是买卖不照面,算什么意思?"

赵晚晴拉了拉宋齐光,宋齐光坐了下来,刚才的气势也随之弱了下来。他暗自想到赵晚晴的妈妈一直不待见他,原来是因为他的父母没有上门。如果是因为这个理由,倒是可以谅解一下的,宋齐光随意地就为自己找了个台阶。尽管心中还是挺不痛快,但好歹总算找了个理由来说服自己。

宋齐光默不作声,他不知道该如何作答,倒是自己做了亏心事似的。

此时,赵晨云站起身来就要走。赵晚晴忙说:"哥哥你到哪里去啊,你饭还没吃完呢?"

"我管你们这些破事!"赵晨云重重地摔下了筷子,转身离去。

"走吧，走吧。"赵易初看着儿子的背影，一声叹息。

"我不走，我不走看你们在这儿丢人现眼？"赵晨云停下脚步，转过身来定定地盯着父亲。

此时，赵芙蓉也站了起来："走吧，走吧。你爸也没说你什么，这孩子。"一边说着话，一边推了赵晨云一把，两人出了餐厅的门。

此时餐厅里只剩下了赵易初、赵晚晴和宋齐光，三个人都若有所思地沉默着。

只一会儿，餐厅的门口出现了保姆马姨的身影，赵易初冲着马姨招了招手，说都收了吧。赵晚晴站起身来说是要帮忙收，马姨说不用。赵晚晴就又坐了下来。这一切，宋齐光看在眼里，感觉他俩像是完成一个程序似的。赵晚晴也并没有真心实意地要来帮忙收拾，而马姨也根本没指望有谁来帮她的忙，彼此都心照不宣。

桌上收拾干净以后，马姨端来了新沏的三杯茶后就离开了。

"小宋，是这样的，你的工作情况我们都知道，也都认可。其实啊我知道晚晴的事情都是你在做，要真的把你调离了，晚晴又得忙起来了。晚晴从小身体就不是太好，我们做父母的都依着她，依惯了就养成了她的坏脾气。"

赵易初深深地叹了口气，端起了茶杯。

宋齐光看着眼前的这个不到五十岁的男人，满头的花白头发，白白净净的脸上戴着副无框眼镜，显得很儒雅。听赵晚晴说，他的父亲是名牌大学的研究生，专业是生物工程，毕业后就被分配在了一家国企工作，因为很不适应那个工作环境，就辞职下海了。谁知商海凶险，他几经浮沉，差点没被"淹死"，直至遇到了赵芙蓉，事业才慢慢有了些起色，打拼了二十多年，倒也落下了千万资产。如今的食品工厂走上了轨道，且有越做越大的迹象。宋齐光每次见到总经理，总是感觉他闷闷不乐似的，原以为他是为了工厂烦神，却没想到，他的家庭也是乱糟糟的。刚刚他对女儿赵晚晴说的一番话，宋齐光认为更像是说他儿子赵晨云的。

"爸，我哪有什么坏脾气。爸，齐光的事到底要怎么办啊？"赵晚晴一直想搞清楚父亲的真实意图，这种意图仅有两个方面，一是将她俩分开，二是有意培养宋齐光，若是哥哥的毛病还治不了的话，以后这个家业很可能会落到宋齐光的肩膀上。不过以此时的情况来分析，赵晚晴觉得前一种的可能性更大，所以她也更为担心宋齐光的去向。

赵易初喝了口茶，缓缓地说道："小宋，关键还看你。你和晚晴的事，你父母亲是知道的，怎么也不来见见面？"

对于这个问题，宋齐光觉得自己真的是忽视了，他原想着再过段时间吧，过段时间再请双方家长见见面，哪怕在哥哥的"宋记老鹅汤"也行啊。现在赵晚晴的父母都提出这个问题，倒真是显得自己失了礼节。

"我，我来打个电话给我爸妈。"宋齐光掏出了手机。

"现在不要打，你们慢慢商量吧。"赵易初制止了宋齐光。

"爸，你们怎么又说到这个事啊，我问你齐光要不要下车间，还有要不要去销售部。"赵晚晴对于她所关心的事总是很执着。

赵易初点燃了一支烟，一直很严肃的脸上有了一丝丝的笑容。他说："晚晴，小宋，是这样的。下车间与跑销售，也就是熟悉生产和销售这两个厂里的最重要环节，不管你俩今后结局如何，小宋人品是不错的，如果愿意在厂里工作的话，进步空间是很大的。我是觉得行政和人事这一块工作，小宋也待了一年了吧，是该换换地方了，是这样，是下车间还是跑销售，你们自己决定，每个地方待一年整，只是先后的问题，都要到的。"赵易初说完盯着面前的两个人，观察着他们的表情。在赵易初的内心深处，其实想法也很简单，两年的时间，若女儿能和小宋修成正果，也可以交一些事情给小宋做。若这两年间他们分开，便也作罢。到时想留宋齐光，他也未必能待得住。

宋齐光听完这番话，认为赵总释放的信息已然十分明显，心中有些欣喜。

赵晚晴却有些将信将疑，不会是父亲下的一个什么圈套吧。两人对视了一眼，宋齐光说道："赵总，那我还是先去销售部吧。"

赵易初笑了笑说："在家里就别赵总赵总地叫了，多生分。"

这时，赵晚晴抢着说："不，你先到车间去。"

"行，都行。"宋齐光爽快地答道。他心里是清楚的，去到销售部就会出差，赵晚晴是舍不得和他分开太久，宋齐光看了看赵晚晴，眼神里流露出疼爱之情。

此时，三人之间的氛围好了起来，赵易初的脸上难得出现了轻松愉快的表情，他打趣道："晚晴，小宋，你们抽个空去学个驾照吧。等你们拿到驾照的时候，我买一辆车给你们用。"

赵晚晴也开心了起来，她起身离开座位来到父亲的旁边，按着父亲的双肩说："不准比哥哥的车子差。"

"价格不能差太多，车型你们自己挑。行了吧？"

"不行，我要比哥哥的车子好。"

赵易初笑着说："你傻啊，你比哥哥车子好太多，他要么就不高兴了，要么就要找你换车子开，你到底是换还是不换啊？"

"我才不换呢。"赵晚晴喜滋滋的，不仅仅是为了一辆车，更多的是父亲对她和宋齐光的认可。赵晚晴盘算着，是买一辆越野车呢还是买辆轿跑呢？若是以宋齐光为主，那当然得买越野车，正好配合宋齐光高大的身躯。然而此时，宋齐光的喜悦心情却在慢慢地暗淡了下去，自己的那个家虽然算不得贫穷，但也仅仅是温饱而已，如果真的要和赵晚晴谈婚论嫁，这彩礼又该如何是好。

"行了，你们是回厂里还是睡家里？"赵易初问道。

"嗯，"赵晚晴佯做思考状，"我们先去楼上说会话，完了再回宿舍。"

"好，看看我为什么要你们拿驾照了吧，这大晚上的，说近不近，说远不远的。"

"爸爸，你就别管了，我们散步回去也不错的。"

赵易初端起茶杯喝了一口，冲着宋齐光点了点头，转身离去。

赵晚晴牵着宋齐光的手上了二楼她自己的房间。此时，宋齐光突然意识到，这个房间的结构和布置和办公室很相像，都是三扇窗户，靠外面的那堵墙上有个很大的窗户。

第二十三章　非走不可

宋齐光和赵晚晴在办公室发生的故事，在这里延续着剧情，只是结束时，宋齐光并没有快感。

回去的路，凉风习习，赵晚晴似乎感觉到了宋齐光的忧郁情绪，一路上也并不多话，两人默默地往山下走去……

宋齐光一路上思念着家乡、家人。每当他情绪低落之时，家乡的那条小河，那小河边的大槐树和柳树林，总是不时闪现在脑海里，挥之不去。父母还有哥哥自不必担心，只是李小锦自上次在泰坦商务会所一别之后，现在也不知道她过得怎么样，这段时间被自己渐渐忘却的李小锦杳无音讯，像是从这个世界消失了，突然间想到了申心，他的心收缩了下，感觉到了痛，那是一种生理上的痛。

自己和赵晚晴，自己的家庭和赵晚晴的家庭，都有着明显的差距，这让宋齐光感到自卑，宋齐光渐渐地感到与赵晚晴在一起的时候，已是有些懦弱，他试图用赵晚晴是女孩，要呵护着她的想法去安慰自己，可他明明知道就是不再敢高声地说话，心中有种懦弱，这极大地伤害了宋齐光的自尊心。

而赵晚晴并不明白。

宋齐光按照公司的安排去了生产车间，也并没有落在流水线上，而是做了个小小的班组长，带着十几个人。其中就有王青橙、冯元明、钱小平三个人。

王青橙一头长长的卷发，戴着眼镜，从容貌上看，显得比她这个刚刚大学毕业的年龄要大一些。王青橙做事很认真，所以宋齐光经常找些额外的事情让她去做，她也总是笑呵呵地接受。冯元明很沉闷，宋齐光的话本来就不多，和冯元明更是无交流。而钱小平则大不同，他是个话痨，和谁都是自来熟，他经常给宋齐光提些关于经营管理的建议。宋齐光开始很认真地倾听，听得多了就烦躁了，让他去找总经理说去。钱小平感觉到宋齐光的不耐烦后，就直接说你们这帮中层领导就这种工作作风，这厂迟早要倒，一副愤愤不平的样子。宋齐光诧异于他的口无遮拦，就算自己年龄比他小，但好歹也算是他的直接领导，他不至于如此嚣张吧。直到一件事的发生，宋齐光才算彻底闹明白了。

那一日，生产部要求全体工人加班，说是有份合同兑现后，对方销售状况非常好，要求厂方及时补货。因此除了正常的生产外，要加班加点生产，以供给对方。生产部对于销售部随意要求加大生产量而感到不满，赵胖子将两个经理喊到办公室进行协调，结果两个经理吵了起来，闹得不可开交。直至赵胖子把电话打到赵易初那儿，赵易初恰好在办公楼里，其实他早已经听到了吵闹声，而且是在赵胖子的办公室里，他想看看这个副总的能力如何，能不能摆平此事。结果只一会儿就接到了赵胖子的电话，他来到赵胖子的办公室，看了看赵胖子，并没有说话。两个经理嗫嚅着再也不敢高声吵闹，销售部把头昂得高高的，看着天花板，而生产部经理把头低下，看着地板。赵易初一看这情形，知道高下已决。

"吵什么呢，还要不要形象了？"赵易初面无表情地说。

"不是的，赵总，他销售部也太不像话了，虽说我们是按订单生产，我们把订单上的产量协调好，是能保证生产的，只是这段时间他们也没个准，一会儿要放假，一会子要加班，我们这边的工人都像搅头鸡似的难缠。"

销售部经理没待他的话说完，抢着说道："市场就是这样的了，赵总定下的规矩是生产随着订单走，不是你生产多少我们销售多少，你搞明白没有。再说了，人家跟进要货是好事，要以客户为中心好不好？"

赵易初挥了挥手，说："都不用说了，马上安排加班，你们都是公司的精英骨干，要加强交流，及时沟通，精诚团结，就这样吧。"赵易初说完即离去。

销售部经理像个得胜的斗鸡，昂着头也出去了。生产部经理望向赵胖子，赵胖子说："你别看他现在神气，他到客户那里也是孙子。去吧，立即安排加班，今天这个事有些急，我能做个主，今天晚上加班结束后，给工人们提供夜宵，另外加班工资翻番。"

"谢谢赵副总，谢谢赵副总。"有了这两个附加条件，生产部经理的心算是放下了。

"唉，说了一万遍你也记不住，赵总就赵总，什么赵副总？有什么问题及时向我汇报。"赵胖子表示了对他称呼的不满。

"是，是，我这下记住了。"生产部经理欢天喜地走了。

待办公室的人全部走了后，赵胖子觉得今天这个事惊动了赵易初，这事办得不是很妥当。他转念一想，假如自己是总经理，也会三言两语搞定的，怪就怪自己刚刚提个副总，威信还不够。

生产部经理觉得自己和销售部经理之争落了下风，尤其是当着赵易初的面，他就留了个心眼，准备把赵胖子给的两个加班福利取消掉，以免赵易初得知后，更加看不上自己。他把今晚加班的事在全厂做了通知，并没有告诉工人们夜宵和双倍加班费的事情。他还特地和每个班组长打了招呼，要求务必留下工人进行加班。

宋齐光也接到了通知，他并没有放在心上，到下班时间看看有哪些人不乐意加班再说吧。

待到下班时间，王青橙、冯元明、钱小平三个新工人和两个老工人收拾收拾就要离开。

宋齐光忙说："怎么着，不愿意加班啊，上班不就为个钱嘛。"

此时两个老员工和王青橙见宋齐光说话了，也不知是不好意思拒绝还是因为他是公司老总的准女婿，犹豫了一下还是坐了回去。

冯元明和钱小平看了看宋齐光，没有说话，只顾收拾着自己的东西。

宋齐光说道："冯元明，钱小平，你俩非走不可吗？都什么事？"

冯元明依然没有作声。钱小平答道："也没什么大事，上了一天班，太累了，回家去搞点小酒解解乏。"

宋齐光觉得他的话有点挑战的意味在，只是早就知道公司的规定，就是加班不加班，凭自愿的原则，不得勉强。起因是之前有一次强行要求工人加班，被告到了工业园区管委会和县人力与社会保障局。当时工厂被搞得相当被动，后来找了个由头，把带头闹事的几个人开除了。但从此工厂也懂了些规矩，就是从不勉强工人加班。如此几个回合过后，一般有一半人是不愿意加班的。

宋齐光眼睁睁地看着钱小平和冯元明离去，好在他这个班组只走了两个人。宋齐光看看厂里，起码有一大半人都在往厂门口走去。宋齐光不禁为这个生产部的经理担心起来，如果走了那么些人，这生产不一定能运转得开。

工厂门口吵吵闹闹的，声音越来越大，宋齐光好奇心使然，他也跑到旁边看起了热闹。

只见大门紧锁，生产部经理搬来了一个板凳，他站在上面满头大汗，他不知道如果这次加班不能完成，赵易初是不是要换了他，但他知道那个子高高的、容貌英俊的宋齐光是赵易初的准女婿，当他一踏进生产车间的时候，生产部经理就感觉到了情况有些微妙，宋齐光的到来，让他平生焦虑。

生产部经理站在板凳上大声说着："各位，各位，因为有加急的订单，希望大家能加个班，今天晚上加班结束后，大家可以去食堂吃免费的夜宵。拜托大家了。"

吵闹声渐渐地小了下去，陆陆续续有人往回走了，宋齐光注意到其中有冯元明。

但是工厂门前依然聚集着十几个人吵闹着要回家，也有人嚷着再不打开大门就要砸门了。吵吵闹闹中也不知是哪个说的话，不是熟人基本分辨不出来是谁。

生产部经理停了一会儿，他仍然想保留双倍加班费的福利，他想着为工厂省一点是一点，若能把大家劝回去，也是能力的体现，他继续说着："大家回去加班，今天公司有困难你们不帮忙，明天你有困难，公司怎么帮？"

"别听他的！"这一次因为人少，大家又没吵闹，所以这一句话显得非常刺耳。宋齐光确定是钱小平说的无疑，一直对他没有好感，一下子变得糟糕起来。

人群虽然都没作声，但他们十几个人依然在大门边没动。

生产部经理无奈，只得使出了他的最后一招，他说："今天晚上的加班费，双倍发放！"他一副痛心疾首的样子，像是从他自己的口袋掏钱一样。

宋齐光正待看着人群有什么反应，奇怪的是他们都没动。宋齐光只看到生产部经理从口袋里掏出了手机，应了几声后，挥手让保安室打开了工厂大门。那十几个骑着摩托车和电瓶车的迅速地离去。

宋齐光站在原地没有动，他偷偷地朝着办公大楼瞄了几眼，那几扇窗户边都没有人，只有三楼的那扇大窗户边，赵晚晴着一袭白色短裙站在窗前，露出了雪白的大腿，从底下往上看，依稀能看到她的黑色底裤。

宋齐光心想：这要是别人的女朋友多好。

第二十四章　辛花雨

宋齐光在车间并不用参加生产，只是在繁忙之时帮一下。他主要的工作就是稳定班组工人的情绪，防止离职潮的发生。这样的日子委实无趣，只是王青橙、冯元明、钱小平这三个人给宋齐光带来了些许乐趣。

王青橙胆子小，宋齐光有事没事就吓吓她，看着她惊慌不安的样子，宋齐光感到既是好笑又有些心疼，他想若是有这么个妹妹，倒一定会好好保护她的。而与钱小平之间，总是有逗不完的趣，天长日久，宋齐光也了解到了，他原本是城郊结合部的农民，那种地方通常被误认为盛产"刁民"。钱小平在外面打工不久就被老婆喊回来的。家里因拆迁分得了巨款，所以他对现在这份工作不是很上心。由此宋齐光得出，给他双倍加班费外加夜宵，他也不愿意加班的缘由，他不缺那俩钱。而冯元明的话始终很少，他常常会说爱是一种很玄的东西，再问什么东西，他便不说了。

宋齐光的心里装着事，除了和赵晚晴在一起时，他便和这三个人在宿舍里吃饭、喝酒。大约是这三个人是经过宋齐光进入工厂的，他们之间多了一层关系，尽管这关系并不牢靠，但在一起喝酒、聊天时也少了一些顾虑。因此这三个人和宋齐光的关系越来越近，除了钱小平一如既往地不愿意加班，其他的工作安排倒是得心应手。

　　宋齐光的心事，随着时间的推移，越来越重地压在了他的心头，那就是双方父母见面的事。尽管赵易初夫妻俩没有再提过，赵晚晴也没提过，但是宋齐光却是焦虑不已，他担心父母会遭到赵芙蓉的轻慢，如果真是如此的话，他和赵晚晴的关系也就到了头。

　　年关将近，快放假了。这一天，宋齐光又约好了钱小平、冯元明、王青橙三个人到他的宿舍喝酒。每次都是宋齐光从公司食堂多买了几个菜，钱小平去外面超市买两瓶白酒、两瓶啤酒，这一次的聚会因为有了赵晚晴的参与而显得气氛有所沉闷，王青橙表现得愈加小心谨慎。而这一次钱小平却是打破了常规动作，他回来时，双手抱着一箱子啤酒，箱子上还搁着两瓶白酒。

　　这一场酒喝得昏天黑地，宋齐光有些多了。王青橙和冯元明离去了，而钱小平却醉得一塌糊涂，他重复着一句话，家家有本难念的经。宋齐光和赵晚晴将他扶上床，就一起去赵晚晴的宿舍了。钱小平和衣而卧，不知是不是睡着了，他的眼角流下了泪水。

　　钱小平的妻子叫辛花雨，钱小平的泪是为她而流，她以为他什么也不知道，而钱小平却早已是一清二楚，只是他从来不说。

　　那是去年的此时，就快要过大年了。

　　辛花雨在这个黄昏时分有些郁郁寡欢。在一派欢乐的氛围里，空气中隐约有些不安味道。

　　辛花雨来到窗前，窗玻璃蒙上了一层雾霜，看不清外面的景色，她用纤细的手指在窗子上写字，像个小孩子似的。于无意识之中，她写下了"杨柳"二字，待她回过神来，又慌乱地用手掌迅速地擦去。只见窗外雪花飞舞，不远处的公路上空无一人，连鸟儿也悄无声息地不见了踪影。

钱小平看到辛花雨独立窗前，有了些不快，他感觉自己自从外地打工回到家后，妻子就一直闷闷不乐似的。在这最体现温馨时刻的除夕之夜，妻子的行为举止和情绪都有些反常。

辛花雨以为她的强作欢颜，能恰如其分地融入这个环境之中，却不知钱小平早已感觉到了她的异样。

辛花雨刚过而立之年，虽个子不高，却也颇为苗条，因而显得很有些玲珑，她的容貌在外人看来，通常分为两个极端，要么极美，要么极丑。她有着一双细长的眼睛，大嘴厚唇，在钱小平看来是丑的。当初，媒人也不避讳，只用一句丑妻家中宝，便说服了钱小平那并不坚定的内心。

钱小平的家位于县城城郊，平日里种些蔬菜到集市去卖。夫唱妇随的日子倒也舒心，加上女儿的出世，更给这个五口之家带来了不少的欢乐。

钱小平与辛花雨原本想象着，此生大概就这么过了，虽谈不上大富大贵，也落得个逍遥自在。此时的辛花雨觉得公公婆婆年纪也不算小了，闲暇里还帮着做些农活，也因此对公公婆婆孝敬有加。

平静的生活被轰轰作响的推土机打乱，拆迁改造让这个家庭一时陷入混乱之中。待尘埃落定后，钱小平一家没有了菜地，他们一家虽分得了巨额的拆迁款，但钱小平总觉得坐吃山空不是个事，于是他和辛花雨商量要出门打工挣钱去。辛花雨并不同意钱小平出远门，两口子为了这事还憋着气，最终拗不过钱小平的执着，他还是背起行囊去了邻省打工。

钱小平除了种菜，也不会什么别的技能，好不容易才找到个清洁工的工作，开始只是做个地面清洁，慢慢地又做起了高空幕墙的清洁。从十几层、几十层的高楼处往下看，人几乎就看不见，只有汽车像屎壳郎似的慢慢爬行着。

随着时间的推移，钱小平担心的情况却越来越明显，那就是他经常在高空中发呆，魂不守舍似的。这让他很焦虑，他生怕哪一天会遭遇不测。就像听说过的那个人一样，自从那人从高空坠落后，这一行当就减少了许多人，也因为此事，这个行当的务工人员的工资上涨了很多。

钱小平最担心的还是妻子辛花雨，他出门在外也半年多了。从刚开始的一天一个电话联系，到现在一个月也打不了两回电话。钱小平觉得对妻子的关心还是少了一点，每当他夜深人静之时，想打个电话给妻子。又怕父母唠叨不停，唠叨的不是让他好好工作，注意身体之类的，而是让他别总打长途电话，费钱。

钱小平为此很是郁闷，本来家里有了固定电话了，辛花雨也不必再买部手机。钱小平最终还是从加班工资里拿出了点钱，让辛花雨去买了部手机，办了张卡。这回可是方便多了，公公婆婆不在家的时候，辛花雨总是按捺不住地要给丈夫打电话，虽然也是舍不得多说，怕多花钱。但那三言两语，也是够幸福一阵子的了。

辛花雨成天无所事事地待在家里，公公婆婆眼见这么一个儿媳妇在家享福，儿子却在他乡打工，心理上就有些不舒服了。说起话来也是含沙射影、旁敲侧击地伤人。辛花雨知道老人既勤劳又节俭，对于她在家里无所事事有些看不惯，对此却也是无可奈何。

每天女儿放学回家时，是辛花雨最快乐的时间，可这段时间却是被公公婆婆所霸占，每天吃过晚饭后，公公婆婆就坐在孙女的旁边，看着她写作业。

百无聊赖辛花雨就出门给钱小平打电话，通常没聊几句，辛花雨就失去了再说下去的兴趣，大约也是情绪低落所致。

一条马路通向不远处的广场，音乐声随着辛花雨的临近而显得越来越大。一群，不，应该是两群女人随着节拍在跳着舞。关于广场舞，辛花雨倒是在电视上看到过不少的报道，对此也是暗自一笑。

辛花雨远远地看着那些大妈神采飞扬、气韵十足地跳着广场舞，觉得蛮喜庆的。她有些动心了，想加入其中，却又有一丝难为情。

突然之间，对的，很多写小说的都会用到"突然之间"这个词语，突然之间，一个浑厚略带磁性的男中音从身后传了过来。

"你怎么不跳啊？"

辛花雨下意识地往前跨了一大步，离身后的那个人远一点，再一回头，只见一位中年男子，相貌还算英俊，只头顶中央谢了一块，耳边及脑后却又是长发飘飘，乍看有些怪异。

辛花雨略有些气恼地答道："你管我呢？"

中年男子摇了摇头，说："好心当了驴肝肺，算了，懒得答你。"说完就去了广场那播放音乐的地方。

待一曲终了。中年男子拿起麦克风，当场唱了起来。

辛花雨感觉那中年男子唱得可真是好，不但声音好听，似乎还唱出了大草原的感觉。对他刚刚的冒昧早已忘得九霄云外，甚至还觉得自己有些小题大做，没有礼貌，而有些自责了。

辛花雨鼓起勇气，悄悄地站在了广场舞的边角，学着前面舞者的样子笨手笨脚地比画着。

自此后，辛花雨每晚不再孤独，她沉浸在广场舞的人海之中，觉得这里会让她忘掉所有的哀伤，哪怕只是短暂的。她的舞姿越来越娴熟，与那个中年男人的交流也越来越多。他俩像是特别投缘似的，每天晚上都要聊上几句。渐渐地，辛花雨感觉到了身边有异样的目光，她变得小心谨慎起来。她可不想让别人无缘无故地说闲话。而杨柳峰却大大咧咧地没有什么顾虑。

这一天广场舞即将散场的时候，杨柳峰对辛花雨说，这认识也有两三个月了，要不明晚一起喝喝茶？辛花雨一时愣住了，不知如何作答。

杨柳峰挺善解人意的，他说："这样吧，明晚你迟一点，但也不要太晚，你尽量早一点吃完晚饭，然后再出来。我们去'千寻茶楼'喝点茶，聊聊天吧。我有点事向你请教。"

辛花雨抬起头，直视着杨柳峰："你能有什么事向我请教？我什么都不懂的，现在说吧？"

"到时候你就知道什么事吧，就这么定了。我明晚在'千寻茶楼'等你，不见不散。"杨柳峰说完就转身离开了。

第二十五章　年味

辛花雨整夜都在反复纠结去与不去。她对杨柳峰并无反感，此人也一直彬彬有礼。只是单独去见他，于钱小平似乎有些愧疚，辛花雨实在无法取舍。

辛花雨心神不宁地挨到了吃晚饭的时候，公公婆婆那副溺爱孙女的样子，依旧让辛花雨很不开心。她胡乱吃了一点，像往常一样地出了门。她没走出几步，就掏出了手机，拨给了钱小平。

"老公，你在忙吗？"

"正在忙，你别说了，我在有事。"电话那头传来钱小平不耐烦的声音。

"老公，你别太累了，要注意身体啊。"

"行了，行了，别啰唆了。"辛花雨听到的是挂断电话后的忙音。

此时正值寒冬，钱小平还吊挂在高空，玻璃幕墙发出冰冷的光，那光像是能穿透身体，钱小平的思维像是被冻住了似的麻木，可他的身体正在渗出细密的汗珠，此时，他还在加班。

天空阴沉沉的，好像要下雨，一如辛花雨冰冷忧郁的心情，她转身回到屋里。女儿高兴地叫着妈妈，说："你不去跳舞了吗？"辛花雨正想答话，只见婆婆伸手敲打着女儿的头，口中还嘟嘟囔囔的。

辛花雨苦笑着回到屋里，拿出了许久没用过的口红。

千寻茶楼里的气氛有些暧昧的成分。说说笑笑一晃两三个小时过去了，辛花雨说要回去了，他们像恋人般告别。

回到家里，女儿已经睡熟。公公婆婆的目光停留在她的大嘴厚唇上，只见那红艳的颜色荡然无存。

第二天黄昏，当辛花雨出去跳广场舞的时候，婆婆拨通了钱小平的电话。

"儿子啊，工作忙吗？累不累啊，身体吃得消吗？"

"哦，妈，还好，还好。你和爸爸身体都还好吧，有病要去医院啊，别小病拖成大病，我女儿懂事吗？你二老别瞎惯她了，惯得不成个样子。"钱小平突然又觉察到什么似的，他有些着急地说，"妈，你怎么今天想起来给我打电话啊？家里出什么事了吗？"

"家里没事的，没事。"

"你可别瞒我哦！"

"没事倒是没什么事，你要是工作不忙的话，就早点回家吧。"

钱小平半信半疑地说："没事就好，妈，我知道了，我这边工作挺忙的，一时走不开啊，我们这里人手不够，我要是走了，老板接下的活就不好完工了。我还是过年再回去吧。"

钱小平的母亲深深地叹了口气，挂断了电话。

辛花雨还是每天傍晚吃过晚饭就出门去了，依旧涂上鲜艳的口红。

在辛花雨看来，时光飞逝，感觉这段时间过得太快了，转眼就快到春节了。

　　钱小平直到除夕夜的前一天才匆匆往家赶，好在邻省也并不是多远，大半天的行程也就到了本市市区，虽然携带着大包小包的很是不便，但他依然来到市区的珠宝店，想为心爱的妻子选一款首饰。

　　两个年轻貌美的店员接待了他，不冷不热的态度。钱小平也不计较，他明白自己一身的农民工穿着打扮，肯定是入不了这些妙龄少女的眼。自己是来买东西的，又不是来买笑的，管他呢。可最终那两位店员的轻慢，还是惹恼了钱小平，三个人的声音都是越来越大。

　　此时，一位谢顶的男人赶紧迎了过来。对着钱小平微微一鞠躬，然后示意那两位店员离开。钱小平对这名男子印象很好，觉得他不仅对珠宝非常专业，还非常摸得透客户心理。很快交易就达成了，钱小平选了一款价值不菲的项链，其实钱小平也没打算买那么贵的，潜意识里也许是想回敬一下那两位年轻女店员对自己的轻慢，别看我是农民工打扮，我也是有钱人。你们都是不学习、没文化的俗人，没看新闻上说农民工月收入都近万元了。比你们这些端着、装着的所谓白领工资都高多了。

　　走出珠宝店的大门，钱小平还是愤愤不平的，突然他又意识到，这三个人会不会就是使用了激将法，或是演了回"双簧"，从而让自己凭空多掏了不少钱。

　　钱小平的郁闷心情随着进了家门而一扫而空。爸爸、妈妈、妻子和女儿都在家里，女儿眼尖，看到站在门口的钱小平，口中喊着爸爸就扑了过去。钱小平放下手中的包裹，顺势就把女儿抱了起来，尽管女儿六七岁了有点重，他还是抱着女儿不肯撒手。那边父亲帮着提进来包裹，妈妈忙着沏茶。只有辛花雨有些茫然不知所措的样子，微微笑着注视着钱小平。

　　晚餐准备得很丰盛，钱小平要陪着父亲喝一杯，却被拒绝了。父亲说你这一整天地在路上，也累了，吃口饭，洗个澡，早早地休息吧，要喝明天大年三十晚上再喝。钱小平不依，拿过杯子要倒酒，又被母亲一把夺了酒杯。嗔怪道："都三十岁的人了，还这么不听话！"

晚餐过后，钱小平一家三口在房间里热闹，一会儿女儿被她的奶奶接了过去，说是今晚和爷爷奶奶睡。

钱小平和辛花雨对视了一眼，尴尬地笑了笑。

虽然女儿吵闹着不依，但钱小平并没有什么表示。于是女儿乖巧地跟着奶奶去了另一个房间。

夜色很美，钱小平洗完澡后就上了床，开启了电热毯，又开足了空调。他在等待……

而辛花雨却在灯下看着书，一会儿又打开电脑看着《好歌曲》，有些心不在焉的样子。钱小平有些不快，但出于男人的自尊，他又不便开口说些什么，只是有些懊恼。

许久，钱小平觉得这种感觉非常不好，于是他说："花雨，我不在家的时候，你受累了，这上有老，下有小的，真够你受的。"

"没事，你在外面也辛苦。"

钱小平突然之间，觉得和辛花雨之间有了陌生感。以前说话可不是这么客客气气的像陌生人一样。

"我啊，在外面辛苦倒也没什么，关键挣的钱也还满意。我们一家老小，光吃老本，那也不是个事，还得想办法挣钱啊。"

"钱算什么，能花钱买得到的，都算不得珍贵。"

钱小平知道辛花雨喜欢看书，也经常在电脑上打发时间，比自己的知识多。但他觉得夫妻之间说话，就不用那么文艺了吧。本想和辛花雨唠唠家常，却搞得像是电视剧中的对话一样，于是觉得索然无味，也不想再多说了。

"辛花雨，要么，你也洗洗早点上床吧？"

"还早，再等会。"辛花雨偷眼瞄着不远处的钱小平，虽然分开只是大半年的时间，但发觉他的眼神中多了些说不明白的东西，大概就是种沧桑感吧。也许是他回家之前特意理了发，剃了胡须，显得比离家前精神了很多，但也瘦了一些，也更为精悍。辛花雨有些心疼面前的这个男人，但已然没有分别前的情感。此时，杨柳峰的影子突然出现在脑海中，令她自己都吓了一跳。

如果再这么下去，会不会引起钱小平的猜疑，于是尽管有些不情愿，她还是去了卫生间洗澡，哗哗的水声响了很长时间。

钱小平渴望已久的激情时刻，却草草地鸣金收兵，令他失望之极。

这一夜，钱小平睡得并不踏实，而辛花雨也翻来覆去得难以入眠。两人各怀心思，辗转反侧。

大年三十，钱小平一直睡到自然醒，他起床后看到客厅桌上有个砂锅，散发出阵阵香味，他明白那里面一定妈妈煮的五香蛋了。他揭开砂锅的盖子，伸手在锅里抓出一个五香蛋，却不料那鸡蛋很烫手。于是他把鸡蛋放在两手之间抛来抛去，显得有些狼狈。

"爸爸真笨，你不会放到桌子上，等冷了再吃啊？"女儿的话逗得一家人哈哈大笑。钱小平此时还没意识到，那锅"五香蛋"是妈妈热了又热，就是为了他一起床就能吃到热的。

大年三十的年夜饭，在沿江江南地界的风俗习惯中，过了中午十二点就能开席，一桌丰盛的菜肴就摆上了桌子。

钱小平笑着说："爸、妈，你们辛苦了，搞这么多菜，你们早点喊我起来帮忙啊。真是的。"

父亲答道："主要还是花雨的功劳，我们年纪大了，只能打打下手。"

钱小平觉得有些忽略了辛花雨，歉意地朝辛花雨笑了笑，说："爸、妈、花雨，吃过饭你们就别管了，准备看春晚吧，剩下的家务事交给我。我买了瓶好酒，我们今天晚上喝。花雨，我也特意也给你买了瓶好红酒，你跟妈两人喝。爸，我们喝白的。"说完，就去房间里从他的包裹里拿出了瓶"五粮液"。

在欢声笑语中，随着时间的推移，轻松的话题显得有些越来越沉重。

父亲喝了一大口酒后，像是做出了重大决定似的，他说："小平，你在外面到底打的什么工？有没有什么污染之类的，小心身体啊。"

钱小平看到了父亲的神态表情，他小心翼翼地回答道："没关系的，只是清洁工作，收入也不错。你们放心好了。"

父亲转而面向辛花雨说道："花雨，家里也没什么事，你和小平一道，能做点事就做点事，不能做你就照顾照顾小平，小家伙由我们带着，没事的。"

辛花雨一时愣住了，她多少有些明白公公的言外之意，只是一时还没想好怎么作答，就装作没听到的样子，夹起一块糖醋排骨递到女儿的碗里。

此时，辛花雨的婆婆接着说："花雨，你在家闲着也是闲着，跟小平一道出去吧，两个人好有个照应。也不指望着你挣多少钱，我们老两口眼一闭，都是你们的。"

辛花雨听完很是不高兴："妈，这大过年的，你说什么睁眼闭眼的，闹心不闹心啊！"

第二十六章　归

钱小平心里很不痛快，本想说辛花雨几句，不要对父母不尊重，但一想这大过年的，不能搞得不欢而散啊。于是生生咽下到了嘴边的话。转而说道："要么花雨，你跟我出去也行，现在外面人难招，条件可好了，有夫妻宿舍，空调、灶具什么的都齐全得很，就跟家里差不多。”

辛花雨一脸的不屑：“你别跟我说这些不着调的，我哪儿也不去。”

眼看着这餐年夜饭就要吃出火药味，钱小平尽管心中很不痛快，但他随即转换了话题，尽量朝轻松愉快的话题上扯。而除了女儿以外，父母和妻子三人似乎都没了兴致。于是这顿年夜饭也是草草结束了。

收拾完碗筷，钱小平点燃一支烟，他来到窗前，隐约可见窗玻璃上有些模糊的字迹。

钱小平感觉到家中的气氛很是沉闷，他在家待到正月初二，就准备离开家了。他发觉自己从回到家里的那一刻起，心绪就已经乱了。临行前，他才想到给妻子买的那条项链。他把辛花雨叫到房间，拿出了那条项链。

“花雨，我不在家的日子，你受委屈了，父母年纪大了，免不了唠唠叨叨的，你别往心里去。你不出去我也不勉强你，女儿还小，也需要你在她身边。多话我就不讲了，这个项链是我买了送给你的。”

辛花雨的眼睛里闪亮了一下，她说：“小平，你给我戴上。”

临别时，辛花雨眼眶湿润了，她轻轻地对钱小平说：“老公，我或许更希望有枚戒指。”

“戒指，那你放心，我下次回来给你买一个。”

辛花雨替钱小平理了理衣服，这样的一个动作，让钱小平有了久违的温暖感觉。辛花雨说：“老公，你放心去吧，家里有我呢，戒指嘛，只要你说过买，我就当心中已经拥有了。”辛花雨觉得戒指具有戒律和停止的含义。

女儿在一旁哭哭啼啼地说：“爸爸别走，爸爸别走，我想你，我想你……”

辛花雨的心又被刺痛了一下。

在钱小平刚刚走过的三四天后，县里举办了大型用工招聘会。现场人山人海，辛花雨也去了，并与两家企业达成了务工意向。她准备把钱小平喊回来，夫妻俩就在家门口附近打工。

可是，任凭辛花雨怎么打电话给钱小平，他都不肯回来。他的理由是担心家乡务工没有邻省的工资高。

辛花雨搬出了钱小平的父母也说服不了他。这让辛花雨有些不理解了，钱小平究竟在外地干什么？是不是和情人待一起而不愿意回来？她准备悄悄地去一探究竟。

辛花雨来了一场说走就走的暗访，一天的颠簸，待到达钱小平的工作场地后已是黄昏时分，她看到了惊心动魄的一幕。只见那个熟悉的身影吊在半空中，正在擦洗着高楼的玻璃幕墙。辛花雨的心在不断地揪紧，她不敢喊，只是祈祷着他赶快下来。

待钱小平结束了工作，惊喜地向她快步走过来的时候，她已是强忍着泪水，及至跟前，她看到钱小平的眉毛上都凝结着冰霜，控制不住一把抱住他，放声大哭。

"老公，我们回家吧，我们再也不分开了。"

钱小平随着老婆回到了家乡，他到"大华通用制造"打工，结识了宋齐光这个比他小一大截的领导朋友。

宋齐光一直犹犹豫豫的，以至于年关将近，也没有将两家的家长聚到一起，于是他突发奇想，想到县城里的大酒店定上年夜饭，两家人一起团聚一下。当他把这个想法告诉赵晚晴时，她也是极力赞同。当赵晚晴欢喜着准备打电话给她爸爸时，宋齐光按住了她的手，说晚上回趟家，叔叔阿姨要是在家的话，当面讲比较妥当，万一他们不答应，还可以有回旋的地步。

下班后，赵晚晴和宋齐光坐上了赵胖子开的车，向不远处的那座山的半山腰处驰去。此时的宋齐光有些忐忑，赵胖子来接他俩，会不会赵晚晴跟他说了那件事，或者已经和她的父母也说过了。

这个晚餐吃得很简单，赵易初和赵芙蓉笑眯眯地同意了宋齐光的提议。并且说由他们来定酒席，请他的父母和哥哥来吃个年夜饭。宋齐光说不行，一定得是由他的父母做东。宋齐光担心本已处在弱势地位的父母，参加由女方父母操办的酒席会更显得弱，况且又是第一次见面，于情于理都应该是自己家里来操办的。

赵易初夫妇也并没有勉强，说这也没几天了，要定抓紧点时间，别到时候各大酒店都已爆满，倒显得忙乱了。

第二天，当宋齐光打了几家县城知名酒店的电话后，不禁有些心慌意乱。那些酒店早早都已被预订完了。退而求其次，宋齐光在第二档的酒店中寻找，还好，总算预订到了，只是这个年夜饭也忒贵了些。宋齐光倒也并不是特别在意，一年一次的事情，贵就贵一点吧。

定完酒店，宋齐光这才想起给父母打个电话，虽说心里有谱，父母在家也没什么事，在哪吃年夜饭是不打紧的，但还是先打电话后定酒店比较妥当。

"喂，喂，我是齐光啊。"宋齐光拨通电话后，听到是妈妈接的电话后说，"妈，妈你让爸爸接电话。"

"怎么了这是？老妈说话不管用是吧？什么事快讲。"蒋美鹃还是一贯的大嗓门。

"妈，是这样的，赵晚晴家……"

没等宋齐光说完，蒋美鹃插话道："赵晚晴？"声音里满是疑惑。

"妈，你别急，你听我讲，赵晚晴，就是春节跟我回来过的那个姑娘。这一年我们相处得不错，她家父母要见见你和爸爸，我在县城一家酒店定了年夜饭，我们两家人一起吃个年夜饭，也好互相认识认识。她家父母对我很好，你们见面后要是谈得不错的话，估计明年就能把事确定下来了。"宋齐光一口气说完，不再给妈妈插话的机会，否则这事一时半会儿说不清。

"哦，哦，我跟你爸讲一下子，等会再打给你。"蒋美鹃挂了电话。

宋齐光本想再说点什么，无奈妈妈已挂断了电话。此时他突然觉得，一年的时间过得好快，以至于这一年中，都没来得及和父母说说他自己的工作和生活情况，仅有两次回家，也是来去匆匆。他既想说说他和赵晚晴的事情，话到了嘴边却又咽下，对于家乡的陌生感让自己感到一丝难过，向往繁华难道不是最初的梦想吗，可家乡总有童年的记忆很难忘记。宋齐光想到，这些事情可能会随着时间的推移慢慢地被淡忘，可让他感到害怕的是，他对父母的生疏，他已不再像个孩子般依赖父母，为了要到一块钱买一支奶油蛋桶冰淇淋而跟在父母旁边哼哼唧唧。父母还不老，还能很好地照顾自己。而对于在外的孩子，又该如何面对父母？宋齐光手里握着手机，看了看，把手机扔在了床上。

只一会儿，手机铃声响起来，宋齐光急忙拾起手机，他确信那一定是父母拨打过来的。

"老二，我和你妈年三十直接去县城了，你就别来回跑了。还有，我们需要准备点什么吗？那个孩子讲话口音不像是本地人，你问一下子他们那儿有什么规矩，我好准备一下。你这孩子，也不早点说，这急忙咋呼的。"

宋齐光感觉到父亲的语气中有欣喜之情，至于责备的话，那也无关紧要的了。父亲那张瘦削的脸浮现出来，他的脸上一定是笑容满面。

"爸，你就别烦神了，我也不晓得她们家哪些规矩，现在只是双方家长见见面，还没到时候呢，你等我电话。"

宋齐光先挂了电话，他在说话中突然觉得亏欠了父母很多，因而有些内疚。这种情绪一时无法控制，他怕自己再说下去，会哭。

大年三十的前一天，宋齐光准备回家了，酒店打来了电话，说是需要预付一半的定金。宋齐光笑了，这家酒店的年夜饭也预订满了，现在开始升级了，或许自己定下的酒席还不够贵，如果不付定金的话就得让给别人了。反正都已定下了，付不付定金也无所谓了，算了，就这么着吧。宋齐光笑着说，一会儿就过去付钱。他想着顺便去一下"宋记老鹅汤"，和哥哥一道回去，完了明天再一道回县城来吃年夜饭。

酒店的经理接待了宋齐光，宋齐光一副吊儿郎当的样子，显然表示了些许不满，酒店经理及时说明送他两瓶白酒，宋齐光这才笑了，这超出了他的心理预期，心情也为之好了起来。

宋齐光整了整自己的西装和领带，和酒店经理握手告别，转身离去。

在即将走出酒店大门的一瞬间，一个熟悉的身影在店堂里快速闪过，宋齐光下意识地停下了脚步，他想追上去看看，那个女人到底是谁，可是那个女人显然是认出了他而且有意躲避他，脚步匆匆地向后堂走去。

宋齐光明白，即使追到后堂也找不见她了……

第二十七章　无须解

宋齐光只看到那个女人穿着酒店统一的服务员工作服，从背影看有些像李小锦。李小锦不是在泰坦商务会所里上班吗，怎么会到酒店来做服务员，这两个工种的各种差距可是不小。真像，宋齐光打算明天来吃饭的时候，再好好找寻一番。

来到"宋记老鹅汤"已是下午时光，感觉生意有些儿萧条，但还有两三个客人在，他们不紧不慢地吃着、喝着。在宋齐光看来，这些人不是来填饱肚子的，而是来打发时间的。他们空洞而冷漠的眼神，预示着他们的这个年同样难捱。

宋天骐和李小瑟都懒洋洋地依靠在吧台边，见到宋齐光的到来也只是笑了一笑。宋齐光发现李小瑟的眼睛有些红肿，李小瑟一笑过后便转身上了楼。这更让宋齐光心中的疑团扩大了，莫非出了什么事？他盯着宋天骐看，想从他的神色中发现点什么，宋天骐的眼神有些闪烁，没有说话，似在等着宋齐光的质问。

宋齐光一时也无从说起，只是说给他来碗老鹅汤泡锅巴，他坐在店里，感觉到自己和旁边的那些人并无二致，此时的他，肯定也是目光空洞而冷漠的。这间"宋记老鹅汤"的二楼尽管隔成了两个包厢似的小房间，但孤男寡女共处一室，难免会生出些龌龊，看样子哥哥和李小瑟一定有事情了。宋齐光胡乱地想着，直至老鹅汤见了碗底。

宋齐光面朝着店门坐着，他看着街上的人都一副行色匆匆的样子，他们的手里都或多或少拎着各色袋子，那应该都是置办的年货。他觉得现在和小时候真的是不一样了，以往快过年时，都是一天一天数着过的，对过年无比期盼。而现在，连年夜饭都可以在饭店吃了，真是省心省事。其实也好，也能让妈妈少累一些了，往年妈妈总是要熬糖稀，做各色花生糖、芝麻糖，还有糙米糖。他和哥哥每人都有一个小铁罐子，里面装着妈妈分的食品。每次都是自己偷哥哥罐子里的糖吃，而哥哥大抵也是偷过自己的。

宋齐光收回了思绪，他站起来转过身，朝哥哥走去。

"哥哥，明天爸妈到县城来过年，酒店我都定好了，今晚我们回家去，接爸妈来过年。"

"好啊，那我收拾一下，我们马上就走。哦，还有哪些人？"宋天骐装着随意地一问，此时他已隐约感觉到明天的年夜饭跟赵晚晴有关。

"还有赵晚晴一家人，加上我们一家人。"

"哦，那你去催一下李小瑟，让她下来收拾，正好一道回去。"

宋齐光站着没有动，他看了宋天骐一会儿，才说："哥哥，你自己怎么不去？"

"无所谓，哪个去都一样。"宋天骐说着话就站起了身。

"你还是看店吧，我去。"

宋齐光蹑手蹑脚地上了楼，他想看看李小瑟在干什么，却见李小瑟正坐在门边不远的椅子上，眼睛瞪得大大的，看着宋齐光。这让宋齐光有些措手不及，像是做贼被发现了似的。李小瑟欲言又止，又"哧哧"一声笑了，这让宋齐光越发地感到尴尬不已。

"你偷偷摸摸的干吗？人不做做鬼，不是一家人，不进一家门，这话讲得真没错。"李小瑟说着话，却并没有显出生气的样子。

"这话里有话啊，我哥怎么着你了？瞧你这眼睛，是哭的吧？"

"没什么事，过去了，过去了就算了，不讲了。"

宋齐光也没继续问了，心里算是有了数。这孤男寡女共处一室，有些什么误会也说不定。也许没有自己想象得那么严重。

回家的中巴车不再摇摇晃晃，新修的一条水泥路由县城通向了马坝村村头。宋齐光和李小瑟坐在一排，宋天骐去了后面，离他俩远远的。昨晚的那一幕算是过去了，李小瑟恐怕永远也不会对别人说起。宋天骐迷迷糊糊地睡了过去。

宋慈杭和蒋美鹃见到两个儿子同时回家，自是欢天喜地。晚餐很丰盛，都是宋家兄弟俩爱吃的菜。蒋美鹃还要去烧菜时，宋齐光拉住她，说留点肚子明天再吃。说到这个话题时，蒋美鹃似乎有些紧张，她盘算着明天该穿什么衣服，又该准备多少见面礼给赵晚晴，给多了吧又担心她家以后在彩礼上狮子大张口，给少了吧又不合适。她这餐晚饭倒是吃得有些心神不宁。

还是老样子，宋齐光吃过晚饭，打算到李小锦家去看看她，此时村里绝大部分在外打工的人都回家了。宋齐光还是留了个心眼，他在李小锦家的大门口转了两个来回，想看看他家都有哪些人在。却只看到李小锦的爷爷、奶奶坐在堂屋里看电视，别无他人。宋齐光想一探究竟，他跨进了李小锦家的大门，口中称呼着爷爷、奶奶。两位老人只看了一眼宋齐光，转过头继续看他们的电视。

此时，李小锦的父亲从侧面的房间里走了出来，他说："哦，齐光啊，快到屋里来坐，小瑟，给齐光泡杯茶。"

宋齐光打个哈哈，随后进得房间，屋里只有李小瑟一人，并没有见到李小锦和她妈妈。这个情景和去年的相似，屋里显得很冷清。宋齐光忽然觉得自己家里也是四口人，李小锦的家里也是四口人，为什么家的氛围会差距这么大呢，大约是因为自己的家是完整的。而眼前的这个家，缺少了李小锦和她的妈妈在，由李小锦的父亲来操持这个家，总是有些手忙脚乱的，不得法。

宋齐光说着不用不用，马上就回去了。李小瑟已捧来了一杯茶，默默地递给了宋齐光，显然门外的鞭炮声和隐约传来的欢声笑语丝毫没有影响到她的情绪，只有一个原因造成了李小瑟的郁郁寡欢，那就是她的姐姐和妈妈没回来过年，就像去年一样。

宋齐光东拉西扯了几句，笑呵呵地挥手告别。

李小瑟对于姐姐她是放心的，她知道姐姐还在县城，只是不知道在哪里上班，问她也不说，她只是说跳槽很频繁。而对于她的妈妈，她却知之甚少，只是从父亲的只言片语中了解了一些。大约是母亲和父亲在外打工时，认识了别人，从此就不回来了。对此，李小瑟也不想多问，生怕惹父亲伤心或发怒。自从妈妈离开父亲后，父亲就像是换了个人似的，终日都醉醺醺的。李小瑟知道，这个家算是散了，进城是福是祸真是说不清，她忽然间有了回到家乡的想法，李小瑟在煎熬中睡去。

第二天清晨，宋齐光接到了赵胖子的电话，说是要来马坝村接他们一家，说是大年三十怕不好坐车。宋齐光连声道谢，心说这个赵胖子也不是一无是处，有时候想得还蛮周到的，不过这也太早了点，到了县城去干吗呢，还不如在家里舒服。于是和赵胖子说好，吃过午饭再过来接他，赵胖子连连称好，很是客气。

随后宋齐光又拨通了赵晚晴的电话，电话约响了六声后，赵晚晴才接。此前赵晚晴曾告诉过宋齐光，接电话最礼貌的方式并不是在于你讲的话有多客气，分辨一个人是否有素质，从他接电话的速度就可以看出来，并不需要通过话语来分辨。宋齐光对此很有兴趣，赵晚晴说的话像是与算命先生说的一样，宋齐光饶有兴致地听着赵晚晴说，她说电话铃响两声后再接听是最有礼貌的，早了会显得此人急躁，晚了会显得此人傲慢。宋齐光当时想了一想，觉得似乎有点儿道理。

后来他们之间的通话，基本都保持这个频率，都想显得更有素质一点。这会儿，电话响了有会儿了，赵晚晴才接电话。宋齐光此时的心情不错，也就拿她打趣道："今天怎么了，是不是晚上要请你吃饭，你就傲慢起来了？"

"没有啊，傲慢从何说起哦，在你面前哪敢傲慢。叔叔、阿姨还有你们什么时候过来啊？"赵晚晴的语气中充满了喜悦。

"你说过的，接电话响铃两声就接是最有素质的，迟了就是有傲慢之嫌，你看你今天好像超时了吧？"

"嗨，我当怎么了呢，对不起啊，偶尔失误，我搞忘记了。"

"晚晴，今天表叔是不是也要参加年夜饭啊？他早上打电话给我，说是要来马坝村接我们过去，我这心里是暖洋洋的啊。"

"哼，不要提他。"赵晚晴有些不快。

"怎么了，赵胖子怎么的你了？"

"他有那么好心？是我打电话让他去接一下你们的，他还不答应哦，说要忙年货什么的，最后我让我爸给他打电话，他就老实了。"

"原来如此，我也想着赵胖子今天表现反常得很啊。不过既然他肯来接我，还是得要谢谢他。"

"我也要来。"赵晚晴说。

"我算算，"宋齐光顿了顿继续说道，"你来了，车子就坐不下了，反正今天不都得见面了嘛，不急这一时一刻。"

赵晚晴还想说些什么，宋齐光挂断了电话。他估计赵胖子是不会来和他们两家人一道吃年夜饭的，因为他家里还有儿女。

午饭刚过，赵胖子直接将路虎停在了宋齐光家的门口，那个庞然大物确实很威风，吸引了村里的老人和小孩子前来参观，有个小孩子踮起脚，好奇地摸了摸车门把手，好像要打开车门。

"别动！别搞脏了。"赵胖子嚷了一声。

那小孩子吓得先是手一抖，然后才缩了回去，怯生生地望着大门口的宋齐光。

宋齐光听到汽车响声，早已在门口笑着迎接了，听得赵胖子这一声吼，心里着实不快。"表叔，别大惊小怪的，那是铁家伙，又不是棉花糖，还能摸瘪了不成。"宋齐光说完觉得似乎不太妥当，连忙又说，"表叔，快进屋，外面冷。来尝尝我们农村地道的糖稀熬制的花生糖。"

赵胖子大约也是不高兴了，他说："好像我没在农村待过似的，花生糖又不是什么稀奇东西。你们收拾好了吗？好了就上车，别废话了。"

宋齐光没有再客气什么，把赵胖子晾在了屋外，好在不一会儿，宋慈杭、蒋美鹃还有宋家兄弟四个人就都出来了。他们坐上汽车，在村民们羡慕的眼神中，颇有些得意地离去。

第二十八章　波澜不惊

路虎直接开到酒店大门前，赵胖子匆匆告别，连宋齐光挽留他一起吃饭也置之不理。

酒店包厢装饰得金碧辉煌，进来后仿似到了"天上人间"。

宋慈杭夫妇和他们的两个儿子坐定后，等待着赵晚晴这一家人。宋齐光有意识地说些轻松幽默的话题，却能感受到父母有些拘谨甚至有些紧张。

宋天骐忽然从座位上站了起来，张大了嘴巴合不拢。宋齐光顺着哥哥的目光寻去，只见一位服务员走了进来，再定睛一看，也不禁有些惊讶。李小锦微笑着站在那儿，虽身着普通的工作服，但依然挡不住她浓得化不开的风情万种，长发卷曲着散落在胸前，略施粉黛，亭亭玉立着，浑身散发出迷人的青春气息。宋齐光拍了拍宋天骐的肩膀，宋天骐才回过神来，跌坐回座位上。

"叔叔、阿姨，你们好。"李小锦微笑着说。

宋慈杭和蒋美鹃都站了起来，蒋美鹃说："这不是小锦嘛，在这里上班啊，不错，不错，这地方挺好。只是难为你了，过年也不得回家。"

"阿姨，没办法，管得紧，这年夜饭都爆满了，请不了假啊。"

"嗯，我看这里面人是挺多的，要么等你忙好了，我们一起吃吧。"蒋美鹃说完看了看宋齐光。

宋齐光觉得这李小锦的变化也真够快的，从泰坦商务会所又到这酒店里来上班，其间肯定有什么不为人知的故事。暂时也想不了那么多了，看着妈妈望向自己，他忙说："是啊，是啊，等会不忙了，就一起吃个年夜饭吧。"

"好啊，先谢谢了。难得在这里遇到家门口的了。等会不忙了我就来。"李小锦说完转身又离开了。

宋齐光的心里隐隐有些不安，毕竟自己和李小锦有过一段青涩的恋情，现在是和赵晚晴的双方家长见面聚会，这种场合李小锦若是在场的话，是不是合适呢？他有些后悔妈妈轻易的邀请，也痛恨自己的虚伪应酬。宋齐光在惴惴不安中等来了赵晚晴一家人，赵易初夫妇和赵晚晴以及她的哥哥陆续进入包厢，宋慈杭和赵易初握了握手，分宾主入座。

当李小锦端上来几盘菜后，宋齐光开了瓶白酒，赵晚晴也主动地开了瓶红酒，好像半个主人似的。他俩给大家斟了个满杯，宋慈杭和蒋美鹃端起了酒杯，宣布酒席正式开始。赵易初和赵芙蓉始终微笑着，话并不多。

酒过三巡，菜过五味。气氛逐渐融洽起来，蒋慈杭和赵易初频频碰杯，虽然蒋美鹃和赵芙蓉显得有些别扭，但也不影响整个友好的氛围。

李小锦进进出出地上着菜，为这一桌添着茶水。只是此时再也没有人喊她入座，仿佛彼此都有了默契似的。

李小锦的微笑始终挂在脸上，她的目光更多地停留在赵晚晴的身上。从桌上人的只言片语中，她已经得知这是两家人的第一次见面，而且话题始终围绕着宋齐光和那个叫赵晚晴的女人。李小锦的心微微地刺痛了，他和宋齐光那段朦胧的、青涩的恋情若隐若现，以至于有些精神恍惚。

晚餐进入尾声，宋齐光的心才算放了下来，他一直担心赵晚晴的父母会不会傲慢待人，结果出乎意料的是他俩很谦和，宋齐光想了想，又觉得是在情理之中。他所担心的自己的父母，尤其是母亲那火暴脾气会不会搅了局，尽管父母非常客气，甚至客气的都有了些谦卑感，但也没失了尊严。如此结局皆大欢喜，让宋齐光觉得过了这个年三十，明年自己的事业应该有所起色了。虽然这样的起色有些不光彩，但终究比哥哥开那个"宋记老鹅汤"要好多了。

宋天骐在这个晚餐过程中，始终没有说一句话，和赵晚晴的哥哥赵晨云一般，他俩好似盼望着这个饭局早点儿结束，他们觉得这餐饭与他们都无关。

饭局结束后，赵胖子出现在酒店大厅里，他笑嘻嘻地与大家一道送走了赵晚晴一家人后，脸色就阴沉了下来，因为他还要送宋齐光一家回去。宋齐光把赵胖子的表现看在眼里，暗自告诫自己以后可不能这么做，至少不能做得那么明显。

宋慈杭、蒋美鹃和宋齐光钻进赵胖子的汽车，只有宋天骐还没有出来。只一会儿，赵胖子又不耐烦起来。宋齐光感觉到了以后，就下了车回头去找宋天骐，让他快一点儿。

远远地，宋齐光看到宋天骐和李小锦站在包厢门口，此时酒店里来来往往的人很多，说着笑着，有些醉酒的人勾肩搭背，一切都显得那么热烈喜庆，或许是因为今天是大年三十，或许那些人平时也是这般模样。宋齐光目不转睛地盯着宋天骐和李小锦，他们说些什么自己听不清，只见两个人的面部表情都很严肃，宋齐光想去叫哥哥别聊了，因为赵胖子不高兴了，还不知道会跟车里的父母说些什么难听的话，但又感觉李小锦和宋天骐说着什么重要的事，还是等一等吧。

宋齐光望向了酒店大门口，赵胖子的路虎车还是那么耀眼夺目，只是在雪花纷飞的夜色中，那具钢铁机器显得越发冷冰冰的。宋齐光片刻失去了耐心，他有意识地挪动脚步，找到一个宋天骐和李小锦都能看到的位置。果然，宋天骐向门口走了过来，面无表情。

"哥哥，爸妈都在等着呢，我们快点。"宋齐光说。

"这不是来了嘛，还说什么。"宋天骐明显有些不高兴地说。

"李小锦跟你说什么了？"

"你管不着！"

宋齐光没再作声了，与宋天骐默默地钻进了车里。他犹豫了一会儿，还是告诉赵胖子，说只要送他们到"宋记老鹅汤"去就行了。他不想在这个家庭团圆的日子里，因为赵胖子那张阴沉的脸搞得不愉快。说完话，他又从副驾驶的位置上转过头，朝后排的父母和哥哥望着。父母脸上堆满了笑容，宋齐光觉得父母的笑容有些僵硬和虚假，好像生怕那个赵胖子不高兴似的。宋齐光的心里微微一颤，突然间又伤感起来，父母当然也能感觉到赵胖子的不高兴，但他们依然笑着。若依着母亲的脾气，早就下了车，哪会受这个气的。他们大约是不想让自己为难了，为了儿子，他们受得下委屈。

车子停在了"宋记老鹅汤"店门前，待宋齐光一家人下车后，路虎疾驰而去，宋齐光瞧了一眼那远去的汽车，心想这大年三十，赵胖子也要家人团圆，这时不要让他送到马坝村去是正确的，也难怪赵胖子摆出个苦瓜脸的样子，想到这里，宋齐光也没有刚刚那么生气了。

宋慈杭和蒋美鹃睡在了李小瑟的房间，他们轻轻地说着话，直到很晚。宋齐光和宋天骐倒是一夜无话。

第二天一大早，宋慈杭和蒋美鹃就起床了，唤醒了两个儿子，说是要回家去，估计有亲戚要来拜年，没人在家不好。宋齐光起床后，说是想去喊李小锦一道回家去，他们家除了两个老人，只有李小瑟和她的爸爸在，也是蛮冷清的。宋天骐冷笑着说，你管得真宽，清官难断家务事，你就少管别人家的事了。宋齐光苦笑着摇了摇头说，好吧，那我们回家吧。

宋慈杭看了看宋天骐，皱着眉头向门口走了过去，蒋美鹃跟在了后面。

这个年过得很热闹，家里亲戚走动得很频繁，不过都是些中年人和老年人，年轻人可不爱串门，要么躲在家里睡觉，要么三五个人结伴游玩，但凡过年时，家里的长辈们一般是不大管他们的。

年初六很快就到了，宋家兄弟告别父母，踏上了开往县城的中巴车。

宋天骐的"宋记老鹅汤"经过两天的采买准备，于正月初八开了张。宋齐光喊上赵晚晴早早来到"宋记老鹅汤"，他想着若是没什么人来的话，就和赵晚晴坐在店里做个托，冒充这间店生意不错的样子。可是店里确实没有什么人，宋齐光和赵晚晴有一句没一句地聊着天，此时的宋齐光已经调到营销部去了，他刚到新岗位还真是不适应那个节奏，也因此显得心事重重，他勉强打起精神，看到眼前的赵晚晴却是打了鸡血一般兴奋，她兴致勃勃地教宋齐光营销中的4P理论，什么是产品、价格、促销、渠道四要素。宋齐光也只是暗自发笑，犹豫了半天还是和赵晚晴说了，4P虽然横扫了半个世纪，但是到了现在，4P已经进化成了4C了，你还在夸夸其谈什么4P理论，你还在不断学习了吗？赵晚晴不再说话，只是望着宋齐光笑。

渐渐地，店里也来了些人，宋齐光准备再来些人的话，就要回厂里去了。他和钱小平、冯元明、王青橙约好了，今天晚上一起吃饭喝酒。宋齐光很期待和他们三个人聚会。赵晚晴原本不喜欢宋齐光和他们三个人的聚会，在闹过几次小小的不愉快后，由于宋齐光的不理不睬，她也无可奈何，参加他们的聚会倒是越来越多了，气氛也是越来越好。赵晚晴原本想着，宋齐光调入营销部，和钱小平、冯元明、王青橙他们的接触少了，按照她对"人走茶就凉"的理解，估计他们是聚不起来了，没想到刚刚上班，他们就又约好了。既然阻止不了，那就一起参与吧，总算是在自己的眼皮子底下，自己能掌控的了。赵晚晴潜意识里对那个王青橙有些防备，她不想任何一个女人出现在宋齐光的视线里。

可是，理想和现实总是遥遥相望。事实上不久之后，王青橙不仅进入了宋齐光的体内，更进入了他的精神世界。

第二十九章　一墙之隔

　　过年后的这段时间以来，工厂和家里都没什么事，百无聊赖的宋齐光和赵晚晴时常到"宋记老鹅汤"消磨时光。

　　李小瑟在过完年后，来到店里时像是换了个人似的。她热情地招呼着客人，有一种自然的亲切感，像是和很熟络的朋友说话，但又不失分寸。见此情景，每每让宋齐光和赵晚晴停止了说话，他俩对视了一眼，不约而同地望向了李小瑟。此时的李小瑟一扫青涩形象，讲话声音大了起来，做事也麻利得很。通常宋齐光的目光只在她身上做了短暂停留，便又转过头望向了赵晚晴。不过李小瑟丰满的胸部和圆润的臀部，却深深地印在了他的脑海里，虽值寒冬，李小瑟着一件紧身的黄色毛衣，丰满的胸部暴露无遗，随着她快速的走动，胸前那两坨肉一颤一颤的。她穿的牛仔裤也将她那微微上翘、圆润的臀部勾勒得十分性感。宋齐光诧异于她的这种身体上的变化，只半年前，她还是一副瘦弱的模样，现在却是玉圆珠润，散发出逼人的青春气息。

　　宋齐光时常会感到莫名的伤感，此时，他为李小瑟感到悲伤，这大过年，妈妈和姐姐却没有回家，除了老迈的爷爷、奶奶，还有一个嗜酒如命的父亲，这样的一个家，李小瑟不知道是如何过年的，不过看到她如此神清气爽，开开心心的模样，倒又觉得可能是自己多虑了。

　　随着三个胖子来到店里，感觉是一家三口，店堂不大的"宋记老鹅汤"顿时显得拥挤了起来。宋齐光和赵晚晴站起身，把桌子让给那家人。一边和宋天骐、李小瑟打着招呼，一边就出了门。临跨出门的一瞬间，宋齐光回了一下头，他看到李小瑟也正望向自己，脸上没有了笑容，一副落寞的样子。宋齐光觉得李小瑟是有话跟他说的，只是赵晚晴在身边不便说，于是就有了些黯然神伤。

李小瑟看着赵晚晴挽着宋齐光渐行渐远，心里不免有些酸楚，她是知道宋齐光和姐姐的那段情的，虽然他俩都有些刻意隐瞒幸福，但相爱的两个人难免会在不经意间流露出些蛛丝马迹。姐姐不说，李小瑟也不刻意去点破。

"宋记老鹅汤"关门时已是快到午夜时分了，经过几天的休息，突然来这么忙碌的一天，李小瑟觉得很疲劳，她洗漱完了后就躺在床上了。此时她听到了轻轻的敲门声，顿感有些紧张。

"小瑟，睡了吗？跟你说个事。"门外传来宋天骐的声音。

李小瑟把被子往上牵了牵，尽量多遮掩一点身体。她说："天骐哥，这么晚了，我累得慌，有什么事明天早上说吧。"

"也没什么事，就是大年三十那天晚上，我们在酒店吃年夜饭，遇到你姐姐了，她说想来我这儿上班，我寻思着你们姐妹俩在一起也是不错，可以搭个伴。再说了，你一个人也是太辛苦了，那个苦瓜脸'大嫂'已经不来了，我们这个店也需要一个人帮忙，我来跟你说一声。"

"她自己怎么不跟我讲？"李小瑟只一句话说完，感觉鼻尖有些发酸。她控制着不想让宋天骐听出她声音里的异样，"好啊，你做主好了，我只是一个服务员，你不用征求我意见的，宋老板，晚安吧。"

宋天骐没有再说什么，转身回到自己的房间，其实也就是一板之隔而已。他躺在床上辗转反侧难以入眠，这一个年过得真是郁闷，看着弟弟和他的富家女朋友卿卿我我，而自己却孤独一人，落在了弟弟的下风，委实心里是有些不痛快的。他正在胡思乱想时，隔壁传来了轻微的鼾声，房间里似乎充满了荷尔蒙的气息，他爬将起来，坐在床上抽起了烟。他听到一板之隔的李小瑟轻微地咳嗽了两声，还有翻身时将床板弄出的"吱呀"响声。宋天骐不禁将那件挂在隔板上的衣服挪开，令他意外的是，李小瑟那边一点也看不见，黑漆漆的一片。莫非李小瑟发现了这秘密？宋天骐的心头顿起疑窦。若是如此，以后不再能偷窥到李小瑟的胴体是小事，只是在她心目中，一定会认为自己很龌龊。宋天骐犹豫了一会儿，还是端来一只凳子，轻轻地放在隔板边，他悄悄地站了上去，透过隔板上方的空当探过头去，果然不错，在与自己挂衣服相对的地方，李小瑟也挂了一件衣服，而那件衣服是春装，并不是她冬天换穿的那几件中的任何一件，宋天骐此时已明白，他的偷窥被发现了。宋天骐既羞又臊，他仿佛裸体行走在大街上般地耻辱。此时他有些恼羞成怒，继而认为自己的偷窥没什么大不了的，反倒责怪起李小瑟有些小题大做起来了。在慌乱、纠结与羞辱的情绪中，他的一个计划渐渐地在脑海里形成，他早已摸透了李小瑟的习惯。宋天骐轻轻地下了板凳，重新回到床上，这一点点的时间，已让他感觉到了寒冷，他将被子裹得紧紧的，再次点燃了一支烟。他像一匹渐渐接近猎物的狼，在耐心地等待着。估摸着过了两个多小时，隔壁响起了期待已久的声音，他知道李小瑟该起床了。宋天骐蹑手蹑脚将房门打开一条缝，从门缝里看出去，只见李小瑟裹着一件黄色的长羽绒衫，脚步有些摇晃却急匆匆地向楼下走去，卫生间在楼下。

宋天骐趁李小瑟去楼下的空档，迅速地钻进了李小瑟的房间，房间很小无处藏身，宋天骐伸手摸了摸被窝，被窝里面有些暖和。他爬进了床底，调整着急促的呼吸，此时他无法抵抗李小瑟房间里散发出的女性的味道。

一会儿，李小瑟轻轻地走了上来，尽管于迷迷糊糊之中，她还是有意识地放轻了手脚，生怕吵醒了宋天骐。李小瑟回到房间，扣上了那并不结实的门锁，那种锁在李小瑟看来，只是防君子防不了小人的。原来李小瑟也是认为孤男寡女共处一室是不妥当的，但一是在外面租房子在她看来很贵，二是她也不在乎别人的闲言碎语，三是和宋天骐是同一个村子里的人，从小在一起玩的，把他当作大哥哥看待。所以对于住在"宋记老鹅汤"的楼上，李小瑟并没有想得太多。只是过年前的一些时候，那时候的天气格外地冷，可爱干净大约是所有少女的天性，她又不喜欢到公共澡堂里去展示身体，尽管她的身材并不差，尤其是原本"飞机场"的胸部不知是啥原因，一天天地丰满起来。可是自从那次洗澡时突然地第六感的出现，让她觉得浑身汗毛直竖，她仿佛感觉到有双无形的眼睛在看着她雪白的赤裸的身体，她甚至来不及擦干净身上沐浴露的泡沫，就匆匆穿上内衣钻进了被窝，待稍微平复了心情之后，她又起身穿上了毛衣和外套，呆坐在床沿上，她为这种第六感而惊恐不已。她轻轻地起身，将耳朵贴在连接着宋天骐那个房间的隔板上仔细地听着，时间在一分一秒地过去，除却宋天骐偶尔发出的翻书的声音外，这个夜晚显得特别地安静和诡异。李小瑟感觉那双偷窥的眼睛应该不是宋天骐的，他平时很稳重，待自己也像个大哥哥似的，不会做出此等龌龊之事。当她准备回床上睡觉时，耳朵刚刚离开了隔板，却又发现了隔板上的一个小孔。李小瑟对于宋天骐的一切美好的想法瞬间轰然倒地，原来表面一本正经的宋天骐，也不过是个色情狂。自此以后，李小瑟也羞于和宋天骐摊牌，加之宋天骐也是一如往常地对自己好，并没有什么出格的举动。李小瑟也就当作什么也没发生似的，只是心里堵得慌，总想找个人诉说，但这个话题也实在说不出口，至此李小瑟的心神就有些恍惚。她为了避免尴尬，甚至连那个隔板上的小孔都没有去堵上，以免让宋天骐发现了他的秘密已被揭穿。她只是每天晚上都要在楼下挨些时间，然后上楼就上床睡觉，再也不和宋天骐东拉西扯地聊天了。

过年以后，当她再次回到"宋记老鹅汤"，再次回到楼上的那间房时，却再也忍受不了那个隔板上的小孔带给她的心理压力，她也找了个钉子钉在隔板上，然后胡乱从箱子里捡了件衣服挂在钉子上，衣服遮挡了小孔，也让李小瑟的精神彻底地松弛了下来，她在今晚睡得很踏实，以至于都发出了轻微的鼾声。半夜里，李小瑟习惯地去一次卫生间，她总觉得楼上要是也有卫生间就好了，夏天还好一点，若是冬天可就受罪了。楼下楼上这么一跑，浑身的热气就散了一大半了，回到被窝里要好久才能暖和。

这一回，李小瑟迷迷糊糊地回到房间，钻进被窝里，把被子裹了又裹，只是露出了半个头，长长的头发披散开来，遮掩住了脸，有些痒痒的，她也懒得伸出手来梳理一下，随头发散开了。

此时，宋天骐正趴在床底下，李小瑟完全没有意识到危险正在悄悄地临近。

宋天骐在床底下等待着李小瑟入睡，直至听到李小瑟均匀的呼吸声，他才慢慢地爬出床底，他站在床前，只看到李小瑟散乱的头发遮挡住了脸，被子很厚，看不出她凹凸有致的诱人身体。宋天骐此时似乎冷静了一些，他纠结起来，若是今晚用强，李小瑟是逃不掉的，可是一旦用强，后果又会是什么，从她之前的表现看，明明知道那个隔板上的小孔而不去管它，是给别人留下了面子，恐怕也是给她自己留下了面子，如果是这样的话，估计李小瑟是不会报警的，但以后又该如何面对她，面对她的家人。宋天骐呆呆地站立了许久，直到李小瑟翻了一个身，倒把宋天骐吓得一惊。李小瑟翻了一个身，仰面躺着，脸上红扑扑的，那精致的五官，尤其是性感的嘴唇惹得宋天骐有些难耐。此时，他决定试探一下李小瑟的反应，若是激烈反对，那便作罢。若她是欲拒还迎、半推半就，那也就顺理成章的事了。

宋天骐将食指轻轻地搁在了李小瑟的嘴唇上，李小瑟没有动。他又将中指伸进了李小瑟的嘴里，温润的嘴里湿漉漉的，宋天骐轻轻地触动着舌头，很柔软。

李小瑟翻了个身侧睡着，宋天骐的中指从她的嘴里滑落。他定定地看着李小瑟的脸，没有丝毫的惊慌，他甚至希望李小瑟醒过来。看上去李小瑟睡得很熟的样子，宋天骐将手伸进了被窝，轻轻地揉捏着柔软的乳房，直至感觉到手中的那两坨肉在慢慢地变得饱满起来。宋天骐感觉到了李小瑟的生理变化，这是人的精神力无法控制的东西，究竟是她在睡梦中的生理反应，还是已经醒了，宋天骐借着昏暗的光线仔细地观察着她的脸，李小瑟的眼睛紧闭着，但脸色明显起了变化，已经由苍白渐渐地有了红晕。看样子李小瑟已经醒了，却没有反抗，这让宋天骐有了更进一步的举动，他将手摸索至李小瑟的小腹处。

第三十章　仅仅是背影

　　宋天骐的手在李小瑟的身上游走，眼光却一直没有离开李小瑟的脸，他得随时观察李小瑟的情绪变化。

　　只一会儿，宋天骐的手僵硬在李小瑟的私密处，他的手上已经有些湿漉漉，当他的动作越来越大的时候，却突然间停下。宋天骐看到了眼泪，李小瑟眼角落下的眼泪，她没有哭，甚至没有任何表情，只是默默地落下了泪滴。

　　宋天骐的手僵硬住了，心也似冰冻了起来。他突然之间觉得自己辜负了李小瑟对自己的信任，她不避讳别人的非议，与自己共处一室，正是源于她对自己人品的认可，可自己却趁人之危，做此龌龊之事。宋天骐第一次觉得自己是如此的不堪，他觉得再也不能对不起李小瑟了，宋天骐慢慢地站起身，拨开门栓退了出去。当回到自己的房间后，他听到隔壁传来若有若无的抽泣声……

　　宋天骐虽然直至凌晨才昏昏然睡去，但是手机设置的闹铃却依然准点响起，起床后经过李小瑟的房间，他看到门缝已经关闭上了，那是门与门板之间的插销，只有在房间里才能将门关上。宋天骐虽然已有心理准备，但心里还是不由自主地"咯噔"了一下。

在宋天骐一切准备就绪后，他神情恍惚地打开了店门。李小瑟还没有下楼，宋齐光不免有些慌张，莫不是李小瑟出什么事了吧。

好在李小瑟恰巧也下楼了，手里多了一个箱子，是她昨天才拎来的。

"小瑟，你这是干什么？"宋天骐感觉到李小瑟要离开了，却明知故问。

"不干什么，我走了。"李小瑟生生地挤出了一丝笑容。

"那什么。"宋天骐想说点什么，却又一时无话可说，他想劝李小瑟留下，又盼望着李小瑟离开，他觉得若是李小瑟继续留下的话，自己会背负很重的心理压力，有负罪感。宋天骐顿了一顿说："等一下，给你把工资结了。"

"算了，过年前不是结过了吗，这才来，不用了。"李小瑟边说着话，边往外走。

"你等等。"宋天骐快步走到吧台，从抽屉里面抓了一把钞票，是昨天的营业款，也有将近一千元。他不由分说地塞进了李小瑟的口袋。"你就算是出去找工作，也得临时周转一下。"

"你还算有良心，还没坏透。"李小瑟面无表情，声音比平时低沉了许多，她继续说道，"我警告你，你可别对我姐动什么歪心思。"说完狠狠地盯了宋天骐一眼，转身走进了雪地里，每走一步都发出"咯吱"的响声，落了一夜的雪花仍然没有打算停下来的意思，李小瑟撑起了一把雨伞。

宋天骐一个人显然是照顾不了这间店的，他打算去找李小锦，想想还是太早了，酒店还没上班，去早了也没意思。关上了"宋记老鹅汤"的大门后，他自己弄了碗老鹅汤边吃边喝了起来，自他开业后的那两三月里，每天早晨都是用老鹅汤作早点的，吃得太多了就腻了，后来都是李小瑟出门去买来早点，他俩吃完后就开门营业。今天只有宋天骐一个人，他也懒得去外面买了。老鹅汤味道很是鲜美，宋天骐还是觉得和父亲做的有些区别，只是闹不明白区别在什么地方，总觉得少了点什么。这个问题偶尔会出现在宋天骐的脑海里，但他也不做多想，配方是完全正确的，有可能是父亲留了一手，少放了一副香料。

宋天骐一个人在店里是不敢开门的，他担心一旦开了门，万一人多了起来，自己一个人招呼不过来。"宋记老鹅汤"的生意是一波三折，开店期间热闹了一番，然后是萧条起来，不过将近年关的时候，生意又好了起来。今年的第一天开张生意也是很好，宋天骐的信心也渐渐地增强了不少。

上午九点多钟，宋天骐打开了"宋记老鹅汤"的大门。他慢慢悠悠地出了门，心想就是这个时候，酒店的门或许都没开，他打算利用难得的时机，好好逛一逛这座县城。

这条街上的门面稀稀拉拉地开着，宋天骐感叹这些店主真是懒惰，怎么大年初九了还不开张，是不是要等到过了正月十五了呢？这座县城除了中心地带，周边的建设的速度越来越快，拆迁户也多了起来。有些回迁了一套门面房外，还额外得到大量的金钱补偿。宋天骐想道：那些没开门的店铺，估计都是拆迁户。原本就是小县城的生意人，他们肯定没有我们农村人勤劳。

来到李小锦打工的酒店，门已经开了，但里面只有两三个人在。宋天骐进去打听李小锦在不在，一位胖女人告诉他，服务员还没有到上班时间，过一个小时再来吧。宋天骐寻思着这一个小时难熬，就继续问李小锦是不是住在这里，宿舍在哪？胖女人一脸的警惕，摇着头说不知道。宋天骐因为时间充足，他耐心地和胖女人解释说，他和李小锦是一个村子的，村子的名字叫作马坝村，就是离县城不算远，也不算近的一个农村。而且，李小锦跟自己关系很好，就像亲兄妹一样的。李小锦是个二十来岁的年轻姑娘，长得很漂亮，个子高高的，你说吧，没关系的，有问题我负责。胖女人越走越快，宋天骐也跟得紧紧的，直到胖女人停下了脚步，认真地审视着宋天骐，对他的话将信将疑。胖女人大概是觉得一个男人跟在自己身边转悠有损她的形象，怕招来闲言碎语，于是她用手往酒店后面一指，说那儿就是酒店员工的宿舍楼，至于有没有李小锦这个人，她可不知道。

宋天骐转身来到酒店后面的员工宿舍楼。每个房间都有号牌，绝大部分的门都是关着的，宋天骐心想这也不能一道门一道门地去敲啊。恰巧在二楼的楼梯口遇到了一个姑娘，这一回他学乖了，他拦住姑娘问道："你好，请问小李住哪里"

姑娘停下了脚步，说："小李？哪个小李？这里好几个呢。"

"就是李小锦嘛。"

"哦，小锦啊，喏，前面 209 房间。"姑娘笑了起来，用手一指。

"谢谢你了，你真是个好人。"宋天骐笑道。

"油腔滑调的。"姑娘笑着离开了。

宋天骐来到 209 房间敲了敲门，里面传来了一个陌生女人的问话声。宋天骐说是找李小锦，一会儿门就开了，开门的正是李小锦，令他感到不安的是李小瑟也在。

"进来吧，"李小锦顿了顿说道，"算啦，还是出去说吧。"

"好，出去讲，出去讲。"宋天骐急忙转身快步朝楼下走去，待他意识到有点像逃跑似的后，他慢下了步伐。李小锦就在后面，高跟鞋发出不紧不慢的"嗒嗒"声，并没有跟随宋天骐忽快忽慢的节奏。

"你打算走到你的店里去啊？就在这里说吧，什么事？"李小锦在背后喊停了宋天骐。

"嘿嘿，那我就实话实说了，小瑟今天早上不知道为了什么事，说是不干了，我寻思着年前你和我说过，要到我店里来帮忙，你们两姐妹在一起还能相互照顾一点，这样吧，小瑟走我也不勉强了，要不你来吧，我正好缺人，一个人招呼不过来，到外面去请吧，总没知根知底来得安全。你说呢，小锦。"

"你到底怎么着了小瑟，好好的怎么不干了？"李小锦说。

听到李小锦这么问，宋天骐的一颗心落了地，看样子李小瑟没有说破昨天晚上的事情。于是他的胆量就大了起来，讲话也不那么啰唆了。

"那我哪知道怎么回事？你就说你来不来吧？"

"来，什么时候上班？"

"今天，马上就走。"

"行。"

"那我在店里等你，你收拾一下就来。"说完话，宋天骐不愿意在此地久留，急匆匆离去了，也没有去和李小瑟打个招呼。

李小锦在回宿舍的路上把脚步放得极慢，她边走边思考着，小瑟突然地离开"宋记老鹅汤"，并非她刚刚和自己所说的，想换个工作环境那么简单，若只是想换个工作环境，那么她昨天就不必到"宋记老鹅汤"那里去了。虽然她并不反对自己到"宋记老鹅汤"的店里去，但她又说不要住在店里。这里面肯定有什么故事，只是小瑟不说，她也不想问得太多。

回到宿舍后，李小锦问小瑟今后怎么打算，小瑟反问她宋天骐找她什么事情。李小锦说是来找她去上班的，自己原本也想去的，想学点技术以后自己开家店，总不能打工打到老吧。小瑟默然。

过了一会儿，李小锦出了个主意，她说："小瑟，是这样的，你去找找宋齐光吧，他现在在'大华通用制造'搞销售，你去应聘一下，倒也不一定干销售，搞个工人干干应该是没问题的。再说了，你也晓得，他身份特殊，是工厂老总唯一的准女婿，上回年夜饭，两家家长就在这个酒店里见了面，估计结婚也不是太遥远的事了。"

"好吧，我去试一试。你到'宋记老鹅汤'那里去了，这间宿舍还能不能继续用啊？"

"瞧你傻乎乎的样子，以前的精明泼辣劲搞哪去了？我都不在酒店上班了，还能给你继续住啊，那这里的人来来往往的，那还得再盖一栋楼才行。"

李小锦和李小瑟相视一笑，笑容里都露出一丝酸楚。

第三十一章　重启

李小瑟只是说了声去外面转转，就离开了。她本是想去找宋齐光的，又怕谋不成事情，回来让姐姐担心和烦恼，心里盘算着还是搞定了再和姐姐说吧。李小锦看到她欲言又止的样子，望着妹妹离去的背影，觉得妹妹已经长大了，不会什么事情都和自己说了。

李小瑟叫了辆车，直奔"大华通用制造"而去。和门卫说了是找宋齐光的，宋齐光不一会儿就出来了，远远地，李小瑟看到了那个熟悉的身影。个子高高的，脸上的肤色比以前黑了一些，一双眼睛还是那般清澈透明。

李小瑟和宋齐光说是想换个工作环境，再加上姐姐也想去"宋记老鹅汤"上班，自己姐妹俩都在店里也不合适，所以就来找你了，看能不能找个工作岗位。宋齐光倒也是干净利索，只问了句你想从事什么岗位？李小瑟犹豫了一下，说自己也没什么特长，随便什么岗位都行。

宋齐光领着李小瑟来到了位于办公楼顶层的最西边，那里是赵晚晴的办公室。宋齐光让李小瑟在门口等一下，自己进去先说说，看看情况。

"来啦。"赵晚晴正在盯着电脑显示屏，见到宋齐光就站起身来，只是目光还没有离开电脑显示屏。

"嗯，来了。"宋齐光说道。

"怎么不先打个电话呢。"

"我是来查岗的。"

这原本也没什么可笑的，但是两人却不约而同地笑了起来。赵晚晴绕过了那张大办公桌，蹦跳着朝宋齐光扑了过去。宋齐光紧紧地搂住了赵晚晴，将她抱离了地面，连声说着："轻了，又轻了。"

赵晚晴笑道："你就别糊弄我了可好，你哪一次都说轻了、轻了，再轻我都能飘起来了。"

宋齐光放下了赵晚晴，说："我来找你是有个事的，我有个老乡来找工作，你看公司哪个部门还缺人不？"

"缺人，缺人，他人来了吗？男的还是女的？年龄多大？"

"来了，就在门口。"

宋齐光转身拧开了门后，看到李小瑟正透过三楼走廊的窗户看向远方。

当李小瑟站在赵晚晴的面前时，赵晚晴的眉头皱了皱，倒不是对李小瑟有什么反感，而是觉得面前的这个女人似曾相识，只是一时想不起来在哪儿见过。再仔细一看，面前的这个女人也算是眉清目秀，只是小蛮腰上面耸立着丰满的两坨肉，显得不是很协调。赵晚晴下意识地低了低头，瞄了一眼自己的胸脯，大约也是有一拼。于是她笑了起来，原本第一印象对面前的这个女人没什么好感，甚至一见之下略有些不爽的感觉烟消云散。

赵晚晴笑着转身回到办公桌边，抽出一张表格，让李小瑟填一下。转而朝向宋齐光问道："齐光，这是你老乡啊，哦，对了，你那边的销售部缺人吗？"

宋齐光笑道："你管人力资源的你不知道啊？再说了我也不是销售部经理，我哪知道。"

　　赵晚晴冲着宋齐光翻了翻白眼，笑道："别着急嘛，想当经理必须得娶了本姑娘。你现在就想批评我啊，还早着呢。"

　　此时，李小瑟停下了手中的笔，抬起头看了看赵晚晴，然后又低下头继续填着表。

　　宋齐光心里有了些不自在，赵晚晴瞬间也感觉到了他情绪上的变化。他俩不再作声，等着李小瑟填完表后，赵晚晴拿过来看了看。

　　"你有什么特长吗？李小瑟。"赵晚晴对于这个名字，熟悉的感觉又油然而生。

　　"没有。"

　　"对岗位有什么要求吗？"

　　"没有。"

　　"那就先下车间吧，你是齐光介绍来的，过一段时间后，若有合适的岗位，我和齐光说，你要是有什么要求的话，就和我说，都没事的。齐光是个讲义气的人，有话你就说啊，别客气。"赵晚晴这番话说出口后，又略有些心生悔意，干吗说这些啊，怎么见个人都要将宋齐光推销一番似的，最近一段时间以来，她已经发现自己有这个毛病了，于不知不觉中，处处都要为宋齐光讲好话。

　　"好的，谢谢你，我想知道单位宿舍是怎么安排的。"李小瑟说。

　　"宿舍是有的，一般四个人一间，条件还行。"赵晚晴答道。

　　"我想一个人住，哦，不，我可以付房租的。"李小瑟说完觉得提的要求实在太过分了，她继续说道，"是这样的，我姐姐也在这附近打工，她没地方住，我想和姐姐住一起。"

　　赵晚晴看了看宋齐光，她知道工厂宿舍还空着很多间，若是安排李小瑟一个人住倒也不是不行，她是有这个权力的，只是有些担心其他工人会怎么看？宋齐光此时也是面无表情，他也觉得不能为了李小瑟一个人而坏了规矩。

"那你喊你姐姐也来上班吧，我能安排得下，我倒是可以考虑让你们俩住一个房间。你说你一个人住一间房已经不妥了，再加上一个不是本公司的人进来住，于情于理、于公司管理制度都不合适啊。这个不行的。"赵晚晴对李小瑟说话的语速很快，说完后她又看向了宋齐光。

"公司不是有夫妻房嘛。"宋齐光嗫嚅着。

赵晚晴没有接话，心里暗自生起气来。这什么老乡啊，看这个女人胸那么大，眼神又飘忽不定，加上自己对这个女人有似曾相识的感觉，现在宋齐光又不顾公司的管理制度为她说话，他们的关系肯定不一般，赵晚晴也因此而暗自神伤又气恼不已。

"哧，夫妻房是夫妻住的，而且要两个人都在公司上班才能享受的，你又不是不知道。"赵晚晴撇了撇嘴。

"哦，知道了，就按公司规定吧。"李小瑟抢着说道，她担心再说下去会让宋齐光为难了，她看了一眼宋齐光，眼神中还是满怀感激的。

这种眼神被赵晚晴捕捉到了，她的心里"咯噔"一下，有了一种不好的感觉，她担心这个女人会搅乱了她和宋齐光之间的甜蜜。今天第一天来上班，就已经让他俩有了些不愉快了，这不是一件好事。

"先上着再说吧，以后的事以后再说。"宋齐光说。

"什么叫先上着再说？"赵晚晴抢白道，"上班也不是小孩子过家家，不是说来就来，说走就走的好不？"

眼看着这对小情侣就要吵了起来，李小瑟感到了不安，她连忙说："赵经理你好，我这算是通过应聘了吗？"

"嗯，齐光的朋友，不通过能行吗？"赵晚晴越来越有点急赤白脸，逮谁咬谁，话语中满是调侃和讥讽。"你去找生产部陈经理报到去吧。我马上打个电话给他。"

"好的，谢谢了，那我走了。"李小瑟转身离去，她看了一眼宋齐光，只见宋齐光面无表情，她知道宋齐光的内心一定是翻江倒海了，以至于她的离开，他都没笑一笑。

宋齐光有意识地打算落后一步，不和李小瑟一道下楼。他觉得赵晚晴的表现已经满是醋意，自己没必要火上浇油。

两个人沉默了一会儿，赵晚晴抬起头看着宋齐光，忽然间两人都笑了，赵晚晴双手搂住宋齐光的脖子，将头靠在宋齐光的肩上，久久地不愿离开。

宋齐光觉得还是亲自去和生产部经理当面打个招呼比较妥当，当宋齐光下楼的时候，他的心思已经乱了。从刚刚赵晚晴的言语中，宋齐光已经明显感觉到她的不满情绪，可是为了公司的需要，也可能是为了自己的面子，她还是接收了李小瑟。自己以后还是少和李小瑟接触为好，省得大家都闹得不开心了。只是李小瑟说的那个宿舍的事情，还真是个问题。

自宋齐光刚走出房门后，赵晚晴就来到窗户边，尽管她知道宋齐光出得办公楼的大门还需要点时间，但她好似害怕来晚了就看不见了，她站定在窗前，一会儿宋齐光就走出了大门，向着不远处的生产车间走去。他因为个子高的缘故，走起路来像是重心不稳似的略有些摇晃，赵晚晴不知不觉中笑了起来，当初她喜欢上了这个男人，这个男人却无动于衷，自己和一些富家子弟打打闹闹，他却像没看见似的，直到自己和赵胖子设计陷害了宋齐光之后，才得到了和他在一起的机会。现在，自己是死心塌地地爱上了宋齐光，而他的心却似深不可测。赵晚晴觉得她和宋齐光之间的相处，宋齐光总是慢了半拍。当自己喜欢上了宋齐光的时候，他还不知道；当自己爱上宋齐光的时候，宋齐光恐怕只是有点喜欢她而已。如果照这个逻辑去演算下去，自己和宋齐光分手时，他会不会爱上自己。赵晚晴站在窗前胡思乱想起来，很久都没有回到座位上去，因为她同样能看到宋齐光从生产车间里出来。可是，宋齐光却一直待在生产车间里没有露面。此时的赵晚晴有些等不及了，她拧开房门锁，准备下楼去车间找宋齐光，看看他到底在干些什么？

宋齐光来到车间里时，生产部经理已经安排李小瑟干活了。看到李小瑟的背影，他忽然就有了些心酸的感觉，若是自己有个妹妹，应该就和她差不多大，也应该和她差不多模样吧。

从小在一起玩的五个小伙伴，宋家兄弟和李氏姐妹都有了着落，宋天骐和李小锦在"宋记老鹅汤"这间店里忙活着。宋齐光和李小瑟都在"大华通用制造"公司里工作。只是那个杨寡妇的独子杨一鸣却似人间蒸发了一般，多日不见了踪影。据说他大年三十还是回家过年了，只是初一早上就又出门去了，也因此和宋齐光擦肩而过。

第三十二章　左右为难

宋齐光向生产部陈经理招了招手，陈经理乐呵呵地一路小跑了过来，他为宋齐光找他而感到高兴，宋齐光和赵晚晴的关系也是全厂人人皆知的。这个总经理的准女婿来找他，在陈经理看来，比副总来找他显得更为重要。因为总经理的独子不成气，大家也都是心知肚明。陈经理认为宋齐光若是不出意外的话，若干年后很可能步入管理层，直至接管这家"大华通用制造"公司。至于这个宋齐光以前在他手下干过班组长，这种心理落差那倒是其次了，谁叫他摊上了老总家的女儿呢。

"齐光，找我啥事，说。"陈经理的话显得干净利落，一点也没有以前那般拖泥带水、啰里啰唆的。这让宋齐光对他刮目相看，怎么自己刚刚调离生产部不久，这个陈经理像是变了个人似的，整个人都显得干练起来了。

"嘿嘿，也没什么事，来看看老领导来啦。"宋齐光说。

"你小子，在生产部还挺实在的，怎么刚到销售部就油嘴滑舌起来了啊，哈哈，这个销售部就靠嘴皮子混饭吃。"

"老领导，你不到销售部，搞不清楚情况，要说生产部，没你还真不行。"

"行了，别给我戴高帽子了，什么事说吧，你小子。"陈经理看样子这回是发自内心地高兴了，因为脸上的笑容也变得真诚了起来。

"刚刚有个李小瑟来报到，那是我老乡，请多多关照。"宋齐光说。

"哦，看上去人不错，我知道了，过些天换个工种吧。这些小事情，打个电话不就行了，跑来跑去的干什么，这冰天雪地的。"

"那你就多费心了，谢谢了啊。"宋齐光掏出了香烟，笑道，"走，我们到外面抽支烟去。"

陈经理接过了香烟往耳朵上一架，说还是算了吧，正忙着呢。宋齐光本想问一下他曾经待过的那个班组现在谁当头。想想还是算了吧，以后有机会问问钱小平、冯元明、王青橙他们得了，免得话多了陈经理以为自己会有什么暗示。

宋齐光告别陈经理之后，出门恰好遇到赵晚晴，宋齐光和赵晚晴点头笑笑，就往自己的办公室走去了，他并不知道赵晚晴就是来找自己的。而赵晚晴也没有叫停宋齐光，径直走到陈经理面前，问他宋齐光来说了些什么，陈经理一五一十如实陈述。赵晚晴听后笑了笑，说自己就是为这个事来的，不过新进厂的工人要好好加以培训，没有个一年半载是成不了熟手的。赵晚晴看到陈经理呆头呆脑的样子，担心自己说的他听得不是很明白，索性告诉他，那个新进来的工人素质不错，但有些娇气，你可以多让她加加班，苦点累点没关系，受不了她会离开的。受得了倒也是个可用之材。

　　陈经理看着赵晚晴离去的背影，只见她长发飘逸，合体修身的工装穿在她身上特别合适，难能可贵的还能显出她的腰线，裤子紧紧的，将略微上翘的臀部包裹得分外性感，裤腿细细的，高跟鞋也是细细的。这个富家女加上姣好的面容和丰腴的身材，真是羡煞多少纨绔子弟。宋齐光这个小伙子是不错的，摊上这么个老婆，真不知道是福还是祸。陈经理的意识流开始泛滥，不过他很快就回到现实，他觉得摆在面前的路很难走，真是考验智商的时候到了。为了这么一个叫李小瑟的新工人，宋齐光亲自跑来说要自己关照关照，可见他们的关系也不一般；而赵晚晴作为总经理的女儿，管人力资源的主管，她来说说对于新工人的要求当然不奇怪，可奇怪的是她反复强调要让那个李小瑟不好过，比如说加班啊，比如说苦啊累啊什么的，这明显是要逼她离开的节奏。陈经理为了如何处理李小瑟的问题，真是伤透了脑筋。陈经理看着门外的雪花纷飞，心底一阵悲哀，以自己的智商恐怕是解决不好这个事了，看样子得找外脑来解决问题。他转头看了看李小瑟的身影，觉得这个女人会给自己惹来不小的麻烦，不过若是处理得当，两边都不得罪的话，那也可能会春风得意、八面来风。毕竟赵晚晴是总经理的女儿，宋齐光是总经理的准女婿，这两个人比总经理那个不靠谱的儿子强多了。陈经理觉得自己还是很果敢的，他心里非常明白的一点是，若总经理女儿赵晚晴和总经理儿子赵晨云闹起了分裂，自己是一定会站在赵晚晴一边的。这个站队问题不必再费脑子了。其实除了李小瑟，眼下还有件事着实让陈经理烦恼，那就是自宋齐光走后，他那个班组得有个头，要不然自己兼任了班组长，各种事情也多了起来，烦神不说，自己也不多拿钱，没那个必要。而且若是搞得好的话，提拔个人总是在做好事，也不求回报什么，总归是好事情。只是人选问题不好定，其实确定个班组长也不是什么难事，从其他班组调个人去也不是不行。但是问题来了，那个班组长是宋齐光走后留下的空缺，这个就不得不慎重了。刚刚想问下宋齐光的意见，他又匆匆地走了，陈经理觉得最好还是得征求下宋齐光的意见，提拔班组长是好事，还需将好事办好，尽快找个机会问问宋齐光是比较靠谱的。

宋齐光回到自己的办公室，一间不大的办公室里摆有四张桌子，和人力资源管理部一样，经理是在隔壁的单独一间房里办公。宋齐光所在的部门叫作市场运营五部，刚刚来到市场运营部，被通知去五部上班时，宋齐光还是比较诧异"大华通用制造"对于市场这部分工作的重视，部门都设到了五个了。但是几天过去了，令宋齐光感到纳闷的是除了一部和五部，二、三、四都没有办公室。后来有同事告诉他，根本就不存在二、三、四部，直接就是从一就到了五。宋齐光是个勤学好问之人，他有次跑到营销部经理那儿，就此问题进行了咨询和探讨，营销部的孙经理倒是干净利索地做了解答：为什么不设营销二、三、四部，而直接到了五部，就跟战场上一样的道理，一个实力不是太强的团，从一营直接跳到五营，这个团得有多强的实力啊，你明白了吗？宋齐光连声说着明白、明白，他看着营销部孙经理，脸上浮现出无比景仰的表情。要么说搞营销的头脑就是灵光呢，这也算在打造企业形象吧。名片发出去的是"大华通用制造"公司市场运营五部，确实是有点唬人了。宋齐光有些担心这牛皮吹大了怎么办，也就是说若是有人问起二、三、四部在哪儿，该如何作答呢。营销部孙经理说从来没人问过，宋齐光有些较真了，他说从来没人问过并不代表人家心里没有疑问。孙经理说，那好办，二部是营销研发部门，专门研究本公司的营销方案，三部是市场策划部门，搞现场促销活动由他们负责，四部嘛，恐怕孙经理还真没有认真想过这个问题，他顿了顿，说道，四部就是市场监督部门了，他们负责各个流程的落地情况，是很重要的一个部门。宋齐光看着孙经理的脸面表情越来越凝重，好像他已进入情境之中，像是在指挥千军万马。他完全陶醉在自己想象的画面里，像是真的有市场营销二、三、四部。宋齐光算是彻底服气了，从此对营销部孙经理刮目相看，人家坐上营销部经理的位置，也不是浪得虚名，确实有两把刷子的。

"喂，齐光，下班后去我宿舍，有事。"王青橙在办公室门口说完话，朝着宋齐光点点头，转身就走了。办公室里的其他同事都默默地看向了宋齐光。

"你等等。"宋齐光边喊着话，边朝门口走去，当他来到房门口时，刚刚看到王青橙下楼梯的一个背影。其实宋齐光是知道的，今晚王青橙的宿舍里还会有钱小平和冯元明。

及至黄昏时分，宋齐光主动邀请了赵晚晴和他一道去了王青橙的宿舍，因为王青橙的一句话，让宋齐光几个同事的脸上都出现了诡异的笑容，那笑容有些说不出来的感觉。宋齐光觉得在"大华通用制造"公司里时时处处都像是被监视一样，有无数双眼睛盯着他的一言一行。虽然他在"大华通用制造"公司里有着不同寻常的身份，也得到了不同寻常的尊重，以他的这个年纪寻到了一些存在感，但那种存在感却不是由自己的真材实料换来的，而是借着赵晚晴的名号，这又让他感觉到了不爽。没办法，他今晚只有带着赵晚晴一起参与聚会，否则王青橙来找他的事情，若是传到赵晚晴的耳朵里，又是一件说不清、道不明的事情。

第三十三章　一鸣现身

王青橙宿舍里的长条桌子上早已摆放了几样下酒小菜，一瓶白酒加一箱啤酒是他们的常规动作。王青橙、钱小平、冯元明三人虽然也和赵晚晴一起吃过几次饭，但于他们来说，有赵晚晴在场，总是有些拘谨，说话的声音也比平时低沉了许多。赵晚晴大约也是感受到了气氛不是很融洽，她主动打开了啤酒，作势要给冯元明和钱小平倒酒，他们两人都说喝白的，伸手盖住了酒杯口。赵晚晴也没多说话，给王青橙和自己倒满了。这时冯元明也给宋齐光和钱小平倒上了白酒，宋齐光虽然年龄不是最大的，由于他曾经是他们的班组长，加之又有总经理准女婿的身份，自然而然地就形成了"老大"的角色，他端起酒杯说道："今天是开过年的第一次相聚，我们大家共同举杯，预祝我们在新的一年里大展宏图，为我们的青春干杯！"随着时间的推移，酒喝得是越来越多，气氛也是越来越融洽，宋齐光的话也多了起来，赵晚晴在旁边不时地踢踢他，提醒他少说话，而宋齐光却丝毫不予理会。在外人看来，他在公司里处处受人尊重，但这恰恰伤害了他的自尊心，只有在这几个人的相聚中，他才能感觉到被真正地尊重，哪怕是因为他曾经干过班组长，钱小平、冯元明和王青橙只是个工人。他们对于宋齐光是总经理准女婿那个身份并不十分在意。因为有赵晚晴在场，他们几个人说话都比平时聚会时收敛了很多，起码是对于公司的牢骚话不敢再提了，也因此少了很多乐趣，聚会时间大部分也就是发发牢骚而已，谁也不想要拯救公司。不过以往时候宋齐光倒是听者有心，他觉得钱小平、冯元明说得都有些道理，包括王青橙有时候说的话，也是有可取之处。只是宋齐光还只是个销售部的普通工作人员，他也烦不了公司的那么多神。

酒过三巡、菜过五味之后，已是九点多钟了，赵晚晴也在有意无意之间打起了呵欠，宋齐光看在了眼里，心里寻思着是不是要回去了。突然之间，宋齐光的手机铃声响了起来，是保安室打过来的，说是有个叫杨一鸣的老乡来找他，宋齐光挂断了电话，对冯元明说，说是大门口有一个老乡来了，让他去接一下。冯元明没吭声，站起身来摇摇晃晃地走了出去，宋齐光真担心他会跌倒。

过了好一会儿，冯元明和杨一鸣来到了宿舍。

"一鸣，有事吗？"宋齐光站起身表示礼貌，其他人都坐着没动。

"要说有事也有事，要说没事也没事。"杨一鸣的头发很长，黝黑的脸庞上架了副金边眼镜，身上的穿着打扮也和平时大不一样。长长的红绿相间的格子衬衫配着破旧的牛仔裤，脚上是一双高帮的皮靴。

宋齐光看了看围坐在一起的几个人，他们都在笑。

"来吧，坐下，喝白的还是啤的？"宋齐光热情地招呼着。

"嘿嘿，没想到啊，没想到，你们打工的小日子倒真快活得很。"杨一鸣在墙角寻了把椅子，坐在了圆桌旁边。他迅速地扫了一眼，宋齐光和赵晚晴坐在了最里边，挨着宋齐光的是钱小平和冯元明，王青橙是赵晚晴的邻座。他们围坐一起，因为杨一鸣的加入，各人稍稍挪了挪位置，给杨一鸣腾出了空间。

宋齐光一一做了介绍后，冯元明往杨一鸣的酒杯里倒满了白酒，杨一鸣倒是性情中人，也没客气，静静地吃着、喝着，很快一杯白酒就见了底。当冯元明看看酒瓶中已所剩无几时，并不十分情愿地抓起了酒瓶，作势要往杨一鸣的酒杯中倒酒，他缓慢的动作大家都看在了眼里，觉得他无非是在等待杨一鸣的谦让，然后顺水推舟就此结束。只听杨一鸣连声说着酒量不行，少倒点少倒点，当酒瓶里的酒缓缓注入杯中的时候，他却扭头和王青橙说着话。此时，冯元明正等着杨一鸣叫停呢，遗憾的是没有等到，直到酒杯已满时，杨一鸣这才扭回头，大声惊呼道："怎么倒这么多啊，喝不了，真喝不了。"

众人都笑出了声，原本因为杨一鸣这个陌生人的加入而有些沉闷的气氛，此时倒是显得轻松了起来。

"一鸣，最近在干什么呢，怎么也不见你来玩。"宋齐光问道。

"最近一段时间，我比较忙。哪有时间玩啊。"

"都忙些什么呢，说说吧，有什么发财路子也带我们玩一个。"宋齐光对于杨一鸣还是有些好奇心。

"唉，一言难尽啊。"杨一鸣端起了酒杯，深深地喝了一大口后继续说道，"不说这个了，大家喝酒吧。完了我今晚就不走了，到时候再慢慢说给你听。你说这一桌子人总不能听我一个人讲故事是不是？"

宋齐光心中暗自叫苦，今晚恐怕不得和赵晚晴在一起了，当他下意识地看向赵晚晴时，她也正看着自己，只见她偷偷地朝杨一鸣翻了翻白眼，眉头皱了起来。宋齐光心领神会，可这老乡话已说出口，自己不太好意思叫他走的。谁叫他俩都是从小玩到大的好朋友呢。

"都喝得差不多了，散了吧。一鸣，我们走。"宋齐光纵有千般不愿意，还是得叫杨一鸣去他的宿舍。只是出门后，他朝着赵晚晴使了使眼色，赵晚晴的表情很是迷惘，对宋齐光的示意不明白。宋齐光看在了眼里，说迟点再打你电话吧，你先回去。赵晚晴显得很是听话和乖巧，默默地点了点头。

宋齐光自从生产部调到销售部后，就换了间宿舍，宿舍里面原来有一个人，自宋齐光来了后不知道是那人搬走了，还是离开了公司。他们之间没有说过几句话，感觉不是一路人。这也正合宋齐光的心意，既然是别人搬走了，那他独占一个宿舍也就心安理得了。正因为是他一个人的宿舍，他也用了点心思，房间里添了台电视，一台插电的饮水机，靠窗户的地方摆放着一张长条形的桌子，房间里散落着四五把椅子，床上也是干干净净的。宿舍不算大，两张床都是靠着两面墙，自那人搬走后，另一张床上就只堆上了一些书籍。

宋齐光首先打开了饮水机烧开水，从桌上的茶叶桶里捡了些茶叶放在水杯里。他将自己床上的被褥拣了厚一点的扔到对面。对杨一鸣说："你晚上就睡这个了，地主家也没有富裕的被窝，你垫一半盖一半将就一晚上吧。行吗？"

"这个无所谓了。家财万贯，不过一日三餐，广厦万间，不过夜眠三尺。苏格拉底都说过，我们需要得越少，我们就越近似神。"

宋齐光笑着说："一鸣，我知道你话有点多，但没想到你有这么贫嘴，说说吧，这些日子都在哪里发财。"

杨一鸣从口袋里掏出一盒烟，递了一支给宋齐光。"你别急，等会子把茶沏好了，我慢慢讲给你听。"

宋齐光心想这得要酝酿下情绪吗？好在饮水机烧开水还是挺快的，宋齐光把杯子伸到了饮水机的接水处，杨一鸣连忙说等等，这滚烫的开水，还不把茶叶烫熟了啊，烫熟了就不好喝了。他拿来一个大茶缸，接满了水说是等凉一会儿再沏茶。宋齐光也随他去了，只是觉得他这么琐碎，有些烦人啊。

杨一鸣喝了口茶，香烟没断火，又续了一支烟。"齐光，我过这个年，真是闹心，真不是人过的日子啊。"

"怎么了？我过年在马坝村没看到你，你干什么去了？过年都不在家待着？"

杨一鸣一声叹息，说道："还不都是杨玉树惹的祸，老子差点把他打死了，真要是出了人命，我也不会有这么快活了。"

"杨玉树？"宋齐光有些丈二和尚摸不着头脑。"杨玉树是哪个？"

"哦，就是村头的杨大头，都半截入土的人了，还纠缠着我老妈不放。"杨一鸣有些愤愤不平。

"噢，杨大头噢，杨大头就杨大头，讲什么杨玉树，那老家伙不是什么好东西，我晓得他是个光棍，坏事做得不少。"说到这里，宋齐光暗自忍住了笑，继续说道，"不过杨大头未娶，你老娘未嫁，他们在一起也不是什么大不了的。这个其实你不用管的。"

杨一鸣抬起头打量着宋齐光，好像要发火的样子，不过可能他想到今晚还要寄人篱下，也生生地忍住了。

宋齐光当然感觉到了杨一鸣敌视的眼神，于是他笑着说："好了，好了，你讲，听你讲。"

杨一鸣用双手将长发向后拢了拢，但是随着他双手的放下，那长发又遮掩住了半边脸，他将剩了一半的香烟猛吸了几口，然后将烟头狠狠地按在了烟灰缸里，就像电影里出现的那种做出重大决定的特写镜头一般。

"齐光，原本我也是不想管那些破事的。你不知道，我上次从你这儿走后，我们不是去了泰坦商务会所了嘛，怎么那么巧合，就遇上了李小锦，正好那时候我也没什么事，晚上经常接李小锦下班，护送她回她的出租房。时不时还要和那些地痞流氓打一架，好在我从小练过功夫，一般他们也不经打。有几个反倒真应了那句老话，叫不打不相识，后来我们还做起了朋友。李小锦确实漂亮，可她也不省事，见谁都风含情、水含笑的，也难怪她的是非多。后来见得多了，我也懒得搭理她了，虽说是老乡，还一个村子里长大的，但我也不是神，我不能天天跟她后面怄气。打架没什么，我就看不惯她那风骚样子。"

第三十四章　不速之客

说到这里，杨一鸣看了看宋齐光，只见宋齐光面无表情的样子，于是他的话越发地口无遮拦起来。

"李小锦的奶子是真大啊，走起路来一颤一颤的真是诱惑人。难怪那些狂蜂浪蝶围在她身边。我倒好，像个冤大头一样，其实说冤也不冤，嘿嘿。"杨一鸣像是卖着关子，说到此处就停下了。他起身给茶杯里续满水。宋齐光脱了鞋子侧着身子半躺在床上，手里的香烟没有灭。

"说啊，怎么不说了，你说你的，我听着呢。"宋齐光像是在听着杨一鸣说话，又似心不在焉的样子，思绪不知飞到哪里去了，头脑里空荡荡的。

"好，要说李小锦啊，风骚归风骚，但她也还是有底线的，以我的眼光看来，是没错的。也难怪，她在那个场合上班，难免会招惹些是非。"杨一鸣正说着话，此时宋齐光的手机铃声响起来了，不用看，他也知道是赵晚晴打过来的，他从床边桌子上摸到了手机，看也没看，直接按下了接听键，嘴里"嗯，哦"了几声后起身，将自己的被子朝杨一鸣扔了过去，说要出去有事，晚上就不回来了，明天早上会来喊他吃早饭。杨一鸣愣了愣神，随即反应了过来，他说早上就不用来喊他了，他要好好睡个懒觉，中午一起吃个中饭就行了，他说话时的笑容有些怪怪的。

宋齐光没再说话，抓了件短大衣穿上，并没有系上扣子，而是将衣服紧紧地裹在了身上，用一只手挡在胸前不让衣服敞开。他打开了房门，一阵冷风蹿进了屋里，他连忙返身将房门关上，他感觉到了风的力量，用了些力才将房门关上。他朝着不远处的赵晚晴的住处走去。

这一阵寒风，让杨一鸣打了个冷战，醉意蒙眬中忽然觉得这陌生的地方有些恐怖，房间不大，两张床加上一张桌子和几把椅子，便占据了房间的大部地方，灯光有些昏暗。杨一鸣起身来到房门前，他将保险保上了。回身又将他刚刚睡一半盖一半的被子叠成了双层垫在床上，脱了衣服睡下，却又辗转反侧难以入眠，索性披了衣服，背靠着床头半躺着点燃了一支烟。他觉得已经很久没有这样独处过，而且是在夜深人静之时。他觉得此时应该思考点什么，难得有如此清静之时。

此时，在他的头脑里，无非就是杨玉树和李小锦这两个人、那两件事萦绕心头，一旦空闲下来，总是挥之不去。

过年前的那段日子，杨一鸣沉静了下来，和他在县城的那帮狐朋狗友拉远了关系，不再经常聚在一起喝酒闹事了。他找到一个工地，准备在工地上一个月班，好挣些钱回家过年，给家里置办些年货，给守寡的妈妈买点礼物。当他思考很久，决定放下他的尊严去工地打工时，他顿时感觉得到了久违的自信，觉得自己还像个爷们。此后，他和李小锦的纷纷扰扰，情感上的困苦也仿佛随着劳累而烟消云散。

杨一鸣在工地上算是比较勤快的，见人也客客气气。但是刚去的几天，他总感觉工友们不怎么待见他，总是离他远远的，也不怎么搭理他，始终保持着一种疏远感。直至他把香烟降了好几个档次，比工友们抽的那种廉价香烟还要便宜一点，得空就给身边的工友递上一支香烟。工友们对他态度转换得倒也很快，他们热络了起来。杨一鸣不禁为降低香烟档次这个小小改变而暗自佩服起自己来了。他认为原本自己的这身装扮，就不是这个阶层里的人，再加上自己抽的是好烟，也不像是为了挣钱而来的，虽说工地打工挣的钱是可以抽得起好烟的，但他那花钱的做派，有点像"到头光"，和那些一心为了多挣少花的工友们有些距离，直至他把香烟档次降到很低，低于工友们之后，才得到了工友们的认可，于是他认为，只有放下身段，放低姿态，才能被别人认可。这是他在社会中学到的人生经验，他奉若人生信条。但此后的人生路，他却一再遭遇挫折，直至身陷绝境。直到多年以后，他才反思这样的人生信条是不是符合当今的社会潮流，还能不能生存得下去。

当时年关将近了，工人们陆陆续续地离开，杨一鸣一是没有挣到理想的钱数，二是回去早了也无趣，就留了下来。没想到工头找到他，说是愿意给他双倍工钱，把工地上的事情收收尾。工头一边大骂那些打工的人一点也没有责任感，说走就走，多一天都不肯留；一边安抚着杨一鸣，说是工地上的事也不多了，收收尾而已，双倍工钱，明年开工时会关照他多一点。

　　杨一鸣笑着连声说谢谢，表示自己是一个负责任的人，今后还要靠大哥多多关照，杨一鸣鞠躬时，腰下得很深。工头看在眼里似乎很高兴，说你小子不是一般人，今后肯定有出头之日的。

　　直至大年三十上午，杨一鸣接了工钱，喜滋滋地去了大商场，买了大包小包的年货，紧赶慢赶地搭上了最后一班开往马坝村的中巴车。当他来到家里时已经过了正午。进得家门却是大吃一惊，然后是一阵阵羞愧的心情。他看到母亲和杨玉树分宾主对坐，桌上的菜也颇为丰盛，两个酒杯里的酒是满的，酒瓶里的酒只剩下了一小半。看来他俩喝了有一阵子了。

　　杨一鸣的脸顿时红了起来，他呆立在门口，感到胳膊也失去了力气似的，手里的包裹就要掉落在地上，他紧走两步，将包裹放在墙角后，有些手足无措的神情。

　　杨紫玉连忙站起身，又从杨一鸣的肩膀上卸下包裹，笑道："这孩子，怎么搞到现在才回来，我还以为你人在外地，赶不回来过年了呢。"杨紫玉说话的声音有些低，显得有些小心翼翼。

　　杨一鸣苦笑着说："这十一年来，我哪年不在家里过年的？"

　　杨紫玉的脸色为之一变，轻轻地说了声坐下吃饭吧。杨玉树胖乎乎的脸上两条浓眉皱了皱，显然他也为杨一鸣的这句话而感到不解，十一年？杨一鸣早已是二十岁出头了，怎么出来了个莫名其妙的十一年，随即他想道：杨紫玉已经守了十一年的寡。杨玉树朝着杨紫玉看着，只见她刚刚的兴高采烈早已不见了踪影，脸上像是蒙上了一层纱，一副不知是喜还是悲的表情。

　　"咚"的一声响，杨一鸣把酒杯重重地往桌子上一放，杨紫玉浑身轻轻地一颤，像是受了惊吓。杨玉树慌忙抓起了酒瓶，要给杨一鸣倒酒。杨紫玉见状，伸手夺过了酒瓶，又轻轻地放在了杨一鸣的桌边，她说："哪有叔叔给侄儿倒酒的，姓杨的人家没这个规矩。"这时的她已经从慌乱中镇定了下来，她说："一鸣，你玉树叔叔自你爸爸去世后，一直对我们娘儿俩很是关照，这不，我寻思着你也不回来，你玉树叔叔也是一个人，就喊他来吃个年夜饭。你也别甩脸色给我看，还有客人在家里呢，谁教你这么没教养？我知道村里有闲言碎语，那是我和你玉树叔叔缺一张纸，缺一席酒，缺一个名分。十一年，你跟我说十一年，这十一年，好了，不说了，吃菜，吃菜。"杨紫玉的眼眶里隐隐泛起了泪花，她生生地强忍了回去，生怕这大过年的流泪不吉利。

杨一鸣自顾自倒了一杯酒，一仰头就灌下去大半杯。他等着母亲或是杨玉树劝他少喝一点，却没有任何的声音。

这一餐年夜饭的气氛有些沉闷，除了劝菜、劝酒的言语外，并没有其他的话题。

杨玉树看天色尚早，只是这种气氛很是压抑，他知趣地告辞。杨紫玉作势挽留，也并不是特别热情，杨一鸣只是装聋作哑不说话。

当杨玉树离开后，杨一鸣也说吃好了，要去村里转转。他从地上捡了块石块，发了疯似的追赶着杨玉树。雪下得很厚，由于路人不断地踩踏，在乡村的道路上形成了一道窄窄的路，行人越少的地方，路越窄。杨玉树的家在村头，被踩踏过的路上又覆盖着一层薄薄的雪。他走得很缓慢，似乎不愿意回到他那个家似的，他想着杨紫玉也真是不容易，守了十一年的寡，虽说也就四十刚出头，倒好像是五十岁的人了。她的丈夫是在防汛抗洪中死掉的，杨紫玉和乡里、县上反映了多年，也没什么个结果，只是说他失足落水，从此不再过问这件事了。杨紫玉当了几年上访户，也是无可奈何，最后也就这样不了了之了。杨玉树觉得自己也是个伤心人，两年前自己老婆得了病，到医院检查后，医院说要开刀，结果开刀后很快就死掉了。杨玉树心中始终觉得被医院骗了，那个病是不用开刀的。只是事已至此，想想也闹不出什么名堂，便也就此作罢。

正当杨玉树胡思乱想之际，他隐约听到背后传来急促的脚步声。

第三十五章　千千结

　　杨玉树正待回头看个究竟，只听到清脆的一声"啪"。他往前一个趔趄，差点跌倒在雪地里，只感觉一阵天旋地转，好像天空要翻转过来一般。杨玉树伸手一摸后脑勺，手心里就感觉到了一股温热，拿到眼前一看，是血。杨玉树身子一软，跌坐在雪地上，待转头看过去，只见一个熟悉的身影跑向了远处，是他，没错，是杨一鸣。杨玉树刚想起身去追他，又跌回在雪地里。

　　血红、雪白。

　　不知是酒喝多了的缘故，还是刚刚受到那猛烈的一击所致，杨玉树摇摇晃晃地走回家，拿了一条毛巾围住脑袋。屋里空无一人，他突然间思念起自己死去的妻子，加之今晚受到的冷遇，也为了多年一直默默地照顾杨紫玉母子，却好心不得好报，这一切都让杨玉树感到悲哀不已。

　　杨玉树和杨紫玉的丈夫宋兹九关系一直很好，马坝村这个村落不知道是什么年代形成的，自有记忆起，杨玉树和宋兹九就脾性相投，相互照应着过着艰难的日子。

　　早些年，马坝村连年遭遇洪灾。自宋兹九被洪水卷走后，杨玉树一方面觉得有责任把老友的妻儿照顾好，一方面又觉得杨紫玉和杨一鸣这孤儿寡母的确实可怜。这十年间，他不时地去杨紫玉的家里帮帮忙，确实也没有什么非分的想法。日子一久，就被村民们误会了，村民总是有意无意地开玩笑，质问他和杨紫玉的关系。对此杨玉树总是回报一个憨厚的笑，这个笑容里包含了坦率与戏谑。有些人看到这个笑容后满意地离开了，有些人却一时语塞，一副气急败坏的样子。

对于村民们的戏谑，不管是善意的还是恶意的，杨玉树总是没放在心上。但是自己妻子的质问，总不能置之不理。他想在妻子和关照老友的遗孀之间找到一个平衡点，却始终感到力不从心。为此，妻子在吵闹过几次后，再也不作声了，只是整天闷闷不乐似的，也于一年前离他而去，踏上了黄泉路。杨玉树对于妻子的离世感到很是痛心，他觉得自己有很大的责任，源头还是在于杨紫玉母子。

自妻子离世后，杨玉树往杨紫玉家跑得更勤快了一些，这种同病相怜的情感，让彼此也有些暧昧的感觉。村民们的流言蜚语，在杨玉树看来也是无妨的，两个苦命人，在一起的话可能会更加地珍惜对方。

年三十临近午时，杨紫玉冒着风雪来到他家，看着屋里的冷锅冷灶，也是心生怜悯，原来还有些犹豫到底要不要喊他去自己家里去吃这一顿年夜饭的顾虑顿时烟消云散。杨玉树看了看自己这个冷冷清清的家，委实也没有心情一个人在家里过年，再加上为了子女的事也闹得不开心，一儿一女都在县城里成了家，他们倒也是孝顺，都要接他去县城里过年，可杨玉树说啥也不愿意离开这个家。他随着杨紫玉到了她的家里，菜很是丰富，只是洗干净，切配好了装在一个个盘子里，杨玉树见此就来了精神，烹饪对于他来说是很喜欢的，而且他也确实能做得一手好菜。他俩配合着忙活了一阵子，七八碟色香味俱全的菜就端上了桌面。杨紫玉拿出一瓶酒，说是上午去小店里买的，这是最贵的了，也不知道好不好。杨玉树接过来打开酒盒子，对着光线仔细地看着酒瓶。这个举动让杨紫玉有些惴惴不安，她担心买的酒不够好。

"好，好酒。"杨玉树拧开了瓶盖，朝着杨紫玉笑道，"你也来一点？"

"来就来。"杨紫玉释然一笑。

两个人喝着酒聊着天，他们尽量不去谈子女，都害怕提起彼此的伤心事。杨玉树喝得很快，杨紫玉一点也不落下，很快一瓶酒就只剩下小半瓶了。

正在此时，杨一鸣披着一身的雪花到家了。

杨玉树与杨紫玉见到杨一鸣突然回来，显得有些尴尬，孤男寡女本身就是个话题了，何况又是大年三十这个特殊的日子。见到杨一鸣阴沉个脸，把碗碟酒杯弄得乒乒作响，也就草草地收了场。

杨一鸣估计和杨玉树单打独斗，并不一定能讨巧，他打算偷袭。也正因为杨玉树心思很重，没有注意到周边的情况，加上他也想不到杨一鸣下手如此之狠，所以才让杨一鸣一击得逞。

杨一鸣在往回跑的路上，并没有慌张，他不紧不慢地跑着，倒希望杨玉树追上来，然后和他真刀真枪地打一架，也好让自己像个男人一样。他越跑越慢，直至停下了脚步，身后并没有传来脚踩雪地发出的"扑哧"声。

杨一鸣回到村里时，看到宋齐光家的大门紧锁着，心想这一定是宋齐光哥俩把父母接到县城里过年去了。现在这村里人啊，也学着县城里那般，年夜饭不在家吃，倒也省心省事，可热气腾腾地炒菜，混合着烟草和浓浓白酒的气味也消失了。杨一鸣回到家中，妈妈还在洗着碗，她的动作很慢。

第二天直睡到中午时分，杨一鸣才醒来，心中并没有因为砸伤了杨玉树而感到内疚和恐慌。

妈妈端来了"五香蛋"和一碗"鸡汤面"。杨一鸣并没有觉得有多么好吃，表情却是吃得很香甜的样子，一旁的杨紫玉也是微微地笑着。吃过饭后，杨一鸣开始从大包小包中往外拿东西，说这些都是给妈妈买的。杨紫玉责骂着儿子不该大手大脚地花钱，说能不能退回去一些，脸上的皱纹却是舒展开来。

杨一鸣行走在去车站的路上，这一次却是不断回头，他有些不忍将妈妈一个人留在家中，此时，他又想到，杨玉树和妈妈结

　　成一家，将来也是个老来伴，未必是一件坏事情。

　　这一年，沿江江南的雪下个不停，不似往年。

　　杨一鸣来到县城，明知工地上还没有开工，却仍旧去了那个地方。眼前的景象让他想到了"人去楼空"四个字，他知道这样的形容并不是很准确，却正是此时工地上的写照。在县城转悠了两天，实在无聊且已经捉襟见肘的杨一鸣想到了老乡宋齐光，看样子宋齐光倒是混得风生水起，他哥哥也不错，开了家"宋记老鹅汤"，李小瑟不干了以后，李小锦又去打工了。

　　杨一鸣躺在宋齐光的宿舍里想到了很多，宋齐光的离开，恰恰给了他思考的时间和空间，冷静下来的杨一鸣试图思考一下今后的人生路，却陷入一片迷茫之中，怎么也理不出个头绪。透过窗户，因为雪花覆盖了大地，虽是深夜而并不显得黑暗。杨一鸣在迷迷糊糊中睡去。

　　当宋齐光赶到赵晚晴的宿舍时，她还没有睡。空调调到了一个很舒适的温度，赵晚晴脱了外套，只穿着秋衣裤，却又裹上了一件厚厚的大衣。待宋齐光关上门转回身时，赵晚晴将大衣敞开，想将宋齐光裹住，却只是将将遮掩住了他的肩膀。宋齐光双手绕过赵晚晴的腰，紧紧地搂住了她，赵晚晴浑身一激灵，说："你的手好凉。"而宋齐光不仅感受到了赵晚晴身上的温度，也感受到了她腰间的赘肉，这个丰满的女孩，穿上衣服显得很是性感，也没觉得有多肥胖，脱了衣服浑身的肉就像被困的囚徒得到了释放，拼命地往外钻。宋齐光轻轻地将赵晚晴往外推了推，迅速脱掉了自己的外套，他开始感觉到有些冷，就继续脱光了衣服钻进了被窝里，赵晚晴嘴角带着笑容，看着这一切。

第三十六章　偷师

　　天刚刚放亮，宋齐光像往常一样准备起床离开，却被赵晚晴紧紧地搂住。宋齐光和赵晚晴的做爱地点并不固定，有时在床上，有时在车上，有时在办公室，有时在野外。每次在工厂的宿舍里睡觉时，总是宋齐光到赵晚晴的宿舍里去，而赵晚晴却从来没有一次来到宋齐光的住处，这也是因为赵晚晴的朋友很少，没有人会在深更半夜来找她。

　　宋齐光从来都是在早上天刚亮就起床离开，他有些担心让厂里的其他人看到后，会对他或赵晚晴产生一些不好的印象。赵晚晴虽是有些不舍，却也还是明白事理的，而今天早上，赵晚晴却将宋齐光紧紧地搂住，宋齐光几次想起身，都被她用力按住，于是宋齐光也不再勉强，两人静静地躺在床上，也不说什么话。

　　虽是过年后刚刚上班没几天，宋齐光却是有些焦虑，销售部的事情并不复杂，主要就是招商工作，他所联系的三家有意向的经销商迟迟不能做出决定，也是让宋齐光一筹莫展。加之这个年夜饭的聚会，已经让自己和赵晚晴的家长都见了面，似乎一切都在自己的掌控之中，却又时时觉得自己无法控制事情的走向，可能是自己没有赵晚晴优秀，或是家庭也没有她的家庭殷实，这种处在劣势的心理，让宋齐光感到有些不痛快。从李小瑟来到工厂后，赵晚晴就像变了个人似的，天天和自己粘在一起，表面上看是感情的加深，其实宋齐光明白，那就是赵晚晴对自己不放心。自李小瑟离开宋天骐的"宋记老鹅汤"后，李小锦又去了。这中间肯定有什么事情发生，至于什么事情宋齐光也不愿意多想。

　　"宋记老鹅汤"的生意不温不火，宋天骐和李小锦除了饭点的时间以外，倒也落得个轻松自在。李小锦还是住在出租房里，天色暗淡下来后，宋天骐就催着李小锦回去，说是现在治安状况不太好，早点回去安全点。李小锦在"宋记老鹅汤"做起事来比李小瑟要勤快很多。她除了招呼客人，上菜收钱之外，没客人的时候，她还跑到后堂帮着宋天骐，这让宋天骐感到满意。

　　日子一天天地过去，转眼又进入了盛夏季节。

　　李小锦在"宋记老鹅汤"俨然半个女店主似的，宋天骐倒也落得个轻松，只是看着眼前的李小锦进进出出，尤其是进入夏季以来，李小锦穿得越来越少，也越发显得性感，宋天骐不禁有些想入非非了。每当他有意试探一下李小锦时，她总是回避，只是一笑，从不继续那个敏感话题。

　　这一天，宋天骐决定再来试探一下，真不行的话就挑明了说，不要再遮遮掩掩的了。

　　"小锦，这么多天了也没看到哪个男的找你，只是最近那个帅小伙子跟你聊得蛮热火的，你俩对上眼了啊？"宋天骐待得空闲时间，便问道。

　　"哪有哦，没有的事，就是个顾客，他话多，每回他来，我都要跟他多说几句。"李小锦笑着说道。

　　"嘿嘿，你看我怎么样？"宋天骐说这句话时，心里有些不安，生怕遭到拒绝后，两人会因此产生不快，继而影响到店里的生意。有些话没说出口，就没有想到那么多，宋天骐有些心生悔意。

　　"哟，干吗？想开夫妻店啊，那得看你的表现了。"李小锦说完起身从吧台里走了出来，路过宋天骐的身旁时，在他的肩膀上拍了拍，就回后堂去了。

　　听到李小锦说的话，宋天骐一时没有反应过来，他呆若木鸡地看着李小锦的背影。宋天骐用手拍了拍自己的额头，这才心中暗自高兴起来。心想这李小锦也真够直爽的，这个信号释放得很明显了，就算自己是个傻子也能听得出她的弦外之音。

自此，宋天骐和李小锦就有了些心照不宣，李小锦也乐意挑点脏活、累活去做了，从老鹅的宰杀、切块到烹制，李小锦在后堂的时间多了起来。

宋天骐能感觉到李小锦对于"宋记老鹅汤"的付出越来越多，给她加了些工资她也没客气。只是两个人之间的感情却是不咸不淡的，没有味道，宋天骐觉得可能还需要些时日来加深。但是宋天骐又隐约觉得李小锦的表现很是反常，不符合正常的逻辑。一个打工者，其实做好老板吩咐的事情就可以了，如果为了表现一下，那辛苦点也是可以的，没有像李小锦这样抢着干脏活、累活的。莫非她另有所图？

宋天骐一边欢喜着，一边担忧着。

李小锦在"宋记老鹅汤"待了一段时间之后，宋天骐感觉到李小锦要离开的痕迹越来越重。终于在一个盛夏的夜晚，李小锦迟迟没有离开店里，待宋天骐正要打烊之时，他看到李小锦望着自己，一副欲言又止的样子，知道他的预感即将成真，他索性停下了手里的活，坐了下来。

"天骐，天骐，那个，"李小锦吞吞吐吐地说道，"我得走了。"

尽管在意料之中，宋天骐还是有些失落，他说："我知道，天下无不散的宴席，这一天早晚都要来的，自从你想学老鹅汤以后，我心里就明白怎么个回事了。这种东西只要肯学肯钻，也没什么大不了的，我也都教给你了，你还可以创新，搞出更好的老鹅汤。你也可以开店，不过我有两个建议，要么就开在我这个店的隔壁，要么开得远一些。"

李小锦的脸红了，她说："原来你早就知道了啊，那我也实话实说了哦，我来你这里主要是想学门手艺，然后还是自己开店，我还年轻，也不可能打一辈子工。不过，我要是早知道你有这个胸怀，我还不如早点跟你挑明了呢。再说了，我开店不会开在你隔壁的，徒弟哪能拼得过师傅，再说开在一起也影响我们彼此的生意了。"

宋天骐有些无可奈何，苦笑着说："你要是明说，我可能还真不教你。其实店开在一起也不要紧的，算了，不说了。"

李小锦对于宋天骐的话不甚明了，她也不想再说些什么，冲着宋天骐笑了笑，转身离去。尽管她觉得自己的离开是再正常不过的事了，但对于宋天骐，她仍然有一些愧疚感。这种感觉也是转瞬即逝，她到了该做决定的时候了，前几天在城北寻得的那三家店面，各有利弊，一时也难以取舍，但此时她不得不做出决定了，而且是越快越好。李小锦本想找宋齐光给拿拿主意的，毕竟他在工厂的人事部、生产部和销售部都待过，在马坝村里的宋家兄弟和李氏姐妹中，宋齐光还算是懂得比较多的一个人。但是因为自己是从他的哥哥店里走的，又要开同样的老鹅汤的这么一家店。就算宋天骐不计较什么，可也吃不准宋齐光会不会不高兴，还是省省吧。

李小锦在需要帮助的时候，才突然发现自己的朋友真的很少，除了宋家兄弟和自己的妹妹，还有一个不靠谱的杨一鸣，都是一个村子里从小在一起玩的小伙伴。她在县城待了这么两三年，竟然没有一个可以称得上真正意义的朋友，在泰坦商务会所所结识的那些所谓朋友，那番热闹繁华的景象，过个一两年再回头看，都是虚无。

李小锦回到自己的出租房里，和衣而卧，带着离开"宋记老鹅汤"的轻松，还有即将自己创业的忐忑心情，进入了梦乡。一觉醒来，已是黄昏，李小锦洗漱完毕，打算去找妹妹。她早就想好了店铺的名称，就叫"姐妹"。

李小锦找到妹妹的时候，李小瑟刚刚吃过晚饭，于是姐妹俩就在工厂附近一边散步，一边说着话。李小锦没有绕圈子，也没有做任何铺垫，她把自己离开"宋记老鹅汤"的事情，还有自己想开个店的想法全盘托出。而李小瑟不置可否，也看不出她的态度，当李小锦说出想让妹妹和她一起干的时候，李小瑟却是连连摇头，口中说着不字。

自此，李小锦的创业梦在渐渐地远离，当初的冲动和激情在慢慢地消退。

久未联系的杨一鸣又一次进入了李小锦的生活，他们经常在一起吃喝玩乐。

杨一鸣这一段时间以来，穿着打扮越来越光鲜，在外人看来，他混得风生水起，其实李小锦是知道的，他一直在打肿脸充胖子，她随时担心杨一鸣终归有一天会从高空坠落。

这一年，杨一鸣办成了几件大事。仿佛一夜之间成了精英阶层。

在此之前，每当杨一鸣在社会上混不下去的时候，不得已还是要去工地上打工，这样断断续续的经历，在杨一鸣的看来委实无趣。好在他为人还算比较仗义，也结识了一帮工友，于是他渐渐地也拉起了班组，组建了装潢队。有一单就接一单，没有事做就吃喝玩乐，倒也落得个逍遥自在。

第三十七章　脆弱

这个江南的小县城，正在悄悄地发生了变化。由于房价降幅很大，有一批人开始悄悄着手购房，一时交易量激增。

杨一鸣隐约嗅到了房市转暖的味道，他租了间办公室，花重金进行了装修，办公室的面积并不大，装修后显得很是精致。他还找县里的一些书画家搞了些书画，精选了两幅装饰在办公室里。

李小锦因为一直和杨一鸣走得比较近，她辞去"宋记老鹅汤"的工作后，自然而然地充当了办公室主任兼文员。杨一鸣用他最后的一点积蓄，在每个小区里树起了颇具创意的广告牌，然后就坐等客户上门。每一个前来咨询的人，都被这间办公室吸引住了。杨一鸣告诉李小锦，接待客户要热情洋溢，而李小锦常常窃笑，因为杨一鸣对待客户却是显得非常傲慢。可奇怪的是，几乎每一单他都能搞得定，也因此生意不断，杨一鸣又招兵买马，最多时有四个班组同时开工。短短的半年时间，杨一鸣就掘到了人生的第一桶金，他把赚来的钱全部买了房，趁房价抄底时购买了两套。

李小锦看着杨一鸣忙碌的样子，觉得他还是很有魅力的，只是这样的一个男人总有些让人放心不下。倒是宋天骐沉稳一些。而这么些天来，也不知怎么了，宋天骐来找她的次数越来越多，很多时候，当李小锦快下班时，她总是能接到宋天骐的电话，让她下班后就去"宋记老鹅汤"去吃晚饭，尽管宋天骐没有说什么，但李小锦已经感觉到了浓浓的爱意，她很享受这个过程，没有觉得有什么压力，或许她的心中已经默许了，才会有如此的感觉。

杨一鸣的装潢公司办公室距离"宋记老鹅汤"并不远，步行也就十五分钟的时间，其实这个县城也并不大，从城南到城北步行也不过半小时左右。

李小锦来到"宋记老鹅汤"也并不歇着，而是轻车熟路地忙活着，倒弄得那个胖妇女服务员有些不好意思起来，总是在宋天骐面前夸李小锦聪明、漂亮又能干。她这一说，又显得宋天骐和李小锦是一对恋人似的。每当此时，宋天骐和李小锦都相视而笑。

待到饭点过了，店里的顾客少了以后，宋天骐就在后堂忙活了起来，李小锦常常诧异宋天骐的手快，只十几分钟就能端上来三四个炒菜。几次以后，她才发现了奥妙所在，原来宋天骐早已经将炒菜洗好、切好装盘了，他需要做的只是下锅炒一下而已。李小锦的幸福感又增强了一些，她发现了这个不算是什么秘密的秘密后，有些窃喜，她主动开了一瓶啤酒，和那个胖妇女服务员一人一半，那胖妇女连连摆手说使不得、使不得，却也不动杯子，任凭李小锦倒了个满杯。宋天骐和李小锦又是相视一笑，这一回，宋天骐乐得出了声。宋天骐的笑容并不多，难得笑出了声，因而胖妇女和李小锦也都认为宋天骐是真的开心了。

吃过晚饭，宋天骐和胖妇女交代几句，说是送李小锦回家。胖妇女笑得脸上都堆满了皱纹，说你们迟点回来没事，不急不急。

这一天晚上，天空飘起了牛毛细雨，李小锦撑着伞，而宋天骐却装着无所谓的样子，他说不习惯打伞。路程刚刚过半，宋天骐没想到牛毛细雨也是这般厉害，自己的头发被淋得全部趴在了头顶后，那雨水就顺着发梢往脸上，往脖子里钻，在这深秋的季节，他不禁打了个哆嗦。李小锦其实早就看在了眼里，她有些生气自己说的话宋天骐没有听，让他打把伞，他却一步就跨出了门。看着眼前宋天骐的狼狈样，李小瑟觉得有些难过，却又是想笑，要不要过去和宋天骐在一把雨伞下躲雨？李小瑟觉得从来没有如此纠结过，她仿佛不认识自己似的，这要是换在从前，那毫不犹豫就打一把伞得了，怎么现在倒反而变得犹疑不决的呢。

就快到自己住的出租房了，李小锦看着身前半步的宋天骐，突然袭来一阵伤感的情绪，她紧赶一步，将雨伞撑在了宋天骐的头顶。宋天骐停下了脚步，转过身来，握住了李小锦的撑着伞的手。

"你的手这样冷，你不觉得冷吗？"宋天骐说。

"还好，不怎么冷。"李小锦被宋天骐握住了手的那一刻，心里微微一颤。此时，她却想起来她在泰坦商务会所的日子，在那里，她拼命地想着挣钱，和男人们划拳、喝酒和跳舞。那些男人的手从来没有老实过，总是在她的身上胡乱地摸着……一瞬间，当李小锦拉回思绪，在这个细雨纷飞的夜晚，她的眼睛红了，她不愿意宋天骐看到她的泪水，转身跑向了雨中。剩下了宋天骐呆呆地看着李小锦奔跑在雨中。待他反应过来，连忙追了过去，将雨伞递给了李小锦。

"我这不到了嘛，雨伞你打回去吧。"李小锦笑着说。

"我不用，我不习惯打伞，我反正都淋成落汤鸡了，杀杀都能煮上一锅上好的老鸡汤了。"宋天骐有些语无伦次，说着并不可笑的笑话。

此时，李小锦一把抱住了宋天骐，将头越过了宋天骐的肩膀，离开了宋天骐的视线后，李小锦的泪水缓缓地滑过脸庞。

好在这条僻静的街上行人稀少，偶尔有路过之人朝他俩张望一下，又迅速地扭过了头，好像比他俩抱在一起还尴尬一些。良久，两人才分开。

宋天骐看着李小锦进了门，依然在原地站了好一会儿才往回走，不知不觉中已来到"宋记老鹅汤"的店门前，进门后他就让那个胖服务员回去了，自己锁上了门，他觉得在店里特压抑，他要到外面去走走。

他知道不远处就有条河，那儿安静。

穿过熙熙攘攘的繁华街道后，人少了起来，路灯也变得昏暗，宋天骐仿佛跨过了阴阳界。他觉得人不仅仅是在特别忧伤的时候才选择独处，在特别高兴的时候，也会悄悄地躲起来，独自享受快乐的感觉。这一次，他暗暗地压抑着高兴，独自来到小河边。河水有些丰盈，昏暗的月光映照在水面上，水面就生动了起来，波光粼粼的样子。河岸边是用水泥块驳了起来，一直延伸到河水里。宋天骐往下走了走，直到接近水面的地方，才找了块干净的地方坐下。他想起了马坝村的那条小河，比眼前的这条河要窄一些，水流缓慢一些。宋天骐寻思着，这河道越窄，水流不应该越湍急吗。而且这河边要是有一棵大槐树，或是一片柳树林就好了。正当宋天骐意识流开始泛滥之时，身后响起了窸窸窣窣的声音。宋天骐听得真真切切，而且距离自己越来越近了，不禁头皮一阵发紧，心中暗自叫苦，不知身后是什么东西向自己扑来。

果然，一双强有力的手臂紧紧地搂住了自己。宋天骐挣扎起来，想挣脱开来，那双手臂却是越来越收紧。

"快来，快来，我逮住了！"身后之人发出了喊叫。

这一声喊后，宋天骐只听得身后响起了杂乱的脚步声，也不知道究竟有多少人。这帮人上来后七手八脚地把宋天骐往河堤上拖，他的一只鞋落在了河堤上。宋天骐这才算回过神来，他们把我当寻短见跳河的了吧？我这是刚刚陷入爱河呢，怎么会跳河。

"我不是想自杀，你们别拖我了。"宋天骐刚刚的恐慌早已烟消云散了，转而心情是又急又气。那帮人七手八脚地将宋天骐拖到了河堤上，七嘴八舌地劝说着"什么凡事都要想开点啦，没有什么过不去的坎啦，好死不如赖活着之类的话"。

宋天骐看到河堤下掉落的那只鞋，深深地叹了口气。他刚想去捡鞋子，这帮人又团团将他围住。

"我说几位，我不是要寻短见的人，我想静静。"宋天骐本来气恼得一句话也不想说，看样子不解释一下是行不通的。

"噢，原来如此啊，你也不早说，我说呢，一个年纪轻轻的小伙子，有什么难事，难到要跳河？咦，你不是那个老鹅汤的宋老板嘛。"说话之人正是第一个抱住宋天骐的人，四十岁左右，一张脸上写满了古道热肠。

宋天骐打量着这四五个人，都差不多的岁数，一个个都摆出副侠肝义胆的模样，不觉笑了。

"是的，我就是'宋记老鹅汤'的宋天骐，害得几位老哥瞎忙活了，你们要是真的见义勇为的话，那得等我跳下去再去救。要不然电视台是不会来人采访的，算了，我也别废话了，老哥几个明天来喝碗老鹅汤，小宋我请客。"

那帮中年人顿时聒躁起来，有的说谁还稀罕你一碗老鹅汤；有的说我们做好事也不图什么回报；有的说我们不会接受电视台采访的，除了《新闻联播》。对于这个言论，当时就有人进行了反驳，说哪个来采访都行，就《新闻联播》不行。宋天骐眼见得这个闹哄哄的场面，不想久留，他说大家回去吧，都回去吧。此时那帮人又立马针对宋天骐了，口径一致：好心得不到好报。

宋天骐的头脑里乱糟糟的，他也不想再听下去了，向那几位挥了挥手，离开的脚步越来越快，倒有些像是做错了事的小孩，赶紧脱离那块是非之地。

第三十八章　心照不宣

宋天骐回到"宋记老鹅汤"的店里，回味着今晚的惊喜，难以入眠，也因此第二天早上开门迟了一些。打开店门时，门外的十来个人蜂拥而入，宋天骐为此感到十分高兴，看样子李小锦比较旺财气，刚刚和李小锦明确了恋爱关系，这生意立马就好起来了。

胖妇女服务员进得门后，也立即进入了角色，一边招呼着客人，一边高声向后堂的宋天骐报着老鹅汤系列的菜名，不大的店里顿时热闹了起来。

一番忙碌过后，宋天骐得了闲，打算到前面来欣赏一下这番繁荣景象，见到眼前这些人中有几位眼熟，心中顿时有了些不快，暗自想道：你们不是说不稀罕一碗老鹅汤吗？不是说不图回报吗？我看这一碗免费的老鹅汤，都害你们起了个大早，也真是的，我说过的话，还赖了你们一碗老鹅汤不成？

"来啦。"宋天骐端起一张笑脸，和昨晚相遇的那几位打着招呼。

"来了，宋老板这老鹅汤味道还真不错，真是不喝不知道，一喝真奇妙。"中年男子似乎想起了什么，笑呵呵地补充道，"谢谢哦。"

"没事、没事，欢迎下次常来。"宋天骐明白他说谢谢的意思，那就是免费呗。

一会儿，同时进店里的十来个人吃好后，站起身来朝店外走去。宋天骐有些纳闷，这难道都是昨晚小河边的那帮人，当时只有四五个人，没见着这么多人啊。

胖妇女服务员正在目瞪口呆，宋天骐赶紧说："喂，喂，钱还没付呢。"他也搞不清具体哪些是昨晚"救命"的人，只好朝着那十来个人喊道。

"不是说好的，免费请我们来喝汤的嘛，怎么还要收钱啊？你还有没有点诚信啊？"中年男子转过身来，很是不满地说道。

宋天骐冲着那男子说："我没说你们。"

"我们都一起来的，不是说我们，还有谁啊？"

"你们都一起的？昨晚不就四五个人吗，没见到这么多人啊？"宋天骐在纳闷之余，心思也活泛起来了，莫不是这里全是昨晚"搭救"他的那四五个人的亲朋好友？

"你只知其一，不知其二，当时救你的是我们五个人，还有些援兵正在路上，等他们赶到时，你已经走了，总不能让他们白跑一趟，不就一碗老鹅汤的事情嘛，至于吗？"中年男子说完一扭头，朝着他身边的几个人说道："我们走，不要搭理他，真是太小气了。"

宋天骐呆呆地望着这群人的背影。

早上的这一幕，在宋天骐看来像是闹剧，也带有喜剧的色彩。这都无关紧要，与李小锦带给他的快乐，这些都是可以忽略不计的。

店里的人并不多，有来的，也有走的，陆陆续续地交替进出着。

中午时分，李小锦来了。她着一件白衬衫，外面套着牛仔夹克，一条紧身的牛仔裤很是合体，将她浑圆的臀部线条勾勒得分外性感。她来到店里，和胖妇女服务员打着招呼，眼光却并不往宋天骐这边看。

"大姐，在忙啊，"李小锦有些没话找话，她略一停顿又继续说道，"我就知道你姓胡，你叫什么名字啊，大姐。"

"哟，小锦啊。"胖妇女服务员和李小锦见得次数多了，也和宋天骐一般称呼她为小锦。"我叫胡适芝，来坐，今天吃点什么？"

李小锦笑道："胡适芝？嘿嘿，和大文豪胡适只差了一个字，名字倒是蛮文艺的。"

胡适芝笑了笑，那表情确实有些骄傲的成分在。果然，她答道："我跟胡适是老乡，算起来也是远房亲戚。"

宋天骐就在不远处听着她俩的对话，此时他插话说："你是宣城人？"

"对了，我是宣城绩溪人。"

"你怎么到这里来打工，跑这么远。"李小锦说。

"你们这里是商业城市，我们那里是山里城市，那不一样。"胡适芝笑道。

"什么商业城市和山里城市，好费劲啊，不懂。"李小锦双臂抱在了胸前。

胡适芝看看店里也没有什么人，她也坐了下来，说："你们这里从来就是个商业城市，小商小贩特多，多少代人传了下来，就容易斤斤计较，爱占个小便宜，什么鸡毛蒜皮的事都要较个半天的劲，也不嫌累。还特会吹牛，到处讲请客吃饭，从来也不兑现。还是我们山里人实在，因为我们山里地广人稀，偶尔遇见个过路客，倒也是稀罕得很，都是好吃好喝地招待着。民风就这么传下来了，到现在都是的。"

待胡适芝说完，李小锦和宋齐光才有了第一次的眼神交流。只一瞬间，他俩又把目光移向了别处。

"没想到胡大姐还是大文豪的亲戚啊，失敬、失敬。"李小锦双手抱拳，向胡适芝一揖。

"今天小锦心情不错啊。"宋天骐笑道。

李小锦一时没有接上话，倒是脸红了。此时胡适芝朝他俩看着，脸上浮现出一丝揶揄之色，那意思大概是你俩都老大不小的了，别在这里装了，谁心里不跟明镜似的。

李小锦虽只是顿了顿，但还算及时地答话，她说："你这么一说，倒好像我平时心情很差似的。"

"我可没这么说，你怎么会这么想，我俩要是想吵架，倒是很容易的事。"宋天骐话里有了些甜蜜的暧昧。

宋天骐和李小锦都没有想隐瞒他们之间的恋情，只不过在遇到他人之时，却又不知不觉地拿捏起来。宋天骐原本是想将他和李小锦相恋的事情告知所有认识的人，包括胖妇女服务员胡适芝。只不过自李小锦进了"宋记老鹅汤"的店门后，她只顾着和胡适芝说着话，眼睛也不往自己这边看，像是有意识地回避着什么。宋天骐也就有了些默契，这般感受，也是另一番幸福的滋味。

胡适芝作为过来人，敏感地察觉到了宋天骐和李小锦之间细微的变化，李小锦也失去了往日大大咧咧的样子，做出一副娇小怡人的模样；而宋天骐也是装模作样地与往常不一样。胡适芝笑了笑，心说真正陷入恋爱季节的男男女女，大都逃不脱那副欲说还休、欲拒还迎的状态。

"你们吵架？是件很困难的事，从目前看来，不过以后就说不定了。"胡适芝的话有些露骨，宋天骐和李小锦尴尬地笑了。

"来碗老鹅汤泡锅巴，我得赶紧吃了上班去了。"李小锦不想纠结了。

"行，我来搞去。"宋天骐应声就去了后堂，老鹅汤都是晚上临睡前开始炖的，至第二天早晨至少也有六七个小时，老鹅肉都烂得很，汤汁里有十几味调料还有些中药材，鹅肉里也都浸满了调料味，鹅汤里也析出了肉香味，因此这一碗老鹅汤还是很有些吸引人之处。

一会儿，胡适芝从后堂端出了一碗老鹅汤，放在了李小锦面前的桌子上，然后贴在了李小锦的耳边悄悄地说，这碗老鹅汤是宋老板加了料的，完了汤要是不够的话，我再来给你舀一碗。李小锦转头看了看胡适芝，没说话只点了点头，表示知道了。她明白胡适芝的意思，若是让其他顾客明白了碗里分量不同的话，会有意见的。李小锦喝着老鹅汤，不禁笑了起来，自己很可能就是这间"宋记老鹅汤"的老板娘了，还在乎什么分量不分量的，更不用在乎顾客的感受了。老板娘喝自家的老鹅汤，还用得着看别人的脸色不成？李小锦有些气呼呼地拨拉着碗里的鹅腿肉，确实是挺大的一块，是加了料的。又觉宋天骐真是既小气又傻乎乎的，以前来吃的时候，感觉鹅肉也是很多的，只是这一次更多了。李小锦既有些气恼又有些欣喜，她觉得自己这次可能真的动心了，否则不会在意这么些许小事的。

自此以后，宋天骐还是每天晚上都去接李小锦下班，然后一起回到"宋记老鹅汤"的店里。日子一天天地过去，宋天骐和李小锦的感情也愈来愈浓烈。

时间已进入了冬季，天气也一天天地冷了起来。

2010年的第一场雪无声无息、毫无预兆地飘落下来。这一天晚上刚刚过了九点，雪花就洋洋洒洒地飘落下来。"宋记老鹅汤"的店里没有顾客，只有宋天骐、李小锦和胡适芝三个人坐在店里，他们之间没有说话，都呆呆地看着门外的雪花。李小锦觉得那雪花有些懒洋洋的，漫不经心地飘落在路上，似乎还没有接触到地面就已经融化了。

宋天骐看着门外的雪花，估计也没有什么人来了，就对胡适芝说："胡姐，你早点回去吧，这雪越下越大了，估计也没什么人来了，我和小锦应付得过来。"

胡适芝笑着起身，边打着招呼，边向门口走去。李小锦赶紧跑向了吧台边，口中说着胡姐你等等，她拿了把雨伞递给了胡适芝。

待胡适芝走后，李小锦冲着宋天骐嚷道："我又不是你家服务员，我帮你应付什么？"

宋天骐却是答非所问，他脱口而出道："我们什么时间结婚？"

第三十九章　平行线

李小锦沉默了，宋天骐也没再说话。气氛立刻显得沉闷起来了，李小锦将棉夹克裹得更紧了，她其实除了和宋天骐在一起的时候是开心的，其他时间都很落寞，以她的年纪，她有着比同龄人更多的心思。家庭现在是一团糟自不必说，爷爷奶奶岁数也大了，需要人去照顾，父亲也是整日酗酒，妈妈不知所踪，倒是妹妹还算让人省心，也不知在工厂里是不是能够适应。她知道妹妹李小瑟绝不会只愿意当一个打工者的，也不知道今后的路，小瑟如何去选择。而自己，目前还算正常，有一份工作，尽管她认为是临时的。目前杨一鸣似乎对她有点意思，但杨一鸣终归是个不怎么靠谱的人，要么他飞黄腾达，要么他一败涂地，等待他的只有这两个极端。好在李小锦也并不怎么在意那份工作，甚至有些想辞职不干了。至于宋天骐，他倒是言语不多，比同龄人多了份沉着稳重。他能脚踏实地开间"宋记老鹅汤"，以他的年纪来看，也还算是可以了，不求多么荣华富贵，今后的小日子倒也不愁。只是总感觉他缺了点什么，还没有那种令人怦然心动的感觉。当宋天骐问什么时候结婚，她也不知道该怎么去回答，只有沉默。

"唉，也是，拿什么结婚呢。"宋天骐打破了沉寂。

"等等再说吧……"李小锦和宋天骐并排坐着，她用双手箍住宋齐光的左胳膊，将头靠在他的肩膀上，默默地看着门外飘落的雪花。

此时，宋天骐的心里也是百感交集，自己结婚需要钱，就打算租个房子先凑合着住吧，那结婚也得一笔不小的开销，这个钱他还没有凑出来。自己早早地离开了马坝村，离开了父母，就是想独立起来，没想到到最后还得向父母伸手要钱，何况父母的钱可能也不多。能否向弟弟宋齐光开个口，让他周转一下？这个念头的出现让宋天骐也吓了一跳，弟弟宋齐光也不过是个打工者，哪来的钱？恐怕自己的潜意识里，他有个富豪家的女朋友。

第二天清晨，宋天骐打了个电话给父母，说是要回家一趟。是宋慈杭接的电话，听到是宋天骐的声音后，他没说话又把手机递给了蒋美鹃。

"喂，喂，喂，你哪个啊？"蒋美鹃的大嗓门一如往昔。

"我天骐，我天骐。"听到母亲有些焦急的声音后，宋天骐也不自觉地提高了嗓门，惹得胖妇女服务员胡适芝"扑哧"一笑。宋天骐见状，从店堂里走到了马路边上。"我天骐啊，妈，你那信号不好吗？"

"你讲的我能听得到，你讲的我能听得到，我说的你能不能听得到？我说的你能不能听得到？"蒋美鹃此时倒真有些焦急起来，她更多的不是担心宋天骐有什么要紧的事，而是担心电话费太高了。

宋天骐此时又是气恼又是好笑，妈妈你打个电话怎么都要重复说两遍，这让他想起了一部老电影中的画面：一个气急败坏的国军首领，对着老式电话机狂吼，共军火力太猛，共军火力太猛，请拉兄弟一把，请拉兄弟一把啊！宋天骐片刻之间赶紧收拾起意识流，对着手机说："妈，我能听得到。我想今天回家一趟，你们在家吧？"

　　"在家，在家，你回来吧。"蒋美鹃不知是不习惯用手机，还是心疼电话费，慌忙挂断了手机，那个挂机键，蒋美鹃认得很清楚。

　　宋天骐的耳边传来了忙音，他将手机移开脸颊，放在眼前看了看，确定是对方挂断了电话。宋天骐轻轻地叹了口气，往店里面走去。他和胡适芝交代了几句，拎起一个空包就又出了门。他对胡适芝是放心的，老鹅汤早就煮好了的，只要盛上碗就行了，至于收钱什么的，宋齐光宁愿相信胡适芝不会作假，他可是大文豪胡适的亲戚，这份道德操守是应该有的。而且此前当宋天骐有事出门的时候，胡适芝也表过态的，说是宋老板你放心，店里就交给我了，至于多少碗，多少钱，那你放一百二十四个心，我胡适芝是宣城山里人，不会贪污你那俩小钱，咱丢不起那人。尽管胡适芝话说得光明磊落，但宋天骐也是将信将疑，不过就算她玩点假，少报点账，那也不是什么大不了的事。宋天骐这趟回家，他还是挺安心的。

　　到了车站，其实那还算不得什么车站，只是树了块铁牌子，上面写着东湖镇—马坝村—麻元村。宋天骐孤身一人站在铁牌子边，地上已经堆起了雪，浅浅的，土疙瘩都裸露在雪地上，土疙瘩的顶上积了半寸厚的雪。那中巴车久等不来，宋天骐有些着急，身上也感觉冷了起来，他围着铁牌子转着圈，圈是越转越大，凡是遇到脚下的土疙瘩，他都飞起一脚，有些土疙瘩在地上滚动起来，把雪地生生犁出了一条沟。

　　当宋天骐回到家里时，已到中午时分。

桌上摆了好些碗碟，宋天骐喊了声爸妈，瞄了一眼桌上的菜，知道那是为他回家而加了几道菜，父母在家是绝不会有如此丰盛的午餐。

这餐饭的氛围就像桌上的那些菜一样，不咸不淡的。连一向快人快语的蒋美鹃也半天不吭声，宋天骐也不管不顾地吃着饭，待他放下手中的碗筷，才抬起头看了看父母，父亲宋慈杭不开笑脸，端着酒杯慢慢地品着酒，妈妈蒋美鹃也将将快吃完了，也是阴沉着脸。宋天骐以至于都认为父母已经察觉了他回家是来要钱的，不免有些尴尬，刚想说的话，又生生地咽了回去。

"有什么话就快说。"蒋美鹃此时还是没有忍得住，他早忘记宋慈杭和她说的话，就是好吃好喝地招呼着，但是不要搭理那个臭小子，根本就没有老二孝顺父母，老二隔三岔五还打个电话，问东问西的。而天骐作为长子，一打电话就是要回家吃饭，恐怕还不只吃个饭那么简单，肯定有事。宋慈杭告诉蒋美鹃不要搭理他，他要是先提出来，再商量，他不提就算了。

宋天骐一进家门就感觉到了气氛不对，开始还以为父母之间闹了些别扭，渐渐地感觉到父母之间还是一如往常，只是对自己的态度冷淡了不少。想到早上打电话时，明明是父亲接的电话，他却把手机递给了妈妈，其中可能就传达了某些不满了，情况有些不妙啊。虽难以开口，但该说的话还是要说。

"爸，妈，我要结婚了。"宋天骐死死盯着父母，仿佛两军对垒，他并不露丝毫怯意。

宋慈杭端着酒杯的手停在半空中，杯中酒有些泼散出来。蒋美鹃听到这话，没有看宋天骐，倒直愣愣地盯着宋慈杭。两人都没有说话，只是脸上的表情渐渐地松弛了下来，然后渐渐地露出了欣喜之色。

"结婚？跟谁结婚？"蒋美鹃的话语有些生硬且急切。

"李小锦。"

"李小锦？"蒋美鹃思量片刻后说，"哦，小锦啊，就是跟老二好过的那个丫头，那丫头不错！"

宋慈杭将酒杯重重地放在桌上，插话道："结婚是人生中的一件大事，要好好地从长计议。"

虽然父亲将话题岔开去，但宋天骐仍不免有些不高兴，李小锦和弟弟那是什么时候的事啊，还拿出来说！转念一想，他的心就提了起来，这什么事都瞒不过父母啊，那么，李小锦在泰坦商务会所上班的事，父母会不会知道呢？

"爸，现在不是什么从长计议的事了，现在的问题是缺钱。"宋天骐以为自己说要结婚，父母一定是会非常高兴的，却没料到眼前的这一幕，太过理性。

蒋美鹃也知道自己的随口一说，有些伤及了老大的面子，她有些后悔，怎么说话就不经大脑过过呢。本来她听到老大说要结婚，她是极高兴的，没想到却为了一句话而懊恼不已，也因此有些不敢再说什么了。她觉得老大的话太过生硬，暗自为宋天骐着急。

"你说的我们知道了，等我和你妈商量一下，再说吧。"宋慈杭皱了皱眉头。

宋天骐闷闷不乐地踏上了回县城的路，他不明白父母为什么对于这样一个好消息有些无动于衷。

自宋天骐迈出了家门，宋慈杭和蒋美鹃对视了一眼，不约而同都是深深地叹了一口气。他俩正为老二的婚事犯愁，这老大又突然说结婚，真是屋漏偏逢连夜雨，船迟又遇打头风。老二的婚事究竟如何操办，实在是件头痛的事情，亲家是富人，自己家也就是个温饱，有两个小钱也不经花。首先这房子就像是座大山似的压在身上，若回马坝村结婚还好说，将这现成的房子装修一下，也不是不可以当婚房，可是老二和那个赵姑娘都在县城上班，回家来显然是不现实的，若是在县城买房，听说都二三十万一套，哪能买得起呢！宋慈杭和蒋美鹃虽然彼此没过多的话，但彼此都知道对方心里一定是焦虑的。

宋慈杭感觉到现在的贫富差距越来越大，为此焦虑不已。

第四十章　距离

宋齐光在"大华通用制造"公司已是三年有余，从打杂的到人力资源办公室办事员，再到生产部任班组长，此时的他已离开了销售部，还是转回到人力资源部。绕了一个圈之后，他的职务产生了变化，从当初的办事员升到了部长，这在"大华通用制造"公司是个不大不小的新闻。

宋齐光自从当上人力资源部部长以后，开始注意起自己的仪表了，懂事乖巧的赵晚晴也不失时机为宋齐光添置些行头。宋齐光不太好意思总让赵晚晴买衣服，便说以后不要再买了，已经够了，若要添些什么，自己去买就行了。每逢此时，赵晚晴便嗔怪道，你那什么眼光，土的要死，你还是省省吧。若宋齐光说得多了，赵晚晴便半真半假地说："第一，你算是公司的中层管理人员，代表公司形象；二是你和我在一起，代表的是我男朋友的形象，有这两点，都不能允许你搞得很邋遢的样子。"

自此，宋齐光在"大华通用制造"公司里行走时，就显得有些玉树临风，英俊潇洒。虽然他的晋升速度像是坐了飞机，但是由于宋齐光的谦逊，也并没有引起多少同事的嫉妒。宋齐光心里还是明白的，他在"大华通用制造"公司的通道，都是由赵晚晴一手谋划的，或者说就是总经理决定的。虽说自己也很努力，但总是底气弱了一些，因此宋齐光对谁都客客气气的，也赢得了一些好口碑，尽管这种口碑还是有总经理准女婿的影子存在。

宋齐光升任人力资源部部长后，和钱小平、冯元明、王青橙他们三人的关系并没因地位的变化而变化，甚至还走得更近了一些。

钱小平还是一如既往地吊儿郎当、大大咧咧地一副什么都不在乎的模样，不过他这个样子，当然也影响到他本人的形象，大家都觉得他素质不高。尽管生产部陈经理知道他和宋齐光的关系不错，他比同样和宋齐光关系很好的冯元明、王青橙年龄要大些，按常理说班组长非钱小平莫属，但他那个性格脾气决定了他的心思不在公司里，也不好担当班组长。在陈经理看来，钱小平这个人未必把一个班组长看在眼里，便也作罢。而冯元明成天阴沉个脸，像谁都欠他一份人情似的。王青橙倒是活泼些，做人做事也都会见机行事，可她是个女人。生产部陈经理为了一个班组长的人选倒是很伤了一番脑筋，他原本想征求一下宋齐光的意见，又觉得这么做有些讨好意味在，自己也是四十多岁的人了，向一个二十多岁的人讨要主意，还真丢不起那人。陈经理思前想后，在兼任班组长半年以后，还是将帽子发给了冯元明，缘由很简单，那一天，冯元明笑了。

宋齐光和赵晚晴在这段时间里，两人是一会儿甜甜蜜蜜，一会儿矛盾重重，也是过了好久才磨合好了，不再为了李小瑟而争吵。

李小瑟自进入工厂后，一直有意识地避开宋齐光，她只想安心工作，拿一份工资，先把自己安顿好了再做打算。也因此没有心情掺和宋齐光与赵晚晴的事情，只自顾自地上班、下班，回宿舍睡觉。

宋齐光每次和李小瑟多说几句话，赵晚晴都不依不饶地闹个不得休。尽管如此，宋齐光每次遇到李小瑟的时候，都要和她多说几句话，只因觉得她一个人在外面有些可怜兮兮的。

不知是巧合还是蓄谋，赵晚晴每次都能发现宋齐光和李小瑟在一起。

她的办公室还是在办公楼三楼的最西边，那间房有三面窗户，采光很好，而且从西边那扇大窗户往外看去，能看见大半个厂房和远处的树木。原本宋齐光从销售部调回人力资源部的时候，赵晚晴要和他换一间办公室的，宋齐光说是算了，没必要搞那种形势。赵晚晴估计还是挺喜欢那间办公室的，也就不再勉强了。宋齐光在赵晚晴的隔壁办公，那间办公室比赵晚晴的小了有一半的面积。可是真正安顿好了以后，宋齐光又觉得有些不舒服。以他从"大华通用制造"的办公室安排看，办公室的位置和面积，代表着职务的高低。赵晚晴是自己的手下，却有着比自己还大的办公室，这让宋齐光有些不自在，尽管她是总经理的女儿，总经理只一儿一女，这"大华通用制造"起码有一半是赵晚晴的，哪里有什么办公室大小之说，宋齐光只是自我安慰，赵晚晴是总经理的女儿，她要哪间办公室都无话可说。当初赵晚晴主动说是要换给自己，自己却又是虚情假意地推托。宋齐光只想着赵晚晴赶紧再招一个人进来，让她两个一间办公室，自己一个人一间办公室，哪怕她的办公室大一些，心里也能平衡了。

前些日子，宋齐光和赵晚晴双双拿到了驾照。赵晚晴的父亲兑现了承诺，给赵晚晴买了一辆雪铁龙。关于买什么车，赵晚晴找宋齐光商量过，她认为这辆车以后还是宋齐光开得多，自然要商量一下。宋齐光说雪铁龙这个牌子不错，赵晚晴是一脸不高兴，说没她哥哥的车好。只是当父亲问她要买什么车时，她又脱口而出雪铁龙。赵晚晴的父亲又问她是自己去买，还是由他买回来。此时，赵晚晴又想起了雪铁龙的车没有她哥哥的好，不免又暗自生起气来。

"爸，你买吧，我又不懂这些。"赵晚晴没有察觉到自己语气中的不高兴。

"那就买雪铁龙吧，不要太大了，哦，你要买自动挡的吧，那个开起来方便一点。"

"我不管，爸你就拣贵的买吧，我要手动挡的好不。"赵晚晴将嘴嘟了起来。

赵易初笑了，看女儿这架势，这哪里是给她自己买车，分明是给宋齐光买的嘛。看着女儿一天天长大，从小的坏脾气自从和宋齐光在一起后，倒也是改了不少，难得她买东西还为别人考虑，可是破天荒头一遭。看来宋齐光在女儿的心中还是蛮有分量的，也该为他俩把婚事办了，了结了一桩心事。

"行，一般情况下，男人爱开手动挡，女人爱开自动挡……"赵易初笑道。

还没等赵易初把话说完，赵晚晴就扭头快步走开了，她不自觉地蹦跳了一下，这一切，赵易初看在眼里，心里就有了些疼爱的感觉，仿佛看到了小时候的赵晚晴，走起路来总是蹦蹦跳跳的。想到女儿要嫁人了，赵易初又伤感起来，他想和妻子商量一下女儿的婚事，那宋齐光的本质应该不错，只是他那个家庭在乡里，上回年夜饭时倒是有过一面之缘，看他们的言谈举止和穿戴，家境也不是多好。赵易初暗自想到，女儿出嫁一定要风风光光的，钱对于自己来说不是什么问题，可问题是宋家有没有钱来撑得起这场面。若自己拿钱也不是不可以，可毕竟男方家里也不能太寒酸了。赵易初思前想后，还是觉得应该尽快把女儿的婚事办了，他倒有些不明白宋家为何对此无动于衷，倒好像对于儿女婚事一点也不着急似的。

他安排了一次家宴，准备对宋齐光做最后的考查。

这一天，快到下班的时间，赵晚晴来到了隔壁宋齐光的办公室。

"齐光，走，今晚我们回家吃饭。不在食堂吃了，真是难吃死了。"赵晚晴挽住宋齐光的胳膊往外拖。

"等等，等等，"宋齐光被赵晚晴拖得离开了桌子，他不得已用左手按住鼠标关掉了电脑，"晚晴，你不是说要换厨师吗，怎么还没换？"

"嗨，说说而已，你还当真啊，现在人难招。你走不走啊，我肚子都饿了。"赵晚晴嗔怪道。

　　"走，走，走。"宋齐光路过沙发时，顺手捡起了一条厚厚的围巾。

　　他俩并肩走向了那辆雪铁龙汽车。赵晚晴紧走两步，拉开了副驾驶的车门。

　　宋齐光驾着车，扭开了音响，奥斯卡金曲的音乐声响起，这一路上都颇为轻松惬意。

　　马姨将几样菜肴端上了桌，人就不见了，赵晨云吃完饭也回房去了。此时的餐厅里，只有赵晚晴的父母，赵晚晴和宋齐光四个人。这一次的晚餐上，赵易初让赵晚晴给宋齐光倒了一杯酒，宋齐光也没有过多推辞，他觉得还是以本色示人比较好。

　　赵晚晴和她的妈妈赵芙蓉都已经吃好饭了，她俩都没有离开，都安静地坐在那儿喝着茶，宋齐光觉得可能有什么事发生。

　　"齐光，你和晚晴也交往这么些年了，也该把婚事办了。我们都了解你，你是个不错的小伙子，要不然我也不会让晚晴和你结婚，你知道的，我只有这么一个女儿，以后的事以后再说吧。总之，只要你对我女儿好，我们亏待不了你。"这番话是赵易初说的，话说出口后，他才觉得这番话像是女儿嫁不掉似的，因而有些生硬地笑了笑。赵易初是个精细、冷静之人，任何时候说话都要在头脑里转几圈才肯说出口，只是到了女儿的婚姻大事上，就由着性子说话了。

　　此时的宋齐光既喜且忧。

第四十一章　往事易初

宋齐光站起身来说:"赵叔叔,赵阿姨,我会对晚晴好的,你们放心。"

此时赵芙蓉插话道:"老赵你喝多了吧,哪来这么多废话,小宋你坐下。说一千道一万,你要回家跟你父母说清楚了。我们不要搞得太铺张,但该走的程序还是要走的。钱不够就问你父母要,你父母没有的话,我们拿一些也行。"

"妈,你说什么呢?"赵晚晴担心母亲的话会引起宋齐光的不快。

宋齐光慢慢地坐下了,他已经感觉到了不舒服,只是没有表现出来而已。父母亲虽然是个农民,但好歹还能拿得起结婚的钱,何况自己这两年也有了些积蓄,各方凑凑办个婚礼还不至于没钱的吧?宋齐光的脸色有些不好看,赵晚晴敏感地觉察到了。

"齐光,你别喝了,喝多了伤身体。你还想跟我爸较较酒量啊?你两个宋齐光加起来都没有我爸酒量大,你吃饭吗?"

"不吃了,菜都吃饱了,"宋齐光看到马姨在门口晃了一下,接着又补了一句,"马姨烧的菜真好吃啊!"

赵晚晴笑道:"你这个小马屁精,吃得好,讲得好。不吃咱们就回去吧。"

辞别赵易初和赵芙蓉,赵晚晴挽着宋齐光的胳膊转身走了。刚出餐厅的门,就看到马姨站在门边的不远处朝他俩笑着。宋齐光路过她身旁时,虽然没有说话,但他弯了弯腰,像是鞠躬,也像是告辞，而马姨始终微笑着。

赵易初和赵芙蓉直愣愣地看着赵晚晴挽着宋齐光离开，赵易初轻轻地叹了一口气，端起了酒杯将剩下的半杯酒一饮而尽。赵芙蓉忽地眼眶就红了，抽抽搭搭起来。赵易初见此情景，略显得不耐烦。

"芙蓉，你这又是为了什么？"赵易初问道。

赵芙蓉没有作声，哭声却渐渐地大了起来。她双臂搁在桌上，将脸埋在胳膊里，双肩抖动着。

"我们夫妻二十多年了，我还不知道你想什么。但那又能怎么样呢，我们该说的说了，该骂的骂了，该打的时候也都打了，都已经尽力了，那又有什么用？就那样吧，也管不了。"赵易初显得有些激动。

"不是你生的，你就不管了，恐怕要是换了赵晚晴，你不会不管的吧？"赵芙蓉此时收住了哭声，冲着赵易初嚷叫。

"嘘，你小声点。"

"小什么小？你以为人家不知道啊，人家那是顾及我们两个人的面子，不点破而已，你以为呢，你就别再自欺欺人了。"赵芙蓉的语气还是那么强硬，只是声音小了下去。

"那你说怎么办？"赵易初双臂抱在胸前，这是表示抗拒的身体语言，"要么把晨云送到外国去吧，那儿适合他。"

"你！"赵芙蓉站起身来，抓起面前的一个杯子，用力地砸向了墙角，杯子发出了清脆的碎裂声，"你怎么是这样的人？我是瞎了眼了才嫁给你。"赵芙蓉说完，脸色铁青地离开了餐厅，她将餐厅的门重重关上，发出超乎寻常的巨大的"砰"的一声，门上方镶嵌着半透明的那块玻璃也应声而碎，掉落在地上四散开来。

赵易初没有说什么，只是将手中的酒杯紧紧攥在手里，当他感到手中的玻璃酒杯就快要被捏碎时，才暗自松了手。赵易初不知道手中的玻璃酒杯是不是真的能捏得碎，他倒有些渴望尝试一下被玻璃碴刺破手心的滋味，满手的碎玻璃碴，满手的鲜血，或许能消解赵易初内心的痛楚。

从赵晨云与宋齐光相比较，赵易初甚至已经更喜欢宋齐光一些。缘由是宋齐光就像他自己的年轻版一样。赵易初暗自念道：对于宋齐光来说，娶了赵晚晴，不知道究竟是不是一件幸福的事。

赵易初原本就是东湖县人，和宋齐光一样，一半是为了逃离家庭，一半是为了理想，他只身去了邻省打拼，在他年轻时的那个年代，东湖县还没有什么人外出谋生。只因赵易初家里人口多，负担重，作为长子的赵易初原本在家里拼命地劳作，想为家里减轻点负担，可只能是杯水车薪，随着弟妹的长大，日子越发地难过起来。父母也是没日没夜地辛苦着，当时父母亲并不是多大岁数，也是因劳累过度加上缺衣少食的，身体也渐渐地弱了下去。

赵易初在这个家里感觉到非常压抑，终于有一天，他向父母辞别，踏上了未知的路。一段颠沛流离的日子过后，青年赵易初终于在邻省一家手工作坊里扎下了根，他平日里一声不吭，只顾劳作。每个月拿到工钱后，他都要去邮局寄些钱回家，风雨无阻。

作坊是加工铁制发夹的，开作坊的一对中年夫妻倒也没有亏待赵易初，管吃管住，工钱给得也不低，赵易初有了这么一个挣钱的地方也很知足。慢慢地，赵易初的精气神也提了起来。

那对夫妻觉得这个小伙子勤劳朴实，甚至动了招他做上门女婿的念头，奈何他这么一个穷酸样，便也不得不作罢。他们家只有一个女儿，夫妻俩视作掌上明珠，那个叫作赵芙蓉的女孩从小娇生惯养，因而脾气也不好。赵芙蓉时不时地欺负一下赵易初，赵易初总是笑笑，退避三舍，心想她不过是个小女孩，闹着玩而已。可次数多了也是心烦，自从有一次，当他感觉到赵芙蓉的玩笑中带有鄙视的眼神时，他才真正领会到，原来她就是那个看不起人的禀性，与年龄大小无关。从此以后，赵易初虽是表面上客客气气，心里却是很反感那个赵芙蓉。

赵芙蓉生就一双水汪汪的大眼睛，微胖的脸庞，个子高高的，有着丰满的乳房和健美的双腿，臀部宽宽的，她所有的长相和身材，都符合当年的审美，恰如花似玉的年龄，提亲的就非常多了。赵芙蓉千挑万选，竟相中了一个油头粉面、油嘴滑舌的纨绔子弟。赵芙蓉的父母并不满意这桩婚事，总觉得那个小年轻不扎实，奈何赵芙蓉肚子里已经有了孩子，也将就着草草地办了场婚礼。

对于赵芙蓉嫁出去，赵易初心里是暗自高兴的，身边少了一个飞扬跋扈、无事生非之人了，可他又隐隐地有些不安和失落，不安的是对她的前景并不看好，失落是再也看不到赵芙蓉那对丰满的乳房了，走起路来一颤一颤的，赵易初一颗年轻的心，常常在孤枕难眠的夜晚想入非非。

自赵芙蓉嫁出去后，她几乎没有再回家了，只是在她的儿子满月的时候才回来过一次，一晃时间过去两年了，在这两年时间里，赵易初在那间做发夹的手工作坊里熬成了大师傅，虽然只有三四个工人，但他是头儿。自然也就和赵芙蓉的父母熟络了起来，最近一段时间以来，赵易初发现他俩时常唉声叹气，虽不好明着问，但赵易初心里猜个八九不离十了，作坊里的事都很顺畅，那一定是赵芙蓉惹的了。

果然不出所料，没过多久，赵芙蓉就带着儿子回来了，经历了生活的磨难后，赵芙蓉变得沉默起来了。她除了吃饭、睡觉，就是带着儿子玩，她的全部心思都在儿子身上，变着法子把他打扮得漂漂亮亮。

赵芙蓉的父母此时又动起了念头，还是想把赵易初招为上门女婿，却又觉得女儿是嫁过人的，还有个拖油瓶，这个事还真不好开口。他俩也只是含含糊糊地向赵易初表达了这层意思。赵易初心不在此，也就揣着明白装糊涂。

赵芙蓉从父母的只言片语中，感受到了他们想撮合自己和赵易初，此时的赵易初比两年前开朗了很多，又是作坊里的顶梁柱，自是对他另眼相看。只不过赵易初还是当年的那个赵易初，而自己却不是从前的赵芙蓉了。

尝过鱼水之欢的滋味后，赵芙蓉也时常在某个夜晚很受煎熬。

一个很大的长方形的院子墙，围住了发夹作坊和住宅。从院子大门进来，右边一排房屋是发夹作坊的车间，左边一排是厨房、厕所和工人宿舍，往里面正中就是赵芙蓉和她父母的房子，房子是三间，左边是赵芙蓉住，右边是她的父母住，中间的隔着长长的大客厅。院墙里面的结构整个呈"品"字形状，中间是块空地，空地中央种了棵柿子树，每到果实成熟时，满树都挂着红彤彤的果子，有些来不及采摘的，在不经意间掉落下来，"噗"的一声摔成了扁扁的柿饼。

赵芙蓉时常在那棵柿子树下逗孩子玩，每逢夏季的时候，作坊里的三四个工人总是有意无意地路过，偶尔也会和那个叫作旭日的孩子玩耍一番。其他人也还算正常，逗上一会儿也就上工了，只那叫作"刀疤五"的只要一来到柿子树下，就再也挪不动屁股，每次都是赵易初来叫，他才懒洋洋地回去，嘴里嘟嘟囔囔地说着谁也听不清，也听不懂的家乡土话。

"刀疤五"比赵易初在发夹作坊的时间要久一些，此人五十岁左右，个子较矮，且瘦得像只猴子，乍看之下还算得是一副忠厚老实相貌。可若近一些仔细观察的话，可见到他的左眉骨处有一道疤，那道疤越过左眼，在脸颊上也留下了印记，疤痕浅浅的，在黝黑的脸上留下了一道浅白色，只有在激动或发怒的时候，那道疤才会呈现出一条红色，像一条细细的蚯蚓。后来，赵易初才了解到，"刀疤五"正是由于年轻时逞勇好斗，还有些偷鸡摸狗的品行，加上家里又穷，远乡近邻的姑娘们见到他都躲得远远的，因此一直单身。赵芙蓉的父母见他岁数也大了，也蛮可怜的，就让他来发夹作坊做事，好歹混个温饱不愁。这"刀疤五"倒也是个重感情之人，在作坊里没少下力气。他爱说荤话，常常把作坊里的年轻人说得脸红脖子粗，晚上在被窝里免不了一阵忙活。对于赵易初，"刀疤五"从来就没有客气过，这个外乡来的小年轻，就像他刚来作坊时一样地肯卖力气，只顾不声不响的做事，对于报酬什么的也不甚计较。这样的日子一久，"刀疤五"发现作坊老板夫妻俩都对赵易初热情了起来，这种感觉很不好，像是赵易初要取代他在作坊的领头人地位了。正因为如此，"刀疤五"对赵易初的欺辱就有些变本加厉，而赵易初始终隐忍着，但他心里明白，和"刀疤五"终归是有一场恶架要打的。"刀疤五"虽是年近半百，平时也是阴沉沉的，真要打起来好像不太是赵易初的对手，可赵易初听工友们闲聊时说起过"刀疤五"，他们都说"刀疤五"可不是个善茬，打起架来心狠手辣。赵易初悔不当初跟着家乡东湖县的那个老人学学功夫，若有一身功夫，也就不怕"刀疤五"了。赵易初开始有意识地练练力量和身体的柔韧性，他也渐渐地感觉到了自己身体的变化，尤其是柔韧性的练习，让自己的身体不再那么僵硬，仿佛全身都舒展开来，显得灵活了。

赵易初的准备没有白费，那是一个夏日午后，大家吃过饭都在午休，房间里没有桌椅之类的家具，只有四张床置于两边屋角，整个房间就像是个蒸笼，每个人手中都有一把蒲扇，但坐在床上的四个人仍是汗流浃背。他们有一搭没一搭地聊着天，打发着这个闷热而又无聊的夏天。

空气中散发出咸咸的味道，赵易初分明感受到有些邪恶的气氛。

第四十二章　一触即发

"刀疤五"的语气中有些不屑，他说："小赵，看你白鲜鲜的样子，也不像是个种田人，怎么会跑到这里来了？"

赵易初没有搭理他，仍是轻轻地摇着蒲扇，这种姿态显得比"刀疤五"更为不屑。

"刀疤五"开始以为赵易初没有听到他说的话，他没有看赵易初一眼，继续说道："我说小赵，你出来是为了挣钱回家讨老婆的吧，那你用不着拼命，你这么卖力干活，钱是挣到了，可身体搞坏了也不行，你身体不照，你老婆会不高兴的，嘿嘿。"

"有完没完了？你把你自己管管好，少烦别人的神了。"赵易初的语气里透着懒洋洋，他似乎没有兴趣和"刀疤五"谈话。

"刀疤五"停下了手中的蒲扇，扭过头看到赵易初一脸的不屑。"小赵这是要来劲啊，蹬鼻子上脸了，给你脸不要脸了是吧？"

"谁不要脸了？"赵易初这时已经做好了要打一架的心理准备。

果然，"刀疤五"匆匆跳下床，在床边寻着鞋子，那副样子不知道是气势汹汹还是气急败坏。赵易初早就做好了心理准备，就等着"刀疤五"动手了，好在一个房间里还有另外两个人在，也好有个见证。他并不担心自己缺理而丢掉了工作。

"刀疤五"急匆匆地冲向了赵易初，他可没料到赵易初可是预谋已久的，赵易初背靠着墙，这样才好发力，那一米来宽的床，恰好够发力。只听得"砰"的一声响，赵易初一脚正中"刀疤五"的胸口，"刀疤五"踉踉跄跄地往后退着，最终还是收不住脚，一屁股坐在了地上，往后退时，后背又撞上了床沿，一阵阵疼痛从后背传到了前胸。"刀疤五"很久没有吃过这样的亏了，何况又是毛头小子赵易初，这个外乡人倒欺到自己头上来了，"刀疤五"怒从心头起，他刚想起身，可是已经来不及了，赵易初从床上跳下了，他可没顾得上鞋子，来到"刀疤五"的跟前，抡起了拳头劈头盖脸地就朝"刀疤五"招呼了过去，"刀疤五"哪里吃过这样的亏，躬着身体就要爬起来，赵易初此时下了狠手，他用膝盖撞击着"刀疤五"的头部，只几下，"刀疤五"就像失去了知觉似的，侧身倒在了地上。赵易初继续在"刀疤五"的头上击打着，好似将这么久的郁结都要发泄出来，"刀疤五"的头上、脸上不断地有鲜血渗出来。

同屋的两个工友见此情景，不紧不慢地跳下床，将赵易初拖离开来。赵易初还未解恨似的，"噗"一口浓痰糊住了"刀疤五"的左眼，"刀疤五"抬手擦着眼睛，手上沾满了鲜血混着浓痰。

自此以后却是风平浪静，没见着"刀疤五"有什么反应，只是两人都不再说话，彼此各做着各的事情。只是每当到了晚上，赵易初还是睡不踏实，他担心"刀疤五"会来个突然袭击。连续熬了几夜之后，赵易初感觉这不是个事，白天上班也是昏昏沉沉的没有精神，于是他和赵芙蓉的父母商量着挪个地方住，赵芙蓉的父母当然知道他和"刀疤五"打架的事，想了想便同意了，他们也是怕节外生枝，又闹出事来。于是请来了泥水匠，工程倒也简单，只在原来宿舍的三分之一处砌了一堵墙，又开了道窄门。赵易初拎着不多的行李搬了进去，从此睡上了安稳觉，而且这一个人一间房，也好似他在工人中的领导地位更加地突出了，这也是赵易初另一种窃喜之处。

自赵芙蓉离婚回家后，她的父母总是有意无意和赵易初说起赵芙蓉，说她的那个前夫好赌成性，又不顾家，说赵芙蓉指望有了孩子后会好一些，没想到更是变本加厉，整天不着家，也不管老婆孩子，没办法才离婚的。

赵易初隐隐约约觉得赵芙蓉的父母话里有话，却又不好说什么，只是一再强调人一旦赌博了，那人也就废掉了。其实在赵易初的心里，赵芙蓉除了生就一张姣好的面容，加上一副性感的身材，其他都是一无是处。何况她还是结过婚有了孩子，这要是和她结婚了，若有一天衣锦还乡，又该怎么面对父母和弟妹？

盛夏的季节，夜短昼长。"刀疤五"刚刚放下饭碗，便又拎着水桶去打水了，院子中央的那棵柿子树枝繁叶茂，像是擎着一把巨大的伞。"刀疤五"像是承包了在树下洒水的任务，头一遍浇到地上会起一层薄薄的雾，那是干燥的尘土飞扬起来所致；第二遍水浇到地上才使人感觉到了一丝清凉，热气都像是被吸收掉了。有时候"刀疤五"会浇三遍水，免不了惹来赵芙蓉的一顿臭骂，大人们还好些，赵芙蓉的儿子在地上爬来爬去的，一会儿便变成了花脸猫，身上也是一片片的脏污。赵芙蓉也就骂上几句了事，并不真的生气。反正回房后都得洗完澡上床睡觉，衣服也都是每天一洗的，儿子这一天玩下来，身上早已经脏得不行了，也不在乎多几块泥巴的，小孩子满身满脸的泥巴，倒引得围在柿子树下的人哈哈大笑起来，平添了几分乐趣。

晚上乘凉之人，通常都是赵芙蓉的父母先走的，赵易初和另外两个工友离开的时间并不确定，聊得投机便多待一会儿，无话可说了便散了。"刀疤五"离开的时间是由赵芙蓉确定的，几时赵芙蓉走了，"刀疤五"便也就走。而赵芙蓉离开的时间，又是由她的儿子决定的，赵芙蓉似乎很享受在柿子树下乘凉，只是儿子支撑不了多久，天完全黑下来后，他瞌睡就来了，摇摇晃晃地走到赵芙蓉面前，正好赵芙蓉坐在小凳子上，他便趴在赵芙蓉的双腿上睡觉。几时儿子趴在她的腿上睡着，她就几时回屋，也因此时间忽早忽晚的。

夏天的时候，赵芙蓉像是格外怕热，穿得很少。也不知道她原本就是无所谓，还是没有意识到旁边那些男人的眼神。吃过晚饭后，她会带着儿子在柿子树下乘凉。"刀疤五"总是凑得近近的，可能是因为年龄上的差距，赵芙蓉也并不是太在意"刀疤五"过分的热情。而赵易初却是看不惯"刀疤五"的那副嘴脸，心里想着这两个人早晚会生出些事端来。

那个年代一切都显得慢，连暑气散得也慢，直到午夜过后才算稍稍凉快一些，此时正是好入睡的时间，赵易初却是辗转反侧，难以入眠。他离开家乡东湖县已经有三年多时间了，也许是当初出来时吃过太多的苦，找到这么一份工作后，就再也舍不得丢了；也许是因为他的活动范围只在这个院子内，也很少去外面，所以他也没有信心或兴趣去寻找别的工作。只是这三年来，自己的工钱大部分都寄回了家里，只留下了很少的一部分用于生活，三年了，还是两手空空一无所有。这样的生活不是他想要的，如此下去，何时才能衣锦还乡呢。赵易初的心情有些焦虑，伴着窗外的哇鸣声，他的睡意袭来，正当他翻了个身，侧着身子准备入睡时，隔壁传来了一些声响，赵易初也并没有在意，只是当他听到轻轻"嗒"的一响，那是关门的声音，赵易初突然从昏沉中惊醒过来，谁这么晚还要出门？莫非是"刀疤五"？赵易初侧耳听了一会儿，没听到有人回来的声音，他想肯定是"刀疤五"去和赵芙蓉偷情去了。赵易初悄悄起身，转到隔壁房间张望了一下，果然，"刀疤五"的床上没人。赵易初又悄悄来到赵芙蓉的房前，偷眼从窗户里望去，只见赵芙蓉和她的儿子睡在床上，赵芙蓉穿着紧身的小背心和长裤，仰面躺着，她的儿子系着一片肚兜，浑身肉嘟嘟地趴在赵芙蓉的肚子上，在赵易初看来，这是一幅很温馨的画面。可是，当他瞄到床尾处有一男人赤裸上身，体形很是瘦小，却又是肌肉发达的样子，一动不动。

虽是背影，那再也熟悉不过了，是"刀疤五"无疑。

赵易初看到这场景，觉得有些诡异，"刀疤五"这是想干什么？从赵易初的这个角度，只能看到他的背影，无法从他的面部表情上猜测出些什么。赵易初的心"怦怦"地跳得厉害，他决定伺机而动。

时间一分一秒地过去，"刀疤五"仍是站在那儿不动，赵芙蓉母女依旧睡得香甜。

在赵易初都快失去耐心的时候，"刀疤五"缓缓地移动脚步，朝着赵芙蓉的床头走去，只见他轻手轻脚地抱下了趴在母亲肚皮上熟睡的孩子，又将赵芙蓉的小背心向上掀起，由于小背心是紧身的，"刀疤五"也只能掀起来一点点，只露出了一小块雪白的肚皮，赵芙蓉翻了个身，侧趴着，她将一条腿伸直了，一条腿蜷缩了起来，长裤自然地往下坠了坠，不仅露出了半个雪臀，连屁股沟也一览无余。这样的情景，很明显赵芙蓉仍在睡梦中。

第四十三章　未遂

赵易初的心提到了嗓子眼，他刚想破门而入制止"刀疤五"，又忽地停下了脚步。各种念头在脑海里盘旋着，看"刀疤五"这种偷偷摸摸的情形，赵芙蓉还没有和他勾搭在一起，否则早就抱作一团了。不过赵易初又不能确定他俩是不是有了默契，只是等待捅破那层窗户纸。还有一种可能就是"刀疤五"一厢情愿，寻机用强对待赵芙蓉，若果真如此，倒还是可以出面制止的。一是出于自身善良的本性，二是可报答赵芙蓉父母对自己的恩情，三是可以教训一下"刀疤五"。想到这里，赵易初觉得这真是一次难得的好机会，他平息着自己的呼吸，只是蹲在窗户边侧耳倾听，他生怕自己不小心弄出什么声响，让"刀疤五"放弃作恶的念头。

一会儿，屋内发出了一阵阵沉闷的响声，赵易初抬起头，偷眼望去，只见"刀疤五"一手捂着赵芙蓉的嘴，一手撕扯着她的衣服，赵芙蓉正在死命地挣扎着但并没有发出叫喊。赵易初见此情景，血往头上涌来，不过他又像是个经验十足的猎手似的，静静地等候着最佳时机，他觉得若是出手相救得早了，效果没有那么明显，这个念头刚刚冒出来，又不免觉得自己有些卑鄙。

屋里的动静越来越大，"刀疤五"无法控制住赵芙蓉的反抗。"刀疤五"情急之下，一手捂住赵芙蓉的嘴，一手伸向了旁边的孩子，他的大手捏住了孩子细细的喉咙。赵芙蓉虽然被"刀疤五"捂住嘴，死死地按在枕头上，但她凭直觉就感受到了"刀疤五"的另一只手伸向了旁边，那儿一定是孩子，赵芙蓉顿时浑身瘫软下来，她的这股劲一泄，就预示着她反抗的终结。"刀疤五"手忙脚乱地脱着赵芙蓉的衣服，而赵芙蓉就像个木偶似的任其摆弄。赵易初来不及偷窥赵芙蓉的胴体，他觉得再不制止"刀疤五"的恶行，恐怕就要形成事实，酿成恶果了。赵易初起身从后面窗户绕到前门，他抬起脚用力地向那看上去并不结实的木门踹去，意外的是并没有踹开，只是发了"砰"的一声响，那响声在这夜深人静之时，显得格外地刺耳。此时，赵易初真的着急了，他退了几步，跑向前再一次踹向了房门，房门应声而开，眼前的一幕让赵易初目瞪口呆。

只见"刀疤五"赤身裸体趴在赵芙蓉的身上，赵易初站在房间里的时候，"刀疤五"和赵芙蓉都侧着脸，同样都带着诧异的眼神望着赵易初，赵易初几步及至床前，伸手要捉"刀疤五"，"刀疤五"往床里面一退，从赵芙蓉的身上就下来了，赵芙蓉此时羞耻感袭来，抓过床单裹在了身上。赵易初怒从心头起，他又有些犯浑了，跨过赵芙蓉的身上，抢起拳头就朝"刀疤五"招呼了过去，"刀疤五"此时理亏，只有护住头，任凭赵易初拳打脚踢。赵芙蓉哭出了声，哭声越来越大。

只一会儿，这个小小的房间里就挤满了人，赵芙蓉的父母铁青着脸，还有两个工友带着迷茫的眼神，懵懵懂懂地站在了房间内。赵芙蓉的父母当然是了解此时是怎么一回事，脸色铁青。那两个工友上前来手忙脚乱地拉着架。一番闹腾过后，很快就又回归了平静，平静的就像什么也没发生一样。

各回各屋之后，赵易初还是辗转反侧，他对于今天的所做所为，自我感觉还是很好的，不论是从人性的角度出发，还是从社会的良知出发，他都觉得自己今天晚上像个英雄。只是他不知道等待他的究竟是福还是祸。

第二天早上，出乎意料地平静。只是吃晚饭的时候，赵芙蓉的父母没有和工人们一起就餐，而是单独烧了几个菜，叫上了赵易初。

"小赵，其他话就不讲了，我们今天也问了芙蓉，昨晚幸亏你及时搭救了芙蓉，我们老夫妻俩要谢谢你的。"赵芙蓉的父亲说着话，不断地往赵易初的碗里夹着菜。

赵易初知道迟早会有这么一天的，只是当这一天来临时，他还没有做好心理准备。他看了看赵芙蓉的母亲，只见她的脸上泛起了一丝笑容，只是这笑容里多少掺杂着一些勉强。赵易初原本只想着巩固在这发夹作坊的地位，就算昨晚做得对与不对，反正面子上是挽救了赵芙蓉，总归是不错的。

"你看看，这话说远了不是，我也是无意中听到芙蓉妹子房间里有响动，就望了一眼，没想到那个'刀疤五'真不是个东西，竟然还欺负到芙蓉妹子头上了，真是岂有此理。还好，还好，总算没有酿成什么大错。这也是'刀疤五'的幸运，你们两位也是宅心仁厚，换作别人，早把他送进'号子'里去了，没有三年五载出不来的。"赵易初喋喋不休地说着，既像是功，又像是为了赵芙蓉打着圆场。

赵芙蓉的父亲喝着闷酒，只是不断地端起酒杯和赵易初碰杯，再也不肯多说一句话。赵芙蓉的母亲只顾给她的丈夫和赵易初不断地斟着酒，脸上带着一丝丝无奈和愁怨。

"唉……"赵芙蓉的父亲欲说还休。

"小赵，是这样的，我们老两口都觉得你不错，"赵芙蓉的母亲开口说了话，她说，"我们老两口也不瞒你说，原本就想把芙蓉许配给你的，没料到她有自己的意中人了，我们两个做父母的纵有千般不愿，也是无可奈何，只有随她去了。果然不出我们老两口所料，终归还是离婚收场。过去的事情也就不说了，我和老头子也都商量过了，只要你不嫌弃，我们就把芙蓉许给你，这个作坊也全部交给你了，我们老两口从此就不管了。小赵你看呢？"赵芙蓉的母亲说得很真诚，她看着赵易初，眼神中甚至带着几分恳求。

赵易初深深地一声叹息，喝了口酒，陷入了沉思之中。此时他陷入了无比的纠结之中，答应了，那这个小作坊就归他所有了，凭着自己的聪明才智，一定会比赵芙蓉的父母做得更大更强。只是和赵芙蓉的结合，确实是不情愿的，别的不说吧，只她结过婚还有一个小孩子，这对于赵易初来说，是真的不好接受的。再换一个角度来说，若是和赵芙蓉成了家，那别的不说，总算是能够荣归故里了。早些回家吧，这是赵易初最迫切的想法，至于其他，那还是以后再说吧，赵易初急于想证明自己。他还是有些欲擒故纵，又有些担心演戏演过了头，心里很是纠结。赵易初没有说话，显得心事重重。

赵芙蓉的父亲说道："你放心，我们是问过芙蓉的，你们的结合她没有意见。自从你来以后，我们一直很喜欢你的，觉得你的本质不错，也乐意把芙蓉托付于你，加上你头脑清楚，又肯吃苦，把这个作坊交给你，我们也没什么好担心的，你尽管放手去做，我相信这个发夹作坊在你手里一定会发展壮大。当然，你和芙蓉这个事也要两相情愿才好，你考虑一下也是对的，想好了再说。"

"不用想了，我愿意。"赵易初终归是向现实低下了头。他以接收赵芙蓉为代价，接收了作坊，并想好以作坊作为自己事业的起跳板，干出一番大事。

又过了一个来月，天气刚刚转凉的时候，赵易初和赵芙蓉结婚了。

婚礼很简单，只是吃顿饭，走了走形式。参加的人也很少，只赵赵芙蓉的父母，还有两个工人，"刀疤五"早在出事的那天夜里就跑了。

婚后的生活，平淡而幸福。

赵易初白天打理着作坊，晚上与赵芙蓉缠绵相爱，他出去跑销售的日子是越来越多了。而赵芙蓉的父母没有食言，将作坊全部交给赵易初打理，并没有一点的干预。

赵易初在作坊里的时候，时间总是排得满满的，关于生活他没有或者不愿意想得太多。只是一旦离开了作坊，孤身一人在外面的时候，心中的两个疑问就不时地闪现在脑海里，这两个问题任凭赵易初如何思索也无法得到答案。这两个疑问又无法向别人请教，渐渐地成了赵易初最为伤神的精神之痛。

时间渐渐地在流逝，作坊也在渐渐地壮大起来，比之赵芙蓉父母管理的时候，产量已是翻了两番，员工也增加到了五个人，订单多的时候，连赵芙蓉也帮着做些手工活。厂里进进出出的资金都归赵芙蓉管着，每当赵易初要用钱的时候，她也不问缘由地拿了出来，因此这样的夫妻作坊倒也和谐，没有为用钱而产生分歧。

看着赵芙蓉日渐隆起的腹部，赵易初只是表面上显出高兴的样子，内心里却不时地涌起阵阵不安。当初"刀疤五"临走时丢下了一句话，是他和同宿舍的工友说的，那位工友转而告诉了赵易初，当赵易初听到那句话时，立刻就心生悔意，不该那么轻易就饶过"刀疤五"。

第四十四章　翻刻版

"刀疤五"说他还是要回来的。

当初"刀疤五"离开的时候，赵家人并没有为难他，若说要惩罚"刀疤五"，也并不是一件什么难事，赵家人若要阻止他的离开，"刀疤五"是走不掉的，就算他跑掉了，赵家人若报警，"刀疤五"也是有家难回。想到这里，赵易初的心略微有些放下，不过"刀疤五"说他还是要回来的这句话，始终像块石头似的压在胸口。

还有团疑云也是赵易初始终挥之不去，那晚自己破门而入，"刀疤五"已经压在赵芙蓉的身上，两个人都赤身裸体着，那么，他们两人有没有实质性地发生关系，只有当事人两个人心里清楚。赵易初还为这事问过赵芙蓉，不过问过之后他就后悔了，因为回答一定是没有，赵芙蓉确实是说没有，然后就是哭了一整夜，赵易初为此既是心疼，也是心烦。

赵易初难解心头谜团，他甚至在一天晚上握着手表计算时间，又模拟了当晚的情景，他从屋后的窗户快速绕过三面墙到达房门口，抬起脚踢向了房门，然后又后退几步，再一次踢向房门，他看了看时间，过去了十二秒。这十二秒的时间里发生了什么，赵易初不得而知。

赵易初的女儿呱呱坠地，本来是件高兴的事，可赵易初还是高兴不起来，因为产期提前了半个月，而自己和赵芙蓉结婚，也就是离那晚一个来月的时间，赵易初时常想到那十二秒的时间里

· 218 ·

究竟发生了什么，这女儿是不是亲生的也还存疑。

直到过了几年以后，赵易初听说有亲子鉴定，就瞒着赵芙蓉带着女儿去做了鉴定，当他拿到鉴定书的时候，他没有看前面一堆数字，目光聚集到鉴定意见：根据 DNA 检测结果，待测父系样本无法排除是待测子女样本亲生父系的可能。基于 15 个不同基因位点的分析，这种生物学亲缘关系成立的可能为 99.99%。这种可能性概率的计算是基于与亚洲任何一个不相关的未测男性相对而言，假设其优选概率为 0.5%。

赵易初怀着忐忑不安的心情读了两遍以后，才算松了一口气。这份鉴定说明了赵晚晴是他的亲生女儿。

这一天晚上，赵易初酩酊大醉。

随着聪明可爱的女儿一天天长大，赵易初的发夹作坊也日益壮大，他开发了十几种产品，兼又开起了食品工厂，这两条腿走路颇为踏实，赵易初的事业一时间风生水起。当他积累到足够的财富后，他又动起了衣锦回乡的念头。

适逢家乡东湖县在大力招商，对于他这样一个创业后回乡的企业家，这样励志的人物，东湖县招商局是如获至宝，不仅给了赵易初各种优惠条件，还为他做了连篇累牍的宣传报道，东湖县招商局想以此为榜样，吸引更多的企业家回到家乡发展。有时还请赵易初去招商会现身说法，阐述各种利好，效果非常明显。对赵易初来说，当地对他的宣传，让他成了青年偶像，各种演讲也是邀约不断，赵易初以幽默的语言风格点评时事，批评社会丑陋现象，并以自身的成长过程赚取了不少眼泪。其实只有赵易初自己心里明白，他所说的，真实的成分不到十分之一。

赵易初在家乡喧嚣过一阵子后，他还是回归到企业运营之中来了，他知道如果一旦失去了企业的利润，很快他的各种荣誉也都将成为泡影。

自回到家乡后，各类亲戚朋友都找上门来，有各种要求，一般花点小钱能解决的，赵易初也不吝啬，只是从来没有第二次。

对于要来公司上班的则一律拒绝，他很担心那些个七大姑八大姨不好管理，一旦开罪了一个人，那负面影响可是一大片，赵易初宁愿开始就得罪了。

只有一个人例外，那就是他的表弟赵海尚，也就是赵胖子。赵胖子的人生经历比较曲折，这也是唯一让赵易初的父母开口的原因所在。在一场家宴的过程中，赵易初的父亲说了一件事，就是赵海尚从小没了娘，蛮可怜的，他本身就在工业园一家企业打工，现如今能不能帮他挪个地方？赵易初的父亲说得很是轻描淡写，可是赵易初明白，父母从来就不会干涉他公司里的任何一件事。这般为赵海尚说话，也是唯一的一桩事，还没说得太明白，那意思是叫赵易初掂量着办吧。赵易初当时听到也没表态，只是说知道了。完了，过了不久就把赵海尚喊到公司来了，赵易初只是简单地询问了一些他的经历，便将他安排在了人事部，主要负责招聘工作，安排他做这个事是基于他是土生土长的本地人，又在工业园区工作过，对于本地人的习性和习惯比较了解。赵易初的这个决定是正确的，自赵海尚来了后，公司用工这一块倒也风平浪静，这在东湖县工业园的企业里面已属不易。

宋齐光说起来还是由赵海尚面试的，而且面试也通过了。宋齐光在"大华通用制造"公司有了今天这般的小小成就，源头还要落在赵胖子赵海尚这里。

宋齐光这段日子可真够忙的，他往家里跑的次数是越来越多，有些事在电话里也说不清楚。赵晚晴十次倒有九次是和宋齐光一道的，婚期临近，赵晚晴时常像个喜鹊似的和她遇到的每个人都叽叽喳喳，每当她看到宋齐光愁眉紧锁时的样子，就不禁偷偷地笑，觉得他那一副认真严肃的表情很可爱，宋齐光这段时间一直是为了筹集结婚的钱而发愁，在赵晚晴看来，那就不是个事，就算父母不支持，她自己的私房钱已经绰绰有余了。只不过当她看到宋齐光为了结婚的事烦着神、操着心，她就觉得自己有种幸福感，她还不想过早地暴露。

宋齐光的父母也已经为他们选定了良辰吉日，他们打算按照马坝村的老规矩来操办婚礼，这对于宋齐光来说不太好接受，最大的一桩心愿是在县城买一套房子，父母的态度很明朗：没钱。

婚期是农历八月十八，阳历已到了九月间，虽是中秋时节，烈烈暑气还带着余威巡视于江南各地，只是这一场接一场的雨水，将暑气赶走了大半。

雨后的江南空气清新、风景怡人，伴着有些凉爽的晚风，赵晚晴挽着宋齐光漫步在县城外围的小河边上。

"齐光，怎么了，怎么总是一副愁眉苦脸的样子啊？有什么心事说出来，我们一起解决掉。"赵晚晴明明知道宋齐光的心思，但还是希望他自己说出口，到时再帮他，这时候她有些女人的矜持，怕自己太主动了，有些嫁不掉似的。但这桩心事存在她心里有段时间了，再不说出来感觉到难受。

"那还能有什么心事，我倒是想在县城里买套房子，以后既不住我家里，也不住你家里，我们有自己的小窝，多好。只是这钱不够。就算不够，我们也要租个房子，反正不能跟父母住在一起，你看行吗？"宋齐光说道。

"房子的事，我和你想的一样，要么这样，等结过婚后，我们再买房子吧，现在买也来不及了，钱我这里有，你不用烦神的。"赵晚晴笑道。

"那也只好这样了，到时再看吧，我这里也还有点钱。"宋齐光缓缓地说。

"你拉倒吧，你那点钱，只够买个厕所。知道你性子硬，但还是面对现实吧，不要硬撑了。"赵晚晴说完话，偷偷地看着宋齐光的脸，直至确定宋齐光并没有因为她的话而显得不高兴，这才放松了下来。

婚礼如期举行，排场没有想象中的那么大。三四辆汽车来到赵晚晴的家门口，一阵鞭炮过后，宋齐光将新娘抱上了"新娘花车"。宋天骐、杨一鸣还有李小锦这几个小伙伴们笑着、闹着。

当宋齐光背着赵晚晴跨出大门后，赵芙蓉将一盆水泼了出去，意思是嫁出去的姑娘泼出去的水，不过随着嫁出去的姑娘身后，比来时多了两辆汽车，一辆是赵晚晴时常开的那辆雪铁龙，一辆是货车，货车上满满当当地堆了起来，有电视，冰箱、洗衣机等家用电器，还有一些家具。

赵芙蓉一再告诫赵晚晴，出了家门就不要回头望，那意味着不走回头路。赵晚晴当然觉得这是迷信，没有任何的科学道理，但她还是乐意听母亲的话。在这片喜气洋洋的气氛中，赵晚晴想到了父母亲对她的好，却是有些伤感起来，鼻尖一酸，眼泪就盈满了眼眶。她知道车队最后面的那辆货车，只不过是到宋齐光家撑撑场面的，父母亲都和她说过了，待她的婚礼完了，那车子还是要开回县城的，因为他们已经在县城买了一套新房，是专门给宋齐光和赵晚晴住的。

之前在一次家宴中，赵易初很是轻描淡写地和宋齐光说了房子这件事。没想到宋齐光反应挺大，说是坚决不要。只先租个房住，过些日子再和赵晚晴合起来买房，他说父母是农村人，家里的房子是大，但他们结婚后也不可能住到乡下去。但要是在县城里买房，那买不起也是事实。宋齐光说叔叔阿姨你们不要求我在县城买房，已经是非常仁义了，哪能要你们的钱？

赵易初微微皱了皱眉头，他觉得宋齐光的话有些言不由衷。

第四十五章　俱成双

此时，赵芙蓉说道："齐光，你说的是对的，现在的小年轻，不靠父母哪里买得起房子？你也别高兴得太早，我和你叔叔也只是付了个首付款，按揭以后都是你们两个来还的。"

"这个……"宋齐光刚想说话，被赵易初打断了。

"别这个那个的了，就这么着吧，家具和家电都已经买过了，算是陪嫁。只要你以后对晚晴好就行了，其他都不是个事。还有，你以后要努力上进。"

"是的，叔叔阿姨，我一定会的。"宋齐光话说得很坚决。

赵易初看着眼前的这个年轻人，突然发现他跟自己年轻时的经历很相似。他看着宋齐光，却又是对他不放心起来，怀疑他是不是像是自己当年用的那般心机，更怀疑宋齐光今后的人生路是不是会快乐。

宋齐光的婚礼是在马坝村举办的，也就办了两三桌，都是些老人孩子过来吃酒席。青壮年都跑外地务工去了，家乡的一些红白喜事，再也见不到"流水席"那般热闹景象了。

在宋齐光小时候的记忆里，是能常常吃到酒席的，虽然坐不上桌子，那一碗碗香喷喷的饭菜总是吃个肚儿圆。做喜事的那家，提前三五天就要邀请村里会烧菜的一帮人来家里，买好菜，分好工，把一切都准备妥当，就等着喜事当天在院落里摆开六七张八仙桌，坐满一桌人就上菜、上酒。吃足喝好后再腾出地方让下一帮人上桌，家里亲戚朋友多的，要一连摆上个三四天才能歇息。

每到这个时候，村里的小孩子是最高兴的了，他们总是随大人们一道赴宴，只是不上桌子。做东的人家此时绝不会对小孩子吝啬，好菜总是在碗里堆成了尖。这些记忆中的美好的一部分，如今却再也见不到了。

宋齐光在婚礼中忙忙碌碌，一会儿递烟，一会儿敬酒，他竟于迎来送往中想起了儿时的事情，不免唏嘘。此时他看到几个小孩子跑来跑去的，不禁笑了。他常听到有人说，结了婚就是大人了，原来自己在不经意间已然是个大人了，这个大人更多地意味着责任。

酒席过后，按惯常进入了闹洞房的程序，这是让宋齐光惊恐不已的时刻。小的时候，他见过很多次闹洞房，闹新娘子的各种花样层出不穷。他只记得有一个节目叫"堆草堆"，就是很多人压在新娘子的身上，难免会有好色之徒的手不老实，在新娘子的身上乱摸一气。当他忐忑不安地跨入洞房，洞房里只有三五个好朋友，随便说笑了几句，人就没影了，房间里只剩下了宋齐光和赵晚晴两人。这倒是出乎宋齐光的意外，洞房闹得过分当然不妥，这啥也不闹又像是缺了点什么，宋齐光为此纠结不已。灯下的赵晚晴显得比平时要白一些，人也安静一些，两人在这新婚之夜似乎都没有什么兴致做爱，搂抱在一起迷迷糊糊地睡去。

按沿江江南的规矩，婚后第二天小夫妻要回门，也就是新娘子回娘家。这一套程序走下来，也是寻常。吃过晚饭，赵海尚，也就是赵胖子喜滋滋地开车送宋齐光和赵晚晴回他们的新房。新房是在"景文里"小区的七幢五楼，打开房门后，宋齐光顿时暗自惊喜，这种简约的装修风格正是他所喜欢的。

莲蓬头下的水汽一会儿就在浴室弥漫开来，赵晚晴从浴室里探出头来，轻声地说道："齐光，齐光你不进来吗？"

"哦，好啊。"

宋齐光和赵晚晴站在莲蓬头下，赤身相拥。

时光似流水，四五个月后，赵晚晴的肚子就渐渐地大了起来，她回到娘家养身体去了。而宋齐光在"大华通用制造"公司异常地勤奋，他越来越预感到不久的将来，自己在公司里的职位可能会有一个跨越。宋齐光的判断没错，在他的女儿呱呱坠地之后，赵易初让他休息一个月，说是休假回来另有任用。宋齐光和赵芙蓉，还有马姨，他们三个人轮流照顾着赵晚晴，这一家人的幸福都写在了脸上。

宋齐光的父母也匆匆赶了过来，拎了两只老母鸡，还有一篮子鸡蛋。宋慈杭在来县城的路上反复交代蒋美鹃，他极不寻常啰唆着："不要因为生个女孩子就板着个脸，现在这时候，生男生女都不要紧，又不是过去做田，田里缺不了男劳动力，那时候生男的才重要，现在什么时候了啊？做田都不用做了，土地流转到种田大户手里去了，我们净得钱不做事，这等好事不是这个好时代，到哪里才有？"

"瞎说什么啊，那人家种田大户还拿政府补贴呢。"蒋美鹃对那几个种田大户颇为不满，总觉得把自家的田地转给他们种，自己就吃了亏。

"你啊，我真没办法讲你。"宋慈杭对此表示了不屑，心中冒出了女人就是头发长、见识短这句话，不过他没有说出口，转而说道，"你管那么多？人家种我家地，给我家钱，大家觉得合理，都能接受就行了。政府补贴那是国家的政策，人家搞多搞少那是人家的本事。你不能看人家拿补贴就眼红，那不厚道。"

"就你傻，天天在家不做事，就晓得搞老鹅汤。你说你这个人真奇怪，耍什么性子呢？明明能赚钱的生意，你非得搞限量供应，显得你多牛似的。那个杨玉树和杨紫玉成天鬼混在一起，他们合计着要再不提高土地出让金，就要把土地收回。"蒋美鹃说道。

"好好地你又说到我身上干什么？"宋慈杭此时已经感觉到她的话题偏离了初衷，可说到这个节骨眼上，他又不得不继续说下去，"杨玉树和杨紫玉你又不是不清楚，一个光棍，一个寡妇，这就不能说鬼混了，以后说话注意点。他们想得倒美得很，那合同是假的啊，说收回就收回？我们管不了别人那么多事，起码管好自己。哦，对了，跟你说啊，到了亲家那儿，你别板着个脸晓得不？"

"晓得啦。"蒋美鹃笑道。她才懒得管那些闲事呢，她眼下只想早点看到孙女。

到得赵晚晴父母的家里，赵芙蓉也是客客气气，宋齐光这一家三口加上赵芙蓉围在了床边，仔仔细细地看着婴儿，赞不绝口，这气氛热烈得让赵晚晴都无法睡觉。过了好一会儿，赵芙蓉才想起来，赶紧吩咐马姨去把宋慈杭拎来的老母鸡杀了炖汤，晚上要和亲家好好吃顿饭。

稍晚一些，赵易初得到亲家来了的消息，也赶了回来。他平时也不是每晚都回家，有时候公司事情多，就在办公室的里间睡了。

席间，宋慈杭问道："听齐光说，孩子还没取名字，取个什么名字好呢？亲家你是企业家，又有学问，你赶紧想一个。"

"这哪里话，你是爷爷，你来取名字。"赵易初端起了酒杯要跟宋慈杭碰杯。

宋慈杭像是突然间兴致高涨起来，他笑眯眯地做沉思状，其实他在家里早已想过千百遍了，这时只是为了显得正式一点，才锁紧了眉头。

佯作思考片刻后，宋慈杭笑道："就叫宋……"

"我说亲家，这第一个是女孩子，就不姓宋了吧，下一胎要是个男孩，就姓宋。"赵芙蓉脸上堆满了笑容，说完后又连连招呼宋慈杭和蒋美鹃吃菜。

宋齐光的心猛地一缩，他的目光迅速地掠过父亲和母亲的脸上，尽管从外表上看不出什么异样，但宋齐光可以肯定的是，父亲和母亲已是万分地不快了。而宋慈杭脸上的笑容也渐渐地暗淡下来，他一时不知道说些什么。

"爸、妈，起名字的事以后再说吧，先喝酒。"宋齐光企图缓和一下陡然而起的尴尬气氛。

"正好趁大家都在，还是把名字取了吧，过些日子就要办满月酒了，到时候老赵的那帮政界、商界的朋友问起来，总不能没有个名字的。"赵芙蓉笑着说道，说完又给蒋美鹃的碗里夹着菜。

宋齐光的心里顿时紧张了起来，看情形今晚这名字是取定了，他又偷眼瞄向了赵易初，只见他微微笑着。宋齐光知道他和赵芙蓉早就商量好了，那么，这姓宋还是姓赵真成了一个大问题。按常理的话，孩子都随父姓，可偏偏赵芙蓉说孩子要姓赵，宋齐光想起身去房间去问问赵晚晴是怎么想的，又觉得自己这个时候离开，会让父母更为难堪。赵芙蓉刚刚又说什么政界、商界的朋友，这话让宋齐光听起来很不舒服，好似非得在这个时候强调他的父母是农民。此时的宋慈杭和蒋美鹃的脸色已灰沉起来，再没有从进门一直保持到现在的那种发自内心的笑容。他俩没说话，只是用低头吃菜来掩饰自己的尴尬。

宋齐光心里窝着火，但他也只有暗自强忍住。他知道父亲请赵易初给孩子起个名字，那是真诚的。而赵易初明明和赵芙蓉商量好了，却又假惺惺地装模作样，说让孩子的爷爷取名，本来按这里的风俗习惯，爷爷取名才是正统。所有这些，在宋齐光看来并不是重点，重点是自己的女儿姓什么。宋齐光也只是隐隐觉得孩子随母亲姓，就有了那么一些"倒插门"的意思了，而"倒插门"在马坝村来说，还是个耻辱的象征。他担心父母亲有些接受不了，若是为了这事闹起了别扭，自己夹在中间就很难做了。

第四十六章　以名之乱

"爸爸，妈妈，你们都想想，叫个什么名字好，要么今天先吃饭，完了再仔细琢磨琢磨，满月还早呢，到时再取名不迟，我先去看看晚晴。"宋齐光说完站起身，他寻思着去找赵晚晴商量商量。

"取个名字哪有那么复杂，就现在好了，晚晴有马姨照顾着，不用你管，你就在这坐着。"赵芙蓉说话的语气很是生硬。

宋齐光明白取名这个事，今天一定是要见分晓了，而且照此下去，女儿也必定姓赵。此时的他有些气恼，说了句"我还是去看看吧，一会儿就回来"，转身离开了，他不用回头就知道赵芙蓉的脸色一定很难看。

宋齐光快步来到赵晚晴的房间里，见到马姨端坐在房里。

"马姨，你吃了没有啊？"宋齐光勉强笑了笑。

"哦，还没呢，宋先生。"马姨笑着站了起来说道。

"去吃吧，这儿有我就行了，你吃好了再来换我。"

"那可不行，宋先生，你要是有事我先回避一下吧。"

"事倒没什么事，你还是快去吃饭吧，别饿着了，快去快回。"马姨越是不走，宋齐光倒越是心生怜悯，觉得这个马姨还真的挺谦卑，跟自己一样。

"是，宋先生。"马姨看向了赵晚晴，赵晚晴点了点头，马姨这才离开了。

宋齐光和马姨平时并不曾多话，宋齐光自结婚后，就很少来到这里了，更是没有多话的机会。宋齐光见谁都客客气气的，尤其是年长之人和他认为地位比他低下之人，他见之更为客气。以前马姨称呼他为宋先生，宋齐光虽觉有些别扭，也不会在意些什么，只是一个称呼而已。不过此时此刻宋齐光却觉得很是刺耳，尤其是马姨征得赵晚晴的同意后才会离开，这让宋齐光感觉很是不爽，自己在赵晚晴的家里几乎是没有分量的，他的话不被任何人所重视。尽管宋齐光的心里很是难过，他还是强打起精神，打算把为女儿取名之事先妥善解决掉再说。

"晚晴，女儿取个什么名字，你想好了吗？"宋齐光觉得不能在这里耽误太多时间，得赶紧回到餐厅里，所以他直接问道。

"我们就不用烦那个神了，齐光。让爸妈去想吧，就算我们想好了，说不定也会给他们否决了的。"赵晚晴看上去有些疲惫，说话声也比平时小了一些。

宋齐光欲言又止，他明白赵易初夫妇也是和赵晚晴商量过的，因此不想再做徒劳的努力，默默地转身离去，在转身的一瞬间，他又瞥了一眼女儿，只见女儿睡得很是香甜，胖乎乎的脸上红润润的。宋齐光在离开房间来到餐厅的这一小段距离之间走得很慢、很慢。他的脑海里一片纷乱，一时也理不清个头绪，一会儿觉得父母很辛苦，就像刚刚看到的女儿一样，要从那么一点点大把自己拉扯到成人，该是有多么劳心费力啊。一会儿又觉得赵易初和赵芙蓉太欺负人了，为什么他的女儿要姓赵？她应该姓宋才是正常的。一会儿又觉得赵易初让自己休假时说的那番话，另有任用，这话里的含意应该是好事情，或许自己能晋升到副总也未可知。

　　宋齐光在患得患失中推开了餐厅的门，眼前的一幕完全出乎他的意料。他以为餐厅里的气氛一定是沉闷的，甚至有可能发生争吵，他倒不担心父亲，只是母亲的脾气可是一向不太好的。没想到眼前却是一片热闹喜庆，赵易初和宋慈杭频频举杯，赵芙蓉和蒋美鹃正在窃窃私语着。

　　宋齐光悬着的一颗心落了回去，可是，他刚刚提起的兴致，又被父亲的一句话浇了个透心凉。

　　"齐光，来，告诉你，你女儿，我孙女儿的名字取好了。"宋慈杭或许是酒喝得有点多，说起话来舌头也打了卷似的，"就叫，就叫赵一曼。"

　　"赵一曼？"宋齐光没有注意到女儿姓了赵，却被那个似曾相识的名字搞得愣住了，他在哪篇文章上看到过这个名字。

　　"不对，不对，是赵怡曼。怡是心旷神怡的怡。曼是曼妙的曼。"赵芙蓉纠正道。

　　餐厅里响起了欢声笑语。宋齐光却觉得这欢笑声里充满着虚情假意，而他也刻意迎合这个氛围一样地笑着，笑得心酸无比。

　　赵易初的家里，有一间装饰豪华的房间，是专门为客人布置的，有时有些亲戚朋友来了后，就不必再去县城住酒店了。

宋慈杭和蒋美鹃洗漱完毕，躺在床上都没有心情说话，宋慈杭睁着眼睛望向屋顶，蒋美鹃在床上辗转反侧。

"睡吧，还不都是为了老二。"宋慈杭半天冒出了这没头没尾的一句话。

"嗯，也是，那要不然还能怎么样？算啦，老宋，你就别寻思了，睡吧。"蒋美鹃知道宋慈杭的心里是不好受的，因为为了给孩子取个名字，两个人在家也商量了很多次了，每次谈到这个话题都是很开心。他俩有时为了给孙女取的名字而争吵，那争吵也是笑眯眯的。只是绝没有想到赵家会开口说要姓赵，难道就是给老二置办了婚房，添置了家具、家电，是用钱买走了宋家的尊严？

"你也别死脑筋了，我告诉你，现在什么年代了，跟谁姓不都一样？下一胎要是男孩，肯定是宋。都一样的，都一样的了。"宋慈杭倒有些担心蒋美鹃想不开，不过她今天倒也识大体，没有吵闹起来，给老二添堵，也算是难得了。

宋慈杭和蒋美鹃客居在这间豪华的房间里，他们相互安慰着，既是说给对方听，又像是劝慰着自己。

第二天天刚亮，宋慈杭和蒋美鹃就起了床，他俩匆匆离去，和谁都没有告别。尽管他们知道这样做在礼貌上有些不周全，但他们还是有些克制不住，因为他们觉得这一次在为孙女取名上的让步，有可能会让宋齐光从此在赵家更没有地位，更不受尊重。自己受点委屈是没关系的，但他俩不想让宋齐光受任何的委屈。回家的路，宋慈杭和蒋美鹃坐在颠簸的公交车上，一路默默无语。宋慈杭有些开始担心宋齐光今后的婚姻是否会幸福，在那样的一个家庭里，若非他自己出人头地，若是完全靠在老丈人的大树下躲阴凉，那迟早会出问题的。而蒋美鹃坐在车子里，一直扭头望向窗外。

自此以后，蒋美鹃很是有一段时间像是失了精气神，成天闷闷不乐的，宋慈杭看在眼里也是暗自神伤。仿佛孙女姓赵，真的让蒋美鹃受到了很大的打击，以至于茶饭不香，心思不宁。

满月酒是在赵易初的家里办的，宋慈杭和蒋美鹃都没有去，这倒是让宋齐光很是为难，孩子的爷爷、奶奶不到场，这满月酒也算不得圆满。可是任凭宋齐光千呼万唤，他的父母就是不松口，电话每次都接，但是只要一谈到满月酒的事，他俩不论是谁，都会把电话挂了。

宋齐光感觉到这次可能真的伤了父母的心了。他估计有一半是为给孙女取名的事给闹的，还有一半也是由于自己的软弱无能。宋齐光也为了没敢表明自己的态度而感到有些后悔，忽而感觉到自己过着一种寄人篱下的生活，每当这种感觉涌上心头，宋齐光总想喊上钱小平、冯元明还有王青橙三个人喝上一顿，酒精的麻醉暂时能让他忘记一些恼人的事。好在这段时间赵晚晴一直住在娘家，宋齐光倒也落得个逍遥自在。

满月酒过后，宋齐光就去上班了，果然不出宋齐光所料，他升任"大华通用制造"公司副总，分管生产和销售这两个重要部门。宋齐光没有觉得自己有什么能力能管好这两个部门，升任副总，不过是赵晚晴生了个女儿，而女儿又姓了赵而已。宋齐光在公司由于地位的提升而带来的各种恭维，并没有使他产生快感，相反，始终使他有种被人看不起的感觉，况且他也没有真正感受到真诚的恭贺，宋齐光表面上应酬着，心里却是烦躁。

他不断地给父母打去电话，想用自己的好消息来安慰父母，他甚至找了些虚假的消息来哄父母开心。

宋齐光的报喜电话一个接一个，这才让宋慈杭，尤其是蒋美鹃缓过神来，蒋美鹃也渐渐地恢复了状态，心情也为之好转起来。在他们看来，老二宋齐光的事情总算告一段落了。而这段时间却又顾此失彼，把老大宋天骐忽略了，这段时间也不知道他怎么样了。令人生气的是宋天骐从来不打电话回家，宋慈杭和蒋美鹃也是甚为不满，索性也对宋天骐不管不顾，宋慈杭、蒋美鹃和宋天骐都像是憋气似的不通消息。他俩只是在和宋齐光通电话时，才会问起宋齐光关于他哥哥的情况，可惜宋齐光也说得不是很清楚，有时候含含糊糊的，这又让宋慈杭和蒋美鹃产生了疑问，莫非这老大和老二又起了什么矛盾不成？

此时的宋天骐正处在焦头烂额之际。

第四十七章　边缘

宋天骐一直用心经营着他的那间"宋记老鹅汤"，为此尽心尽力，不敢偷一点懒。赚到的一些钱都投入装修中去了，他把那间"宋记老鹅汤"打造得古色古香，很有些复古风味，其实这都是杨一鸣的创意。

此时的李小锦已经离开了杨一鸣的装修公司，住进了"宋记老鹅汤"的楼上，她和宋天骐共同经营着"宋记老鹅汤"，俨然以老板娘的身份出现在店里，对宋天骐的经营之道也是多加改进。尽管她也很努力，可生意却还是不温不火。为此，李小锦常常埋怨宋天骐，若照这个进度，哪年才能筹够结婚的钱啊？

一段时间以后，李小锦把店里的事重新做了分工。宋天骐采购完老鹅，然后宰杀剁块。烹饪的事都归了李小锦，李小锦还在店堂招呼客人，如此一来，生意倒是好了一些，渐渐地，人气旺了起来，在这个小县城里，"宋记老鹅汤"已然颇具声名。而宋天骐的忧虑却在日益加剧，当他发现李小锦的秘密后，两人之间爆发了一次激烈争吵。

"小锦，我跟你说了，那事不能干，不能干的。"宋天骐尽量压低了声音，也控制着情绪。

"什么不能干？不能干，生意有现在这么好吗？就靠你这个不死不活的店，要熬到什么时候才是个头？"李小锦像是满腹委屈似的。

"那也不能干，赚点安稳钱，靠这个店过日子是可以的，但是要办大事就不照了。慢慢来啊，小锦。"宋天骐说起话来有些气短。

"还慢慢来，慢慢来，慢到什么时候啊？你弟弟都结婚了，风光得很，你呢？你打算什么时候娶我？"此时李小锦的眼睛里盈满了泪水，只差一点点就要滑落脸庞，或是她一低头，那泪水就会掉下来。

宋天骐深深地叹了一口气，沉默不语。

他享受着店里人流如潮、生意兴隆的景象，渐渐地淡忘了那些他所担心的事情。

这一天，"宋记老鹅汤"的店里来了一批身着制服的人，宋天骐一见之下顿感大祸临头了。之前也有一些不明身份的管理人员来查过，好像是个穿制服的都能管到他，不过这样也好，负责的人多了，就都不负责了，宋天骐每次好歹都能糊弄过去。今天来了十几个人站在"宋记老鹅汤"的店里，只一会儿，食客们就匆忙离开这个是非之地。来人首先亮明了身份，说是药品食品管理局的。宋天骐有些纳闷，没听讲有这个局啊，声势还搞这么大。来人说他们是刚成立不久的，宋天骐抬头看了一下挂在墙上的日历，是2013年5月。宋天骐心想这是撞到枪口上去了，这次可不是几包烟就能打发了的。

宋天骐等到的结果是，食品添加了罂粟壳粉，先是店门被查封了。紧接着又过来了几名警察，说是喊他到派出所接受调查。

风味小吃店里的东西，加上罂粟壳粉都是公开的秘密，算是行规了，宋天骐当初只是觉得这事不妥，但没觉得有多么严重。没想到警察会告诉他一个罪名，叫作销售有毒食品罪。这可把宋天骐吓坏了，他不敢也不想把这事告诉父母，跟警察说了他要和弟弟通个电话，警察倒也没有为难他。

"齐光，不好了，出大事了。我的店被查封了，我人在派出所，你快来。别跟爸妈讲，讲了也不管事。"宋天骐不免有些着急起来，说话的声音不自觉地就提高了许多。

"好，我马上来。"宋齐光正在办公室里，他边出门边打电话，把手头上紧要的事分别交代给了生产部经理和销售部经理。钻进了汽车后，他心急火燎地往派出所赶去。

宋齐光和派出所所长有些面熟，只是没有打过交道而已。所长姓秦，对宋齐光的到来倒也还算客气，让座，沏茶，递烟。当宋齐光要了解宋天骐的情况时，秦所长嘴直哑，眉头皱了起来。他说具体情况他也不清楚，只是这事可大可小。宋齐光问他大到程度，小到什么程度。秦所长也是直言相告，说大的话可能是判一年刑，罚款一万，小就不好说了，关个几天罚点款了事。

宋齐光又问秦所长，该怎么运作才行。秦所长说话比较直接，他说这事得让赵易初赵总来办，接着就说要开个会。宋齐光明白这是下逐客令了，遂起身告辞。

宋齐光尽管有一万个不愿意，他还是不得不找到赵易初，和他说了哥哥这件事。赵易初笑了笑，当着宋齐光的面拿起电话连续打了三四个电话，完了说三天后拿三千块钱去接人吧。

宋齐光还想说些什么，赵易初又低头看着桌上的报表，他像是头顶上长眼睛似的，他伸出手摇了摇，不说话。

宋齐光看了看赵易初，转身默然离去。在"大华通用公司"里，宋齐光虽贵为副总，管着生产和销售两个重要部门，但他却并不开心。原因是他一直觉得自己在公司只是一个摆设，还不如在人事部当经理时有成就感。为此，他心生自卑之感，他反复纠结于退缩还是进取。退缩很好办，当个甩手掌柜，啥事交代下去就行了，不管那么多，或者直接闪人，离开"大华通用制造"公司，另起炉灶。宋齐光风光无限的背后，还有桩难以启齿的秘密。那就是赵晚晴自回娘家保胎待产之后，她一直没有回新房，直至女儿满月后也没有回。宋齐光曾经劝过赵晚晴，不要总是待在家里麻烦别人了，赵晚晴只是说回新家后女儿没人照顾，她迟迟不乐意搬回来。每当宋齐光逼得紧了，赵芙蓉就出现了，她的一番大道理总是让宋齐光无言以对。几次以后，宋齐光就放弃了。赵晚晴的目光始终在女儿的脸上，时而把女儿抱起来摇晃，时而轻轻地拍打着女儿入睡。当宋齐光在屋里走来走去时，赵晚晴只管盯着女儿，连看都不带看他一眼。这让宋齐光再一次感觉到了被轻视，就像是每一次去见赵易初。

赵晚晴其实没有看不起宋齐光的想法，头脑里也没有那个贫富的意识，她只是把所有曾经给过宋齐光的爱转移给了女儿，女儿的一举一动，不论是笑还是哭，都牵动着赵晚晴的神经。每当听到女儿的哭声，赵晚晴都会焦急地喊妈妈。马姨却是第一个冲进房间里来的，哪怕她在厨房里听到叫声，也会放下手里的活计，急急忙忙地跑过来，听到赵晚晴的叫喊声，她比赵芙蓉还要着急。

宋齐光虽然明白赵晚晴初为人母，对孩子的那份喜爱自是难舍，可作为一个二十几岁的男人，他还体会不到赵晚晴爱子心切的那份感情。

宋齐光每日活在苦恼之中，从外表上看他在公司里呼风唤雨，但是下属每个小小的举动，甚至一句话都能牵动他敏感的神经，以至于认为人家是看不起他，认为他不是凭本事坐上副总的位置的。内心脆弱的宋齐光时常爆发无名火，这更让各部门负责人有苦难言，只因他是总经理的女婿，各部门的头儿都不愿意在赵易初的面前提起宋齐光。天长日久，赵易初偶尔会问到他们关于宋齐光的事情，这时他们才直言相告，他们和宋齐光相处得并不是很融洽，好在工作上的事已经各就各位，按部就班地进行着，宋齐光的存在，确实对生产和销售没有什么影响。

赵易初当初的想法是眼见得宋齐光和女儿结了婚，又生了个女儿，应当让他多熟悉公司的情况，有一个副总的职位，也更方便一些。他也考虑到宋齐光过于年轻了一点，但谁没年轻过呢？摔打摔打不是什么坏事。赵易初并不多在意宋齐光在公司的表现，他只是觉得是时候给赵芙蓉和她的儿子提个醒了，若是赵晨云还是不求上进的话，那么今后这个公司可就是赵晚晴和宋齐光的了。

赵易初和宋齐光各自打着各自的"小算盘"，此时他俩已是貌合神离。宋齐光和赵晚晴也是一样尴尬，宋齐光一再地自我安慰，觉得赵晚晴爱女心切才不愿意搬回来的，其实赵晚晴若是回到那个新房子里，也不是不可以，真的养育女儿有困难的话，双方的母亲都可以过来帮帮忙。莫非自己的秘密被赵晚晴知道了？从她的表现看，既像是知道，又像不知道，宋齐光心中直打鼓。

那件事的发生是早些时候，宋齐光下班后百无聊赖，又叫上了钱小平、冯元明和王青橙一起到家里来喝酒。

虽然宋齐光已升任公司的副总，但他们四个人的友情并没有产生什么变化，这也让宋齐光觉得舒服的地方，他们在一起没有虚假的客套话，说起话来无遮无挡，很是痛快。宋齐光在公司里的压抑感，只有此时才能得到释放，也因此每次都是要多喝两杯。

钱小平在这短短的几个月时间里，仿佛一下子苍老了许多，头发花白了，脸上的皱纹也多了起来。他的话越来越少，平时都显得心事重重的样子，这和他刚进公司的时候可是天壤之别。在他们四个人聚餐的时候，钱小平不说，另三个人像是有默契似的，也都不问，但也都明显感觉到钱小平的家里出问题了。

冯元明还是老样子，他早就想离开"大华通用制造"公司了，一直是宋齐光的挽留，才勉强让他留了下来。他要离开的原因也不大愿意说，只是说这里是一块伤心地。

倒是王青橙的变化比较大，进公司只一两年的时间，像是换了个人似的，以前小心谨慎的性格也变了，平时待人接物落落大方，彬彬有礼。她烫了头发，大波浪显得成熟多了，头发染成了酒红色，人也显得轻盈了起来，再着一双高跟鞋，身材也好了很多似的，立马前凸后翘起来，笑起来胸前的两坨肉上下直颤，经常把这三个男人看得目瞪口呆。

很奇怪的是，当宋齐光安排好李小瑟进公司后，他在第一次召集伙伴们聚会时，就已经找不到李小瑟了，她不知所终，连个招呼也没打。据说她进厂后的第三天就离开了，没有办任何手续，工钱也没要。

第四十八章　只是一瞬间

李小瑟的离开，倒也没有引起宋齐光的关注，他只是觉得这个女孩不太懂事，怎么连个招呼也不打呢？太没礼貌了。也枉自己和生产部陈经理介绍说她是自己家的亲戚，要关照她一些呢。李小瑟其实并没有走远，只是去了工业园里的另一家企业上班，她走得匆匆忙忙。

当初李小瑟到了"大华通用制造"公司后，只是车间、食堂、宿舍三点一线，她不愿意和那些妇女工友闲聊，可她却无法阻止那些热情的妇女来找她问东问西，她只待理不理的，十分冷淡。世事变化总是出乎意料，她这样的做派，仅半天就成了妇女工友们眼中的异类，觉得这个小姑娘根本不是在这里上班的料，她是不属于工厂车间的。她们刚开始的那股热情劲顿时消失，而李小瑟也觉得耳根清净。

来到"大华通用制造"公司第三天傍晚时分，劳累了一天的李小瑟脚步缓慢地来到公司食堂。今天晚上的人比前两天多了不少，食堂里人头攒动。见此情景李小瑟就有些不想排队了，她想着不妨走一点路，到"宋记老鹅汤"那儿去吃，宋天骐那小子一定会把最好的都舀到碗里的。想到这里，李小瑟苦笑了一下，不知她此时的心情是喜还是悲。

忽然间，李小瑟的心紧缩了一下，她甚至能感觉到那是一种生理上的痛。那个背影随着人群缓缓蠕动，李小瑟从门边往后退了几步，欲走还留之际，泪水不知不觉中就涌了出来，她迅速地低下了头，免得身旁的人看到。当再次抬起头时，她恰好看到那个人的侧脸，果然不错，是他，冯元明。当时李小瑟仅看到他的背影，就认定是冯元明，其中大半是直觉所致。

李小瑟和冯元明是初恋，那一段不长的恋情却是刻骨铭心的，让这两个人彼此都伤透了心，爱有多深，恨就有多深。自分手后，两人形同陌路，未承想两人却在此相遇，爱与恨的往事涌上心头，李小瑟不禁潸然泪下。她转身离去，又迅速地回头看了看那个身影。

自此，李小瑟和冯元明再也没见过面，有些人，有些事，过了此刻，便是隔世。

李小瑟换了一家工厂，继续从车间工人做起，可这一次她的晋升通道一马平川。她的容貌与气质，与周边工友相比较，很是出众，自是引人注目，她的勤奋和不计较，让她只一个月后就担当了班组长。李小瑟其实早就发现了生产线上的效率低下问题，但她在车间做工人时，愣是忍住了不说。在担任班组长后，她又寻思起那个问题，其实很简单，只需将工位做个调整，将年轻的、手脚麻利的往前调，他们完成了工序产品将进入下一个工位，手脚慢的便有些招架不住，不得不加快了速度，因此产量也能提高起来。只这一招便能提高产量，可工厂里的班组长、生产部经理都像无意改变些什么似的，一地懒散。

李小瑟不知是有意绕过车间经理还是在无意间，事实上，她趁着生产部经理请假的空当，向分管的王副总经理汇报自己的建议。王副总是个退伍军人，看上去非常严肃的一个人。李小瑟敲门进去，简单说了自己的建议，说是先把自己班组的人员做个调整，把年轻人、熟练工的工位往前面调整，完了还可以在全工厂进行人员优化组合，不能良莠不齐地乱分组。

要说这建议也是不错，李小瑟说着说着却住了嘴。她发现王副总的脸色越来越难看，不免有些忐忑。

王副总直愣愣地盯着李小瑟，好像要用眼光杀人，直逼得李小瑟不敢直视，低下了头，像是犯了错误的小孩。

"啪"的一声，把李小瑟吓了一跳，不自觉地往后退了几步。她抬头看了看王副总，不知道他为什么拍桌子发火。

"李小瑟，你还能有点组织纪律性吗？有事向你的领导汇报去，跑我这里啰唆什么？出去！"王副总的大嗓门，把李小瑟吓住了，她不明白王副总为什么这般发火，双眼噙着泪水，气恼万分地退了出去。

此时，隔壁办公室的文员小张走了进来，小张胖乎乎的脸上架了副眼镜，成天笑眯眯的，大家都说他是个好人，是个热心人，肯帮别人的忙。当看到厂花李小瑟红着眼睛离开，他便带着疑惑来到王副总的办公室，问了声："怎么了这事，王总？"

"没大没小的，不懂规矩，我就瞧不上这样的年轻人。要都照这样，还不乱了？以后她要是当上生产部经理，她就会跳过我，直接向老总汇报的。哼！"

小张愣了愣神，心想王副总这不是指桑骂槐吧，他的脸红了一红，又问道："李小瑟说什么了啊？"

"说是把她那个班组人员重新调整工位，然后成功了就全厂推广。"王副总沉吟了一下，继续说，"要说这个事，也是个不错的想法，有些老妇女年纪大，素质还差，把她们全部往后调，完了做不了就让她们加班。不错，不错。"

"哦，王总，这事啊，不错，不错。我有事先走了啊。王总你什么都好，我很佩服你，不过我对你也有意见。"

"你别急着走，怎么讲半句留半句？说，对我有什么意见？我海纳百川的胸怀，但说无妨。"王副总此时脸上带着笑容，显出一副和蔼可亲的样子。

"王总有如此胸怀，那我就直说了哦，既然要说，我也不怕你给我穿小鞋。"

"说吧，啰唆什么。"

"你啊，就是脾气太大，你教育年轻人是出于对他们的关心，但你也得讲究一下方式方法，最主要的是你的身体健康重要。"

"老子要你教育啊？你这个臭小子，滚吧。"王副总的脸上堆满了笑容，这一次像是发自内心地笑了。

小张离开后并没有直接回自己的办公室，不出所料，果然直接去了总经理办公室。他向吴勇总经理汇报了刚才发生的事，还特意提出了李小瑟的建议是不错的。

总经理吴勇笑笑，说是知道了。小张喜滋滋地回去了，像是立了功似的。

自小张出去后，吴勇琢磨起了那个叫李小瑟的建议，越琢磨越有味道，觉得还是大可一试的，起码不用增加人手和费用，又能提高产量，这何乐而不为？至于给那些手脚慢的增加工作量而可能产生的一些负面影响，基本可以忽略不计了。

吴勇拿起了电话，让人事部通知李小瑟到他的办公室来。刚放下电话，他又想起李小瑟刚刚到王副总办公室去汇报的，此时喊她来是不是有些不妥当。吴勇轻轻地叹口气，王副总啥都好，就是规矩太多，搞得手下人都束手束脚的，不敢有什么创新，只知墨守成规，时间久了都成混日子的了，这样下去总不是个事情。吴勇早就有心把王副总挪个位子，管些轻松点事情。但只要一涉及这个话题，王副总总是岔开了话题，这样子几回以后，吴勇当然知道，王副总大概挺满意现在这个位置的，他哪儿也不愿去。吴勇为此也是烦恼，若不是他在东湖县有个重量级的亲戚，这里哪有他什么事？想到这里，吴勇也是暗暗释怀。算了，就这么着吧。

李小瑟刚刚被莫名其妙地骂了一顿，心里很是不舒服。正在生闷气呢，又接到通知，说是让她去总经理办公室去一下。不禁心中暗自叫苦，这一次恐怕是弄巧成拙了。李小瑟有些惴惴不安，抱着大不了辞职的心情跨进了总经理吴勇的办公室。

李小脸红着脸，低着头，站在那儿不作声。

吴勇一见之下，觉得这个女孩子有些楚楚可怜的样子，顿生怜爱之心。吴勇习惯于每天的下班之时，站在窗边看着从车间里出来的工人，他觉得非常有趣，各色人等，形态各异，有的三五成群有说有笑，凡是一个人行走的，大约都有个共性：一副郁郁寡欢的样子。有一个女孩特别显眼，很瘦弱的身材，皮肤白皙，偶尔会两三个人一起边走边说着话，而大部分时间她都是一个人来去匆匆。后来他知道了，那个女孩子名叫李小瑟。

"坐吧。你叫李小瑟是吧？"吴勇尽量压低了声音，想让自己显得亲切一些。

"是的，吴总。"李小瑟仍然站着说话。

吴勇起身沏了杯茶端给了李小瑟，又指着沙发说，坐下说。李小瑟双手接过茶杯，只坐在了沙发的五分之一处。吴勇笑了笑，这小女孩如此谦逊，素质倒也不差。

"听说你要进行班组人员的工位调整，可有什么依据？能用数据说话吗？"吴勇没太多时间，也不愿意和一个班组长多话，若不是李小瑟，换作别人恐怕他也不会上心的。

"吴总，是这样的。我进厂时间不长，仅一个多月时间，我们那个车间的十几条生产线，成品产量出得有高有低，至于合格率我不知道，但是产量是有数据公布的。公司的数据上墙公布，在一定程度上促进了生产力，但同样的机器设备，为什么产量会有高有低，这是个值得研究的现象。"李小瑟说到这里略作停顿，像是吊一下吴勇胃口似的，但她又不敢托大，当她想继续说下去的时候，吴勇不自觉地笑了起来，为了掩饰一下这种他自己认为不是太友好的笑容，他朝着李小瑟面前的茶杯指了指，示意她喝口茶再说。吴勇暗自想到，这么漂亮而且有心的女孩子，不调到营销部真是可惜了。

"你说说，你都研究出来什么结果了。"吴勇此时有了些兴趣，这兴趣颇有些值得玩味之处。

第四十九章　一个人的传奇

"是这样的，吴总，作来一个班组长，我没什么过多的想法，只是我发现人员工位的安排非常随意，进来一个人就往后一安，再进来一个人又往后一安，基本是这个规律，但是这后进来的人当中，也有手脚麻利的，学得很快，三五天就超过前面人了，这些人在后面带做带玩，很是轻松。这部分人又分两种，一种图轻松快活的，巴不得前道工序做得慢，还有一种人很是着急，她们想多做点事，多拿点钱。我是这样想的，把这些按约定俗成的人员排位子打乱，手脚快的放前面，动作慢的放后面，完不成她自己加班去，不要拖了全班组的后腿。"李小瑟说完站起身来，向吴总鞠了一躬，那意思是打算告辞了。

"等等，你先在你那个班组干起来，试试看，理论上应该是可行的，再通过实践检验一下，实践是检验真理的唯一标准。去吧。"吴勇目送李小瑟离去，在吴勇的眼里，她的背影是如此地妙不可言。

此后的李小瑟声名远播，她的传奇故事也在工业园区流传开来。

自李小瑟在班组进行了人员调整后，产量有了显著提高。倒霉的是那偷奸耍滑的人，她们往往要加班才能完成工作，若是不加班就走，第二天整个班组的人都甩脸色给她们两三个人看，因为她们致使自己少拿钱了。

吴勇很关注李小瑟的变革，每天都让生产部经理汇报李小瑟班组的情况，然后与其他班组进行对比，发现李小瑟这一个小小的改动，确实产生了效益。吴勇又成立了临时机构，起了个名字叫"效能办"，其实他自己也没闹明白效能是怎么个回事，其他人也不好辩驳些什么。"效能办"只有两个人，主事是李小瑟，协助的是文员小张。李小瑟之所以选中小张，也是因为小张有举荐之功。小张早就悄悄地说给她听过了，是他给总经理推荐的。

"效能办"开始时只做一件事，就是监督、协调全厂进行人员工位的调整。小张时常当着李小瑟的面感叹：真是邪了门了，这一盘就活。一半是出于拍李小瑟的马屁，一半是出于真心。

这次小小的变革，解决了工厂的大问题，那就是用工问题，企业自此没有增加人员，就算陆续走了一些人，也是那些投机取巧之人，对生产并没有多大的影响。更重要的是工人的精气神提了起来，钱也拿得多了起来，自此进入了一个良性循环阶段。

临时机构"效能办"还是取消了，然而总经理吴勇并没有卸磨杀驴，而是升李小瑟做了总经理助理，她的工作职责是陪在吴勇左右接待各路重要人物，闲下来的时候研究企业运营中的弊端，由李小瑟发现问题并负责解决问题，她往往一针见血、一剑封喉地解决问题，尤其干净利落。

当初骂过李小瑟的王副总相当郁闷，李小瑟虽是总经理助理，但其权力和地位都似乎在他之上。他对李小瑟的各种拖后腿、放暗器，李小瑟基本置之不理，王副总觉得简直视他为无物。不过他也无可奈何，他找总经理吴勇谈过，说李小瑟太狂妄了。吴勇总是笑笑，轻描淡写地说一声：21世纪最缺的就是人才，李小瑟是个人才。

李小瑟经常陪着吴勇出入各种豪华场所，她的衣装随着价格的攀升，也是越来越光彩照人，李小瑟渐渐懂得为什么有些人痴迷于奢侈品，那更多的是一种心理满足的需求。

李小瑟短短半年时间，从一个打工者跃升至公司总经理助理，这在那些打工者眼里，尤其是年轻的打工者眼里，是一个传奇。他们常常谈到李小瑟，反方选手说李小瑟是跟总经理睡觉才睡出来的职位；正方选手说她是凭本事干出来的，跟睡不睡觉是两码事。在第三方看来，正方观点显然底气不够。尽管如此，李小瑟在他们心中还是一个谜，是一个传奇人物。

李小瑟的故事在工业园区的坊间流传着。宋齐光很快就知道了李小瑟的消息，这个消息是不久前王青橙告诉他的。

那一天的晚上，宋齐光无比郁闷地从赵晚晴的家里走了出来，他说公司还有点事情，就不在家里吃饭了。赵芙蓉和赵晚晴只是笑笑，并不作挽留。为此，宋齐光原本就很郁闷的心情更为复杂起来。

他喊上了钱小平、冯元明、王青橙去他家喝酒，此三人当然求之不得，他们时常想听到宋齐光的呼唤，几日听不到声音，便心生怨恨，这小子发达了就忘记老朋友了。这三人还是王青橙这个女子比较通透一点，当钱小平和冯元明无来由地责怪宋齐光之时，她总是要说一句：谁规定发达了一定要记得老朋友的？常常闹得钱小平和冯元明一个大红脸，讪讪地解释说，就开开玩笑，开开玩笑而已。

宋齐光在开车回去的路上，买了点熟食，又买了一些绿叶蔬菜。赵晚晴在娘家带孩子，车子她也用不上，自然就归了宋齐光一个人使用。赵晚晴已经很久没有回家了，宋齐光不仅仅感到生理上难受，更难以忍受的是赵晚晴一家人对他的态度。

最近一段时间以来，宋齐光和钱小平、冯元明、王青橙的聚会越发多了起来。每次聚会结束后，都是钱小平和冯元明先行离开，王青橙帮着收拾一下，把碗碟洗刷干净后再走。只是这一次，王青橙像平常一样默默地将残羹剩饭收拾干净以后，却没有像平常一样迅速离开，而是坐在了客厅的沙发上，她说酒喝得有点多，头也昏昏沉沉的，想休息一下再走。

宋齐光觉得这孤男寡女共处一室，而且时间已是很晚，这样很不妥当。可当王青橙收拾碗碟的时候，钱小平和冯元明已经走了。王青橙说休息一下，这个时候也不太好赶她走，宋齐光犹豫了一会儿，还是让王青橙留了下来。

宋齐光的心里一直很纠结，他突然想到若是赵晚晴此时回来，看到这个情景又该如何解释。宋齐光新沏了两杯绿茶，陪着王青橙东一句西一句地闲聊着，不知不觉中又再一次说到了赵晚晴，或许是宋齐光表达了太多对赵晚晴的不满，王青橙也忍不住说了赵晚晴的不是。这样的共识像是两个人达成了同盟，氛围渐渐地暧昧起来。

宋齐光挪了挪位置，坐得离王青橙近了一些。原本宽大的沙发，两个人坐得如此之近显得有些奇怪，王青橙并没有避让，相反地，她很自然地将头靠在了宋齐光的肩膀上。宋齐光暗自思量着，这样的行为，要是放在兄妹之间，也不算过分吧。自己和王青橙早就兄妹相称了，没事的。

时间像是凝固了，对面墙上的电视机里正上演着苦情的台湾言情剧。宋齐光和王青橙相互依靠着，不再说什么，只是默默地看着电视。宋齐光偶尔会低下头，他从王青橙的领口看下去，只见她的胸脯微微地起伏着，大半个雪白的乳房就在眼前，他甚至看清楚了王青橙左边乳房上的一颗极小的、粉红颜色的一颗痣。宋齐光调整了一下坐姿，颇为自然地伸出了右手，揽在了王青橙的右肩膀上，此时的王青橙为了更舒服一些，将头往下移了移，靠在了宋齐光的胸口。随着时间的推移，王青橙像是睡着了似的，头部不断地往下移着，渐渐地就落在了宋齐光的大腿根处，她索性躺平了身子，将腿移上了沙发。宋齐光觉得这种姿势很亲密，但显然超过了普通朋友的界限了，他将手轻轻地放在王青橙的胸部，宋青橙似乎没有感觉到，她没有任何动静。宋齐光用了些力气捏住王青橙的乳头。

"哎哟，疼。"王青橙脱口而出的这句话，似乎让两人都揭下了面具。王青橙将手伸向了自己的头顶之处，那儿是宋齐光的下身。

这一夜，宋齐光和王青橙直到黎明时分才相拥着睡去。临睡前宋齐光将手机设置了闹铃，他要王青橙只能小睡一会儿，要趁天刚放亮就离去，免得让人发现。

闹铃响过，王青橙迷迷糊糊地穿好衣服，当她踏出楼道时，外面已是人来人往，她看了看不远处的钟楼，时针已指向了五点四十五。她没想到这么早就会有这么多人出入这个小区。自己在工厂里的宿舍有时早醒，虽天色大亮，放眼望去厂区里却是无人区似的，连个人影也见不到。

宋齐光和王青橙秘密地来往着，为了掩人耳目，他们仍然喊上钱小平和冯元明作陪，完了王青橙借口收拾碗筷就留了下来过夜。这样的日子，宋齐光享受着，却又时常魂不守舍，他担心终归有一天赵晚晴会发现的。

第五十章　方向

随着时间的流逝，钱小平和冯元明似乎也发现了他们两人之间的端倪，钱小平偶尔会拿他们两人调笑一番。而冯元明的态度恰恰相反，每当宋齐光和王青橙相视一笑之时，或是他俩说些暖昧的双关语时，冯元明总是眉头紧锁，甚为不开心。待宋齐光发现冯元明的异常后，他曾经问过王青橙，冯元明是不是喜欢她，追求过她，要不然两人的事也与冯元明无关，他生哪门子气啊？王青橙非常明确地表示，冯元明不是她的菜，冯元明对她也是带睬不睬的模样，就是非常普通一个朋友而已，他更谈不上追求她了。而且，当他俩在一起后，王青橙感觉到冯元明甚至有些讨厌她似的。

　　当宋齐光、王青橙、冯元明和钱小平他们在一起聚会时，冯元明比以前更加沉默了，宋齐光搞不清冯元明为什么会这样，也不想搞清楚，只是有种预感，冯元明的心思挺重的，在他身上将是会有什么大事情发生似的。

　　在工作和生活中，宋齐光敏感地察觉到自己的一些变化。大部分的中层管理人员对他仍是恭敬有加，但宋齐光分明感觉到那种恭敬之外的轻蔑，这让他心生惶恐，宋齐光已经预感到这绝对不是什么好事情。而生活上，赵晚晴对他不冷不热的，颇有应付的意思，赵易初和赵芙蓉也是不咸不淡的，这个家里有他不多、无他不少。这样的状况，宋齐光觉得必须要有所改变，否则一段时间过后，自己不论是在公司还是在家庭，都将被边缘化。

　　唯一值得安慰的是赵晨云还是老样子，没什么变化。他每天依旧穿得很潮的样子，水果色的搭配越发显得他白净的脸庞十分秀气，他每天只是吃喝玩乐，从不在公司里做事，在家庭中更是不用他插手家务，最近一段时间以来，他迷上了自驾游，一出门就是十天半月不着家，这个家里只有赵芙蓉和赵晚晴牵挂着他，赵芙蓉的信用卡又办了张副卡，副卡就在赵晨云身上，他想用多少钱自是不用烦神。赵芙蓉每次在儿子出门时，都要往卡里打上几万块钱，过个几天还要查查钱用完了没有，她倒不是担心儿子大手大脚花钱，而是担心钱不够用。为此，赵易初和赵芙蓉也争吵过，说是不能惯儿子如此这般，不工作便也罢了，用钱也没个节制，整个是一个寄生虫。赵芙蓉别的事情倒还好商量，只是不

· 247 ·

能提赵晨云，谁只要提到赵晨云，她就和谁急，也不管是好话还是歹话。说好话的她会认为是含沙射影，冷嘲热讽；说坏话那就直接吵起架来，一副不管不顾的样子。赵晨云在她的潜意识里大约也是个废人了，她只是用母性来护子，并不管什么对与错。

宋齐光以前和赵晚晴谈心时，赵晚晴也说过她家里的一些事情，当她说到赵晨云是她同母异父的哥哥时，宋齐光还是吃了一惊。其他的家事虽然说得不是很明了，宋齐光当然也是清楚的，不必问得过细。他分析过赵易初这家，赵易初创业成功，起点缘于赵芙蓉家的作坊，赵易初还算个男人，并没有忘恩负义地抛弃赵芙蓉，但要说他对赵晨云，那肯定也没什么感情，尤其是赵晨云这般不努力、不靠谱。更重要的是一点不能说，有时候赵易初也想管教管教赵晨云，可刚刚开口便被赵芙蓉挡在了前面，如此几番下来，赵易初也没了那份心，且随他去吧。赵易初对赵晚晴的溺爱，宋齐光是看在眼里的。赵晚晴虽说在公司上班，干起工作来也不是很上心，但好歹她还算是听话，颇得赵易初和赵芙蓉喜欢，尤其是赵晚晴生了女儿以后，赵芙蓉的心就大部放在了外孙女的身上了，对赵晨云也只是满足他金钱上的需要。赵晨云也懒得在这家里待着，他常常和一帮朋友搞自驾游，南到云、贵、川、琼，北到东三省，内蒙古、西藏也去，就这样常年在外漂泊。

宋齐光曾经满是幻想，赵晨云有同性恋倾向，肯定不足以继承赵易初的事业。尽管赵易初只是年近半百，正是年富力强之时，但随着时间的推移，这份企业迟早都要落到赵晚晴手里的，那就是落到自己的手里。宋齐光目前的尴尬处境，让他的这份幻想有了破灭的前兆。宋齐光觉得到了必须改变的时候了。

经过仔细琢磨之后，宋齐光认为"大华通用制造"公司并不适自身的发展，这里是赵易初的事业的根本，他是不会轻易放手的，若他熬到年迈才放手，自己恐怕也早过了不惑之年了。那么，另一家子公司"大华食品厂"就是个不错的去处。

宋齐光决心已定，他开始了计划的实施。

　　宋齐光首先想改善和赵晚晴的关系，这是基础，若没有赵晚晴，他又会沦落到一个打工者的位置，也不会是"大华通用制造"的副总了。在宋齐光的心中，这个副总的位置更像是一种奖励，是因为他和赵晚晴结婚生子而衍生的一种奖励，并不是由于自己的能力所致。所以，赵晚晴之于宋齐光，就像当年赵芙蓉之于赵易初。

　　这一天傍晚时分，宋齐光推掉王青橙的邀约，直奔赵晚晴那个在半山腰的家。宋齐光刻意地调整了心态，不再是一副懒洋洋的模样，他在看过赵晚晴和女儿之后，和马姨在厨房里忙活了起来。尽管马姨一再说不用、不用，但宋齐光还是坚持着说帮忙炒几个菜。宋齐光在家里时，时常帮着父亲熬制老鹅汤，对厨房的事并不陌生，也能炒得几个美味的农家菜，只是他虽然是个业余厨子，却有大师的风范，得有人把菜洗净、切好装盘后，他只负责动手炒。

　　马姨年近五十，长得十分富态，成天笑呵呵的。对于宋齐光主动来帮厨，她倒显得有些诚惶诚恐，很是有些不安的样子。宋齐光只顾炒着菜，并没有注意到马姨今天的笑容比往常少。

　　宋齐光和马姨的配合虽是头一回，却是显得相当默契，也因此晚餐的时间提前了一会儿。在厨房忙好后，宋齐光突然发现自己的心情是真的好了不少。

　　在厨房忙活了一阵后，宋齐光来到赵晚晴的房间，赵芙蓉和赵晚晴正在逗孩子玩耍，拿着一个铃铛从左挪到右，再从右挪到左，引得孩子的目光随着铃铛左右移动。孩子好奇地盯着那个发出"叮零零"响声的铃铛，一双大大的眼睛里充满了疑惑，仿佛在思考着什么。孩子的可爱神情，引得赵芙蓉和赵晚晴笑成了一团。宋齐光见此情景，觉得孩子也是好笑，但也不至于令赵芙蓉和赵晚晴笑得那般夸张。宋齐光走上前去，伸手抱起了孩子，举在胸前微微晃动着，逗着孩子。孩子咧开嘴，发出了"咯咯咯"

的笑声，宋齐光禁不住哈哈大笑起来。

"轻点，轻点，你别吓着女儿了。"赵晚晴的心情似乎很好，虽是有些责怪，但语气中却满是欣喜。

"行了，行了，我来抱。"赵芙蓉略显慌乱地从宋齐光手里接过孩子。

"妈，晚晴，我刚刚炒了几个菜，你们尝尝。爸也回来了吧？"宋齐光笑道。

"你爸今晚不回来吃饭了，他成天地在外面应酬，早晚身体得搞垮了。"赵芙蓉仿佛话里有话。

"哦，也是，成天地喝酒，是得注意身体，不过有时候也是身不由己。"宋齐光说道。

"光喝酒那还不算什么，这年纪也不小了，也不晓得节制。"赵芙蓉阴沉着脸色。

"妈。"赵晚晴喊了一声妈，加重了语气还拖着尾音，似有些责怪，又似在撒娇似的。

"好了，好了，不说了，吃饭。我们尝尝齐光的手艺。"赵芙蓉像是变脸似的又换了副笑脸。

席间，赵芙蓉和赵晚晴对宋齐光的手艺大为赞赏，这份赞赏在宋齐光看来是真诚的，她们每人都比平时吃得多了一些。宋齐光敏感地觉察到马姨的笑容里有些尴尬，就帮着马姨打圆场，说是在马姨的指导下，才烧了几个菜的。口味不错是因为盐放得比较多，只是那样的话，味道是好了，却不利于健康。只能偶尔吃一吃罢了，再说了偶尔换一种口味，那肯定是新鲜的了。还是马姨烧的菜既健康又美味。本来赵芙蓉和赵晚晴倒也没觉得什么，宋齐光这么一解释，她俩发现这般赞扬宋齐光的手艺，倒真忽略了马姨的感受了。于是她俩又开始赞扬起了马姨，马姨连连说着不敢当，脸上早已泛起了笑容。

这次的晚餐，气氛相当融洽，充满了欢声笑语。马姨先吃好的，她说要去照看一下孩子，赵晚晴说那赶紧去吧，此时赵芙蓉却说把孩子抱过来吧。

马姨匆匆地离开了，不过十几秒钟，马姨抱着孩子又匆匆而至。赵芙蓉从马姨的手里接过孩子，她和孩子的脸上都充满着笑意。赵芙蓉拿筷子在红酒杯子里沾了沾，往孩子嘴里送去。

孩子像是喝了醋的表情，又引得一阵欢笑。

第五十一章　一步之遥

"妈，你别瞎搞。"赵晚晴笑着说道。

"没事的，我还不如你？你和你哥不都是我带大的。"赵芙蓉只顾看着孩子，头也没抬一下。

"唉，随她去吧。我也管不了了。"赵晚晴的眼睛都笑成了弯月亮。

"你这个没大没小的东西，我还要你管不成？"赵芙蓉边逗着孩子边说着话。

"行了，行了，齐光，我们走吧，随我妈瞎搞去。"赵晚晴牵着宋齐光的手站了起来。宋齐光也乐呵呵地随着赵晚晴往外走去。他俩的身后传来赵芙蓉的自言自语。

"怡曼，小怡曼，这个名字真拗口，最好还是换一个。"

赵晚晴和宋齐光相视一笑，赵晚晴摇了摇头，和宋齐光并肩走回了房间。赵晚晴回到房间时，突然有了一种空荡荡的感觉，这个房间成天里的人川流不息，各种亲戚朋友反反复复地来看女儿，加上女儿时常地哭闹，这些天来，倒也丝毫没觉得有任何孤独。此时的房间里只剩下赵晚晴和宋齐光两个人，她刚刚在餐厅的喜悦慢慢地消退，赵晚晴默默地在床边坐了下来。她偷眼瞄了站在身旁的宋齐光，一股内疚感涌上了心头。这么久了，都没有好好地看看他，好好地照顾他，虽然有人告诉她满月之前不能过性生活，但满月已过了有些时日了。赵晚晴暗自想着，自己只顾全神贯注地关注女儿，却忽略了眼前的这个男人。

宋齐光在赵晚晴的身边坐了下来，他伸出手梳理着赵晚晴略显凌乱的长发。只一会儿，赵晚晴站起身，随即骑跨在宋齐光的腿上，宋齐光的双臂紧紧地搂住了她的腰，将脸埋在她的双乳间。而赵晚晴将十指插入宋齐光的发间，将他的头搂在怀里。两个人越来越用劲，直至宋齐光感觉到窒息。宋齐光仰面倒在了床上，赵晚晴骑跨在他的身上，俯身又吻住了宋齐光的嘴。

正当两人忘情缠绵之时，响起了两声轻轻的敲门声。宋齐光赶紧推开了身上的赵晚晴，两人怔怔地望着房门。过了一会儿，并无动静，赵晚晴又吻上了宋齐光，此时敲门声却又不合时宜地响了起来。这一回，两人都听得真切，赵晚晴看着宋齐光的双腿间，那儿顶起了一个小帐篷似的。赵晚晴伸出手，用力地握住了顶起帐篷的柱子，看着宋齐光有些慌乱地躲闪，赵晚晴自己倒有些脸红地笑了笑。她打开房门，马姨抱着小孩立在门口，见到门开，赵晚晴又往后退了一步。

宋齐光在房间里看得清清楚楚，不禁有些感慨，还是有钱人家的人懂些礼貌，若换作自己妈妈蒋美鹃，大白天她是不会敲门的。这刚一想到别处，那两腿间的帐篷就坍塌了，他站起来冲着马姨喊道："马姨，你进来，宝宝睡着了吧。你辛苦了。"

马姨刚想把孩子递给赵晚晴，听宋齐光这么一喊，也就随赵晚晴进了房间，她将孩子放在婴儿床上，笑了笑转身就要离去。

"等等，我妈呢？"赵晚晴说道。

"哦，赵夫人，她回房去了。小姐。"马姨笑道。

宋齐光一直不习惯马姨称呼赵晚晴为小姐，管赵易初叫赵先生，管赵芙蓉叫赵夫人，赵晨云称呼为少爷。这都什么年代了，还夫人、小姐的？不过当马姨称呼自己为宋先生的时候，心里又不免有些沾沾自喜。

"是这样，今晚我和齐光回去住。爸、妈要是问起来，你就说一下，不问你就不用说了，我明天早上就回来。"赵晚晴说。

马姨似乎有些犹豫，她没有立即答话。此时宋齐光明白了赵晚晴的心思，既惊又喜。他插话道："马姨，辛苦你了。"

这时马姨像是回过神来，连连说道："没事的，没事的，放心吧，有我呢。"

赵晚晴不由分说，牵起宋齐光的手说："走吧，看看你开车技术有没有长进。"

宋齐光此时有些魂不守舍的样子，他在仔细回忆家中是不是有王青橙的痕迹，哪怕是落下一根长发。

"走啊，发什么呆？"赵晚晴有些疑惑。

"哦，走，走，走，刚吃多了，我去上个卫生间。"宋齐光尴尬地笑了笑，向门外边走去。

宋齐光将抽水马桶盖放了下来，他仔细地回忆着家里的情形。家里应该是没有什么蛛丝马迹的，每次和钱小平、冯元明的聚会后，王青橙都会将家里打扫得干干净净，把家里整理得就像刚刚没喝过一场酒似的。然后王青橙就留了下来，两人前后，或一起洗过澡后，王青橙会从她的挎包里拿出一条薄薄的毛毯铺在床上，性爱过后，她又会将毛毯放回挎包里。宋齐光非常欣赏王青橙是如此精细，做事都不留一点点痕迹。

此时的宋齐光虽然在安慰着自己，但他总觉得忽略了点什么。过了一会儿，他打开自来水龙头，让哗哗的水声掩盖住他的说话声，他拨通了王青橙的电话，说赵晚晴马上要回去，问她是不是有什么东西丢在那里了？王青橙说没有，但紧接着又说，可能有头发落在枕头上也不一定。宋齐光顿感大事不妙，他让王青橙赶紧去他家里，把里外察看一下，尤其是床上，要检查仔细一点，不能露出一点痕迹。电话那头的王青橙也显得紧张起来，她说那得半个小时，让宋齐光拖住半个小时。宋齐光轻声说好的，挂完电话拧开卫生间的门。只见赵晚晴就站在几步远的地方，宋齐光完全有理由相信，她是听到关掉水龙头的声音后，退后几步站在那里的。

事实上是赵晚晴在家门口待了一会儿，见宋齐光迟迟不出来，就返身回去打算去叫宋齐光的，恰巧宋齐光开门，她就站在那儿没动了。尽管宋齐光装作一副轻松愉快的表情，但赵晚晴分明看出了些端倪。

赵晚晴的心情忧郁起来，她有了一些不好的预感，此时她觉得这种不好的预感已有些日子了。若是宋齐光有什么，自己该如何应对呢，她既希望发现宋齐光的不忠诚，又害怕真的发现了什么。她顿时落寞起来，觉得无人可依靠。

宋齐光的车速明显比平时慢了许多，他把车开向了一条小河边，说是很久没有散步了，来呼吸一下清新的空气，对身体有好处。赵晚晴没有拒绝，下车只走了不远就停下了脚步，说我们回去吧，有点冷。

时值初秋，晚上小河边凉风习习，正是爽快。

宋齐光算算时间刚好过了半小时，也差不多了，就驾车驰向了家的方向。从小河边到小区倒是很近，只五分钟车程。

此时的王青橙却还在宋齐光的家里磨磨蹭蹭，她趴在床上仔仔细细地搜索着，接着又去了卫生间，其他的倒未必有什么，只是这长头发若是落下了，尤其是落在了不该落下的地方，那真的是要出大事了。王青橙非常明白自己的处境，一旦被发现她和宋齐光有染，那绝不只是一份工作的事情。

楼下的汽车喇叭声惊醒了王青橙，她迅速地跨出房门，用钥匙锁了门后快步向楼下走去，可是，她还是慢了一步。能听得宋齐光和赵晚晴的说话声了，他们正在上楼。王青橙返身又向楼上跑去，一直跑到五楼转过楼梯的弯，才蹲下身来，平缓着呼吸。

宋齐光和赵晚晴有说有笑地上了四楼，宋齐光拿出钥匙开了门。他俩都站在了门口，各怀心思。

"傻站着干吗，不认得这个家啦？"宋齐光笑道。

"这个家，感觉好亲切啊，都快两个月了，今天我得好好睡上一觉，这么多天，我都给女儿烦死了，没睡一天好觉。"赵晚晴又搂住了宋齐光的脖子。

"先去洗澡吧。"宋齐光推开了赵晚晴。

"你先洗。"赵晚晴用不容置疑的口气说道。

宋齐光心里跟明镜似的，他想让赵晚晴去洗澡，然后再次检查一下家里有没有落下王青橙的痕迹。而赵晚晴也是一样的心思，想看看有没有别的女人来过家里。

宋齐光洗完澡坐在沙发上，他打开了电视，却根本没有在意电视上播放的是什么内容，只是听听声音。他觉得赵晚晴肯定是仔仔细细地把家里查了个遍了，在赵晚晴洗澡的时间里，他还是忍不住在家里转了个圈，这才放下心来，底气也因此足了起来。

恰巧是赵晚晴主动说回来的，之前宋齐光和她说了很多回，她都不愿意回家。难得有这么一个单独相处的机会，说起话来也方便了许多。宋齐光决定今天首先说服赵晚晴，然后让赵晚晴去说服赵芙蓉，完了自己再去和赵易初去谈，或许根本就不用去找赵易初，去"大华食品厂"就是个水到渠成的事情。这一连串的策划，首先要从赵晚晴开始。

赵晚晴洗完澡裹着浴巾就出来了，她在有意无意之间将胸口的浴巾拉得有些低，显出了大半个白皙的乳房。宋齐光一见之下就笑了，赵晚晴显得有些娇羞，她笑骂道："你笑什么，一看你就不像个好人。"

这一回，宋齐光倒真是没刻意地去伪装什么，或是刻意地去营造一个愉悦的氛围，一切都显得那么自然。

第五十二章　人挪活

"我不是好人？我看你才不像好人，你搞得这么香艳，想色诱我啦？"宋齐光笑着从沙发上站起身来，按灭了灯，又接着去拉窗帘。

"这黑灯瞎火的，哪个能看到啊，再讲你以为别人都像你一样好色，没事就趴在窗口偷窥啊？"

"你说得像真的一样，好像我什么时候偷窥了一样的，我站窗子口是担心抽烟把你呛了，才站到窗子口的，你真不识好歹。"宋齐光笑道。

"好啦，好啦，你啊，一点幽默感也没有，真是不解风情。来吧，还等什么呢，今天我好好犒劳犒劳你。"赵晚晴伸手将胸前的长发向肩后撩去，这个动作在宋齐光的眼里顿显风情万种。

宋齐光和赵晚晴如饥似渴般搂抱在一起，赵晚晴裹在身上的浴巾脱落在地，在这个漆黑的夜色里，她似雪的肌肤依然是白晃晃的，尤其是微风吹开窗帘一角的时候，赵晚晴就像一条白色的离开水的鱼，在沙发上扭动着身体。

宋齐光和赵晚晴肆意享受着性爱带来的快感，他俩不断变化着战场，从沙发上又来到了厨房里，赵晚晴趴在窗边，双臂搁在了窗沿上，用以遮挡乳房，正好半人高的墙挡住了她的雪臀，宋齐光双手按住她的细腰，每次以这种姿势做爱时，宋齐光总是觉得有些不可思议，当他搂抱赵晚晴的时候，她的腰显得有些粗，当她背对自己弯下腰的时候，那美妙的腰臀线像一把吉他的线条，宋齐光低头贪婪地盯着她的小蛮腰和雪臀，感到一阵阵目眩神迷。

事毕，宋齐光和赵晚晴疲惫不堪，昏沉沉睡去。

第二天清晨，赵晚晴悄悄地起床，生怕惊醒了依旧在睡梦中的老公，她打开冰箱，准备做早餐，冰箱里空荡荡的，仅剩下几罐啤酒。赵晚晴不得已返身来到床前摇醒了宋齐光，说我们出去吃早餐吧，我有些饿了。

宋齐光与赵晚晴洗漱完毕，穿戴得光鲜亮丽，钻进了车子直奔"宋记老鹅汤"而去。在车上，宋齐光才说出了他昨晚一直想说而来不及说的话。

"晚晴，你这段时间没上班，你不知道公司里的情况，我觉得我在公司里当副总，有些名不符实，自己的能力够不上，我想到食品厂去。"宋齐光有些遗憾，或许是错过了最佳的时机了，此时说出这番话显得有些生硬。

"去食品厂？"坐在副驾驶位置上的赵晚晴扭头看了看宋齐光，觉得他的这个想法很是突然，她想思考一下宋齐光为何会有这样的想法，心里又是一阵烦乱，索性也不去想什么了。她说："你跟爸爸说过了吗？"

"没有，还没说。怕他不同意。"宋齐光声音明显小了下去。

"真没出息，你从大厂到小厂，有什么不好意思的，不过你想要干老总恐怕还是嫩了点。等我们吃好后，你就去和我爸说说，应该没什么问题的。"

"哦，那也行。"宋齐光将车子停在了"宋记老鹅汤"附近的停车场后，与赵晚晴并肩走了过去。

"宋记老鹅汤"的店里人头攒动，宋齐光有些不想进去了，他喜欢在清静一点的地方吃个早餐。在这般闹哄哄的店里，他是一刻也不愿意待下去的。此时李小锦正忙着收拾碗筷，一抬头之间就看到了宋齐光和赵晚晴在站在了门前，他俩正犹豫着要不要

"齐光、晚晴，你们稀客啊，快进来吧。"李小锦热情招呼着。

"不了，我们下次再来吧。"宋齐光抢先答话。

"来吧，来吧，到后面去。"李小锦说着话，转身向后堂走去。

宋齐光看了看赵晚晴，赵晚晴说走吧，两人一前一后就进了店里，穿过不大的店堂，后堂倒是显得有些空荡荡的。宋天骐正在忙碌着，连头也没抬就说道："你们来啦，等一下就好。"

"行，不急，你先忙你的。"宋齐光和赵晚晴寻了两把椅子自顾自地坐了下来。只一会儿，两碗热气腾腾的加料老鹅汤就端了过来。宋齐光尝过第一口，就觉得味道鲜美无比，真的不错。

吃过早餐，宋氏兄弟并没有多话，也并不是因为店里忙的缘故，只是再回不到从前了。宋齐光客气地打了个招呼，他忽然间想掏出钱来付账，赵晚晴似乎发现了宋齐光的企图，轻轻地挽住了他的胳膊，将他拽了出去。

赵晚晴看着有些神情恍惚的宋齐光，有心想埋怨他几句，想想也是作罢。这个男人好像心里装了很多事情。

回到公司，宋齐光径直去了赵易初的办公室。办公室大得有些奇怪，从进门到赵易初的办公桌，得有近十米的距离，身后是整面墙的书橱。

"赵总。"宋齐光原本是想喊爸爸的，一是因为在公司，二是此时是有事求他，若喊爸爸有些不合适，免得被他看轻了，宋齐光患得患失，"赵总，我想去食品厂。"

"你去食品厂？"赵易初放下了手中的书，将转椅向后退了点，然后将双脚搁上了桌子。这是他习惯的姿势，他觉得这样会比较舒服。

"是的，我想去食品厂，我对那儿更感兴趣。"宋齐光说。

赵易初沉默了一会儿，转而说道："好的，我知道了，你等通知吧？"

待宋齐光走后，赵易初将双脚放了下来，那种放松的姿势他只对亲近的人才会有。对于宋齐光提出他要到食品厂去，赵易初并不奇怪，他知道一个年轻人的松懈只是暂时的，那种不管不顾的工作状态看似散淡、通透，那大约是年近半百的人才会有的一种心态，对于年轻人来说，不会持久。宋齐光想换个环境，应是情理之中。其实赵易初只是不想那么快地表态，其实对于宋齐光的工作调动，那也只是一句话的事情，但他还想再看一看宋齐光有没有进一步的想法和动作。

平静的半个月时间过去了，一切都显得那么风平浪静。赵晚晴几乎每天晚上都要回到新房，次日清晨宋齐光会开车送赵晚晴回娘家，然后自己去公司上班。偶尔赵易初回家吃饭时，赵晚晴也都会轻描淡写地说一说宋齐光的事情，而赵易初总是笑笑不置可否，赵晚晴也不多说，迅速地转换了话题。

最终，宋齐光还是如愿以偿地去了"大华食品公司"，职位依然是副总，主管销售。从"大华通用制造"到"大华食品公司"，虽说同属集团的两家分公司，但"大华通用制造"要比"大华食品公司"的名气大得多，不论从场地、设备、人员哪方面来看，也都要高出了一格。所以绝大部分人都认为宋齐光是被降职了。而且他在"大华通用制造"是主管生产和销售的副总，到了"大华食品厂"只主管销售。又是降了一格，这样的局面，让"大华食品公司"里面的人对于这个新来的副总并不看好。好歹他们也都知道宋齐光是赵易初的女婿，总算是给几分面子。

"大华食品公司"的销售部位于公司大楼的二层，是间不大的办公室，宋齐光第一次去的时候，并没有让公司的任何人陪同，他想看一看销售部真实的工作状态。当他站立门口往里看时，只见四五个男男女女嘻嘻哈哈闹作一团，好像正在讨论着一件有趣的事情。

此时，一位年轻的戴副黑框眼镜的女孩子朝门口看来，只见宋齐光容貌俊朗、身材挺拔，很短的头发显得他尤为干净利索，一身的西装革履也很有精英范。那女孩张大了嘴巴，不知是因为惊喜还是惊吓，惊喜的是眼前的这么一个帅哥绝对是公司里数一数二的，惊吓的是她也早就听说要来个非常年轻的副总，且主管销售。眼前的这一位陌生人，应该八九不离十了。女孩悄悄地坐下，低着头却又抬起目光悄悄地看着门口的宋齐光。女孩的举动像是有连锁反应，那五六个人纷纷闭上了嘴坐回了原位。

刚刚还乱哄哄的场面，一时安静了下来，因为反差过于明显，倒也显得安静得有些不正常似的。宋齐光阴沉着脸，既想转身离去，又想进门和他的新属下们打个招呼。略微犹豫之后，宋齐光还是跨进了房门。

"大家好，我是新人，请多多关照。"宋齐光想打破一下这个沉闷的场面，他开了个并不好笑的玩笑。

房间里依然十分安静，没有一个人站起来，也没有一个人搭他的腔，屋里的几个人都抬起头看着他。宋齐光显得有些尴尬，他干脆亮明了身份，尽管这个身份已是半公开的状态。

"大家好，我是宋齐光，刚到公司报到，想先来看看同事们，哦，对了，我是主管销售的副总经理，希望大家以后多多支持工作。"宋齐光笑道。

屋里的几个人纷纷地站了起来，笑着朝宋齐光点头示意，却也不开口说话。见此情景，宋齐光心中开始有了一些不快，公司的销售工作就交给这么些人，好像不太靠谱啊。

宋齐光与那位戴黑框眼镜的女孩有了第一次的目光接触。他随即问道："销售部经理不在的话，你来介绍一下各位同事吧。"

黑框眼镜女孩嗫嗫嚅嚅地说道："我叫徐小七，"她用手一指旁边的同事说，"他叫王阳明，他是……"

第五十三章　天下乌鸦

　　"大声点！"宋齐光忽然之间冒出些无名之火，他对那个叫徐小七的女孩很失望，她连基本的礼貌也不会，或是她的头脑里根本没有这根弦。同时也对自己刚刚过于谦和的态度有些后悔。他的这一声吼叫，让徐小七涨红了脸，低下了头不敢说话。宋齐光见此情景，觉得徐小七没有称呼他为宋总并没有轻慢之意，而是真的不懂礼貌。

　　"你们经理到哪去了，让他来见我。"宋齐光说完头也不回地离开了。

　　徐小七看着宋齐光离开了一会儿，这才缓过神来，她说："这个新来的宋总怎么一惊一乍的呀，吓死人了，哎，再说他怎么知道杨经理出差去了？"

　　"你傻啊，杨经理要是在的话，还有你说话的份？"王阳明摇了摇头。

　　宋齐光离开销售部后，他不得不去见见赵胖子，此时的赵海尚已是"大华食品公司"的常务副总，赵易初只是挂了一个总经理的头衔，他并不直接管理"大华食品公司"的事情。也因此赵胖子成了"大华食品公司"实际上的一把手。宋齐光来到"大华食品公司"，赵胖子必将与他有一番争斗。

　　宋齐光与赵胖子的会面时间很短，赵胖子例行公事般地介绍了一些"大华食品公司"的概况，并说已经在对面收拾好了一间办公室，让他去那儿办公。宋齐光说不必了，赵胖子略微愣了一下，随后说那就在销售部的隔壁搞一间办公室吧，也准备好了。宋齐光笑了笑，说声谢谢了，继而说就在销售部里面办公也行。

赵胖子将前倾的身体往后一靠，换了个舒服点的姿势，说宋总你自己看着办吧。相信在你的带领下，公司的销售业绩会越来越好。宋齐光果断告辞，并没有说太多的客气话。

待宋齐光再次来到销售部的时候，徐小七、王阳明都在电脑前忙碌着，不过他们还是陆续站了起来，说着宋总好。宋齐光微笑着点点头，示意他们坐下。宋齐光在销售部转了一圈，他在寻找一个办公桌。他的目光始终在办公室的最后一排扫描，实际上他选中的那个位置上有电脑和一些办公设备，那是个最后面靠窗口的桌子，从那个位子可以将整个办公室一览无余。

"徐小七，你过来一下。"宋齐光说道。

徐小七慌慌张张地快步走了过来，然后就是低着头，不说话。见此情景，宋齐光在不满中有意想和她调侃几句，于是问道："徐小七，你是本地人吗？"

"是的，宋总。"

"哦，有亲戚当官吧？"

"没有的。"徐小七此时才抬起头，

徐小七当然不会想到，宋齐光问他有没有亲戚当官的言下之意，那是说就她这个素质，是怎么混到销售部这个队伍里来的？

"这个位子是你们经理的吗？"宋齐光用手一指靠窗边的那张桌子。

"是的，是我们杨经理的。"徐小七此时露出了一丝笑容，大约是不太紧张了。

"哦，知道了，谢谢。"宋齐光将手机递给了徐小七，笑道："帮我打个电话给他。"

徐小七接过电话，显得有些犹豫，但最终还是按下了电话号码，又递给了宋齐光，宋齐光再次说了声谢谢，示意她回到座位上去。

看着手机上的一连串数字，宋齐光却是纠结起来，原本他想直接和销售部的杨经理说，要征用他的办公桌，不过此时他人不在，而且桌上又乱糟糟的净是些材料，也不好动。对于销售部杨经理，作为即将来公司任营销副总的宋齐光来说，那是必须研究的功课。

杨经理名叫杨天信，三十四五岁的样子，自"大华食品公司"创建之初他就在公司里了，算是个功勋员工，他从业务员做起，很快就在大浪淘沙中脱颖而出，这人是个销售奇才，他一个人的业绩能抵得上半个销售部。一年过后，他就升任销售部副经理，再一年直接取代了经理的位置。可是自从他担任经理后，整个销售部的业绩却停滞不前了，甚至有些下滑。在"大华食品公司"不断增添高端设备，开发新品之际，销售部显然有些跟不上公司发展的步伐。

在宋齐光即将去"大华食品公司"上任的前一天，赵易初将宋齐光喊到了办公室，和他说了一番话，算是面授机宜。至于赵易初说了些什么，宋齐光决定隐藏起来，他将有选择地落实。

宋齐光拿着手机，慢慢地踱到了隔壁办公室，办公室装饰得非常简洁，这种风格是宋齐光所喜欢的。他不禁轻轻一叹，赵胖子果然是精细之人，他能坐上"大华食品公司"常务副总的位子绝非偶然，他连宋齐光的办公室都做了两处安排，随宋齐光的喜好来选择他的办公室。不用说，赵胖子对面的那间办公室一定是装饰豪华、富丽堂皇的风格。

宋齐光终于按下了拨号键，手机响过两声后，宋齐光听到一个带着笑意的声音。

"你好，宋总，我是杨天信。"杨天信说道。

宋齐光听得此话不禁愣了一下，他怎么会知道我是宋齐光，我可是第一次打电话给他。不过宋齐光随即又释然了，作为一个销售部经理，对于一个即将上任的主管销售工作的顶头上司，事先做点功课也在情理之中。

　　"是这样的，明天上午你将销售部的情况做个小结，我们沟通一下。"宋齐光开门见山。

　　"不行啊，宋总，我还在外省，正在和一个市级意向经销商洽谈，就要签约了。宋总你容我把这单签下来了，我立即回去向你汇报工作。"杨天信的语气显得有些焦急。

　　宋齐光觉得这第一次的谈话就不愉快，而且约谈杨天信的事又被否决了，顿时觉得这"大华食品公司"也是个烦人的地方，如果不将杨天信拿下，那么他在"大华食品公司"又将陷入"大华通用制造"的窘境。

　　"杨经理，离月底还有七天时间，我就给你七天时间，你要是能签约最好，到月底签不了约，你就去财务室吧。"宋齐光明显有些不耐烦。

　　"宋总，你不能这样霸道，没你这样做事的。"杨天信的语气也僵硬了起来。

　　"杨天信，你要明白这是民企，这地球上离了谁也照转。我知道你是个优秀的业务员，销售业绩一个人就占了整个销售部的半壁江山。但你要有这个素质，那就是整个销售部的运营管理，才是你的中心工作。作为主管销售的我，找你谈谈销售部的发展，你却以一个签约而推迟，我问你杨天信，轻重缓急你清楚吗？我也不和你废话了，没有七天时间，咱们就明天见。"宋齐光说完挂断了电话，没有给杨天信说话的机会。

　　宋齐光从座位上站起身来，踱到窗边看着厂区。稀稀朗朗的两三个人在两个厂房之间的过道上慢吞吞地行走着，宋齐光心中感到有些悲哀。"大华通用制造"里面的复杂人事和各种陋习，看样子在"大华食品公司"也是一样，他从工人的精神面貌可见些许端倪，因为他们没有紧张感和压迫感。宋齐光来到"大华食品公司"是准备干一番事业的，他想先把销售部的工作搞得出色一些，然后再做下一步的打算。见此情景，他也不由得深深地一声叹息：天下乌鸦。

宋齐光关上办公室的门，在长沙发上躺下，点燃了一支烟，想了很久。

临下班时，他又来到了销售部，徐小七和王阳明还有四五个员工都还在办公室，只是此时见到宋齐光的到来，都装着聚精会神的样子盯着电脑或写着什么，没有一个人和他打招呼。

宋齐光当然明白，就算再聚精会神地做什么事，只要是有人从外面进来，还是有感觉的，何况他刚刚还故意咳嗽了一声。眼下这种情况的发生，只有一个原因，他们对自己的到来，并没有当作一回事。

宋齐光十分尴尬地转了一圈后，又离开了。他直接去找到冯元明、王青橙和钱小平，打算喊他们一起吃晚饭。原本他是不想喊钱小平的，但一直是他们四个人在一起聚，突然之间少了他一个也是不妥，有可能四个人之间的紧密团结就此瓦解。

赵晚晴原本想和宋齐光一道回妈妈家的，得知宋齐光晚上要喊别人吃饭，倒也显得兴致勃勃的，她说要陪着宋齐光开车去菜市场买菜，宋齐光笑着说不用那么麻烦，去饭店叫上两三个菜，再买上点卤菜就可以了，家里酒是现成的，不用那么麻烦的。

待宋齐光和赵晚晴回到家后，赵晚晴忙着收拾起屋子，她想让家里整洁一些好招待客人。宋齐光说家里已经很干净了，就不用你忙了，都累了一天了，好好休息一下吧。此时的宋齐光有些忐忑，因为赵晚晴的参与会让气氛显得有些尴尬，特别是王青橙的到来。

"砰砰"，轻轻的敲门声，在宋齐光听来是如此惊心动魄。

第五十四章　暗黑系

随着敲门声响，正在忙着摆放碗碟的宋齐光看了看赵晚晴，赵晚晴坐在沙发上没有动。宋齐光于是离开桌子去打开了门，门口只有钱小平和王青橙两个人站在门前。钱小平拎了个方便袋，里面是卤菜。王青橙也拎了个布袋子，她曾经说自己是个环保人士，购物一般用布袋，通常她的布袋里装的是葡萄、圣女果和一些小袋包装的熟食，做下酒菜是非常不错的。

赵晚晴并非第一次见到宋齐光和钱小平他们三个人的聚会，通常都是很开心，和王青橙这个唯一的女孩子也非常谈得来，几乎每次聚会她都要参加的。只是自怀孕和生完孩子后的这段时间里，她回到娘家居住，再也没有参与宋齐光和他们之间的聚会了。此时，赵晚晴依然坐在沙发上没有动，只是扭过头朝钱小平和王青橙笑了笑，算是打过招呼了，自有了女儿之后，她对这种类型的聚会并不热衷。

赵晚晴将手攥得紧紧的，手心里面是一根盘结在一起的长发。

"来啦，冯元明呢？"宋齐光问道。

"哦，他一会子就到，"钱小平正站在门边换鞋子，当他看到赵晚晴时，又说道，"赵经理最近探亲比较频繁啊，嘿嘿。"

赵晚晴笑了笑，没有作声，气氛立刻显得有些尴尬。

"你拉倒吧，跟你说了多少回了，什么赵经理赵经理的，就喊赵晚晴蛮好的。"宋齐光虽然觉得赵晚晴没有答话有些不礼貌,但也没太往心里去,只是忙着说话想化解一下尴尬。

此时,站在门外边的王青橙听到了他俩的对话,不免脸红了一红,她不知道是不是该面对赵晚晴,又如何去面对。即便她和赵晚晴算不得闺密,也称得上是一位朋友,如今和她的丈夫搞到一起去了,在王青橙的内心深处,还是有着深深的自责的。她努力地为自己开脱起来,觉得宋齐光对赵晚晴也没有多少的感情,更多的是一种生存需要罢了,其实估计宋齐光对自己更多的也不过是生理需要而已。这样想来,王青橙的内心稍稍安宁了一点,她换完鞋子后,很自然地和赵晚晴坐在沙发上聊起了闲话。

在赵晚晴看来,王青橙比以前略胖了一些,穿着打扮也讲究了很多,着一套修身的运动装,属奢侈品品牌。赵晚晴见此又暗自笑了,心想十之八九是假冒的吧。与她的运动装相匹配的是她的短发,整个人显得很精干的样子。

赵晚晴和王青橙坐在沙发上看着电视,而宋齐光和钱小平忙着摆放碗碟,钱小平将他带来的卤菜连袋子放在碟子里,他一边套着碟子一边说省得洗个碗。宋齐光见状又将塑料袋子拎起来,将卤菜倒在了碟子里,他说,看着不舒服,碟子总归是要洗的。两个人说着话,似乎已经忘记刚刚进门时赵晚晴的待理不理,钱小平的心理素质要强一些,宋齐光心想,若是换了冯元明,他就会一整晚都郁郁寡欢的。这也是宋齐光一直有些担心的事情,若是将他带到“大华食品公司”去,他的这种性格能否担得起由销售而带来的强大压力。而王青橙就应该没有问题。这也是今晚宋齐光想要聚会的主要目的,但是由于赵晚晴在场,这种事到底要不要挑明,也是个问题。搞得不好就会弄巧成拙,反而会坏了事。

宋齐光略一思索,觉得今晚还是不要说了吧,只是一个欢乐的聚会。

冯元明姗姗来迟,饭局进行到一半的时候他才匆匆赶来,也顾不得多说什么,只顾吃着、喝着。宋齐光看着他的这副模样,显得有些失望，今后的左右手，难道就是这个样子吗。

宋齐光来到"大华食品公司"，是憋着一股劲的，他想证明自己不是靠着赵易初的关系才混到副总的，即便这是无法改变的事实，他也想做出出乎所有人意料的成绩，让所有人对他刮目相看。

酒至半酣，宋齐光终归有意无意间透露了他的想法，就是把王青橙和冯元明调到"大华食品公司"去，两人都乐呵呵地说那是好事。谁都没有注意到赵晚晴的嘴角露出一丝鄙夷之色。

第二天清晨，宋齐光送赵晚晴回娘家之后，他就去找了冯元明和王青橙。冯元明倒是很爽快，表示愿追随宋齐光鞍前马后，宋齐光满意地拍了拍冯元明的肩膀，表示朋友之间的亲切。当他找到王青橙的时候，她正在忙碌着，宋齐光远远地看着她，她的匆忙显得特别有魅力，这个女孩，像是命中解不开的结。宋齐光和她具体说了自己的想法，说是想让她去"大华食品公司"销售部，他准备了一系列的改革，如果落不到实处那也是空，他需要帮手。王青橙微笑着说，要考虑一下，看着王青橙标准的职业微笑，宋齐光的心仿佛收缩起来，他觉得隐隐有些痛。自从赵晚晴频繁回家后，他就不得不与王青橙断了关系，而王青橙也表现得非常淡然，非但没有表现什么不满，甚至连一句埋怨的话也没有说过。这更让宋齐光难过不已。看着王青橙微微笑着的脸，宋齐光没有再说什么，他想尽自己所能去帮助她。

宋齐光辞别王青橙之后就去了赵易初的办公室，宋齐光说了他昨天对"大华食品公司"销售部的印象，整体不是太好。他说虽然只是第一印象，还不足以说明什么，但改变现状是必须的，他想了一些点子，打算逐步展开。赵易初对此表示认可，说可以放手去干，有困难就来找他。其实赵易初心里是清楚的，自从那个杨天信被提升至销售部经理后，整个团队的销售业绩一直维持原状，一点儿也没有得到提高，远远滞后于产能的日益增长。此时恰宋齐光主动提出去"大华食品公司"，那就且让他一试，对于宋齐光的能力，赵易初心底还是表示认可的。对于宋齐光提出想把冯元明和王青橙调到"大华食品公司"销售部去，赵易初笑着摇了摇手，说这些事就不要来烦他了，你自己看着办吧。随后他又补充说，一会儿会给人事部打个电话的。如果没什么问题，那就在"大华食品公司"销售部补充两个人吧。关于如何管理和发展的问题，你就按照自己的想法放手去干。赵易初说了些支持和鼓励的话，让宋齐光觉得血都要沸腾起来了。

宋齐光回到了"大华食品公司"时已是上午九点多钟了，当他打开办公室，随后那个叫杨天信的销售部经理就跟了进来。

"宋总，我回来了。"杨天信低眉顺眼地站在了离办公桌稍远的地方。

"不是说有经销商要签约吗？怎么就回来了呢，你到底能不能搞得定？"宋齐光没有和杨天信客气。

"能搞定的，不过宋总说是事关销售部的大局，那还得要分一分轻重缓急。所以我连夜赶了回来，今天早上才到的，想想时间这不早不晚的，我也就没回去了，就在办公室小睡了一会儿。"杨天信笑道。

宋齐光这才将目光从电脑显示屏上移开，仔细地看了看杨天信，只见他面容确实有些疲倦之色，仿佛还没有回过劲来。对于杨天信及时赶回来的态度，宋齐光还是比较满意的。也正因此，他将心中的计划做了些微调，原本他是想将杨天信的职位另设一个名称，给个好听的名字，有其名无其实罢了。看此时杨天信的态度还不错，就想保留他的销售部经理职务，只是给他另安排一个副经理就可以了。而那个副经理的人选，将会是他从大华通用制造带过来的冯元明或王青橙，对于究竟是选哪一个，宋齐光一时还难以取舍，不过他已做好了准备工作。

"杨天信，是这样的，你是个十分优秀的人才，不能说销售部缺了你就不转，但起码你顶起了半壁江山。我是初来乍到，很多地方还要向你学习。我打算给你安排个副手，将你用于管理上的精力解放出来，你相当于销售部的特种兵，好钢一定要用在刀刃上。还有，你所有的工资福利待遇不变，另外我觉得你招商还是很有办法的，你要把经验多多传授给新人，不要保守。"宋齐光说道。

"宋总过奖了，我还要努力学习。"杨天信勉强笑了笑。

"还有，我觉得招商的奖励幅度小了点，要提高提高，你说说什么个幅度？"

"宋总，是的，这个你说到点子上了，整个销售部，基本就我在外面跑，他们大部分是在办公室混工资，至于提成什么的想也不想，估计是提成的力度小了，他们看不上眼。要提高经销商的数量，光守株待兔是远远不够的。"杨天信走到茶几处，拎起了水瓶给宋齐光的杯中续上水。

"坐吧，坐吧，那儿有一次性纸杯，我的茶叶可是不错，你自己泡杯茶。"宋齐光觉得谈话的氛围轻松了一些。

"宋总，我刚刚泡了一杯茶，就在隔壁，我去拿来就行，省得浪费了。"杨天信说完转身向门外走去。

宋齐光忽然之间想到了一款他曾玩过的角色扮演网游，他梦寐以求的一把兵器叫：裁决。

第五十五章　意念先行

宋齐光没有说什么，他看着杨天信的背影，觉得这个人真是有点意思。他从业务员一直升到销售部经理，完全凭着自身的本事，凭着过人的业绩。但是他又不是一个好的管理者，昨天在办公室看到乱糟糟的情形，可不是一个积极的团队。这更加坚定了宋齐光要将杨天信独立出来的想法，就像部队里一样，有些人单兵作战能力超强，可让他当个班长或是排长，他都能搞一团糟，杨天信大约就属于那类人。

待杨天信回到宋齐光办公室的时候，手里有一杯茶，还有几份合同。他将合同放在了宋齐光的办公桌上。轻声说道："宋总，你让我回来的时候，时间太紧了，当时我正在和经销商谈合同，不过我也正好趁你给我打电话的机会，我就趁热打铁把这份合同敲定了，还不错，首批打款二十万。"

宋齐光拿起了合同，却并没有看，而是将目光朝向了杨天信。宋齐光觉得此人单兵作战确实超强，日后一定能帮到自己的。

"好，相当不错的效率。你以后这样，除了在外面招商，就是在内部做培训。你的招商奖励一切照旧，我也不做变动了，麻烦。只是每一家招商成功，对方打款到位后，另加一千块。"宋齐光拿到他进入"大华食品公司"后的第一份招商合同，有些惊喜和激动，对于这样的一个激励政策，他估计赵胖子和赵易初是会同意的。

"那么，请问赵总，打款有多有少，怎么个算法呢？我得和手下说说清楚，也好激励激励他们。"杨天信问道。

"你是帮手下问的，还是帮你自己问的？"宋齐光笑了笑，随后说道，"每十万提一千，有多少算多少，上不封顶。够明白了吧？"

"宋总，明白了，那我先走了啊。"杨天信笑着欠了欠身。

"等一下，你把销售部那个办公室，给我腾个地出来，我会经常去那边办公的。"

杨天信笑着点点头，并没有再说什么，或许他有些疑问，但终归是没有说出口。宋齐光原本打算等着杨天信说些什么，却没有等到，其实宋齐光并不知道，他搞的这一套与所有员工一起办公，在其他大公司里早已经不是什么新鲜事儿。

只一会儿，杨天信又过来了，他说办公桌已经整理好了，请宋总过去看看。宋齐光起身往销售部走过去，杨天信落在身后半步。这个小细节又让宋齐光感受颇深，杨天信的素质还真可以，不像那些年轻人莽莽撞撞的。

办公室最后面靠窗户的那张桌子上干干净净，宋齐光略微诧异了一下，随即释然。那原来是杨天信的办公桌，现在他把这地方收拾出来了，给宋齐光用，尽管他知道宋齐光不会经常过来的，他也将这块象征着"老大"的位置腾了出来。宋齐光暗自想道，以杨天信的道行，怎么会管不好一个销售部，再转头看看坐在办公室里的那四五个人，宋齐光明显感觉到他们和杨天信差个档次。

宋齐光来不及感叹，他只是觉得要尽快出成绩，至于怎么干倒是其次，他打算用曾国藩的名言"不为圣贤，便为禽兽"来作为心理暗示。宋齐光坐在窗边，看到偌大的厂区空空荡荡，再抬头看看蓝天白云，忽然又觉得虚无起来。

整个销售部显得异常安静，再也看不到他刚来时那种闹哄哄的场面。安静到连隔壁电话的铃声也听得很清楚，宋齐光没有起身，一是他觉得自己急匆匆赶过去，电话也许早就挂断了；二是他那个新装的座机号码也没几个人知道，既然是熟悉之人，也一定会知道他的手机号码的。宋齐光的判断没错，一会儿他的手机响了起来，宋齐光按下了接听键。

"宋总你好，我是人事部的小张，接公司通知，冯元明调往食品厂，王青橙一时离不开，不行的。"

"好的，谢谢。"宋齐光不想多说，挂断了电话。

王青橙，王青橙，宋齐光心里暗自念叨。自从赵晚晴不定期回家后，他就和王青橙断了来往，就像从没有发生过什么似的，像一阵风，吹过了便无影无踪。宋齐光所担心的那种纠缠没有出现，这又让宋齐光唏嘘不已，曾经的那份浓情蜜意，此时却是那么淡薄。他不知道王青橙是怎么想的，他只看到王青橙外形的变化，她剪去了长发，身上也有了浓浓的香水味。

冯元明的到来，宋齐光原本想给他一个销售部副经理的位子，虽然这位子也算不得什么，他完全可以说了算，但想了想还是稍微缓一缓吧，别动静太大了，旋即给了个主管的职位。

接下来的几天里，宋齐光喜欢在夜晚看星空，嘴角常含着笑意，若能看到飞机挂着红光像流星划过夜空，他就会发出会心的笑容。他的这种状况，以至于赵晚晴都觉得他有些不正常，既显得神神秘秘又显得神神道道。

其实也没有什么，宋齐光在白天里无所事事，却又无法集中注意力去思考些什么。这几天，每当夜幕降临他才会心平气和，一个创意在他的头脑里渐渐成形。

宋齐光寻了个非正式场合，也就是在赵易初的家里，他淡淡地提出方案。赵易初笑了笑，说是知道了，可以一试，但要和赵海尚商量一下具体的细节。这么一个在宋齐光看来极好的创意，他可不能让赵胖子抢了功劳。宋齐光的心里只有一个老板，那就是赵易初，在他表达过后，这才去找了赵胖子。

推开赵胖子的办公室大门，赵胖子正聚精会神地盯在电脑显示屏上，见得宋齐光及至身前，这才慌慌张张地点起了鼠标，不用说，那又是在看那些八卦娱乐，宋齐光也不是第一次见得此情景，早已不足为奇了。

"赵总，你好啊，有件事跟你汇报一下。"宋齐光未待赵胖子答话，径自在沙发上坐了下来。

赵胖子扶了扶跌落在鼻尖上的眼镜，笑呵呵地说："有事就说，别汇报汇报的，显得生疏了。"

"赵总，是这样的，我们食品厂的包装有些年头了，从销售的角度来看，很是落伍了，为了跟上潮流和节奏，我想把厂里全系的产品冠以航空的概念。"

"航空概念，那是个什么概念？"赵胖子愣了一下，旋即又说，"你这样吧，齐光，你自己和设计部去说，完了他们设计好交给你审核。"

"我说管用吗？"宋齐光有些犹豫。

"怎么不管用，你是公司副总，不是销售部经理。我马上打个电话给设计部，白养那帮人了，这么多年也不长进。你去吧，越快越好。"赵胖子显得有些迫不及待，好像是为公司得到了一个发展的机遇而激动。在宋齐光看来，他只不过想继续看他的八卦娱乐罢了。

宋齐光笑着起身告辞，临出门时却又折回身，他说："赵总，现在网络挺发达的，也有很多寻人网站，你搜一搜，不行再发发帖子，或许会有收获。"

赵胖子抬起头看了一眼宋齐光，又迅速地将目光移向别处，原本白胖的脸瞬间涨红了，他略一犹疑，便站起身说道："嘿嘿，知道了，谢谢啊。"

宋齐光不知道他的话是不是刺痛了赵胖子，他了解赵胖子的身世后，便很奇怪地有了一个想法，要为他寻找亲生母亲，那个上海的女人。自她回上海后便杳无音讯。而赵胖子显然对亲生母亲没什么牵挂，起码表面上是这样的。他的这种态度又让所有人从来不去谈论这个话题。这么多年以来，谁也不知道赵胖子是不是有颗寻亲的心。赵胖子的父亲年纪不算大就已经过世了，他给赵胖子起的学名是赵海尚，赵海尚当然明白，那就是"上海赵"的意思。

赵海尚沉寂多年的心弦给宋齐光拨动了一下，要不要寻亲，赵海尚从抽屉里摸出了一盒未开封的香烟，又索性离开了座椅来到窗户旁，打开窗户后点燃了一支香烟，赵海尚平时是极少抽烟的。一支烟抽完，赵海尚独自惨然一笑，回到了座位上，继续看他的八卦娱乐。

宋齐光出门后就打电话给了冯元明，让他和自己一道去设计部，今后若有问题则可以让冯元明对接。宋齐光本可以让设计部经理来他的办公室的，他想让更多的人知道他的这个航空创意，就让设计部经理组织精英设计人员参与讨论。

宋齐光抛出了他自认为深思熟虑的设计思路，那就是借用航空食品的概念，树立"大华食品公司"的企业形象，同时增加客户的美誉度。

设计部里顿时响起了掌声，宋齐光发现第一个鼓掌的是经理。在一阵叫好声过后，一个声音响了起来。

"航空食品，那一定得是上过飞机的。我们并没有开展这项业务，这不是欺骗客户嘛，这是其一；其二航空食品的创意由来已久，并不新鲜。我个人的意见是将产品小份化，将大包装改成独立的小包装，当然，每个小包装还可以整合在一个大包装内，这样既不减少产量，还能提高价格。"说话的人二十八九岁的模样，虽是男人却长发及肩，白净且瘦，显得有些文艺范。

第五十六章　周旋

宋齐光还没来得及生气，他的头脑里却产生了一种与此时环境相去甚远的念头，他终于明白了为什么那些有才华的人迟迟不得出头，都太会得罪人了，讲话一点艺术性也没有。

"非常好。"宋齐光刻意地停顿了一下，"你叫什么名字？"

"哦，他是端木朝安，他可是名牌大学毕业的。"设计部经理抢先答道。

"日本人？"宋齐光笑道。设计部里响起了笑声，尴尬的气氛一时消解了。宋齐光清了清嗓子，继续说道："第一，端木的想法很好，请尽快讨论落实。与此同时，我来解释一下，航空食品并不一定要上飞机，是要以航空食品的高标准来要求我们的质量。第二，前人做过的事，我们可以借鉴，就像这满大街的饭店，还是会有很多的饭店陆续开了起来，不能说已经有人开饭店了，就没人再开了。第三，可以搞独立小包装，但宜以若干个小包装整合成一个大包装，不要乱。要坚持单一品种单一包装。第四，要向目标客户传达这样的一个信息，就是"大华食品公司"传承航空食品的优良血统，以最高的食品安全级别让消费者放心购买。还有独立小包装可方便拿取食用，我们说到就要做到，设计部要以最快的速度进行这项工作，我们拭目以待，期待一次优良的设计带来一次销量的腾飞。"

掌声一片，人们仿佛像是打了鸡血一般激动，像是宋齐光的到来，就能让"大华食品公司"迅速跻身世界五百强似的。那个叫端木朝安的尤其激动，使劲地鼓掌，看他的情形，倒不像其他人那般做作。宋齐光从他的眼神里看到了被肯定后的感激之情，那种被尊重、被认可之后的喜悦写在了脸上，可是宋齐光心里明白，那个叫端木朝安的人，今后将没有出头之日了。

"大华食品公司"自宋齐光来之后，倒有一番新的起色。销售部经理杨天信负责招商和培训，销售部基本看不见人了，全部在外面招商，一段时间过后，按照先市内、后市外，先省内、后省外的方法，不断地有经销商的加盟。宋齐光在向赵胖子和赵易初汇报工作的时候，用上了成效显著四个字。而设计部的新款面市，也刺激了市场，带动了销量，如此一般企业进入了一个更加良性循环的轨道。

宋齐光也一时意气风发，唯一让他感到有些不满的是，冯元明的到来没起到什么作用，这不是重点，重点是宋齐光发现自己判断失误了，原本想象管理销售部应该是比较头痛的事情，没想到却是如此顺利，冯元明这颗棋子没有发挥应有的作用。不过也还好，身边有个贴心人，总是心安一些。

冯元明还是老样子，平时话不多，一副心事重重的样子。宋齐光曾经跟他说过，要他多说说话，要善于表达自己的意见，也没什么作用。如此几次过后，宋齐光也就不再说什么了。

　　冯元明的内心充满着悔意和恨意，他将深深的痛苦埋在心里，偶尔的微笑已属不易，他也不愿意轻易将心思向任何人倾诉，那是一段不堪回首的往事。

　　冯元明没想到李小瑟竟然和宋齐光是一个村子里的，当他听宋齐光说起李小瑟的名字时，虽装作不认识而没有言语，但是心里却是像被刺了一刀似的难受。冯元明没有朋友，唯一要算的话，只有宋齐光，偶尔还能说得上几句话。连钱小平和王青橙也不在他的眼里。冯元明的过去不堪回首，其实也没人知道，他在"大华通用制造"的时间里，几乎每分每秒都活在自责之中。有时候甚至会出现幻听的感觉，冯元明尽量控制自己的情绪，不让外人看出一分一毫，可是他的内心是恐慌的，他担心哪天万一承受不了压力会突然崩溃。

　　冯元明和李小瑟的相爱，来得快，走得也快。最初两个人在一起的时候，只是有些朦胧的感觉，并没有挑明就是在恋爱，但是冯元明分明觉得那就是恋爱，两个人都悉心照顾着对方，关心着对方。可李小瑟觉得这样远远不够，女孩的矜持让她不可能有什么主动的举动，她在等待，一直在等待。直到她心烦意乱也没有等到冯元明的一个吻。

　　在冯元明的心里，李小瑟就像个珍贵的瓷器，一不小心就会碰碎了，又像个圣洁的女神不可亵渎，冯元明爱得小心翼翼。

　　李小瑟渐渐地受不了那种相敬如宾的感觉，她认识了一个男人，那个男人四十岁左右，是个企业高管，平时话并不多，李小瑟喜欢被他紧紧搂在怀里的感觉，那时候的她觉得自己像个小孩，被呵护的温暖和安全感让她久久不愿离开那个男人的怀抱。

　　李小瑟很后悔和冯元明那次唯一的接吻，她觉得如果没有那个吻，自己和冯元明的关系也仅限于普通朋友之间，可是，自从接过吻后，那表明了已经进入了恋爱阶段，自己和那个中年男人的关系就变得复杂了起来，何况那个男人还有家室。李小瑟一时也心乱如麻，不知道如何处理这些事情。

那段时间里，李小瑟周旋于两个男人之间，这两种不同个性的男人让李小瑟难以取舍，那个中年男人的细腻与粗鲁，每时每刻都在李小瑟的心中泛起涟漪。明明知道那个男人有家有室，自己和他在一起没有结果，自己却像中了蛊毒一般被他吸引着，无法舍弃。每当她和冯元明在一起的时候就感觉平淡如水，只是冯元明与自己年龄相当，又对她无微不至地关心，冯元明的这份爱，时时让她心生愧疚之感，渐渐地，她对冯元明疏远了起来。

冯元明敏感地察觉到了李小瑟的变化，因为她的穿着打扮花哨了起来。"女为悦己者容"，冯元明常常躲在李小瑟的宿舍门口，他不止一次地看到有个中年男人深更半夜地送她回来，只是两人通常挥挥手作别，也未见什么亲昵的举动。冯元明将此事埋进心里，他既想向李小瑟问清楚那个中年男人是谁，又怕一旦真的问清楚了，很有可能就此失去了李小瑟。即便是问了，李小瑟大不了会给自己一个冠冕堂皇的解释，倒显得自己没有度量。冯元明在痛苦中纠结万分，他一天天地消瘦下去，又眼睁睁看着李小瑟和那个中年男人接触得越来越频繁。

那是一个下雨天，江南是个多雨的地方，夏季又是个多雨的季节。时间很晚了，街上黑漆漆的，冯元明躲在了"宋记老鹅汤"的斜对面，他有些焦急，平时这会儿李小瑟应该要回来了。从"宋记老鹅汤"打烊到李小瑟回来，大约不超过一个半小时的，每星期也不过出去一两回而已。只是这一次李小瑟过了两个小时了还没有回来，随着时间的推移，冯元明也是越发心慌了。

这段时间比平时要慢了很多，且越到后面，时间也越来越慢，冯元明抬起左手看了看手表，那秒针像是要停止似的。

冯元明躲在"宋记老鹅汤"这间店的斜对面，他撑着把小小的雨伞，风不大，将雨丝扫在他的腿上，自膝盖以下已经全湿透了，裤管紧紧贴在了小腿上，冯元明每调整一下站姿，换个支撑腿的时候，皮鞋里就发出轻微的"扑哧"一响，在这个斜风细雨的夜晚，冯元明听得真真切切。

一辆汽车缓缓地停在了"宋记老鹅汤"的店面前，不出所料的是李小瑟下车了，却是从后排座位上下来的，躲在暗处的冯元明长吁了一口气，他想通常情况下，若是两个人在车上的话，应该坐在副驾驶位子上的。李小瑟从后排下车，只有两种情况，一是副驾驶位子上有人，二是后排有人说话。不论是哪种情况，终归那辆汽车上不止两个人。只见李小瑟摇摇晃晃地向门前走去，并没有人下车送她，冯元明觉得她一定是喝了酒才显得步履蹒跚。李小瑟走到门前却没有去开门，而是回转身站在了那里，门前的招牌正好挡住了雨水，屋顶上的雨水层层叠叠地流了下来，那块招牌承接了更多的雨水而形成了一道水帘，李小瑟站在水帘里不进也不退。很快，车子里下来一个男人，这个男人的身影对于冯元明来说并不陌生，就是他和李小瑟走动得越来越频繁，也是让冯元明的焦虑越来越沉重。只见那个男人快步向李小瑟走了过去，两人似乎说了些什么，只十几秒的时间，李小瑟就扑在了那个男人的怀中。而那个男人双臂搂住李小瑟肩膀，将手按在了她的头发上。

冯元明的心收缩了起来，头脑里一片空白，很快他就感到了愤怒，这种愤怒的情绪无法遏制，他刚冲出了几步，又收住了脚步。他感到自膝盖以下都是冰凉的，每走一步都很难受。这种恍惚的情绪让冯元明快要崩溃，他停下了脚步，突然之间怀疑起自己和李小瑟之间究竟是不是在恋爱。若撞破李小瑟和那个中年男人的关系，自己无非是和李小瑟大吵一架，然后劳燕分飞、各奔东西。这样的结局是冯元明所不愿意接受的，他深深爱着李小瑟，对于李小瑟的一切，他都显得小心翼翼，生怕惹李小瑟有丝毫的不高兴。这样的爱虽有些沉重和疲惫，但冯元明万分珍惜这份感情，那是他的初恋。

第五十七章　诀别夜

冯元明在这风雨交加的夜色中下定了决心，他决意今后再也不去找李小瑟，就算李小瑟来找他，他也不会理睬的。可是通常这类决心是没有力量感的，李小瑟一句话，以至于一个眼神都会让他的决定土崩瓦解。

冯元明思前想后，觉得还是和李小瑟说明白为好。省得这样不清不楚、不明不白。又过了好几天了，李小瑟没来找过他，他的等待似乎遥不可及，除了每晚的失眠，冯元明也没有什么好的办法去化解两个人之间无形的隔阂，看样子如果不是主动去找李小瑟，今后恐怕是永远都等不到真相了。

煎熬中的冯元明没有等得太久，他在"宋记老鹅汤"快要打烊的时候来到店里，李小瑟也只是笑了笑，问他饿不饿，要不要吃点东西。冯元明觉得就这么坐着等有些不好意思，其实他也不饿，还是要一碗老鹅汤慢慢地喝着。

李小瑟将店里收拾清爽后，和宋天骐打了个招呼，随冯元明出了门。此时已是接近午夜时分，一阵风吹来，李小瑟挽住了冯元明的胳膊。

"小瑟，我问你，那个男人是谁？"憋在心里已久的话，让冯元明无法绕着弯子表达，今晚，本想做个了断的。

"男人？谁啊？"李小瑟停下了脚步，放下了挽着冯元明胳膊的手，她略一愣神，接着说，"哦，你说的是那个大叔啊，对我挺好的一个人。"

李小瑟欲将挽住冯元明，冯元明却让开了。他说："没那么简单吧。"

"什么没那么简单的？你还不相信我？"李小瑟的声音不再显得那么轻松，她隐隐觉得冯元明一定是听到了什么风言风语。

"你还值得我相信吗？"冯元明的语气里充满了鄙夷。

李小瑟停下了脚步，将双臂抱在胸前，既像有些冷，又像是拒绝的姿态。她想冯元明此时的态度，绝不只是听到些风言风语那么简单，他可能了解了更多一些。

"你有话就直说吧，"李小瑟此时的情感十分复杂，她既不想失去冯元明，也更迷恋中年男人的魅力。冯元明对她的体贴与关心有些刻意而为，总不及那个男人于不经意间的一句话或是一个动作来得让自己舒服。

"你这是算什么，戏弄我的感情你很开心吗？这么多天以来，你经常和那个男人在深更半夜里约会，你当我不知道？我想用我的真诚的心去感化你，让你珍惜我对你的一片心，可你有吗？你有想过一点点吗？你有吗？"冯元明的声音高了许多，这在李小瑟面前还是第一次，他努力地克制情绪，却无法做得到。

"你在监视我？"李小瑟浑身一颤。

冯元明没有答话，仿佛世界都陷入了一片沉寂之中。

天空飘起了雨丝，江南的牛毛细雨看似可以忽略，却于不经意间已湿了行人的衣襟。

"你说吧，你是跟他还是跟我？若是跟我，你就断了和那个男人的联系，我可不想我们之间有任何的不清不楚。我想我们的感情应该像一张白纸一样地纯净。"冯元明恢复了一些平静，他想在这雨夜中做一个了断。

"那我们结束吧，其实，我们或许还没有真正的开始过。"李小瑟说完转身离去。步伐十分缓慢，又似在等待着冯元明叫住她，和她说些什么。

冯元明被李小瑟放弃，已经深深地刺伤了他的内心深处，他只是看着李小瑟的背影，耻辱、自责、怨恨一齐涌上心头，他呆立于雨中竟不知身在何方。

这一次的恋爱开始得平平淡淡，结束得也波澜不惊。如果不是那个男人的出现，结束也就罢了，只是冯元明放不下的是，他对李小瑟的真感情，却换来了背叛，这让冯元明在很多年以后都无法释怀。

李小瑟没有等到冯元明的呼唤，她不知道是自己的心情是轻松了许多，还是越来越沉重。在这不知不觉中，她竟来到了那个中年男人的住处，她知道他住在这里，看着那窗口露出的微弱的光线，她也明白那个男人正在家里，或是早已入睡，或是和妻儿说着话，看着电视。

李小瑟站了一会儿，突然发现自己一个孤身女子，在这样一个漆黑的夜里站在街道上显得有些不正常，她甚至连把遮雨的伞也没有。李小瑟急忙向着"宋记老鹅汤"的店里一路小跑了起来，李小瑟感觉到越来越害怕，她的步伐也越来越快了。

李小瑟回到店里，宋天骐也还没有睡，正在桌前看着什么，当他听到上楼的脚步声停在门口时，不禁好奇地一回头，却是目瞪口呆。

李小瑟浑身湿透了，头发也湿漉漉地贴在脸上，宋天骐的目光迅速地向下移动，只见她紧贴在胸前衣服上凸起的两个绿豆大的点，在耀眼灯光下显得很是明显，裤子也裹在了身上，玲珑的曲线暴露无遗。

李小瑟刚刚在黑暗中还没有注意到这些，她从宋天骐的目光中看出了异样，一低头就臊红了脸，赶紧跑向了她的房间。那阵窸窸窣窣的脱衣服和穿衣服的声音，在宋天骐听来格外性感，并不同于以往。

宋天骐有些后悔那天晚上的举动，如果第二天李小瑟依然还是走掉的话，那不如当天晚上就用上了强。对于此后李小锦的到来，又让宋天骐觉得那晚自己悄然地退出还是对的，若非如此，自己又如何面对李小锦，再说了，李小瑟肯定也不会让姐姐到"宋记老鹅汤"来上班的。自己与李小锦的恋情正浓，正所谓失之东隅，收之桑榆。

就在李小瑟与冯元明诀别的那晚，在迷糊之中感到有人在抚摸她，开始还以为是个梦境，待慢慢清醒后才知道是宋天骐，她并没有大喊大叫，而是装着刚刚要睡醒的样子，只是推开宋齐光的手的时候用了些力气。这也好让宋天骐明白，她并不是刚刚睡醒，而是明白的。当时她很害怕宋天骐不管不顾地用强，好在宋天骐虽然有些坏，但还算是有点良心道德。他悄悄地撤退了，此一来都给了双方台阶可下。只是李小瑟觉得这样的日子恐怕有了第一次，还会有第二次的，为了避免麻烦，她思考了整个半夜的时间，等天一放亮就离开了。此后也极少踏进"宋记老鹅汤"的店里。

当她得知姐姐李小锦和宋天骐在谈恋爱时，也只是苦笑了一下，没有说什么。有些事埋在心里，永远比说出来要好得多。

李小瑟离开了"宋记老鹅汤"之后，很自然地就想到了那个中年男人，想要到他所在的公司去上班，却出乎意料地被他拒绝了。李小瑟满心的欢喜化为泡影，她毅然决然地离开"宋记老鹅汤"，也正是出于对那个中年男人寄予希望，她的这份自信被击得粉碎，于是不得已，犹豫了几天后才去了宋齐光所在的"大华通用制造"，谁知命运作弄人，又让他遇见了冯元明。她不想有任何的节外生枝，又不得已去了另外一家工厂。慢慢地，她像是找到了感觉，工作上一时也风生水起，短短时间，竟成了整个开发区赫赫有名的女强人。

其实那个中年男人一直在李小瑟的背后，如影随形。

自李小瑟从"大华通用制造"公司出来以后，那个中年男人就推荐他去了另一家工厂上班，并教她如何适应职场，如何进退自如。与此同时，他还为李小瑟在工厂附近租了一套小公寓，已装修好的四十多平方米里家具一应俱全，家电和厨卫的设施也都挺高级的。李小瑟很喜欢这个小小的房间，一段时间以后，这个小房间里的风格由清冷变成了温馨。

李小瑟就是在这个房间里失去了她的处子之身，直至走到她生命的尽头。

那一晚两人非常高兴，李小瑟升职，那个中年男人的妻子又回了娘家，这么一个日子，他俩难免会找个小酒馆去喝上一杯。中年男人早早地就说了今晚不回家去住，要到李小瑟那里去睡。李小瑟既欣赏那个中年男人的直爽，又隐隐有些担心和害怕，她明白如果不是眼前的这个男人，自己在公司里是无论如何没有这么快地平步青云，尽管她自己也很努力，何况她又不讨厌这个男人。李小瑟对于中年男人的话未置可否，她只是拼命地喝着酒，也让那个男人喝。

相比平时相聚的时间，因为那个中年男人的这句话，李小瑟的醉意来得要提前了许多时间，饭局结束得有些匆忙，以至于两人都以为对方要急于赴那场性爱盛宴似的。

李小瑟洗完澡后，四仰八叉地躺在了床上，头脑昏昏沉沉的。当她听到房间里再一次地响起了水声，才像做了个梦刚刚醒来似的，急忙蜷缩起身体，她那不算娇小的身体窝成了一团。

一会儿中年男人就爬上了床，从她的身后将她环抱起来，李小瑟的后背紧紧地贴在了他的胸膛，觉得很是温暖和舒服。那个中年男人的手在她的乳房上抚摸着，间或用拇指和食指揉捏着她细小的乳头，这让李小瑟感到浑身一阵阵地酥麻，她的呼吸也随之急促了起来。

第五十八章　只如初见

李小瑟伸出手，只管把她床头的台灯一开一关，发出轻微的声响，像是要打破房间里这种寂静似的。

那中年男人"啪"的一声，打在了李小瑟的胳膊上，示意她别那么搞，要把台灯搞坏的。

李小瑟趁势翻转了身体，将脸埋在了那中年男人的怀里，她的嘴唇接触到那男人的胸前，便不自觉地伸出了舌头，一下一下地舔着。只一会儿，中年男人有些迫不及待地扳平了李小瑟的肩膀，让她平躺在床上，伸手就要脱去李小瑟的内裤，他从李小瑟的腹部用力往下脱，却又被她的臀部牵扯住了，内裤竟一时脱不下去，李小瑟笑了笑，轻轻地抬起了屁股，让她的小内裤迅速地离开了身体。

此刻，李小瑟觉得压在身上的男人很重，重得有点让她喘不过气来。床头灯亮着昏暗的光，还是能看得清李小瑟的脸上沁出了细细的汗珠，她紧蹙着双眉，嘴巴半张着发出"嗯嗯啊啊"的声音，眼睛闭得紧紧的，脸上的表情看上去很痛苦似的。

那中年男人似乎也感觉到李小瑟的高潮已过，于是也不再恋战，匆匆结束了。一股股微温的液体涌向了李小瑟的肉体深处，她又不由自主地发出了沉闷的哼声。

当那中年男人翻身下马后，李小瑟这才渐渐地恢复了羞涩感。她为自己刚刚的表现而感到羞愧，起码她觉得这不是一个处女的表现，她牵过了薄被单，盖住了雪白的胴体。

后来，李小瑟在这座县城里生活了七年，其中有五年时间是和这个男人共同度过的，李小瑟始终是活在第三者的自责中，担惊受怕且时常抑郁。

李小瑟不断地想要逃离，又放不下这段感情，她最终还是留在了这座小城里，直至过去了五年的时间。

五年时光似月光下一袭丝绸，如锦瑟般华丽而清冷，匆匆倾泻一地。

五年过去了，此时宋天骐和李小锦还在经营着"宋记老鹅汤"的那间店，他俩的孩子已经五六岁了。宋齐光在"大华食品公司"里基本上是全面接管了赵胖子的事情，而赵胖子也乐得做个甩手掌柜，宋齐光的野心不断地开始膨胀起来。同村一道走出去的杨一鸣不知所踪，像是在这个小县城里消失了似的。

李小瑟在这五年里除了和那个中年男人的感情和性爱，没有什么事值得李小瑟记忆。唯有每年生日那一天，某位不知名的人会让花店送来一束玫瑰花。巧合的是，那个花店的老板也是李小瑟认识的，就是她读高中时那所学校传达室老人的儿子，当年经营着一间馄饨店的老板。

每一年都是花店老板在她生日这天送来鲜花，李小瑟也总是拿他打趣。

李小瑟笑着说："你这一手好馄饨的手艺不要啦，转行开花店有什么意思？"

老板微笑着说："不是我不明白，这世界变化快，你没瞧见肯德基都开在小县城了嘛。看样子我这祖传的手艺，就要断在我一这代了。"

李小瑟道："这花谁送的，你不说我就不收哦。"

老板笑得很开心。"做人也好，开店也罢，要有职业操守，客户要保密，你就是拿刀逼住我，我也不会当叛徒的。再说了，人家钱都付过了，你不收我再回去重卖一遍。"

"想得美哦，呵呵，谢谢你。"

"不客气，明年此时再相见。"

李小瑟丝毫不怀疑花店老板笑得真诚，只是观察到他转头的瞬间，脸色便暗淡下来。李小瑟对这个曾经开馄饨店，现在开花店的男人有种说不出的感觉。她每次都站在四楼的窗前，目送这个男人穿过门前的大院，直至消失在茫茫人海中。

七年间，除了每年生日这天的这束玫瑰花能带给她欢愉，她时常都是不开心的。她将很多的情感都收藏在心里，对外界的纷纷扰扰不管不顾。好在她的工作也是十分忙碌，应酬也是特别多，在灯红酒绿之中她才能获得安慰，但过度饮酒也搞坏了她的身体。

最近一段时间以来，李小瑟频频咳血，这让她有了不祥之感。她瞒着所有人独自去了外省的一家大医院，经检查后，病理检查报告单上赫然写着：癌症。

归途中，她在县城下了火车，又转个弯去了不远处的汽车站，踏上了回家的路。两三年前，李小瑟的妈妈已经回到了家，她的父亲像众多善良的农民一样，将不堪的记忆删除掉，还是像以前一样地照顾着她。自从妈妈回家后，李小瑟回村的次数也多了起来。

李小瑟回到家里已是黄昏时分，她首先看到的是小康，姐姐把孩子留给父母照看，孩子名叫小康，很瘦弱，有些孤僻。李小瑟每次回家都要给他带很多好吃的零食，小康和李小瑟很亲。

此时，小康正端着饭碗坐在门前的大石块上吃着饭，李小瑟曾好几次要他回屋里去吃，要不然饭菜一会儿就凉了。小康很倔强，别的都听，只是吃晚饭时，他都要坐到门前去。如此几回，李小瑟也就不管了。

"姑姑回来啦，姑姑回来啦！"小康看见不远处的李小瑟，跳起来就往屋里跑。李小瑟一时觉得有些好笑，这孩子也是的，姑姑回来啦你倒是到我这边来啊，怎么往家里跑呢。

李小瑟刚一愣神，小康一手牵着姥爷，一手牵着姥姥，把他们往外拽。姥爷笑着连声说着慢点慢点，别把你姥姥拽跌倒了。

李小瑟看着父母脸上露出的笑容，自己没再挪动脚步。她笑着，泪水无声地滑落在脸庞。她装着擦汗的样子，抬起手臂擦拭着泪水。

李小瑟的突然到来，让妈妈满心欢喜，一边埋怨着她怎么不提前告诉一声，一边忙着喊老头子去菜地摘菜，去小店里买熟食。

父亲乐呵呵地出门去了。

李小瑟瞄了一眼桌子上的菜，只一菜一汤，鼻子不觉又是一酸。

"妈，你们在家也别太省了，又不是没钱。"

"习惯了，习惯了。"

"还有，小康怎么还在外面吃饭啊，叫他以后回屋里吃，外面灰蒙蒙的不卫生。"

妈妈愣了片刻，说："还是别管小康了，他是在盼他爸妈回家呢，上次他爸妈就是在吃晚饭的时候回来的。"

父亲回来得有些迟，步履有些缓慢。李小瑟看看妈妈，又看看爸爸，突然间有些伤感，她觉得父母渐渐地露出老态了。

回到城里，李小瑟还是一如往常，与平时并没有什么两样。只是心中那束玫瑰花仍是放不下，她想搞清楚，那个送花人究竟是谁？

李小瑟辗转找到花店，出乎意料的是那间花店其实并不小，里面忙忙碌碌的，有四五个员工。见到了那个依然瘦削的老板，李小瑟微笑着说："老板，你店里不是有不少员工吗？干吗每年都要由你这个老板亲自送花给我啊？"

"没什么的，你生日是个好日子，二月十四号啊，那时店里都忙。"

"这些洋节倒让你们这些开花店的发财了。那清明节生意好吗？"

"要淡些，没情人节生意好。"花店老板摇着头，表情有些无奈。

"我来是想跟你说，那个送我花的人到底是谁？"

"保密啊。"

"我不跟你开玩笑的，我必须得知道。我也不是勉强你，但我恐怕过不了下个生日了，你一定要跟我说清楚。"

老板停下了手中的活，接过李小瑟递过来的病理报告单，半晌没有言语，神色也凝重起来。

"请你告诉我，送花的人是谁？"

"最好是不问过去，不畏将来。"老板欲言又止，顿了顿接着说，"始终相成，生死相继，生死死生，生生死死，如旋火轮，未有休息。"老板像是对着李小瑟说，又像是喃喃自语。

"谢谢你。"李小瑟不再说什么，默然转身离去。

这一次，是花店老板透过玻璃橱窗，望着她越走越远。

第五十九章　黑百合

三个月以后，有人来花店买花篮，老板接过那张递过来的纸片准备写挽联，见上面写着"李小瑟仙逝"。

又到了二月十四日，那个来买花送给李小瑟的男人按期到来。

"老板，老样子，这是钱，给你。"

"不用了。"

"怎么了？"

"收花的那个人，永远不在了。"

"不在，什么意思？"男人有些反应不过来。

"生病去世了。"

男人手一松，捏在手里的钞票飘落在地，他有些恍惚地朝店外走去。

花店老板捡起地上的钱，追了出去。他说："其实，你要的黑色百合，我们店里从来也没有过。"

"你骗我？"

"我没有骗你，只是将你要的黑百合换成了红玫瑰。"

"这么多年，你送的都是红玫瑰？"

"是的。"

"谢谢。"买花人转身又进到店里，"给我一束红玫瑰。"

老板亲手递给他一捧红玫瑰，说："我不问你为什么要送她黑百合，但你不知道她的死讯吗？"

买花人轻轻地说："这座城，我不关心任何一个人。"

郊外的公墓，人迹罕至。一处墓地上方，立着一块朴素的大理石碑。

一个穿着短风衣的男人撑着雨伞，不知从何时就立在那儿。

墓碑给雨水清洗得非常洁净，前面放着一束火红的玫瑰。玫瑰上的雨珠亮晶晶的，一闪一闪地往下滚落。

天色已晚，男子仿佛惊醒似的，慢慢转身离开。临走前，他再次回首。墓碑上除了姓名，只有一行字：爱比恨更难宽恕。

李小瑟的离世，让她周边的人唏嘘不已，这么年轻且前途无量的一个女孩，就这样香消玉殒未免可惜，尤其是李小瑟众多的追求者，他们都有同样的一个感觉，那就是快成功了，就只差一步之遥了。一阵喧嚣过后，人们很快就会淡忘那个叫李小瑟的女孩，只有她的家人会不时地想起她，并感到伤心欲绝。

李小锦自失去妹妹后，就像丢了魂似的，她之前与妹妹的联系并不多，也不觉得她俩之间的感情有多深，只是在真正地失去后，她才真真切切地感受到像是丢失了一颗无比珍贵的夜明珠，那珠子在她的心里盘踞了多年没有光彩，唯有悬在天空里，才会发光。

李小锦的情绪一直很低落，宋天骐看在眼里，他不知道该如何去安慰李小锦，只是默默地多做些事，将店里打理得有条不紊。

那个叫胡适芝的服务员还在"宋记老鹅汤"打工，从"宋记老鹅汤"开张不久起，胡适芝就来到这里了，这一晃就是六七个年头，胡适芝也像是适应了这个环境，与宋天骐和李小锦像是一家人似的开开心心。对于宋天骐夫妇来说，有了这么一个熟手帮忙，店里倒也是少操了不少的心。

店里的生意早已经是步入了正常轨道，从来就是不温不火的，但也有足够的利润让宋天骐和李小锦的小日子过得滋润。

这一天，店里来了两个二十来岁的一男一女，宋天骐看了一眼，觉得很是面熟，却一时想不起来。宋天骐认为他俩一定是情侣关系，之所以说他俩是情侣，那自然是表现得很是明显，两人牵手而入，落座后女孩去倒了两杯茶，又拣了两碟子免费的小菜放在桌上，然后两个人说着话，声音并不大。

此时已是午后三点，"宋记老鹅汤"店里面没有其他人，这两个人说了一会儿话，两碗老鹅汤就端上了桌子，宋天骐忽然对这一对情侣产生了兴趣，老鹅汤是他自己端上去的，他朝这两人笑了笑。

"哟，宋老板，今天心情不错嘛。"男青年笑着说。

"嘿嘿，我哪天心情都不错的。"

"那可不见得，我前几年经常来喝你的汤，倒也没见你开过笑脸。"

"前几年？哦，想起来了，前几年你还是个高中学生吧？"宋天骐想起了三四年前的那个大男孩，那时候他显得瘦一些，戴着副眼镜，跟如今的容貌还是有些不太一样，难怪有些面熟却一时记不起来。

"是啊，宋老板，我大学毕业了，什么也没学到，倒把高中时学到的知识丢掉了不少，好在也有收获，这不，瞧我女朋友。"男青年说这番话的时候有些气呼呼的，好像谁欠他什么似的。在宋天骐看来，他年纪不大，倒显得有些玩世不恭的味道，也无心再和他多话了。心想这世道，越来越多的人戾气横生，多一事不如少一事，还是少惹他们为妙。

"呵呵，那也不错，你慢用。"宋天骐转身欲走。

"慢着，"男青年顿了顿，继续说道，"不错什么啊，我是找不到工作才回到家乡的，好在家乡还有个不错的工业园，也省得到外面吃那份苦，受那份罪了。不过宋老板，我在高中时就喜欢喝这里的老鹅汤，没想到我大学都毕业了，你还在干这一行啊，真是谢谢你了。喝这碗老鹅汤，我找回了年少的记忆。"

"欢迎以后常来，给你加料。"宋天骐若有所思地离开了，是啊，自己开这间"宋记老鹅汤"也有六七个年头了，就守着这么间店，小日子过得也还算行，和李小锦的感情也不错，又添了儿子，在外人眼中，自己还算是个小老板，也不错。可宋天骐总是觉得这一生要是就这么过下去，实在是心有不甘啊。

宋天骐心里越来越焦虑，尤其是李小瑟死后，李小锦一直是闷闷不乐，话也少了很多，连过夫妻生活也是无精打采的，不像以往那么疯狂。这一切，宋天骐看在眼里，也并不多说什么，生活了无情趣。

自上回李小锦说把儿子接回来住，宋天骐就犯了难，就这么一间店就够夫妻俩忙的了，儿子来了也照顾不了啊。尽管宋天骐也想让儿子到县城来接受更好一些的教育，但连个住的地方也没有，也实在是心焦。

李小锦也说过，要么就先租个房子吧，买是买不起了。这个家是她在当着，她当然清楚家里还有多少钱，对于买房，那是可望而不可即的事情。宋天骐对此很是纠结，"宋记老鹅汤"所在的商业圈，离最近的学校还有很长的一段距离，租房倒也不是不可以，只是学校和店，这两件事必然起冲突了，宋天骐思来想去，最终觉得如果没有了这个店，就将失去一切。所以暂时还只能以"宋记老鹅汤"为重。要么只有一个办法，就是在离学校近的地方租个房子，让李小锦陪读。可是这样店里就少了一个人，还得请一个帮工，这一反一复可就是不少钱，这个小店也只是将将过个小日子，如此一来的话，收入可就少了许多了。宋天骐为此纠结不已。

这样揪心的日子过了一段时间，宋天骐终于按捺不住了，他要去找弟弟宋齐光，宋齐光现在是"大华食品公司"实际上的一把手，这句话去年过年时，弟媳赵晚晴当着父母的面说的，虽然有些显摆，也是句实话。何况赵晚晴家大业大，宋齐光或许有不少存款，去找他开口借一点钱，好买个房子。

当宋齐光接到他的电话时，从语气上能听得出来很高兴，这让宋天骐稍微感到舒服一点。

"哥，怎么想起来打我的电话？可想死我了。"宋齐光笑道。

"你别跟我嬉皮笑脸的，我找你有事情。"宋天骐端起了做哥哥的架子，又觉得有些心虚。

"哥，啥事啊，你说吧，除了钱什么都好说。"宋齐光的语气中透着笑意，也因此，宋天骐没有感觉到有什么难受。

"你还真别说，还就是钱的事，这样吧，当面再说，电话里说不清楚。"

"哦，行，你晚上和嫂子来我家，我搞两个小菜，我们兄弟俩喝一杯，也确实好久没聚聚了。晚一点没关系，我们等你。你店里忙个差不多，晚上就不要开门了。就这样啊，哥，我还在开会，马上要回会议室了，等你啊。"宋齐光说完挂断了电话。

宋齐光倒也不怕哥哥来借钱，他想如果猜得不错的话，应该是买房子缺钱了，要不然他也没有别的用钱的地方。哥哥的这个来电，让宋齐光有了心思，他耐心地等待会议结束后，就去了自己那间独立的办公室。

宋齐光新沏了一杯茶，点燃一支烟，将双脚搁在办公桌上，他想要思考一些问题。忽然又觉得自己的这副做派像是赵易初，喜欢将脚搁在办公桌上，只不过他自己只是在无人的时候才这样做，而赵易初却是当着别人的面。想当年，自己不是很反感赵易初那样的做法吗，怎么自己现在倒有些仿效他的样子了？

宋齐光很快将思绪拉回到哥哥的事情上，他一直都有那个想法，只是不敢轻易地去尝试，一是担心赵胖子向赵易初汇报，说自己有私心；二是担心哥哥宋天骐是不是有那个能力去做好。宋齐光对于第一点倒并不是太在意，至少目前还不用担心赵胖子玩什么鬼，自己对赵胖子的尊重，让赵胖子乐得当个甩手掌柜，这些年"大华食品公司"的业绩每年都在迅速增长，每次向总公司总经理汇报工作的时候，宋齐光总是不忘极力夸赞赵胖子的功劳，赵胖子虽板着个脸，心里却是乐开了花，有时候宋齐光都觉得自己是不是表演过头了。

第六十章　不可说

赵胖子每次回到"大华食品公司"后，都要表扬一番宋齐光的辛劳，有时也从办公室的柜子里拿出两瓶好酒或一条好烟给宋齐光，而宋齐光也从不拒绝。他认为只有收下了赵胖子的东西，才会成为他道上的人。宋齐光倒是有些担心赵易初看出了自己虚伪的一面，自己不断地夸赞赵胖子那不是谦虚，而是圈套。赵易初可不像赵胖子那么好糊弄。

　　按目前的这种状况，自己为哥哥做点什么，何况又不是什么出格的事情，按道理说赵胖子是不会坏他事的，不过宋齐光看得比较远，一旦到了关系闹僵的那一天，自己为哥哥谋利，赵胖子只此一件事，便能将他一剑封喉。

　　还有一件事，也是让宋齐光难以做出决定，那就是哥哥有没有能力做成这件事，宋齐光对于这件事的实施顾虑重重。

　　宋天骐把晚上去弟弟家的事情和李小锦说了，李小锦有些不乐意去，说只你一人去就行了。宋天骐安慰她说，自己家的弟弟，没什么不好意思的，再说他也有这个能力帮我们，你不说的话，就我来开口好了。李小锦说她倒也没什么不好意思的，就是怕宋齐光拒绝后，两家就会有隔阂。宋天骐认为她说的也是对的，到时候见机行事吧，也不一定非要开口说借钱这个事，李小锦方才勉强同意。

　　按惯例晚餐到点的时候，是"宋记老鹅汤"最忙的时候，宋天骐送走了那一拨客人后，还是狠了狠心，将店门关了。他不能让弟弟等得太久，何况弟媳赵晚晴，还有侄女都在家里等着呢。临出门时，宋天骐还是在后悔，若是早点关门就好了，自己怎么就舍不得那一拨生意呢，又能挣几个钱？

　　宋天骐与李小锦出门后，上了一辆出租车，汽车飞快地向宋齐光所在的那个小区驰去。车上的宋天骐闷闷不乐似的，打不起来精神，开口借钱这件事总是让人底气不足，从一开始就觉得低人一等似的。好在这个对象是弟弟，心里稍微好过一点。

　　下车后，宋天骐直奔弟弟的家而去，李小锦落在了后面，她只是笑着。宋天骐顿觉有些莫名其妙。

　　"走啊，傻乎乎的，站这里干吗？"宋天骐说。

　　"你啊，智商低也就算了，这情商更低，不晓得买点东西带着啊，侄姑娘在家呢。"李小锦笑道。

　　李小锦这么一说，倒把宋天骐逗乐了，他说："是的，是的，走，去超市。"

东西是李小锦挑的，并不多。

踏进宋齐光的家里，宋天骐和李小锦顿时感到欢乐的气氛，尤其是赵怡曼，也就是宋齐光和赵晚晴的女儿非常活泼可爱，她从李小锦的手里接过那箱子牛奶后，一边说着谢谢大伯，谢谢大妈，一边试图蹦蹦跳跳着往回走，只是手里的那箱子牛奶比较沉，像她一个六七岁的小姑娘拎着还是很吃力，这想蹦又蹦不起来样子，让李小锦"扑哧"笑出了声。这四个大人都望向这个小孩，眼里都是满满的爱意。

桌上摆好了七八样菜，还有一瓶"剑兰春"，这让宋天骐眼前一亮，他特意地看了看宋齐光。

宋齐光显然注意到了哥哥的眼神，伸手就将"剑兰春"拿在手中，正准备开启瓶盖时，宋天骐连忙说："等、等、等一下子，这样的好酒就不必了吧，酒都差不多的，没必要喝这个，你随便开一瓶就是了。"

还没容宋齐光答话，李小锦抢着笑道："你没喝过好酒，不正好到齐光和晚晴家来喝嘛，还装模作样的，人家齐光要是收回去了，你又要后悔好几天。"

李小锦的话刚落音，房间里又响起了一片笑声。在宋天骐的记忆里，他已经很久没这样开心地笑过了。

赵晚晴拉着李小锦坐在自己身边，对面是宋家兄弟俩。赵怡曼坐在沙发上，她很熟练地拆开包装，拿出一盒牛奶，插好吸管在房间里跑来跑去的，小孩子除了睡着了，像是永远地不知疲倦似的。宋齐光打开电视，调到正在播放动画片的频道，赵怡曼便自顾自地坐在沙发上，这才算安静了下来。

酒喝过一阵子后，赵晚晴和李小锦先吃完饭，就到沙发上逗赵怡曼玩去了，而赵怡曼似乎并不欢迎她俩的到来，对她俩的笑脸不理不睬，只顾着聚精会神地看着动画片。于是讨得无趣的赵晚晴和李小锦两人东家长、西家短地说起了闲话。而宋家兄弟都已是酒至微醺的状态了。

"哥，有什么事你就直说吧。"宋齐光说道。

"没什么事，没什么事的，好长时间没见了，见见。"宋天骐显得有些犹豫，说话也吞吞吐吐的。

宋齐光不愿意逼着哥哥开口，他把用整个下午的时间来考虑的那个想法抛了出来。"哥，我有个想法，咱家不是有老鹅汤嘛，我正好也在食品公司做副总，我们把这个老鹅汤做成快消品，开袋即食的那一种，我这边有厂房、工人、资金、渠道，一应俱全。但是现在要做这个的话，先有三个问题需要解决。"

"哪三个问题？"宋天骐觉得弟弟说的事有些大了，也因此兴致并不高。

"第一是你得放弃现在的店，到我们工厂来租个厂房，各种管理也到位一些，毕竟我们是个大公司，小作坊的东西质量并不能得到保证，若是有个什么小事故出现，影响的是公司声誉。第二是公司得同意我们这么做。第三咱们得先有一笔启动资金，至于产品销售你不用烦神，资金回笼你也不用烦神，但是启动资金你得自己拿。"

"你说了这么多，这八字还没一撇，你说得太早了。"宋天骐不以为然。

"那行，是这样的，我先得问问你的意思，然后再好和公司汇报，如果你都不同意，我就不用汇报了。"宋齐光说道。

"我的意见啊，可以考虑搞。像这般小打小闹的这么多年了，也没什么意思，可以考虑扩大经营了。"

"行，那就先这么说了，你等我消息吧。"宋齐光端起了酒杯，向哥哥示意着，宋天骐端起了酒杯，幅度比较大地一抑脖子灌下了半杯酒。他的这个动作比较显眼，引起了李小锦的注意，李小锦笑骂道："天骐你少喝点，别逮到好酒就照死喝，酒是人家的，命是自己的。"

"行了，行了，不喝了，话真多，我们回去吧。"宋天骐站起身来。

"哥,你不吃点饭了?"

"不吃了,菜都吃饱了,走了啊。"宋天骐略有些摇晃着走向了房门处,李小锦赶紧从沙发上站了起来,朝赵晚晴笑了笑,紧赶几步扶住了宋天骐。

桌子上一片狼藉,宋齐光待哥嫂走过后,径自去了沙发处,将女儿抱在怀里,用胡子扎女儿那粉嫩的脸,女儿从他怀中挣脱开来,赵晚晴此时用手掌推了宋齐光一把,宋齐光身体一斜,顺势就躺在了沙发上。

"真要命,你别烦我们娘儿俩了,赶紧洗澡上床睡觉去吧。"赵晚晴说着话起身去收拾桌子上的碗碟,待她在厨房洗好碗碟再回到客厅时,宋齐光已是鼾声如雷。看着眼前的这个男人,赵晚晴气恼不已。

第二天上午,宋齐光去了赵易初的办公室,他想他的这个计划应该没什么问题,于公于私来说都不是什么坏事。

"赵总,我有个想法向你汇报一下。"宋齐光站在桌边,望向了赵易初,赵易初今天的脸色有些难看,宋齐光立刻觉得今天谈事情恐怕不合适,不过既然已经到了这一步了,断然没有回头的念头。

"说吧。"赵易初的语气很是冷淡,像是配合着他的表情。

"赵总,我们家有祖传的制作老鹅汤的秘方,现在在家乡,我的父亲限量制作老鹅汤,我的哥哥在县城开了间'宋记老鹅汤'的门店,现在已经有五六年了,生意一直不错。"

"捡重点说,我没那么多时间听你扯家常。"赵易初冷冷地说道。

宋齐光听得赵易初如此一说,顿时像掉进了冰窟,连说话的心情也没有。他加快了语速,说:"赵总,我想把我们家祖传的老鹅汤引进到公司来,这样又增加了一个畅销产品,我是这么想的。"

赵易初没说话，只盯着宋齐光看，宋齐光心里发毛，不敢直视赵易初的眼睛，略略地低下了头。

"家庭作坊，只适宜现炒现卖，不能量产的话是没有前途的，你说的我知道了，待以后条件成熟了再做考虑吧。"赵易初从桌子上抽了一本书翻看了起来，那意思很明白。

宋齐光当然知道赵易初的意思，自己今天说的事算是白说了，如果这件事办不成的话，那后果是不妙的，因为这牵涉到他自己的家庭里的事。换作引进别家的手工食品，如若赵易初不同意的话也便罢了，只是今天说的是自己哥哥的事，成了是锦上添花，不成便显得自己有些以权谋私了。宋齐光悻悻地离开了，满腹心思。他忽然觉得这事要是由赵晚晴先探探她父亲的口风，应该是比较妥当的。自己因为过于自信而显得有些自负了，宋齐光略微有些后悔。

第六十一章　疑云密布

此后工作上某些微妙的变化，在宋齐光的预料之中；但是生活上出现的困顿，又出乎了他的预料之外。

工作上赵胖子渐渐地加强了关注度与参与度，这让宋齐光有些束手束脚，他的几项营销策划方案都被赵胖子否决了，几位中层管理人员的态度变化之快，这些都让宋齐光隐隐地感觉到他在公司的地位已经日渐式微，他想赵胖子一定是在背后说了些什么话，这如果只是赵胖子觉得被架空了，要获得实际的掌控权，倒也罢了，宋齐光担心的是赵胖子是受到赵易初操控的，他才会有这样的变化。

而在生活上，他似乎又回到了从前，赵晚晴回娘家的日子是越来越多了，当然她也带走了赵怡曼，这些微妙的变化让宋齐光有了不安的预感。他不知道自己只是提了一下家传的老鹅汤，就为何产生如此大的变化，宋齐光觉得就算这事做得不妥当，那也不至于工作和生活会发生这样的变化。宋齐光百思不得其解，对此却也无可奈何，他就像一条搁浅的鲨鱼，任凭怎么挣扎却似再也无法回到海洋。

宋齐光眼见得赵晚晴回家的日子越来越少，他尽管不愿意踏入赵易初的家，但在赵晚晴连续一周没回家后，他还是打算去接赵晚晴回来。这么多天以来，宋齐光都是打车上下班的，那辆车子也被赵晚晴开走了，为此，宋齐光也是暗自生气，你天天待在家里，又用不上车子，干吗还要开走，倒让自己每天打车上下班，作为一个公司的副总，或是一个曾经经常开车上下班的男人，于颜面上也不好看。丢了自己的面子，难道不也是丢了你赵晚晴的面子吗？

宋齐光通过这件小事，渐渐地感觉到他好像要被赵氏家族排斥，这种感觉随着时间的推移越来越强烈。宋齐光不得已还是要去赵易初家里一探究竟。

像往常一样，按过门铃后，马姨来开门的，这个女人已经呈现出一些老态，说话的语速和动作也变得慢了许多。宋齐光说了声马姨好，马姨微笑着答道，宋先生里面请。

进得客厅，这座二层楼结构的房子，每个房间并不是多大，只是这客厅大得出奇。迎面是偌大的一幅国画，宋齐光曾经在此听过一位画家的点评，构图大胆，落笔细腻，气势磅礴，趣韵生动，不禁多看了两眼，他及至跟前，看到落款为谷祥，县城不大，他又从杨一鸣那儿听说过张谷祥为人内敛、不喜张扬，是位潜心于山水的画家。客厅的两边是四幅书法作品，笔走龙蛇，大有"来如雷霆收震怒"之美感，也有人点评为此四幅字深得二王之风骨，宋齐光知道这也是县城里的一位书家佐发写的。赵易初能求得这两位的书画作品实属不易，宋齐光知道赵易初可不是个凡人，他有着极高的情商，千金易得，有个性的书画家的作品并不是那么容易得的到。

宋齐光正在欣赏着书画，赵晚晴出来了。她的笑容在宋齐光看来有些勉强，宋齐光暗自安慰着自己，怎么这心神一乱，见到赵晚晴的一举一动一个笑容都像是很别扭似的。宋齐光觉得大可不必杯弓蛇影，自己跟自己过不去。

"来啦，怎么几天不见，又对书画产生兴趣了？"赵晚晴笑道。

"哦，没什么事，来看看你，完了我们回家吧。"宋齐光觉得赵晚晴的话语中有讥讽的成分在。

"吃完晚饭再说吧，为了我哥的事情，家里都乱了。"赵晚晴说。

"你哥的事？什么事？"宋齐光有些好奇地问道。此时，正巧赵芙蓉从楼梯口下来，她看到宋齐光在客厅时愣了一下，略微停顿了脚步，又继续往下走来，只是脸上一片愁云苦雾。赵晚晴显然也看到了，她没有说话，挽着宋齐光的胳膊向大门走去，像是有意回避赵芙蓉似的。

出得大门，便见树木葱郁，这座不高的山峰的半山腰处，即是赵易初的家，他无须去养花种树，这遍地可见的树木就像是天然氧吧。将近黄昏的时分，夕阳西下，天空中有几只鸟儿盘旋着，像是寻找它们的栖身之所。

"你哥怎么了？"宋齐光对此很是好奇，他也隐隐觉得这件事情，对于赵家人改变对他的态度很有关系。

"一句话两句话说不清。"赵晚晴有些后悔跟宋齐光说到她哥哥，原本是不想和宋齐光说太多关于她哥哥的事情的，也确实难以一时表达清楚。

"别卖关子了，说吧，是在外面旅游出了什么事情吗？"宋齐光决定不论如何要一探究竟。

"是这样的，"赵晚晴决定还是把这件事情说清楚，否则宋齐光会问得很烦的。"我哥自从上次出门后，已经有半年时间了，他喜欢自驾游，到处去旅行。我哥的性格从小就不好，爸妈总是依着他，再说家里也不缺他钱花，也就随他去了，妈妈给他办了张副卡，一查他卡里的钱不多了，就给他打钱。只是这两三个月以来，妈妈发现他卡里的钱几乎没动，和以往大不一样了，就有些奇怪，打电话问我哥哥怎么回事，他也不说。妈妈和爸爸都挺担心的，他的这个变化真不知是好事还是坏事？"

"不花钱难道不是好事吗？你说得还真是奇怪。"宋齐光说道。

"你不知道，我哥花钱没个数的，妈妈总是埋怨他花钱太厉害，只是这突然的变化，又让妈妈担心了起来。我哥什么也不说，搞得神神秘秘的。就是这样了。唉，我也不知道说什么好。"赵晚晴说完拉着宋齐光转过身，朝向家的方向走去。

宋齐光寻思着就这么个事情，值得大惊小怪的吗？这家人都是神经病，再说了，这又与我何关？何必时时处处防着我、针对我。

晚餐上，赵易初还是一如往昔地平淡，而赵芙蓉抑制不住的忧伤就挂在了脸上，赵晚晴和宋齐光装着浑然不知的样子，匆匆吃完了饭，两人告别赵易初和赵芙蓉后，宋齐光像往常一样，不忘和马姨打个招呼。马姨苦涩地笑笑，她觉得这个小伙子自始至终都对自己尊敬有加，不免有些为他的前程担忧起来。

而赵晨云此时正在不远处。

赵晨云来到行朗山已有两个多月了，当初他准备回家的时候，驾车经过了山脚下，抬眼望去山顶隐约有座宝塔，郁郁葱葱的树林中露出了寺庙的一角。

赵晨云这连日的奔波，穿梭于闹市之中，每到夜晚就寻一处酒吧消磨时光，他想要的是宁静的生活，却每时每刻都不得静心，只有在路上，他集中注意力开车的时候，才会忘记自己的存在。他每当看到或听到有人说需要存在感的时候，总是暗自发笑。对于赵晨云来说，他只是没有勇气去死，最好大家都把他忘记掉，当他不存在的，这样才会让他安逸。

他从一个城市到达另一个城市，毫无目的地游走。他无须担心钱的问题，他的一张银行卡就像是整座银行，从来没有缺钱的时候。钱，这个东西在他的头脑里只是个数字而已，没有任何的意义。

行朗山并不算太高，半山腰处有一个简易的停车场。赵晨云看看倒还是有条通往山顶的路，非常陡峭且狭窄，他思量了一下还是算了吧，不知道山顶那块地方有没有停车和调头的地方。赵晨云将车子停好后，尽管烈日炎炎，他还是决定步行上山。

天空忽然飘起了细雨，赵晨云不由得笑了起来，他慢吞吞地将背包里的雨伞拿了出来，他似乎有些享受这个过程，缘由是他觉得自己有先见之明，这沿江江南的地方，说不定何时就会下雨，尤其是在春夏之际。为了让自己的这把雨伞多向周边的人们展示，赵晨云在路边寻了块石头，坐在石头上撑着伞，点燃了一支烟，他在等着经过的路人。偶然有一两个人急匆匆地向山上走去，都没有带伞，显得很是狼狈。当那路人经过他的身旁之后，赵晨云的脸上就有了笑容。

赵晨云来到位于山顶的灵光寺的时候，已是黄昏时分，有僧人见到他后，就招呼他去斋房吃饭，赵晨云经此么一提醒，倒也觉得饥肠辘辘。这种久违的饥饿感让赵晨云觉得有些奇怪，僧人的脚步不紧不慢的，他却有些急不可待。两大碗米饭下肚，赵晨云这才抬起头来，此时大约已是过了吃饭的时间，不大的斋堂里只有那僧人和赵晨云两个人。

"吃好了吧？"僧人问道。

"吃得好饱啊，多少钱？"赵晨云非常满意这一顿饭，比之山珍海味一点儿也不差。

"这个，天下丛林饭是山，到处随缘任君餐，今生吃了佛家的饭，结下来世佛门的缘。这是十方的饭，结的是十方的善缘，所谓十方来十方去，结的都是佛缘。"僧人微微一笑。

第六十二章　孤独的力量

赵晨云听得不是太懂，感觉大概意思是不收钱，他不知道如果一定给钱的话是不是有些不敬，也不敢乱说乱做。

"施主，那你晚上在这里住吗？天色不早了，要下山的话得赶紧，要不天黑了，路就不好走了。"僧人又问道。

赵晨云仔细打量了一下那位僧人，只见他约莫五十岁，皮肤黝黑，眼睛颇大，脸庞胖乎乎的，只是眉毛很重，看起来有些不那么面善。

"我，我今晚就不走了，不过你们这里有地方住吗？刚刚上山时看到有写着'寮房'的地方，那个地方就是给香客们住的吧？"

"是的，你要是不走的话，就随我来吧。"僧人双手合十转身而去。

一间六七平方米的屋子里摆有一张床，一张小桌子，没有椅子和凳子，赵晨云坐在床上，将将能趴在桌子上看到窗外。由近及远的几盏灯有些昏暗，发出微黄的光。四周一片寂静，赵晨云感受到了孤独，但也很享受这样的孤独感。他安安静静地睡去，一夜无梦。

第二天清晨，赵晨云醒得很早，但不似往常那般地睡个回笼觉了，他起身去室外转了转，发现了一处小水塘，里面的水清澈见底，赵晨云不忍糟蹋这样的好水，他就近寻了一个小盆，从水塘里舀了一些水洗漱。

他的这一举动，被不远处的住持看在了眼里。

赵晨云有些留恋此处的宁静，他打算在行朗山上再住些时日，这日晚饭过后，赵晨云在寺庙的周围散步，不知是有意还是巧遇，赵晨云迎面遇上了住持大和尚。

赵晨云原本不想和住持大和尚说什么的，只是这一条小路只容两人通过，及至住持跟前，赵晨云双手合十，口称大师您好。赵晨云不知道该怎么称呼住持大和尚，心里有点犯怵，生怕说得不对冒犯了住持。

"施主，你有一颗慈悲心，阿弥陀佛。"

"我有慈悲心，你怎么知道的，我们没说过话，也是第一次见面，你这么说未免有些牵强了吧。"赵晨云平时言语极少，是个非常孤僻之人，但只要他愿意说，他的话比一般人又要多得多。

住持大和尚笑了笑，说："施主如果愿意的话，我们'寮房'说话。"

"好啊。"赵晨云一是十分孤独，二也是想听听这位住持大和尚有什么高见，于是和住持一前一后地向寮房走去。

房间里有热水瓶，赵晨云给自己的杯子里续上水后，又拿出一次性纸杯，他为了防止纸杯子烫手，将两个杯子套在了一起，给住持大和尚沏上一杯茶。只见那茶叶在水中翻腾，根根茶叶立于水中，煞是好看。

"好茶，属于上好的'金镶玉'，施主喜好品茶吗？"住持笑道。

"不是什么'金镶玉'，这叫'君山银针'。"赵晨云对于这个住持大和尚的学识产生了疑问，顿时就有些不屑起来。

住持大和尚笑了笑，说道："这个'君山银针'也叫'金镶玉'的，同一种茶叶有两三个名字不奇怪，就像你一样。"

"像我一样？"赵晨云有些疑惑不解。

"是啊，构成凡世间的要素，名为五蕴，即色蕴、受蕴、想蕴、行蕴、识蕴。色蕴就是眼、耳、鼻、舌、身等五根，是自我存在的主观的身体和客观的环境。受、想、行的三蕴，是心体的现象，识蕴才是心的主宰。凡夫众生的生生死死、生来死去，死去生来的主体，便是这个被称为心王的识蕴，也就是灵魂。人的善恶之心和行为，都是存储在各自的识蕴之中，从而能感受到不同的生死果报。请问施主姓名？"

赵晨云听住持大和尚的一席话，似懂非懂，但他从来就没有听过这样的话语，觉得有些玄妙。"我叫赵晨云，大师。"

"你叫赵晨云，这是父母给你取的名字，你不能改，改了即为大不孝。这是外在的一个赵晨云，还有一个藏在你内心的不为人知的赵晨云，外在的与内在的你常常冲突不断，这也是你烦恼不断的缘由。如果你表里如一，一心向善，那你的尘世烦忧就会化解。"

"嗯，是的。"赵晨云若有所思。

住持大和尚离开后，赵晨云忽然觉得佛学或许可以让自己获得重生。他决意在这里待上一段时间。

日复一日地听晨钟暮鼓，吃斋饭，加上赵晨云每天清晨太阳一出山，他就会从山顶快步走至山脚，然后再快步回山顶，这样的强身健体之法也是住持大和尚教他这么做的，他说大阳出山后，空气才会新鲜，对于一个不经常运动的人来说，跑步与散步都不合适，只有快步走才是最理想的、最有效果的强身之法。

这样的日子，赵晨云渐渐地适应了，他觉得自己前世大概就是个和尚，因为只有在这里，他的身心才能够得到安宁。在度过了一个多月的时间之后，他下了一次山，买了些日常用品，还有男士内衣。

可是，妈妈赵芙蓉的电话不时地打过来，让他有些心烦。他也不愿意告诉妈妈他所在的地方，以免她要追到山上来。这段时间里，他只读一本书：《心经》。

在山上不知不觉就住了接近两个月了，他在一个深夜脱下了身上的女式内衣，然后抑制不住地打了一个电话给父亲，准确地说是继父的赵易初，他在电话中痛哭流涕，告诉父亲他深深地后悔了，后悔对父母的不尊重，后悔自己糟蹋父母的钱财，后悔自己的颓废不努力。

赵易初没有说什么话，只是静静地听着赵晨云诉说。最后赵晨云告诉他就在行朗山，他打算再住段日子，在这段时间里不要告诉妈妈。赵易初答应了。

几天后，又是一个下雨天，正当赵晨云坐在山顶的亭子里抽着烟，他对每一个上山的人都挺感兴趣。忽然间，他看到一个熟悉的身影，尽管那个人撑着把雨伞，看得不甚清楚，但只一瞬间，赵晨云就确定了，那是父亲赵易初。

赵晨云的内心像是打翻了五味瓶，酸甜苦辣涌上了心头。他强忍着的泪水不管不顾地滑过脸庞，他站起身来，习惯性地将双臂抱在胸前，想了想，又放将下来。

"爸，我在这里。"赵晨云感觉到自己的声音有些颤抖。

那个撑着雨伞上山的人停下了脚步，将雨伞抬得高了一些，他寻着声音，看见了不远处的赵晨云。只见他长发及肩，胡须也很长了，面色黝黑，眼眶深陷，十分沧桑的样子。只三个来月的时间，那个以往干净清爽，白净斯文的赵晨云的形象已不在，这三个月的时光，若只看他的外表，就像是过了三十年那么久。

"爸，你怎么来啦？"赵晨云说。

"嗯，来看看你，反正也不算远。"赵易初笑着说道，"最近还好吗？还打算在这里住多久啊？"

"爸，我准备下山了，我想，我想到厂里去上班。"

"哦，玩够了？"赵易初说。

"爸，你别这样说，我只是觉得自己长这么大，光吃喝玩乐了，也没为家里做点贡献，更重要的是我自己想法有所改变。我知道我没什么本事，一切还要从头学起，我已经浪费了太多的时间，不能再这样下去了。爸，你就让我到厂里做事吧。"赵晨云说道。

其实赵易初刚刚进得亭子后，看见赵晨云脸上还没擦得干净的泪痕后，鼻尖就已经有些发酸了，加上赵晨云如此这般粗糙的外表，也是令人心疼不已。只是他这么多年以来的叛逆，曾经无数次地伤透了他和赵芙蓉的心。因此尽管他有心过来看看赵晨云，也像过去一样，仅是看看，或是给些钱而已。没想到赵晨云说出了这番话，倒让自己惊讶不已。对于赵晨云想去厂里上班，那倒是在其次，无非是多发一份工资而已，也不能指望他能做什么事的。赵易初迅速地在心里做着选择。

"想到厂里上班啊？那行啊，不过你得一个月之后才能去。而且你这一个月要依然住在山上，行吗？"赵易初说道。

赵晨云的嘴唇动了动，没有说话。只过了一会儿，赵晨云笑着说："爸，你还没吃过斋饭吧，一会儿我带你去吃斋饭。"

"好啊，我来试试是什么味道？"其实赵易初早就尝过斋饭的味道，只是看到赵晨云那般兴高采烈的样子，不忍扫了他的兴致。

赵易初吃完斋饭后，和赵晨云一起去散步，他们一边欣赏这里的风光，一边说着话。山上的蚊虫甚多，赵晨云说若是散步的话，最好还是待到早上太阳出山以后。赵晨云说得最多的是他的师傅，就是那位住持大和尚。说得多了就引起了赵易初的兴趣，他问赵晨云，一起去拜访一下行不行？赵晨云说当然可以，于是引着父亲见到了住持大和尚。此时，赵晨云与住持大和尚说起了话来，倒把赵易初冷落了。赵易初装作欣赏寺庙里的楹联书法，也并不想去参与和打扰他们之间的对话，他的眼睛朝向了楹联书法，但心思却在住持大和尚和赵晨云那里，他聚精会神地听着他们的谈话。半个小时过去了，赵易初感慨万千，他示意赵晨云不要过多打扰住持大和尚了，于是他俩辞别住持大和尚，来到赵晨云住的寮房里。

这一晚，赵易初和赵晨云谈了很久。

第六十三章　在路上

第二天清晨，这对父子约定，一个月后再见面。

回到县城的赵易初，开始了一系列的动作。他准备培养赵晨云作为接班人，对于宋齐光，他始终有种说不出来的感觉，大抵是种陌生感，即便在身边待得再久，也像是陌生人一样的感觉。

原本赵易初是不同意赵晚晴嫁给宋齐光的，相比于富家子弟与穷人家的孩子，赵易初更倾向于女儿嫁给富贵人家。他觉得社会上对于富二代的认识还是很片面的，确实也有些很不堪的富二代，但那只是代表极少的一小部分，大部分的富家子弟都会受到良好的教育，他们通常都很谦逊、低调，有礼貌。反之大部分的穷人家的孩子，在说话、办事上就有些不管不顾了，显得浮躁且急功近利。赵易初的这种想法，决定了对宋齐光的些许不屑，只是女儿赵晚晴的一再坚持，且大有生米煮成熟饭的架势，无奈勉强同意了他们的婚事。

一直以来，宋齐光不论是在家里，还是在厂里，表现得几乎无可挑剔。加上赵晚晴和赵芙蓉的几次三番的劝说，自己也让宋齐光在厂里熟悉各个领域，以期自己可以早点退休，过上田园生活。尽管有些不太情愿这般去做，但也是无可奈何，谁叫赵晨云成天地不着调，他也无意于公司管理，那么正好，赵芙蓉也怪不得自己了。

可是，自从那晚接到赵晨云的电话，他在电话里放声痛哭，还是深深地触动了赵易初，尽管他不是自己亲生的，可也是从小带到大的，感情还是有的。也正是缘于不是亲生的，对他的教育与管理就放松了许多，若是太过严厉的话，也不知道赵芙蓉能不能接受，要是闹得赵芙蓉心生恨意，那真是太无趣的一件事情了，赵易初不会那么去做。

眼下让赵易初比较揪心的事，就是关于宋齐光和赵晨云的前程问题。这两个人都不是自己的最佳人选，今后的路还长，暂时管不了太多。只是还得有一个侧重。他觉得家族式企业，再多的兄弟姐妹，最终也只能是一家独大，若是平分秋色的话，难免最终会将企业和家庭闹得一团糟。

宋齐光和王青橙的婚外情，成了压死宋齐光的最后一根稻草。赵易初在得到冯元明的报告后，不动声色地观察了赵晚晴，似乎也没有发现赵晚晴在情绪上有什么不对的地方，好在她还不知道这件事，否则这个家就要散了。赵易初在这件事上并没有和宋齐光挑明，这样的事情，最好是自生自灭。赵易初只是提醒女儿赵晚晴，要经常回家去看看，陪陪宋齐光。而赵晚晴也听了父亲的话，她不定期地回到新房，和宋齐光来一场场酣畅淋漓的性爱，既满足了宋齐光的生理需要，也填补了宋齐光的心理需要。她还不知道自己已处于婚姻破裂的边缘，已于不经意间化解了一场危机。宋齐光从此与王青橙慢慢地断了来往。

当宋齐光和赵易初提起"宋记老鹅汤"事情的时候，赵易初已是很不耐烦了，他不希望宋齐光把他的家里人扯到公司里来。

正当赵晨云在行朗山修身养性之时，宋齐光却麻烦不断，他与哥哥宋天骐的矛盾渐渐地浮出了水面。

当初宋齐光和哥哥说了，让他把老鹅汤制作成真空食品包装，自己负责动用"大华食品公司"的渠道进行销售。虽然要花一些钱，但无可非议的是，这是一条发财的路子。宋天骐眼巴巴地听到弟弟的答复，没想到听到的却是两个字：不行。宋天骐顿感失落，失落之后他又不得不考虑起儿子上学的烦心事。这一切的根源在于没有房子，此时宋天骐倍感金钱的重要性。他不得已向弟弟开口借钱，却又遭到拒绝，这让宋天骐很是生气，区区几万块，他觉得对于宋齐光来说不算个事。可是宋齐光却有自己的难处，且不太好解释，他自己本身并没有多少钱，而家庭的一些积蓄都是由赵晚晴管着，他和赵晚晴说过哥哥要用钱的事，赵晚晴却说他们的小家庭也终归是要独立的，没点存款是不行的。

宋齐光陷入了困境之中，和哥哥的亲情，和老婆的感情都有了些微妙的变化，这种变化是向不好的方向发展，何况在工作上又是一团乱麻理理不清楚，宋齐光的心情十分糟糕，他觉得自己当初从"大华通用制造"来到"大华食品公司"或许是个错误，凭着出色的业绩，也只是获得了短暂的认可，如今又同样面临着在"大华通用制造"的困境，他感觉很难融入赵易初认定的高管圈子之中。当初一直有些自卑于赵易初女婿的身份，所以他才来到"大华食品公司"，打算干一番事业来证明自己的能力。在成绩斐然之后，自己再一次陷入了困境，究竟是宿命所致，还是哪里出了问题，这让宋齐光百思不得其解。

赵晨云归来的时候，他完成了华丽的转身，一身正装，头发、胡子都剪短了，一副精气神十足的样子，只是黝黑的皮肤显得他像是老了十来岁的样子。从前那个沉默的、叛逆的赵晨云像是脱胎换骨一般，他在沉稳中英气逼人。

赵易初和赵晨云这对父子在行朗山的那一夜，究竟谈了些什么无从知晓。只是从那一天过后，赵易初像是下定了决心，准备安排赵晨云上班的事情了，而且没有像培养宋齐光那般的从底层做起，而是直接任命他为"大华通用制造"和"大华食品公司"双料副总。此任命一出，全厂一片哗然，工友们或高声大语，或窃窃私语，关于赵晨云的各种版本都有，但都不约而同地指向了一处，那就是赵易初已经昭告全公司，赵晨云就是他的接班人。

其间最为落寞的莫过于宋齐光了，赵晨云的强势归来，形势急转直下，宋齐光已经能感觉到有些狗眼看人低的势利小人的笑容里充满了虚情假意。他的这种失落感无法排遣，以至于成日地借酒浇愁，他原本以为自己内心已十分强大，却不曾想还是如此地不堪一击。

宋齐光和赵晚晴的争吵越来越频繁，起因皆是因为宋齐光喝酒，其实两个人心里都十分明白，宋齐光是埋怨赵晚晴在家里没有帮他说话，或她说的话已经没人听了。而赵晚晴觉得宋齐光不像个男人，谁还没有个三起三落，经此打击后一蹶不振的样子着实让人生厌。

最终的决裂是在某一天的黄昏，宋齐光早早地就在家里喝上了酒，至赵晚晴下班回家时，他已是半醉的状态了。

"看看你这鬼样子，家里乱成一团糟了你也不管，真是受够了，我回娘家了，再也不回来了，你一个人过吧！"赵晚晴刚打开房门，就闻到了酒味，她的火气一瞬间腾地就上来了，她站在了门口，嘴里说着要走，脚步却并没有移动。或许她只是希望宋齐光有一个好的态度，她也就此罢了。

宋齐光正是愁肠百结之时，他觉得此时更需要的是安慰，见赵晚晴刚进家门就出数落之声，心中顿感不快，他没有说话。

窗外的落日将晚霞映得红红的，只一会儿，就又慢慢地变回了白云，而这样美丽的白云，也只有短暂的美丽，很快天就暗下来了，窗外黑漆漆的。

没有得到宋齐光回应的赵晚晴，叹了口气便在门口换上了一双布质拖鞋，自顾自地收拾起了房间，直到她将将看得过去，房间比较清爽后，才去厨房盛了碗饭，坐在了宋齐光的对面，桌上只有两碟子菜，剩下的已是不多。见到赵晚晴坐了下来，宋齐光却不声不响地起身离开了饭桌，坐到沙发上打开了电视。电视上喧嚣热闹的娱乐节目并不是宋齐光喜欢看的，而他连换个台的兴趣都提不起来。

赵晚晴匆匆吃完饭，打开了房间的空调就去卫生间洗澡去了。宋齐光在听到开空调和调温度的声响后，心里起了涟漪，是的，有很长时间没有和赵晚晴做爱了，通常他们做爱的次数并不多，赵晚晴总是找各种各样的理由拒绝做爱，久而久之，宋齐光也失去了兴趣。

曾经的王青橙曾给了他无比欢愉的性爱体验，只是那都已成为往事。

这一个晚上，赵晚晴早早地打开了空调，将房间调到一个舒适的温度。当宋齐光进入到房间的时候，他看到赵晚晴穿着单薄的睡衣，背向房门侧躺在床上，她的腰臀线看上去很美，宋齐光爬上床后，从背后搂住了赵晚晴，将胸脯紧紧地贴在了她的背后，左手从她的腰间穿过，正当向上伸向赵晚晴的乳房的时候，赵晚晴的身体往前方挪了挪，宋齐光轻叹一声，翻了个身闭上了眼睛。

第二天天刚麻麻亮，赵晚晴看了看熟睡中的宋齐光，起床后打开柜子随意地拣了几件衣裳，装在箱子里打算回娘家去住一段时间。原本昨晚打算和眼前的这个男人痛快淋漓地做一场爱，也给了他暗示。谁知他的手一接触到自己的身体，自己就不由自主地产生了抗拒。

赵晚晴走到房门前，想了想又转回身，她想重新挑选一套衣服穿回家，要穿漂亮的名牌。她在衣橱里挑来拣去的时候，宋齐光已经醒了，他闭着眼睛，不想和赵晚晴说话，只是这一天早上，赵晚晴在衣橱前磨蹭个不停，宋齐光翻了个身注视着赵晚晴。

"有完没完？还让不让人睡了？"宋齐光的语气中表达了不满。

"哦，你醒啦，我打算回去住几天，带上些换洗衣服。"赵晚晴的声音不大，充满了冰凉的味道。她身着华服，十分高傲的样子。

"什么时候回来？"

"回来？我根本就不打算再回来了，就这么着吧。"

宋齐光听得此言，羞愤之情涌上了心头，他的手微微地颤抖着。他在用尽全部的精神力却无法控制自己。

赵晚晴被宋齐光揪住了头发，在地上拖行着。

一纸证书，让宋齐光又回到了原点。他失去了妻子、孩子、房子。宋齐光又回到了那个不远的地方，那儿有他的父母，有他的家。

父母没有责怪他什么，父亲宋慈杭只是每日阴沉着脸，抽着烟。而母亲蒋美鹃虽尽量克制着自己的情绪，却免不了时常一声叹息。

宋齐光在家里待了几天后，觉得这样下去也不是个事。他辞别父母，又回到县城，找到哥哥宋天骐。宋天骐倒是埋怨了他几句，不过整个事情他也不清楚，就胡乱说了些弟弟做事欠妥之类的话，好像不说点什么，就不像个哥哥。

宋齐光和宋天骐这兄弟俩商量了好几天，最后还是决定动手。兄弟齐心、其利断金，经过很短的时间，他俩就将"宋记老鹅汤"打出了品牌，做出了市场。

宋齐光看着曾经是他手下的那批人，自己露出了一丝浅笑，同时他又陷入纠结之中，这样做真的很好吗？宋齐光仿佛陷入了透明的枷锁。

雨入花心自成甘苦（后记）

刘亚健

雨入花心自成甘苦，水归器内各现方圆。

三年前，我的心绪是纷乱而颓唐的。其实我明白那是焦虑所致，后来我发现焦虑无济于事，并不会改变了什么。于是我寻求在写小说的过程中遁世，于有意无意间写成了"故乡三部曲"的长篇系列。

三年以来，写了三个长篇，除却第一个《沉默无罪》以外，第二及第三都想取一个叫《透明枷锁》的书名，奈何未能成功，只能作一声叹息。

《青春一发怎可收》的创作，是为了兑现自己讲过的话，说话算话，便有了此件作品。这次的创作和以往有所不同，那就是我列了大纲，并且写好了各小节的小标题。事实上前几节是按大纲写的，后来就收不住了，我曾试图往回拽，但还是被故事情节拖着往不知名的地方狂奔而去了。长篇小说不可能没有谜，而有了谜就有了折磨，人生总是在某个时间段朝着不可思议的意外走去，作者或是读者皆是如此这般。

写这本长篇，我用了两个月左右的时间，写得有点快，也因此时常顾此失彼。说是好好修改打磨一番，也不过是自欺欺人地说说而已。

《青春一发不可收》的时间跨度是从 21 世纪初至当今，地理环境是江南的乡村和小镇，此处的江南已经可以作为历史与文化的概念。作为乡土记忆的终结篇，故事并不复杂，是兄弟俩和姐妹俩顽强成长的经历。在瞬息万变的社会变革中，有些人及时适应并获得了丰厚的回报，而有些人，从另外一条路上实现了自我的价值。其间各种内心的纠葛与考量，构成了一幅幅活生生的繁丽的画卷。

《青春一发怎可收》主要讲述宋齐光、宋天骐兄弟俩与李小锦、李小瑟姐妹俩的故事，其间穿插了父辈生硬艰难的叙述。试图消解年轻一代与父母之间的隔阂，可能会无功而返，但我却仍旧意图一试。我试图以诚实的本性阐述人生复杂性与各种可能性，但因有了此前的经验，我在行文中越发地显得小心翼翼，其间也不时地产生自我审核割离之意。

进入当前，时光机器迅速向前，容不得太多犹豫与思考，人们已被裹挟前行，在洪流之中浮沉，造就了千般变化，沧海桑田。其好与坏，着实无法区分，只能存乎一心了。

《青春一发不可收》的出版发行，感谢陈伟先生作序，感谢县委宣传部的扶持，感谢关心此书写作的朋友们。

写长篇没有好身体看样子还真不行，此前我忽略了。手头两部长篇因为身体原因都已停笔，人还是需要有点压迫感，许下的诺言均要誓死兑现。

所谓创作上的成功，我觉得不过是拿时间堆起来的。时间有多少之分，成功就有大小之别。

如果能够简单地写作，该有多么幸福。

最后以一首诗歌记之。

花开思念
当叶子悄悄走了的时候
其实，雪霜早已经迫不及待
当山顶只有一步之遥的时候

其实，下坡才刚刚开始
当倔强的头颅抖不落灰尘的时候
其实，是因为沉默得不够

让我喝一口蓝色的酒
他们说蓝色代表忧郁
我只是强说着忧愁
孤独的病
需要一颗蓝色的药丸
那个站在窗前的女人
还能看见红墙绿瓦吗
还是和我一样等候拯救

我看见一株杜鹃
悬崖之上
季节让它不停落下花瓣
花瓣它假装死了
我捧在手里
感觉着它的心跳
我深深地弯下了腰
就像我见到释迦牟尼